U0113728

郭宝平——作品

大明首相

【第三部】

锐志匡时

中国文史出版社

图书在版编目（CIP）数据

大明首相：修订版. 第三部，锐志匡时 / 郭宝平著
. -- 北京：中国文史出版社，2020. 10
ISBN 978 - 7 - 5205 - 2390 - 5

Ⅰ. ①大… Ⅱ. ①郭… Ⅲ. ①长篇历史小说 - 中国 -
当代 Ⅳ. ①I247. 5

中国版本图书馆 CIP 数据核字（2020）第 198903 号

责任编辑：金硕

出版发行：**中国文史出版社**

社　　址：北京市海淀区西八里庄路 69 号院　　邮编：100142
电　　话：010 - 81136606　81136602　81136603　81136605（发行部）
传　　真：010 - 81136655
印　　装：廊坊市海涛印刷有限公司
经　　销：全国新华书店
开　　本：787 × 1092　1/16
印　　张：23. 75
字　　数：320 千字
版　　次：2021 年 1 月北京第 1 版
印　　次：2024 年 3 月第 3 次印刷
定　　价：62. 00 元

目 录

001　第 一 章　授方略计高一筹　惜利机力排众议

018　第 二 章　疑神疑鬼不时反复　斗智斗勇临机设策

032　第 三 章　兴风作浪暗导闹剧　两强相争明燃战火

047　第 四 章　一波三折俺答汗执叛人　求进心切殷尚书攀太监

062　第 五 章　午门献俘圣心大悦　后堂上计众官慑服

080　第 六 章　息事宁人谋刺案不了了之　参透杀机痴情女杳无音讯

090　第 七 章　俺答汗求封贡急坏高阁老　戚总兵保部下拜托张相公

104　第 八 章　杀官劫库终启战端　损兵折将临危受命

119　第 九 章　绣鞋敬酒成佳话　美人投怀有陷阱

134　第 十 章　明里力争终成正果　暗中使绊希望落空

151　第十一章　老套路无以解难题　新招数令人大不安

162　第十二章　三厄岭生死厮杀　晾马台对天叫誓

181　第十三章　巡抚惊恐万状自请罢职　阁揆愕然失色知趣求去

192　第十四章　首相易人信之弥深　印公更选埋下隐患

205　第十五章　江陵掌控人事更见其妙　新郑开河之议胎死腹中

219　第 十 六 章　敌意未消午夜惊魂　良策苦思南北挂心

234　第 十 七 章　寻人无果沮丧而归　逢迎不成郁郁挪位

246　第 十 八 章　虏患终弭君臣开颜　粤乱方殷首相出手

259　第 十 九 章　伤圣怀元老无地自容　通海运阁揆断然定策

272　第 二 十 章　出师不利黯然自劾　身不由己狼狈丢官

285　第二十一章　南海子太监施毒计　得意楼光棍设骗局

295　第二十二章　计靖岭南网开一面　议催欠赋气抖双手

307　第二十三章　急立功总督进剿失利　定边略二相同中有异

322　第二十四章　旧案重提触动江陵　人犯供词惊煞新郑

337　第二十五章　本情既露甚无颜面　由衷之语急于释怨

349　第二十六章　料事如神否决拘沐府老帅　秉公执法断然捕徐家三子

361　第二十七章　曾侍郎跃跃欲试　殷阁老引火烧身

第一章 | 授方略计高一筹
惜利机力排众议

1

刚入了九月下旬，京城的夜晚已是寒气逼人。烟霭沉沉，像是要下雪的样子。难怪老辈人都在感叹，说如今的冬天来得一年比一年早，一年比一年冷了。已是亥时，宽阔的长安街上早已没有了白天的喧闹，除了巡城的逻卒，几乎不见人影。一顶八抬大轿急匆匆沿街西行，拐到瞻云坊牌楼时，借着路灯和轿前的灯笼，轿夫头顶上冒出的白气隐隐可见。坐在轿中的高拱还是嫌慢，不停催促着。他原以为，俺答既已西征，宣大防御可以松口气了，突然听到那里出惊天大事的消息，不觉大惊，忙登轿回府，一路上，只嫌轿夫腿脚不够麻利。

"快把急足领到书房！"高拱弯身下轿的当儿，嘱咐高福道。他顾不上更衣，径直疾步进了书房。尚未落座，高福领着宣大的使者王诚、鲍崇德进来了，施礼间，高拱急切地问："出了甚事？"

"禀阁老，军门、抚台差我二人来谒，有重大军情禀报。"王诚说着，把一份禀帖捧递高拱手中。高拱展开一看，只见上面写着：

九月十三日，有虏酋俺答亲孙把汉那吉率妻奴八人来降，称是伊祖夺其新妇，以此抱愤来投。译审是的，当如何处之，祈示下。

阅毕，高拱两眼放光，嘴唇抖动着道："天赐良机也！"边伸手示意王诚、鲍崇德入座，边道，"细细说来！"

王诚、鲍崇德把细节说了一遍。高拱忽而惊诧，忽而蹙眉，不时变换着坐姿，待两人说完，他问："鉴川何意？"

"军门的意思是，欲纳之，以之交换赵全！"王诚答道。这是未写入禀帖但来时王崇古授意于他的。

"嗯，鉴川有担当！"高拱以赞赏的语调道，又问，"可知老俺动静如何？对此孙如何？"

王诚答："禀阁老：据谍报云，俺答甚喜欢这个孙子，他的大老婆伊克哈屯把这个孙子一手养大，爱之更甚。且俺答惧内。把汉那吉出逃，是因为俺答之故，伊克哈屯于是对俺答甚怨恨，用柴棒击打俺答的脑袋，说即使南朝要他的头，她也给，她只要她的孙子！"

"甚好！甚好！"高拱拊掌道，"得策矣！"说着，提笔要给王崇古修书，刚要落笔，又放下，唤了一声，"高福，领二使者到别室等候，叫崇楼来见！"

房尧第闻讯进来了，高拱把禀帖递给他看，抑制不住激动的情绪道："宣大督抚未拒之，勇气可嘉，此乃安边利机，务必牢牢抓住！"

"玄翁，此与当年桃松寨因通奸事败，叩关来降之事异曲同工啊！"房尧第笑道。

"大不同！"高拱断然道，"一则桃松寨不过是黄台吉的侍妾，而把汉那吉乃老俺爱孙；二则宣大边臣绝非意欲居奇邀功，而是舍家舍命承担重任；三是中枢非媚上邀宠的严嵩之辈，而是我高某也！四是皇上不同于当年的世庙，当今皇上对虏并无执念！五是北边情势不是当年一味被动挨打的局面，北虏已知我守备严密，边政日新，随意入寇如入无人之境的局面已一去不复返了！有此五者，抓住此一利机，则不惟边患一举消弭，甚或可达成汉蒙一家、重纳大漠于大明版图的新局！"

房尧第惊叹道："玄翁大气魄、大手笔！能有此识见者，举国无二！"

"要在处之得策！"高拱有些得意，"宣大督抚建言要以把汉那吉交换赵全，不可！"

"哦？"房尧第露出惊诧的表情，"学生首先想到的，也是交换赵全，玄翁则以为不可，这是为何？"

高拱并不直接回答，而是反问："崇楼以为，当如何处之？"

"照常人的想法，处置之策有三：一则拒之；一则杀之；一则易赵全。"房尧第答，他一笑，"这三策，恐俱不合玄翁思路。"

"不错，此三策格局都太小！"高拱一扬手道，"拒之，是畏惧的表现，必传笑虏廷；杀之，则绝老俺系念，徒增其恨，有何意义？石天爵之事可鉴，必不可；以把汉那吉交给老俺，明言交换赵全，岂不示弱损威？桃松寨之事可鉴，必不可！"

"玄翁，交换赵全为何不可？"房尧第目不转睛地盯着高拱问。

"外人来附，我自当安抚之；不能安抚，仍执还之，岂能开口与之做交易？"高拱撇嘴，以嘲讽的语气道，"你交出一两个汉奸，我就把你孙子还给你！"他摇头，"如此，岂不失我堂堂天朝之体，见笑天下！"

"喔呀！"房尧第恍然大悟，"国格所系，尊严所关，委实不可轻言交换。那么玄翁，当如何处之？"

"哈哈哈！"高拱大笑道，"你倒反问起我来了！"

房尧第笑道："学生知玄翁已然成竹在胸矣！"

"也罢，我说说自己的想法，崇楼看怎样。"高拱道。他呷了口茶，目光幽远，说道："愚意：只宜将把汉那吉厚其服食供应，大大超出他的期望，使之歆羡我中土之富贵；而我又开诚信以结其心。其奶公阿力哥，既能唆使把汉那吉来降，则其人可用。他挟老俺之孙来降，则必不敢再回去。以可用之人而怀不敢复归之心，我再许之他日之利，自可令其佐我今日之计，彼必甘心为我所用。"

房尧第道："合情合理！"

高拱接着道："老俺闻我厚待其孙，必对我生感德之念。如其率兵来索，则我只严阵以待，而从容晓谕之：'把汉那吉来降，我天朝知他是你的孙子，方如此厚待他。你不感恩，还要怎样？你若早有你孙之见，慕义来降，则待遇又岂在你孙之下？而今却拥兵强索，能无愧焉？'只如此说，不必恶言相向，则彼当计穷，而我乃以把汉那吉作为制约老俺的工具！"他得意一笑，"况且，黄台吉素恨老俺偏爱此子，而今此子南来，则必幸灾乐祸，归咎老俺偏爱惹祸。老俺来强索，黄台吉必不肯真心相助，从此父子之间亦当有嫌隙，而我得以喘息为备。"

"嗯，有道理！"房尧第点头道。

高拱继续道："若老俺可图，或忿沮而死，则我速将把汉那吉送回，使领其众，授予我大明的官衔，并宣示中外，有敢犯我大明朝廷命官把汉那吉者，我必助其图之。我可借以修战守之备，享数十年之安矣！"

房尧第频频点头。

"若老俺厚爱其孙，必欲得之，强索不成，势必求归顺！"高拱兴奋起来，"彼求我，我开始却不答应。只是放话说：'彼久作歹于中土，若非有真确证据，安得信其归顺。'此话故意让老俺闻之，再密使细作在旁为老俺画策：'若将赵全等绑了献于朝廷，归顺可成，把汉那吉可得，不的，则无计可施矣！'老俺必悟。若果绑缚赵全等人前来，我即受之，并对老俺说：'观你之举，可谓诚信。今后你即为朝廷之臣，你之部落，皆我中国之赤子也。既是一家，你孙可听其归，不分彼此也！'如此，则是嘉其归顺，以大义与之，方成体面。"

"喔呀，玄翁真是高瞻远瞩啊！"房尧第赞叹道，"以常人的想法，留把汉那吉为人质，以为他日交换赵全之用。听玄翁一席话，方知这是自损尊严！不过玄翁，赵全为老俺立下汗马功劳，老俺似不会轻易答应献出赵全。"

"也不必斤斤计较于此！"高拱一扬手道，"老俺归顺，汉蒙一统，这才是大局。至于献不献赵全，只是象征罢了。汉蒙已然浑然一体，以贸易取代战争，即使赵全仍留在老俺身边，又能怎样？况有此风波，赵全必不自安，与老俺彼此生出嫌隙，有了二心，我再用计图之，有何不可？是以，今日不可说破，只加意厚待把汉那吉，对老俺可置之不理，待其来求，我再徐徐应对之，方为得计。"

房尧第大感兴奋，道："学生不惟钦佩玄翁的襟怀识见，更钦佩玄翁的判断力。"

"此计如何？"高拱问，语调中充满自得。

"只是，千百年来，与异族抗争，养成了士大夫的爱国心肠，尤其是自宋以来，士大夫极重气节，与外族交涉中只知一味强硬，不敢甚至不知言和。"房尧第忧心忡忡道，"况百年来，北虏铁蹄蹂躏我土、杀戮我民，官民无不怀深仇大恨，言和平者，必被目为汉奸！且先帝屡降明旨，敢言互市者斩！观玄翁之意，乃是以把汉那吉来降为契机，与北虏达成和平，以贸易取代战争，以汉夷一家化解敌对，为万世开太平！玄翁，此固为大气魄、大手笔，国家、民众皆受其惠；然玄翁个人所要承担的风险，却是难以估量的，还是要慎重才好！"

"是啊！"高拱慨叹道，"我朝读书人，忠君爱国之心无可置疑，惟不知何为爱国，何为误国。把手段当目的，误以为对外一味强硬就是爱国，不知运用利机，最是令人痛心！"

"根深蒂固，一时难以扭转。"房尧第道，"是以玄翁当三思。"

"我说过，相天下者无己！"高拱慨然道，"国朝二百年矣，始终未能消弭北虏之患，无天时地利人和之象故也！今遇此良机，王崇古在外担之，吾在内主之，无论如何也要牢牢抓住，即使身败名裂，不复顾矣！"说着，对房尧第扬手道，"好了，我要将适才所言，修书王崇古，授以方略。"言毕，埋头奋笔疾书起来。

一个时辰后，王诚、鲍崇德带上高拱的书函，疾驰而去。

已是凌晨，万籁俱寂。高拱躺在床上，辗转反侧，把事态的各种可能性梳理了一遍又一遍，突然翻身坐起，披衣下床，唤道："高福——"

高福已沉沉睡去，喊了好几声，才闻声前来。

"你快去，叫张子维来见！"高拱吩咐道。

"老爷，等天亮了不中吗？"高福揉着眼道。

"叫你去你就去，还要讨价还价！"高拱呵斥了一句，向书房走去。

高福无奈，小跑着上了西单牌楼大街，又拐上西四牌楼大街，直奔丰盛胡同张四维的宅邸而去。

2

宣大总督衙门，王崇古接到高拱的书函，急忙差人请大同巡抚方逢时来商。"金湖，"王崇古叫着方逢时的号道，"中玄、太岳二相公，都赞同收留把汉那吉！"他抑制不住兴奋的情绪，先把张居正的书函递给方逢时，"这是太岳相公的华翰。"

王崇古知方逢时与张居正同乡，方逢时大同巡抚之任，缘于张居正的举荐，两人关系密切，遂嘱咐王诚，不惟要请示高拱，还要到张居正府中请示。王诚、鲍崇德在谒高拱前，就先去了张居正家，张居正修书一封让二人带回。

"太岳相公言，有非常之人，方可为非常之事；为非常之事，方有非常之功！看来他将此事看得很重啊！"方逢时边看边说，"喔，太岳的意思是，以把汉那吉易赵全，此议正与我辈合。"

"可是，中玄不以为然！"王崇古笑着说。

"喔？那是为何？"方逢时不解，忙接过高拱的书函来看，看了一遍，他望着王崇古，"鉴川，经中玄一点拨，还真不该明言交换赵全。"

"是啊，所谓非常之人，中玄是也。"王崇古感慨了一句，"你看他书中事无巨细，设想了各种可能性，设计了每一种可能性的实施步骤，而立意又何其高远宏大，我辈实难望其项背。今得中玄在内主持，我辈成非常之功有望！"他情绪高昂，搓了搓手，"我意……"

话未说完，亲兵禀报："京师张翰林差急足来投书！"

"子维？他有何急事？"王崇古疑惑不解，又自答，"会不会也与此事有关，不妨先看看他怎么说。"遂将张四维的书函拆开来看：

深夜蒙玄翁急召，嘱甥三事：一、把汉那吉来降，此事关系重大，须得机宜乃可。不者，将难以收拾。今若果如舅之使者所云，老俺爱孙甚，欲得之急，则如书函所嘱，厚待之可也；倘所言不确，把汉那吉非老俺所爱，且怒其逃，则不可厚待之，甚或杀之不恤也，以免反为其所笑。一、易赵全之议固佳，然万不可泄一语，更不可对老俺说出口，不者，则我先失一着矣！一、玄翁日理万机，恐不及书，此后有所示意，即托甥转语舅父。另，玄翁意，已呈皇上特旨简任甥为吏部右侍郎，以便佐玄翁办事。

阅毕，王崇古顺手递于隔几而坐的方逢时："金湖，定然是中玄密函已交王诚，而他仍放心不下，召子维去见，又有是嘱。"他慨叹一声，"中玄甚用心啊！"

方逢时看完，道："俺答甚爱此孙，译审如此，我意，可照计行事。"

王崇古点头："即按中玄所示，修改奏本上奏。交换赵全之说，呈朝廷的密奏中可说，对外不得再提。"

方逢时赞同道："既然中枢赞成收留把汉那吉，中玄又有厚待之的授意，似可即接其入大同。"

"务必照中玄所嘱，厚待之！"王崇古道，"先把奏本核定吧！"

两人遂逐字逐句推敲斟酌一个多时辰，奏疏成。略谓：

臣等熟计之，有三策焉。把汉脱身来归，非拥众内附之比，宜给宅授官，厚赐衣食，以悦其心；禁绝交通，以防其诈；多方试之，以察其志。岁月既久，果无异心，徐为录用。使俺答勒兵临境，则当谕以恩信，许其生还，因与为市。若生缚板升诸逆赵全等致之麾下，归我被掳士女，然后优赏把汉而善遣之，此一策也……

拜封毕，天色已晚，王崇古面色凝重，道："金湖，朝廷接到奏本，反对者必不在少数，俺答窥我意见不一，或会勒兵来犯，以张声势。事体紧急，你速回镇城部署战备。"

方逢时辞出行辕，骑马向大同赶去。次日一早，即召集所属，会议迎接把汉那吉事宜，一切布置停当，遂遣中军康纶率五百骑前往败胡堡受降。

把汉那吉在败胡堡形同禁闭，熬过了九天。译审一遍又一遍，驿馆外又有重兵把守，看看这阵势，可谓插翅难飞，心头已被绝望的情绪所笼罩。听到大同五百骑为他而来，目光中满是惊恐，直到康纶知会他是要带他入镇城的，情绪才慢慢稳定下来。

次日，先举行受降仪式。康纶端坐府堂，两边仪仗威武庄严，把汉那吉等入内，行参见礼。随后，阿力哥代表把汉那吉陈情，泣言诚意来降，愿做大明臣民，乞求朝廷接纳。

康纶高声道："既然汝言辞恳切，督抚有意接纳，特遣本将来此受降，即接往镇城居住。"言毕，鼓声"咚咚"，炮声震天，马匹、花车列队相候。康纶做了一个请的手势，把汉那吉一行被礼仪官引导着上了车马。

九月二十三日傍晚，把汉那吉乘坐的花车在五百仪仗的簇拥下驶进了大同城，沿鼓楼大街向北行驶，绕过鼓楼，往巡抚衙门驶去。

巡抚衙门早已摆列仪仗，兵勇林立，明盔亮甲，剑戟耀目。杏黄旗迎风招展，豹尾旗旗杆上的利刃发出寒光。随着一声"传——"的唱喊，卫兵亲随口中发出"威——武——"的吼声。

把汉那吉又惊又惧，左顾右盼进了大堂。按照事先的安排，暂依番俗行参见上官礼。方逢时细观其人，十八岁的把汉那吉骄痴之态宛然可掬，不时转脸看看阿力哥，似要从他那里讨得主意。方逢时确认，果如高拱所判断，阿力哥乃把汉那吉主心骨也。他从袖中拿出一沓文稿，看了看，提笔在阿力哥名下多加赏金一百两，起身高声道："尔等慕义来归，本院有赏！"

侍从高声朗读，把汉那吉、阿力哥得赏最多，其余六人各赏金帛牛酒若干。赏赐毕，方逢时又道："赐宴！"顿时鼓乐齐鸣，仆从鱼贯入内，桌椅摆设齐全，美味佳肴次第端上，大堂内觥光杯影交错，欢快无比。

把汉那吉何曾见过这般场面？佳肴中诸多菜品也闻所未闻，勿论品尝过了，一时喜出望外，趋方逢时座前叩首道："纯洁善良的太师接纳我等，我等祝太师康健无恙！"一场宴会下来，把汉那吉竟至方逢时座前三次叩首。

大同最豪华的驿馆已腾退一清，专门安置把汉那吉一行。驿馆内敷设豪华，走廊、室内特意铺上波斯地毯；房间内挂上了纱罩灯，看得把汉那吉目瞪口呆，赞叹不已。次日早饭后，花车已在门首候着，把汉那吉、阿力哥等人穿上方逢时所赏盛装，乘花车沿大同繁华街道游览。把汉那吉兴高采烈，惊叹不已，慨然道："早就听说天朝富盛，果然名不虚传，我投奔而来，真是来对啦！"又神情黯然道，"可惜玉赤扯金不能同来！"

阿力哥道："大成台吉，以后不要再提起玉赤扯金了，好好在天朝享受荣华富贵吧！"

"怕只怕，老主子不会善罢甘休！"把汉那吉低下头去，嘀咕了一句。

3

伊克哈屯一早一晚，都要到东暖殿找俺答汗要孙子。每次都要对俺答汗一顿痛骂："黑台吉不是你的少子？他死得早，所幸留下条根，我一把屎一把尿把他拉扯成人，都是因为你这个老不死的好色淫乱，才把他逼上了绝路，你还我孙子来！"

俺答汗愧疚难当，只能任凭伊克哈屯责骂。这天实在忍耐不下去了，指着自己的眼睛道："你以为我不思念孙子吗？你看看，我的眼睛都哭肿了！"

"老不死的光哭何用？快想法子把孙子给我要回来！"伊克哈屯仍不依不饶。

俺答汗叹气道："和南朝打了这么多年，杀他们男女无数，把汉那吉此去，南朝还会让他活着回来？恐怕可怜的把汉那吉已不在人世了！"说完，双手抱头，号啕大哭起来。

伊克哈屯肝肠寸断，哭了一阵，心有不甘道："活要见人，死要见尸，一天不见，我一天不饶你，你快想法子！"

俺答汗每受了伊克哈屯一番责骂，就会到三娘子那里求得慰藉。他担心伊克哈屯拿三娘子出气，把她藏在九重朝殿一间暖阁里，重兵看护，不许她露面。三娘子见俺答汗被伊克哈屯责骂逼勒，整日唉声叹气，就建言道："法力无边的博格达汗，何不遣使去南朝？说不定，这是个机会，可以跟南朝讲和的呀！"

俺答汗摇头道："三娘子，你怎知道，早年间，本汗可是无岁不求贡的。三十六年前，本汗挟大败兀良哈及入援大同兵变之威，率兵求贡，遭到拒绝；过了几年，本汗遣石天爵至大同求贡，信誓旦旦承诺说，朝廷若许贡，当令夷众牧马塞外，饮血不犯，再次被拒；次年，再遣石天爵到大同求贡，南朝竟下令杀石天爵传首九边！"

"中土的圣贤不是说过吗，两方交战，不斩来使，怎么他们就斩了求贡使者呀？"三娘子不解地问。

"谁说不是嘞！"俺答汗自嘲一笑，"可那个嘉靖老儿傲慢偏执，不可理喻!"他趴在三娘子身上,说起了往事,"三娘子,你可不知道,即使他们杀了石天爵,本汗在次年又三次遣使求贡啊!谁知嘉靖老儿一概严词拒绝!本汗以为老儿怕我管不了其他部落,只和土默川讲和没滋味,本汗就会集四大首领求贡,承诺若答应,东起辽东、西至甘凉,谁也不入犯,可还是热脸贴上冷屁股啊!庚戌秋,本汗亲率大军南下,围困京师八日,老儿迫不得已允准开马市。那年本汗真是小心翼翼啊,亲临市场,告诫诸部首领,不可饮酒失事,入市的马呢,必身腰长大,毛齿相应方可。只是因为贫者无马,本汗就乞请朝廷允准以牛羊入市,嘉靖老儿竟以乞请无厌为由,罢了马市!"

"哎呀!"三娘子既惊且气,"那老皇帝咋这么不通情达理呀!"

"谁说不是嘞!"俺答汗大手一摊,一脸无奈地说,"还不止这些嘞!那嘉靖老儿,还降下明诏,悬赏本汗首级,说南朝官员敢言互市者斩!自此,本汗只得绝了求贡之念。算起来又快二十年了,这二十年,每年都抢啊杀啊,真是血流成河嘞,南朝对本汗恨之入骨啊!"

"哎呀,这真是的!"三娘子面露遗憾之色,伸手抚摸着俺答汗的面颊,"可南朝打不过咱的吧,怎就不愿意言和?"三娘子又问。

俺答汗道:"汉人要面子,本来天天打仗,突然之间要和,谁敢言和谁就是汉奸,用汉人的话说,人人得而诛之!"

三娘子也无话可说了,只是感佩俺答汗的练达,搂着他的脖子在他饱经沧桑的脸颊上一阵猛吻。

好几天过去了,伊克哈屯见俺答汗还无动静,急得发狂,索性寸步不离跟着他,哭闹不止。

"不是我不动,谍报只是说,自把汉那吉进了败胡堡,就无有了声息。万一咱孙还活着,提兵南下,不是促使南朝杀咱孙吗?"俺答汗苦口婆心地劝伊克哈屯道。

"我不管,我只要把汉那吉回来!你想法子,快想法子!"伊克哈屯说着,在俺答汗后背上一阵猛捶。

"汗爷!"恰台吉从外面进来了,"谍报只说败胡堡戒备森严,宣大一线大军密布,严阵以待,就是没有大成台吉的消息。"

"多差些细作,好生打探,随探随报!"俺答汗吩咐道。

"汗爷，小的有……"恰台吉看看伊克哈屯，欲言又止。

"咋的，救把汉那吉的法子还怕我知道?"伊克哈屯往恰台吉跟前走了两步，瞪着眼说，"要不是救把汉那吉的话，你干脆别说，滚远远儿的!"

恰台吉吓得退后两步，愣了片刻，壮着胆子走到俺答汗面前，压低声音道:"汗爷，小的有一计。不如去和王崇古说，把赵全这帮人拿去，换大成台吉回来。"

伊克哈屯年迈耳背，没有听清，刚要问，俺答汗叹口气道:"汉人有句话怎么说来着? 嗯，叫一朝被蛇咬，十年怕井绳。当年桃松寨的事，他们会忘了? 谁再提交换，朝廷里那些言官也得把他吃了!"

正说着，赵全匆匆进殿，兴奋地喊叫着:"汗爷，好消息，好消息，大成台吉还活着!"

赵全自听到把汉那吉南逃的消息，一直提心吊胆，生恐朝廷以把汉那吉为人质与俺答汗讲和。他一边日夜在无生老母坐像前祷告，祈求朝廷杀了把汉那吉，一边差一批汉人南返，随时送谍报给他。这天午时，赵全正在无生老母坐像前祷告，大同谍报至，言方逢时已将把汉那吉迎进大同城。一见谍报，赵全不禁黯然失色，召集张彦文、赵龙等心腹密议良久，终于想出一计，急趋九重朝殿来谒俺答汗。

"是不是呀!"伊克哈屯从俺答汗身边跳了起来，惊喜地问，"我可怜的把汉那吉在哪儿? 在哪儿呢!"

赵全道:"已被送到大同城。"他叹了口气，"汗爷，看来，南朝是要把大成台吉当人质了。"

"说啥人质不人质的呀，上紧去接把汉那吉回来! 快去呀!"伊克哈屯拉住俺答汗的袍领，推推搡搡道。

"好好好，伊克哈屯，你老人家先回去歇着，别在这搅和了好不好!"俺答汗起身恳求道，"让我安静会儿，议出个法子来!"

"也好，你记住，不要回把汉那吉，你老东西别想安生!"伊克哈屯一甩手，走开了。

赵全暗喜，道:"汗爷，不能向南朝示弱，只有铁与血，才能让他们变乖，说不定一听到我大军南下的消息，他们就乖乖把大成台吉送回来了！"

俺答汗摇头道："武力强索，他们会不会将把汉那吉杀了？这个法子本汗已斟酌良久，终不敢动兵。"

赵全道："汗爷，我调集兵马，围攻几个城堡，但并不急于进攻，也不抢掠，只沿边堡呼喊，要求南朝交出大成台吉，不的，就踏平城堡，血洗大同，诱使南朝守军出关来战，我捕获一二名守备将军，即可与南朝交换大成台吉！"

"喔？这倒是个法子，看来也只有如此了！"俺答汗终于作出了决断，"倘不郎，快画南下之策！"

赵全早有预案，拿出一张纸摊在俺答汗面前，上面已标好了行军图，他指指点点道："一路三万大军由汗爷亲自率领，兵临凤凰城；一路两万兵马由永邵卜率领，攻云石堡，围困威远城；再传檄黄台吉率领二万兵马为一路，在宣府、大同间，牵制王崇古！"见俺答汗尚有疑虑，他又补充道，"可多备牛羊，更番迭进，为日既久，则官军人马困疲，内部又吵吵嚷嚷争论不休，不待求，大成台吉可得矣！"

俺答汗当即传令："整备兵马！"

恰台吉、五奴柱闻讯，相约一同到九重朝殿劝阻。

"汗爷，如此举动，恐反会害了大成台吉。赵全居心不良，全是为自己谋，万毋上其当！"恰台吉急头怪脑地说。

五奴柱接言道："汗爷，三十年前我土默特无汉人，并没有什么逃亡者；如今有汉人，逃亡者却日渐增多，就连少主子也逃去了！这岂不是为汉人所祸？我丰州滩留汉人何用！"

恰台吉附和道："是啊汗爷，若将板升的汉人与南朝交换大成台吉，我们南北两家就各自相安了。"

俺答汗叹息道："小子们，你们不懂汉人！"他大手一挥，"时下必用刀枪说话，方有力量！"

"汗爷，小的看，不妨双管齐下。"恰台吉坚持说。

"汗爷还记得鲍崇德吗？"五奴柱道，"当年他曾为汗爷喂过马，这小子时下在方逢时手下做通事，小的设法和他……"

"那还不快去！"俺答汗打断五奴柱，"别走漏风声。"

"那么汗爷，还发兵吗？"恰台吉问。

"不发兵？"俺答汗眼一瞪，"必发兵，五奴柱这小子在鲍崇德面前说话才有分量！"

4

王崇古和方逢时的奏疏，十月九日发交内阁。李春芳只看了开头，手禁不住微微发颤，脸色煞白，看着高拱道："新郑，这、这俺答之孙来投，王崇古何以擅自纳之？这、这如何是好？如何是好！"

高拱接过一看，此奏正是按照他的函示写成，也就踏实下来。他和张居正早已商榷妥当，只等宣大奏报，即批兵部主持廷议。此时遂不慌不忙道："照例批兵部主持廷议就是了。"

赵贞吉看着奏疏，掰着指头算了算，一拍书案，大声道："九月十三日，十月九日，快一个月了，如此大事，何以迟迟未奏报？这王崇古胆子未免太大了！"

"正因为事体重大，总要译审明白，方可奏报。"高拱替王崇古辩解道，"我看王崇古不是胆大，是心细。事体未明，就惊慌失措报来，让朝廷如何处之？"

"心细？"赵贞吉反驳道，"王崇古竟敢提议与丑虏言和，这可是杀头之罪！既然心细，就该知道先帝屡有明诏，不准言和；知道了还悍然提出，我看他的脑袋是不想要了！"似是为堵高拱的嘴，又补充道，"总不能说先帝的诏旨错了吧？新郑上的《正纲常定国是以仰裨圣政疏》，可是极力维护先帝的，敢归过先帝者是大不敬！"

"内江，你会错意了，鄙人纠正《遗诏》的本意，绝不是内江所理解的那样。"高拱冷冷道，"若先帝的每条诏旨都要不折不扣执行，恐内江还在老家抱孙子嘞！"

"新郑这个说法固然不错，"赵贞吉道，"然我老赵当年之所以被贬谪，就是因为庚戌年反对与丑虏言和，如今老夫还是这个主张，宁愿战死沙场，也决不与丑虏言和！言和者，汉奸也！"

高拱冷笑一声道："内江，这话说过了。若是皇上言和呢？"

"你你……"赵贞吉被抢白得满脸憋得通红，良久才赌气道，"皇上言和，做臣子的，也要谏诤！"

"新郑、内江，先不必争了，批交兵部吧。"李春芳小心翼翼地说，"看看大家什么主张再说。"

兵部尚书郭乾接到奏疏，惊惧交加。他把奏疏往书案上猛地一摔，道："王崇古，真是多事！"又小声嘟哝道，"真是倒霉，才坐这位子几个月，竟遇到这等事！"他沮丧地仰坐椅中，吩咐承差，"请两位侍郎来。"

左侍郎魏学曾、右侍郎谷中虚前后脚进了直房，郭乾指了指案头的奏疏，摇头不已。魏学曾、谷中虚坐下来，近乎头顶头，一同阅看。魏学曾默不作声，谷中虚脸色骤变，叹息道："王崇古不该如此处置，纳此竖孤，祸患无穷！"

"大司马，当速发揭帖给部院寺监，明日就廷议，此事拖不得的。"魏学曾建言道。

"大司马，桃松寨之事，殷鉴不远啊！"谷中虚焦急地说，"就因为督抚为邀功，把桃松寨居为奇货，结果引发一场血战，兵部尚书杨博受命兼任宣大总督，在右玉苦战几个月，才保住城池，杨博老命差点搭上啊！为避免悲剧重演，赶紧把竖孤赶出关外方是上策！"

郭乾愁眉苦脸道："既然已经批下，就是皇上的旨意，兵部也只好主持廷议，待廷议时再说。"

次日辰时，廷议在文华殿举行。郭乾神情游移地坐在首座，缩着身子，双手交叉袖中，眉头紧锁，一脸紧张神情，开言道："诸公，今日遵旨廷议。"扭脸向职方司郎中吴兑扬了扬下颌，"把宣大总督王崇古的奏疏宣读一遍。"

吴兑未读几句，会场上喧哗而议。虽然把汉那吉来降的消息已传遍京城，但情形到底如何，众人尚不知底细，一听王崇古要纳之，还要厚待，个个义愤填膺，再也忍耐不住了。

"王崇古当斩！"御史叶梦熊抢先道，"先帝有明诏，王崇古故违明诏，岂可不究？窃以为律令昭昭，何需廷议！"

"桃松寨之事，殷鉴不远，朝廷不应迎合王崇古侥幸邀奇功的颠顶之举，当驳回此奏，严词训诫！"兵科都给事中温纯道。

"祸国之举，莫此为甚！莫此为甚！"英国公张溶大声道，"秋防没有出事，好不容易松口气，王崇古就又来出这！你收留他，北虏会认为你扣他为人质，他们只认得金戈铁马！与北虏打仗，有胜算吗？这不是祸国是什么？嗯！"英国公已年迈，说着，气得咳嗽不止。国公乃国朝最高世袭爵位，得封袭此爵者，都是战功赫赫的英烈之后，又照例兼任五军都督府都督，关涉边防大事，他们的话很有分量。

"还议什么议！嗯？依律令斩了王崇古，赶紧把那个竖孤给送出关外就完了！"抚宁侯朱冈接言道。

丰润伯曹文炳抢过话头："朝廷里恐有给王崇古撑腰的人，他们是同犯，锦衣卫当即刻拿下！"

"赞成！赞成！就照英国公、丰润伯说的办吧！"灵璧侯汤世隆、泰宁侯陈良弼、伏羌伯毛登、惠安伯张元善，都起身大叫道。

公侯兼五军都督个个气势汹汹，摆出兴师问罪的阵势，想表达支持意见者都噤口不敢言。

郭乾却视而不见，默然无语。魏学曾忍不住了，拱手道："诸位前辈，皇上命廷议，本为集思广益，自当畅所欲言，学曾得罪了！学曾以为，虏酋款塞，乃我大明之利机，不可轻易错过。"

吏科都给事中韩楫接言道："制虏之机，实在于此。王崇古敢于担当，朝廷理应……"他的话还未说完，侍从神色慌张地进了议场，直趋郭乾座前，把一份羽书捧递给他。

郭乾脸色大变，嘴唇哆嗦着，向众人道："北虏数万兵马，分三路气势汹汹向宣大杀来，其中两路由俺答、黄台吉亲领！"

"真是无事生非，国库再也支撑不起一场大战了！"户部尚书刘体乾气急败坏地说，"谁惹的祸，谁筹钱去，鄙人是毫无办法的！"

"行了，准备打仗吧，别在这里耽误工夫了！"英国公张溶一甩袍袖，大声说，起身就走。走了几步，回过头来，恶狠狠道，"缇骑兼程赶去阳和，砍了王崇古的脑袋，祭旗！"又一指郭乾，"兵部要写上老夫这句话！"

郭乾暗自高兴，宣布廷议收场。可出了文华殿，郭乾迈不动步，站在雪地里，望着义愤填膺而去的众人发呆。一则因为大兵压境，一则因廷议议而未定，不知如何回奏，急得脸上汗珠直淌。

高拱也接到了宣大羽书，内阁朝房里，他边踱步边对坐在书案旁的张居正道："老俺大军压境索孙，这并不出乎意料，我在给王崇古的书函里，就如何应对此种情形已有详嘱，倒是不必过于担心，只是朝廷要快些给王崇古明确说法，方好从容应对。不知廷议……"他不再说下去了，隐隐感到，廷议的结果不会如他所愿。

张居正道："玄翁不是事先给魏学曾、韩楫有所示意吗？居正也和曾省吾几个人示意过了。"

"只怕廷议时众论汹汹，一旦否决王崇古所奏，抑或拖而不决，把汉那吉是留是逐未定，王崇古就难办了，事先设计的法子，也就用不上了。"高拱焦躁起来，"既然老俺大军不日就兵临城下，朝廷必得上紧给王崇古个说法，万万不能拖！"他蓦地驻足，对张居正道，"叔大，你快去给王崇古修书，要他不必动摇，按事先画策行事，戒励诸将，并堡坚守，勿轻与战，即彼示弱见短，亦勿乘之。"

张居正慢慢站起身，却并未迈步，蹙眉道："万一廷议……"

"那也要力排众议，照事先画策行事！"高拱断然道，"此事，我来担之！"

张居正刚走，郭乾佝偻着身子求见。高拱惊问："廷议这么快就结束了？结果如何？"

"高阁老，北虏大军南下……廷议，众论汹汹，英国公言当请旨差缇骑去砍王崇古的脑袋祭旗……"郭乾语无伦次地说。

这也不出意料，高拱鼻腔中发出"哼"声，一扬手道："行了，你即题覆，就说廷议未定论就是了，内阁来决断！"

郭乾喏喏，却仍未起身。高拱刚要发火，忽然明白了他的意图，不耐烦道："你是想问应对俺答大军方略？兵部传檄王崇古，要他戒励诸将，并堡坚守，勿轻与战。"

"高阁老，巡按御史、朝廷里的科道，本对王崇古纳把汉那吉招惹祸端义愤填膺，无处发泄，若再避敌不战，恐弹章叠上。"郭乾一脸惊惧地说。

高拱凛然道："本兵不必惴栗。此事，我自有画策，兵部照我说的做就是了，一切由高某担之！"

郭乾拱手告退，回到部衙，一面照高拱所示传檄王崇古，一面按高拱所嘱题覆王崇古的奏本。

兵部的题覆发交内阁，李春芳一看，越发紧张起来："这、这兵部推卸责任嘛！奉旨廷议，焉能如此回奏？真是闻所未闻！这让内阁怎么办，还是驳回去吧！"

"宣大大军压境，戎机十万火急，不能循常例了。"高拱拿过兵部题覆稿，"我来拟旨。"他早已斟酌好了，提笔在黄票上写道：

这虏首慕义来降，宜加优恤。把汉那吉且与做指挥使，阿力哥正千户。还各照品赏大红苎丝衣一袭，该镇官加意绥养，候旨另用。其制虏机宜，着王崇古等照依原奏，用心处置，务要停当。

"新郑，你不能这么做！"赵贞吉沉着脸道。

"是啊，新郑，且不说王崇古所奏当与不当准，廷议未有结论，内阁就径直拟旨，不合体制嘛！"李春芳接言道。

"在紫禁城里坐而论道，谁都会！"张居正忍不住了，"时下，宣大的空气，紧张得怕是要凝固住了，多为前线想一想吧！"

"我辈朝廷重臣，知责人以常法，不念呼吸之兵机，可乎？"高拱语气坚定地说，"此事就这样办了，若皇上驳回，高某绝不恋栈，立马走人，绝不食言！"

1

俺答汗率三万大军，顶风冒雪，直抵平虏城下。赵全勒马靠近，探身向他嘀咕了几句，俺答汗传令："扎营！不许抢掠，也不许明言索要把汉那吉！"

方逢时正在阳和总督行辕向王崇古禀报鲍崇德与五奴柱暗中接洽情形："通事鲍崇德少时被掠去土默川，曾为俺答喂马多年，前日忽有北虏捎来书函，邀他到晾马台一聚，我当即批准了。原来是俺答的心腹五奴柱在那里候着。鲍崇德把中玄所示的那套说辞说于五奴柱，并警告北虏不可强索把汉那吉。"

"看来俺答也是做了两手准备。"王崇古道，"这就有余地了。"

正说着，谍报至：俺答已率大军直抵平虏城下。

"金湖，客人来到家门口了！"王崇古笑道，"照中玄所示，一则严兵以待；一则从容谕之，具体如何说，中玄书函中已有指示，就按他指示办，不必出恶言。"

"可是，奏本呈上多日，朝廷迄未批复，会不会有变？"方逢时担心地说，"若朝廷不允所请，则按中玄所示谕于俺答，届时如何收场？抑或俺答不信我言，必有圣旨方可作数，如何是好？"

"金湖不必担心，相信中玄不会畏首畏尾，他必会担当。就按既定之策行事。"王崇古道，言毕突然想起张居正刚有书来，"太岳相公有大札，示我勿轻与战，不必以斩获为功。此与中玄思路吻合，金湖就放心好了。"

"我即回大同，差鲍崇德再与之接洽。"方逢时道，神情镇定踏实了许多，"只是兵马要应付三路，大同城为之一空，心里有些不踏实。"

"我会传檄宣镇总兵赵岢西移为援。"王崇古道，又嘱咐说，"此事不可久拖，暗中上紧谈判，战事或可免。"

计议已定，方逢时匆匆赶回大同，召鲍崇德来见，嘱咐一番，又手书短束，交鲍崇德带给率军据守云石堡的革职副总兵田世威。此人因石州之陷，下旨问斩，旋即皇上下旨赦其死，发往云石堡守边。鲍崇德领命，即急赴云石堡去见田世威。

在大同右卫与平虏卫之间，筑有威远城，威远城之西十里，筑云石堡以屏藩威远，可谓极冲要之地。这天一早，云石堡门楼上站着几个身着盔甲的人，"嗖"的一声，一支长箭射向俺答的军阵。军阵里一片骚动，有兵士捡起一看，箭头上拴着的，是一封用番文写给俺答汗的书函，忙驰报俺答汗大帐。

"好好好！喔哈哈哈！"俺答汗大喜。驻此两三天了，各城堡紧闭，官军并无迎战之势。虽则赵全力主攻破几个战堡，俘获南朝将领以交换把汉那吉，可俺答汗生恐一旦开战，激怒对方，杀了把汉那吉，迟迟未下令。好在五奴柱那里传来喜讯，南朝有谈判之意，俺答汗越发坚定，传令全军不得擅自行动。既如此，就只能坐等。寒风瑟瑟，要等到何时？正焦躁间，忽接书函，俺答汗求之不得，忙命五奴柱前去接洽。

五奴柱只带两个侍从，策马奔向云石堡。鲍崇德、田世威已在堡外守候。

待五奴柱近前勒马，鲍崇德即用番语大声道："大同镇旗牌官鲍崇德、旧副总兵田世威，奉王军门、方抚台之命，宣谕尔等：把汉那吉来降，既非我天朝偷袭所捕，又非诱惑所致，纯系慕义而来，此乃天意。我天朝知其为俺答汗之孙，不惟不杀，且厚待之，尔等本应感恩于我，何以引兵来索？若尔等知愧，欲求把汉那吉生还，则当输诚纳款，表请哀求，我皇上圣明，王军门、方抚台为尔等奏请，或可有望。若开战端，即是促把汉那吉速死，望省思之！"

"喔!"五奴柱面露喜色。

鲍崇德又道:"尔即回去禀报,明日此时此地再会!"言毕,与田世威勒马转头,回到云石堡。

次日上午,鲍崇德、田世威出了云石堡,五奴柱已在堡外恭候多时。一见面,就对鲍崇德道:"我汗爷闻使者言,很高兴,特命我邀鲍使到大帐一见。"

鲍崇德踌躇片刻,与田世威商,田世威道:"会不会要拿你做人质?还是回去禀报抚台后再说。"

"迁延时日,久拖不决,恐会生变。我豁出去了!"鲍崇德狠狠心道,遂向五奴柱喊道,"既然俺答汗诚意相邀,本使愿前往宣谕!"

"请请请!"五奴柱高兴地说,策马带鲍崇德往俺答汗大帐而去。

约莫小半个时辰,五奴柱带鲍崇德来到了大帐前。进得大帐,只见俺答汗威严地端坐在虎皮太师椅上,不待鲍崇德说话,便问:"鲍使可嗅到死亡的气息在大同上空弥漫?"

"不,本使嗅到的是和平的气息!"鲍崇德镇定自若答道。

"哼哼,本汗一声令下,宣大不知会有多少将士,顷刻间命丧刀下!"俺答汗以威胁的口气道。

"即使如大汗所言,也并不可怕!"鲍崇德从容道,"我天朝将士何止百万?而黑台吉的遗孤,却只有一个,死了,就再也没有了。"

俺答汗倒吸了口凉气,恶狠狠道:"转告王崇古,若敢伤害我孙,我必踏平大同城!"

鲍崇德不疾不徐,将昨日对五奴柱说的一番话,又对俺答汗说了一遍,并责备道:"大汗本已遣使与我接洽,两家自可坐下商量,为何率大军强索?"

"喔哈哈哈!"俺答汗突然大笑起来,"鲍使,不说那些个不愉快的事啦!既然太师有意两家商量,本汗就放心了。鲍使,来来来,本汗请你品尝涮羊肉!"

一番款待,酒足饭饱后,俺答汗屏退左右,只留鲍崇德一人,两人在帐内半坐半卧着。俺答汗道:"鲍使,本汗愿如你所说,撤兵上本,恳求朝廷放我孙回去。为表诚意,本汗愿多多贡送牛羊,你看怎样?"

鲍崇德摇头道："我皇上富有四海，哪里看得上你那些牛羊？金银财宝也非我皇上所重。我皇上所重者，礼法；所守者，信义。"

"这……"俺答汗一头雾水。

"既然大汗诚心问计于我，我不妨出个主意。倒是有件礼物可送。"鲍崇德环视四周，压低声音道，"赵全、李自馨等人，为大汗所收留，天朝上下皆恨之。若大汗要表诚意，可执而献于朝廷，我皇上必喜，则你孙必可生还。"

"喔？嗯……"俺答汗颇是心动，"待我想想。"

"那好，等大汗消息。"鲍崇德起身告辞。

俺答汗亲自送到大帐门口，拉着鲍崇德的手道："若太师果有此意，似可一谈。"他用力把鲍崇德往回一搁，"鲍使稍候，我这里有不少好马，请鲍使任选一匹！"见鲍崇德有些踌躇，他又道，"你去选马，我要选人，随鲍使谒见太师。"

鲍崇德点头。经过一番挑选，选中了一匹纯黑色高头大马，俺答汗也选好了使者，一个叫火力赤，一个叫十六，二人随鲍崇德别过俺答汗，策马向云石堡方向驰去。进了云石堡，商议过后，鲍崇德未敢停留，即带着俺答汗的两名使者转往大同，谒见巡抚方逢时。

次日晨，待布置停当，方逢时在大堂太师椅上端坐，火力赤、十六照番俗晋见行礼，粗声大气道："仁慈睿智的太师，大成台吉南降，乃天弃我大汗。既蒙不杀，又予厚待，我大汗感激不尽，愿执赵全等来献。"

方逢时暗喜，却不露声色道："尔等回去转告俺答：天朝仁厚，宠爱尔孙，乃尔孙再生之日。尔果孝顺，朝廷可既往不咎，以礼遣还尔孙，彼此寝兵休士，世世昌乐，岂不休哉！"

火力赤、十六闻言，跪地叩头道："我大汗不敢有二心，愿惟太师之命是从。"

"那好，尔等回去，转告俺答：一、立即退兵；二、执送赵全等来献。"方逢时威严道，又命侍从将一份名册递过去，"名册在此，照此执送四十八人来献，以表诚意。"

火力赤、十六两人忙回禀俺答汗。

俺答汗大帐内来来往往的使者，让赵全感到惊恐。他仿佛嗅到了死亡的气息，在帐内烦躁地踱步。可他不想坐以待毙，遂来到俺答汗大帐求见。

"倘不郎何事，这么晚了还要见本汗？"俺答汗心烦地说。火力赤带回的消息，他只高兴了一阵，转而又担心起来。

赵全"嗵"地跪地，哭泣着道："汗爷，把小的绑缚南朝，换回大成台吉吧！"

"倘不郎，你听到什么了？"俺答汗问。

赵全从俺答汗的眼神和话语中证实了自己的猜测。叹息道："小的微命无所惜，悟于慧心，不忍汗爷受南朝欺骗。"

"此话怎讲？"俺答汗走上前去，边拉起赵全边问。

"汗爷，小的收到来自京师的谍报，朝廷大臣都反对纳大成台吉，要问王崇古罪，一听说汗爷大军南下，人心惶惶，害怕桃松寨之事重演，都主张上紧送回大成台吉！"赵全拉住俺答汗的手说，"我大军已断了他们的粮道，他们最怕我大军久待不撤。目下王崇古已走投无路，急着放大成台吉回来，又怕朝廷治他的罪，就欺哄汗爷，让汗爷把我等汉人交给他，这样王崇古也好向朝廷交代！汗爷万万不可相信他们啊，汗爷只问他一句话：纳大成台吉而厚待之，朝廷有谕旨吗？"

俺答汗正是对此心存疑虑才转喜为忧的，经赵全这么一说，越发怀疑起来。

"心地纯洁的汗爷！机谋多端的汉国根底如何相信？"赵全见俺答汗动心，继续道，"汗爷，小的微命，安得与大成台吉比？如此以轻搏重之事，又是边臣主动向汗爷提出来的，可信吗？"

"来人！"俺答汗喊了一声，"适才所传撤军令收回！"

赵全心绪平静下来，献策道："汗爷，南朝大军集结在平虏一线，大同城防必已空虚。当传令黄台吉破宏赐堡，直逼大同，如此，则王崇古必惧，送回大成台吉有望。"

"若王崇古杀了我孙，如何是好？"俺答汗问。

赵全道："不会。要杀，早就杀了，他们惧怕汗爷，只要汗爷大军在此，他们就不敢杀大成台吉！况且汗爷可推脱为黄台吉擅为，非汗爷所命，王崇古反而会求汗爷约束黄台吉，届时就让他们放大成台吉出来。"

俺答汗连连点头："倘不郎放心，本汗对倘不郎须臾难离，视同羽翼，岂肯交于朝廷，自剪羽翼！"

2

王崇古正等待着俺答退兵的消息，等来的却是黄台吉移师大同的塘报。

"传檄赵帅，驰援大同！"王崇古命令道，又吩咐道，"京师若有文书来，即到即报！"言毕，即到节堂枯坐沉思。

"难怪俺答反复，没有朝廷诏旨，边臣承诺终归是不作数的。"王崇古自言自语着，"只盼中玄兄能够力排众议。"他从外甥张四维的书函中，已知接到他的奏本，京城众议汹汹，反对声四起，杀王崇古以弭虏患的呼声甚嚣尘上，形势比他想象的还要严峻。他担心高拱承受不住如此巨大的压力，或者皇上顾及舆情，顺从多数人的主张，那事体就不可收拾了。

黑夜沉沉，朔风呼啸，坐在节堂里的王崇古嘴唇紧闭，牙关紧咬，心情沉重。他知道，若高拱不能断然定策，后果不堪设想，就目下的态势看，要比桃松寨、石天爵事引发的后果还要惨烈，他不敢想象会出现怎样可怕的结局！

"报——"随着一声叫，王诚进了节堂，"军门，京师有急递到！"

王崇古"霍"地起身："快，快打开来看！"声音竟有些发颤。

王诚拆开密封，从套中取出一份文牍，王崇古一把接过，急切地阅看起来，须臾，如释重负般，长长地吐了口气。"喔——到底是准了！中玄之力也！非中玄，谁敢为之！"他吩咐王诚，"即刻送往大同，交给方巡抚，要他遣人持诏旨到俺答营中宣谕，使者即可向俺答透出互市之意。"又补充道，"提醒方巡抚，皇上已命把汉那吉任指挥使，并赐绯袍金带，明日当让把汉那吉着此服，在城中游街，夸官示虏！"

已是凌晨，方逢时并未就寝，接到辕门送来的诏旨，并王崇古所嘱二事，当即作出部署。天色未明，鲍崇德已牵来俺答汗所赠大马，正要出发往俺答大营宣达圣旨，方逢时差人拦下，带他进了巡抚衙门节堂。

"胜负在此一举，必整备周详！"一夜未眠的方逢时仍处于亢奋中，对鲍崇德道，"既然俺答怀疑我有诈，今次还真要做些假才对不起他！"他拿出几封密帖，"这是从巡抚衙门故牍中翻检出来的，俱是汉奸头面人物如李自馨等暗地投书，表悔罪思归之意的。可惜没有赵全的，我意可检出一封加以修饰，冒充是赵全的。"

鲍崇德挑出一封，提笔在稿笺上略一改动，一封赵全的输诚书就修饰好了。怀揣着朝廷诏旨，又带上几封悔罪思归的密函，鲍崇德并李天云跨马出城，直奔平虏，出云石堡，前往俺答汗大帐。俺答汗一见鲍崇德，自知理亏，却先发制人道："两家当对天发誓，不许说谎！"

鲍崇德诘问道："我太师与大汗已有约，可大汗不惟不撤军，反而令黄台吉西移，意欲何为？"

俺答汗道："本汗说话作数，可太师只是边臣，要皇帝有圣旨才作数。"

"本使奉军门、抚台之命此来，就是来宣旨的。"说着，鲍崇德拿出了王崇古奏疏上的批红递给俺答汗，"看，我皇上已授把汉那吉指挥使，正三品之职。"

俺答汗将信将疑，命通事去译写。鲍崇德继续道："若大汗不退反进，我天朝将不再忍耐，必先斩把汉那吉，再发大兵灭大汗。"

此言一出，俺答汗脸色陡变，屏退左右，对鲍崇德道："还请鲍使指点。"

"大汗，你的事情都是那些奸人坏的。他们是亡命之徒，眼看两家要达成和议，他们便从中捣乱。他们不是为了大汗，是为自己。他们正密计害大汗也未可知，以便到天朝这里邀功请赏！"鲍崇德故作神秘地说。

俺答汗摇头道："鲍使，你是故意挑拨吗？"

鲍崇德从怀中掏出几封书函，道："大汗，这都是赵全、李自馨辈致太师的悔罪思归密函，看看就明白了！"

俺答汗大惊，忙命通事译读。听了几句，他挥手制止，对鲍崇德道："喔呀，还是太师为我着想啊！鲍使，你说我该怎么办？"

鲍崇德道："大汗，记得往者大汗无岁不求贡，若大汗退兵，执送赵全等人，我太师愿奏请朝廷，允贡开市，如此，对两家都有利。"

"喔呀！太好了！"俺答汗大喜过望，起身激动得来回踱步，"我空活一世，不知道理！太师有此好言语，我无不依从。"他喜不自禁地走到鲍崇德面前，低声道，"我本意要进贡来，都是赵全，到边哄我该坐天下，许我大同左右卫城，教我攻掘城堡，连年用兵，两下厮杀不得安生，乱了！今上天让我孙投顺天朝，乃不杀，又加官又赏衣服恩厚若此，我今始知天朝有道，悔我以往所为，若果肯与我孙，我愿执献赵全等赎罪，我已年老，若天朝封我一王子，掌管北边各酋长，谁敢不服？再与我些锅、布等物为生，我永不敢犯边抢杀，年年进贡，将来我的位儿，就是把汉那吉的，他受天朝恩厚，必知感恩，不敢不服！"

"这就对了！"鲍崇德笑道，"就请传令黄台吉速速撤军。同时先照单执送赵全等四十八人，太师见到人，即上奏请旨，封贡开市，礼还把汉那吉。"

"喔哈哈哈！好啊，好啊！"俺答汗高兴地举起双臂，挥了几挥，待回到座位坐下，突然又一脸狐疑，直勾勾地看着鲍崇德道，"一旦交出赵全，太师不送还我孙怎么办？我看，要先把我孙送出关，我再送赵全，好不好？"

鲍崇德正色道："这不妥！两家商量好的，你家先交出赵全，我家再送还把汉那吉；大汗差火力赤晋见方抚台时，也是这么约定的，就这么说变就变？"

俺答汗一拍胸脯："鲍使，我说话作数。至于太师，"他"嘿嘿"一笑，"不是本汗信不过太师，本汗听说，朝廷里多半反对两家讲和，全靠高阁老顶着呢；万一我家送还赵全，朝廷里吵吵嚷嚷不许送还我孙，高阁老一看赵全既已得手，犯不着得罪百官，不再替太师撑腰，我岂不抓瞎？"

"这个……"鲍崇德面露难色，"大汗，本使做不了主，也不敢禀报你的想法，还是你遣亲信头目与我同见军门，与他定说吧！"

"就这么说！"俺答汗爽快道，当即传来通事，口授番文函件一通：

军门、镇巡：两家不许说谎，对天发咒！今差打儿汗首领哥等五名见皇上，大取和，两家都好。或封王则一统天下，羊年取和，两家都好。

三堂乞皇上，我乞讨把汉那吉，你若与我，你问我要什么，并不阻隔。你把我孙子送出来，我后边送赵全、李自馨。军门三堂回奏乞讨。

口授毕，审阅一遍，随即定下五名使者，再把五人名字加上，用了印，封交鲍崇德。又传打儿汗首领哥、张彦文等五人来见，吩咐一番。

鲍崇德带上俺答汗的使者连夜赶往阳和城。王崇古接报，命陈列兵仗，备齐威仪，在白虎堂传见。

打儿汗首领哥一行被眼前的阵势所震慑，战战兢兢进了白虎堂，照番俗施礼毕，呈递了俺答汗的禀帖。

以番文呈递禀帖，乃先年定制。王崇古接过禀帖，又把鲍崇德已译写好的汉文看了一遍，他脸一沉，刚要发火，又忍住了，还是先听听使者有何要说。

"我大汗命我等来禀军门，"打儿汗首领哥开言道，"先年也想贡来，只是受赵全勾引，把好路断了。连年远处抢去，怕天朝捣巢，杀了老小，赶了马匹；近边驻牧，天朝烧荒，把草都烧光了，只得沿边刁抢，两家都不得安生。今大成台吉就是天使，来投天朝，就是要两地取和。若先送大成台吉出关，愿把赵全、李自馨送来，其余如枯草，不值钱。天朝若再封一名号，还要年年进贡，管束各枝部，不许进犯。恐军门不信，特遣纯洁无瑕的使者前来。"

王崇古一拍书案："那边，黄台吉移师大同；这边，俺答就要求先送回把汉那吉，你们一手刀枪，一手诡诈，视堂堂督抚为孩童？"

打儿汗首领哥吓了一跳，忙把俺答汗说给鲍崇德的一番说辞说了一遍。

王崇古暗忖：俺答的担心，要说也不无道理。

打儿汗首领哥见王崇古不语，临场发挥道："足智多谋而又英勇善战的军门啊！我大汗绝无反悔之意，只是伊克哈屯思孙心切，若就这么回去了，怕不好给伊克哈屯交差，大汗的日子不好过嘞！"

"把汉那吉已是天朝三品指挥使，赵全、李自馨本就是天朝子民，尔等没有讨价还价的资格！"王崇古厉声道，"你知会俺答：本部堂愿代汝向朝廷请封，汝若有诚意，上请封的禀帖，并绑缚赵全等来献。"

"这……"打儿汗首领哥支吾着，不知如何回应。

王崇古一挥手："本部堂是宣大总督，这等事，照例当由镇巡答复，尔等去见方抚台，商榷具体事宜。"

打儿汗首领哥只得施礼道谢，又道："我大汗再三嘱咐我等，说天朝厚待大成台吉，很感激，命我等务必与大成台吉见一面。"

"准！"王崇古爽快地说。他拿起鲍崇德译好的禀帖，看看使者的名字，又看看下站的诸人，盯着张彦文："尔即张彦文？"

张彦文见王崇古神色不对，不敢出声，只是惊惧地点了点头。王崇古大声道："来人，把张彦文拿下！"

几名侍从一拥而上，将张彦文摁倒在地，捆绑结实。打儿汗首领哥大惊："军门，这、这是何意？"

王崇古冷冷一笑："此人乃汉人，叛投板升，不劳俺答汗绑他来送，扣押在此就是了！"言毕向外挥了挥手，"尔等速去大同，会一会天朝的指挥使把汉那吉，再谒见方抚台，商榷具体事宜。"

"走吧，到大同去见把汉那吉指挥使！"鲍崇德催促道。打儿汗首领哥无奈，只得随鲍崇德、李天云出了辕门。

3

寒风的呼啸声搅得大同巡抚方逢时心烦意乱。黄台吉寇宏赐堡的消息，令他坐卧不安。虽王崇古已檄调宣镇总兵赵岢驰援，他也差鲍崇德疾驰平虏卫，去知会俺答，要其传令黄台吉不得擅自行动，可即使赵岢驰援、俺答应约传令，也需时日，而黄台吉却近在咫尺，随时可能踏破宏赐堡，攻入大同城。

凌晨时分，方逢时正和衣而卧，中军来报："黄酋率二万骑，已于夜半杀奔大同之东塘坡，势甚猖獗！"

"啊？"方逢时大惊失色。坐下，又站起；站起，又坐下，额头上的汗珠不时淌下，流到嘴角，一股涩味浸入口中，他方举袖胡乱在脸上擦抹了一把。

此时，诸将兵马已被王崇古先期调往平虏城，而阳和两掖之兵亦远在怀仁城中，留在大同城内的，只剩标下三百并老弱不可战者二千人，而黄台吉已兵临城下，檄调援军已来不及了！方逢时不禁喟叹一声："若黄台吉窥大同空虚，纵兵四掠，则附城百里之内皆鱼肉矣！"他的脑海里，顿时浮现出可怕的场景，浑身不禁打了个寒噤。

"不行，不能坐以待毙！"方逢时一跺脚道。说着，传令亲兵备马，直趋东门，疾步登上城楼，又命大开城门，不得禁人出入。

效法诸葛孔明空城计，以迷惑黄台吉。方逢时心里这么想着，坐在城楼，心里七上八下，思忖退兵之计。过了约莫半个时辰，命亲兵道："速取把汉那吉令箭来！"

须臾，把汉那吉的令箭取到，又物色到通番语的土忽智、龚喜二人到城楼来见。方逢时把箭交到土忽智手中，一脸肃穆道："黄台吉今虽奉俺答之调而来，但并非真心为把汉那吉，是以他大军寇宏赐堡，恐别有意图。闻得北虏营中往来，皆以令箭为凭。你二人执此箭速往黄台吉营。"又附耳密嘱一番，土忽智二人随即匆匆下了城楼，跨马往宏赐堡方向疾驰。

宏赐堡外，黄台吉闻得方逢时遣使携俺答汗令箭而来，即在大帐传见。土忽智呈上令箭，道："此乃大汗令箭。大汗与太师有约，令台吉勿用兵。"

黄台吉接过令箭，端详良久，冷笑一声道："此非我父令箭，乃我侄把汉那吉的，是我弟黑台吉的遗物。"

"不错，这是把汉那吉之箭。但我太师与大汗已有盟约之事却是真的。"龚喜忙解释道，"把汉之事，吾太师昨已约俺答汗，与之奏请处置。俺答汗已从，恐台吉不知，特以此箭示台吉，令台吉出关，不许坏约。"

黄台吉思忖片刻道："我也闻把汉那吉在镇城夸官之事。我本是来求把汉那吉的，把汉既授官，又有成约，若太师有诚意，我不是不可收兵。"言毕，与部属嘀咕一番，对土忽智、龚喜道，"我要差人持此箭驰告吾父，另遣哑都善入见太师。"

龚喜、土忽智二人咬了咬耳朵，回应道："台吉，土忽智先去禀报太师，若太师应允，哑都善即随我一道入城。"见黄台吉点头，土忽智快步出了大帐，跨马飞奔而去。

大明首相
第三部
锐志匡时

方逢时闻报，提到嗓子眼儿的心稍稍落下，命土忽智接黄台吉使者前来，又传令在东城楼备下了酒宴并金银首饰、绸缎布匹等礼物。

夜半，黄台吉的使者哑都善入城，被引上城楼，见方逢时亲自迎接，受宠若惊，索性照汉人礼节，行叩拜大礼。席间，方逢时又把嘱咐土忽智转告黄台吉的那番话说了一遍，哑都善喏喏而应，宾主欢洽，盘桓至东方发亮，重赏送出。

黄台吉接报大喜，对前来送行的龚喜道："回去禀报太师，谨如约！"说完，狡黠地眨巴了几下眼睛，与哑都善耳语一番，命他与龚喜再返城中晋见方逢时。

方逢时闻报甚感纳闷，不知黄台吉葫芦里卖的什么药，不敢大意，仍在东门城楼上召见。

"太师，黄台吉劳师远征，眼看空手而归，手下头目一个个怨声载道。"哑都善"嘿嘿"笑着道，"请太师赏赐三千两银子，堵住他们的嘴，如何？"

方逢时大大松了口气，笑道："久闻黄台吉乃北地英豪，故我以礼相待；今却无端求赏，方知他原是好利之人，吾不敬矣！"

"太师，这这……"哑都善支吾着，茫然不知所措。

"哈哈哈！"方逢时仰脸大笑，"贵使，请转告黄台吉：汝若与汝父同心纳款，则朝廷必有大赏，加汝官职，永受帝祉，何爱此区区三千两银子，徒损盛名。坏汝声望之事，吾不能做也！"

哑都善喏喏告退，即禀报黄台吉。黄台吉大惭，忙道："哑都善，你再辛苦一趟，转告太师：北人不读书，甚鄙。蒙太师训，知罪矣。"又对龚喜道，"我感太师诚意，虽一草一木也不敢动，但经宣府出张家口返回。"

旋即，黄台吉便率大军东去。刚走出大同镇防区，即遭遇西援的宣府总兵赵岢，黄台吉传令："我有约，战则坏约，折返！"两万兵马遂西返，由拒胡堡而出。

方逢时刚送走哑都善，即接到打儿汗首领哥来谒的禀报，他提了提神儿，即在大堂召见。鲍崇德先将谒见总督情形禀报一遍。打儿汗首领哥开言道："太师，我大汗的意思，请天朝先送还大成台吉，必执送赵全等给天朝，绝不说谎！"

"这个免谈！"方逢时因黄台吉已答应退兵，底气甚足，断然否决，旋即缓和了语气，解释道，"非不信任俺答汗，乃为堵住朝廷里那些挑刺大臣之口。"

打儿汗首领哥从王崇古的话里已听出端倪，对此本不抱希望，又听方逢时如是说，也就不再争辩，又道："既如此，太师看，何时何地将赵全、李自馨二人送还？太师又何时将大成台吉送还？"

"二人？"方逢时一脸狐疑，"本院开列四十八人名册，何来二人？"

"嘿嘿，太师，"打儿汗首领哥道，"本使已禀报军门，愿把赵全、李自馨送来，其余如枯草，不值钱。军门并无异议。"

方逢时沉吟片刻，眼一瞪道："天朝体统，巡抚非总督属员；且朝廷成例，与北虏打交道，由大同巡抚出面。既然俺答汗求情，本院给他个面子：军门要赵全、李自馨两人，另扣押张彦文一人；本院要名册中前十的另外七人。"

打儿汗首领哥见执送人数由簿册上的四十八人减为十人，再争无益，便道："本使回去禀报大汗，再给太师回话。"又道，"本使已在军门处请准，探望大成台吉，请太师安排。"

"随时可去！"方逢时大大方方道，说着，提笔写了手谕，令亲随传递于打儿汗首领哥。打儿汗首领哥致谢告辞，方逢时又道，"你回去把本院的话转告俺答汗：执送叛人、送还把汉那吉，都是本院为汝所谋，我皇上仁德抚汝，降旨允准。若汝不先献叛人，恐皇上怒被汝欺，听诸大臣议，集精粹三十万雄师而来，汝身且不保，况汝孙乎？汝常叹日影南移，是天不爱汝，汝尚不自知乎？"

打儿汗首领哥忙施礼道："惟太师命是从！"

"这就好！这是汝家的福分，还疑神疑鬼做甚！你回去转告俺答汗，即上请封求贡的禀帖，至于何时送还把汉那吉，天朝有天朝的规矩，要皇上下旨方可。不过请俺答汗放心，此事皇上已允准，只是具体时机，尚待请准。"方逢时和颜悦色地说，言毕转向亲兵道，"厚赏诸使者！"

打儿汗首领哥领赏出了巡抚衙门，到驿馆安顿下来，即随鲍崇德去会把汉那吉。把汉那吉着盛装端坐厅堂。打儿汗首领哥抬眼望去，见面前端坐者是一位绯袍金带的天朝武官，身旁侍立着亲兵，剑戟耀目，惊诧不已，喃喃道："此天朝将军威仪，岂是大成台吉？"近前几步，端详片刻，方认出果是把汉那吉无疑，这才喜极而泣，施礼谒见，哽咽道："少主爷！老主子、老主母思念大成台吉啊！"

"老主子不恨我？"把汉那吉问。

"喔呀，大成台吉，老主子说大成台吉是天使，这回替大汗办成了他数十年日思夜想没有办成的大事啊！"打儿汗首领哥激动地说，"老主子还说，将来他的位儿，就是大成台吉的了！"

把汉那吉将信将疑，不知说什么好。

兴风作浪暗导闹剧
两强相争明燃战火

1

吕光拿着邸报看了又看，京城正是天寒地冻的季节，他的额头上却冒出汗珠，在屋内徘徊良久，披上一件棉斗篷，借着积雪发出的光亮，匆匆赶到得意楼。

弟子顾彬忙将吕光引入雅间，摆上酒菜，举盏道："多亏师父指点，生意已有起色，弟子敬师父一盏！"

吕光提醒道："悠着点，别让高胡子察觉了。虽说连蒙带骗，但毕竟关涉买官卖官，他知道了，还不跳脚？必追查，不可大意。"说着重重叹息一声，"师父我的'买卖'不看好啊！"不等顾彬开言，就一摊手道，"朝野上下皆曰当出兵征剿贵州水西土司，高胡子却独持异议，就连他亲手拔擢的巡抚阮文中也奏请发兵合剿，他却仍固执己见，以遣勘官实地勘核为由，驳回了阮文中的奏议。原以为高胡子这么做是给自己找台阶，谁知安国亨还真就服帖了！这倒好，阮文中奏本大赞'执政面授方略'之功，兵部叙功，也说'指授出诸黄阁之臣'，简直就是归功于他高胡子一人啊！"

"可不是嘛！"顾彬附和道，"就连食客都在说，高阁老不惟敢担当，还料事如神！"

"花了徐府不少钱，不惟没有动着高胡子一根汗毛，眼看他的威望越来越高，师父我不好向徐阁老交差啊！"吕光喝了几盏酒，满脸通红，把内心的苦水一股脑倒了出来。

顾彬这才明白师父郁闷的原因，安慰道："师父不必着急，慢慢来嘛！"他眼珠子溜溜转了转，一拍脑门道，"对了师父，昨日有两个贵州人在此喝酒，议论水西之事，说安国亨杀了安信，朝廷只是将安国亨革了任闲住，令其子安民代管宣慰事，还将苦土安智也革了职，令其子安国贞代充头目，委实不公。弟子凑过去与两人闲扯了几句，方知此二人是安智所差，驻京替他谋事的。"

吕光正夹块鸡肉往嘴里送，闻顾彬之言，"啪"地把鸡块丢在桌上，惊喜道："喔呀！这是个机会！"他一招手，"来来来，师父有一计。"顾彬凑过来，吕光附耳向他嘀咕了几句，待顾彬归位，吕光又提醒道，"记住，让罗柱子出面，不可暴露身份！"

过了三天，快交辰时了，高拱在文渊阁前刚下轿，张居正迎上来，皱了皱眉头道："玄翁，贵州事，恐有反复。"

"不会！"高拱自信地说，"圣旨里说得明白，安国亨敢再怀隙残害安智，或安智挟仇拽兵报复，违法构乱，定行剿治不饶。谁这么胆大敢故违明旨？"

"可是，我听说坊间到处都在传，安智以为朝廷处事不公，极力要求改土设流。"张居正以忧虑的语调说，"这些彝目，盘根错节，各有土兵，乱恐再起。"

高拱驻足沉吟，侧过脸问："不对吧？即使果有其事，这么快就传到京师？"他一扬手，"叔大不必担忧，不会有事。"两人说着，一起进了中堂，李春芳拿着一份文牍道："新郑，看来贵州的事成了夹生饭。"

"说甚？"高拱既惊且气，要质问李春芳，李春芳把文牍递给他，"你自己看吧，安智复辩前事，乞将水西改土归流。"

"安智的奏本？"高拱惊问，接过看了又看，一时不知所措。

"浮言藉藉，并非空穴来风！"张居正感叹了一句。

"新郑看，该如何处置？"李春芳问。

高拱不语，掰着手指在算计着什么，突然，他"哈哈"笑了起来，见众人皆惊诧莫名，高拱轻松道："贵州至京远甚，圣旨刚颁下一个月，安智看到再写本奏来，一个月做得到吗？难道安智的急足会飞？此必安智用事之人潜驻京师，擅自而为，非来自安智。"说罢，大喊一声，"书办，速去通政司，令拘提投本之人，执送法司究问！"

国制，民人到通政司投本，需登记身份并在京住址。故通政司当即就查出了投本人的住处，知会中城兵马司巡城御史王篆，带着中城兵马司吏目并逻卒十几人，一举将投本人拿住。

人犯带往兵马司，王篆亲自讯问，年长者如实招供道："我二人乃被罢官闲住之人，投安智处混口饭吃，安智差我二人常驻京师，为他谋事。我二人在京日久，并未为安智做成甚事，心中忐忑，忽闻圣旨革了安智职，为其鸣不平。前几天在酒馆吃酒，正闲谈间，一年轻人神神秘秘说，朝廷大臣，皆不以高阁老处置贵州事为然，若上本，朝廷必复议，发兵征剿水西，灭了安国亨，自可为安智报仇雪恨。我二人遂擅自冒安智之名上本，安智实不知也。"

"撺掇尔上本者何人？"王篆追问。

"不知其名，酒馆吃酒间无意碰上的。"人犯答。

王篆不敢怠慢，忙具帖呈报。高拱阅罢，自负一笑道："果不出所料！"

李春芳、张居正低头不语，赵贞吉一竖大拇指："我老赵服了！真服了！"说着，突然故意大声咳嗽了一阵，盯着张居正道："我看此事蹊跷。人犯所供酒馆年轻人的那番煽惑的话，恐是背后有人教唆。"

高拱也觉得甚可疑，怒道："罢官之人，潜入京城替夷目谋事，又擅自上本扰乱国政，当下法司勘问！"

赵贞吉怪笑一声道："江陵多智，当心中有数。"

张居正自是猜到必是吕光在背后捣鬼，但他不露声色，沉默以对。

赵贞吉又道："有人不愿看到新郑做成事，增威望。我老赵恐一波未平一波又起。"

高拱听赵贞吉话里有话，担心内部纷扰贻误国事，便以息事宁人的语调道："此事也不必节外生枝，贵州二犯只治其本罪，其他的都不必再究。"

过了几天，刑部奏报，安智所遣二使依律充军。高拱阅罢，提笔拟旨：依议。放下笔，长长舒了口气。

吕光听到安智驻京使者被充军的消息，沮丧地对顾彬道："百密一疏，一时着急，把贵州路远，来不及打来回的事给忘了！"

顾彬道："师父，还别说，这高胡子脑子是管用。徐阁老智谋够厉害了吧？却还延聘师父做幕僚，说明师父的智谋不在徐阁老之下；可居然没有算计住他！"

吕光咬牙切齿道："我倒是要看看，到底谁能算计过谁！"他把一盏酒仰头倒进嘴里，"咕咚"咽下，"机会又来了！"他蓦地起身，背手在雅间踱步，"虏酋俺答之孙叩关请降，廷议多半反对纳之；高胡子不顾体制，竟拟旨接纳，还授官给他，朝野哗然！"他转身盯住顾彬，"上紧到处散播，就说高拱和王崇古害怕北虏，不惜卖国求和！"

"求和？谁敢和？难怪这些天京城里的气氛不对，原来是朝廷中出了大汉奸！"顾彬义形于色道，又自告奋勇道，"怕是大家都憋着口气嘞，我去联络些人，到街上闹一闹，喊一喊！"

"喔，那就更妙啦！"吕光大喜道，"我再联络些言官试试。"

说罢，两人兴冲冲出了得意楼，分头行动。

当晚，在得意楼一间轩敞的雅间里，坐了五六人。吕光本是约御史叶梦熊来聚的，不意他带着好几个同僚一起来了。

"呵呵，诸位都爷，"吕光叫着对御史的尊称道，"闻得高阁老整饬官常甚紧，都爷敢来吃饭？"

"怕甚，他国都敢卖，我辈还怕吃顿饭？"叶梦熊怒冲冲道。

吕光故作惊诧："喔呀，诸位都爷或许听说了，坊间都在传，说北虏老酋的孙子诈降，王崇古接纳之，目下老酋已率大军南下了，庚戌之变要重演嘞！"

叶梦熊痛心疾首道："大宋末年，郭药师为辽朝之帅，献涿、易二州归宋，朝廷纳之，令其守燕山；过了几年，金兵来攻，郭药师降金，受命攻宋，因知宋之虚实，使金军深入而获全胜。今纳把汉那吉者，即宋之纳郭药师也！"

"敌情叵测。"御史饶仁侃唾沫飞溅，大声道，"窃以为，对把汉那吉，不宜遽纳，更不宜授以官爵，不的，将致结仇激祸！"

御史武尚贤接言道："时下远近惶惶，京城讹言四起，我辈当乞皇上追究边臣和内阁主事者的责任！"

御史顾廷对、张问明异口同声道："对！"

叶梦熊道："为个人邀奇功，拿国家做赌注，我是看不下去的！"

吕光"嘿嘿"一笑："朝廷里有人急于建功，下边的人才投其所好！"

"仰仗皇上宠信不移，何样出格越轨之事，他都做得的！"叶梦激愤道。

几个人骂骂咧咧发泄了一通，相约上本，酒足饭饱，各自散去。

吕光追上叶梦熊："都爷，只是朝廷里科道上本，恐不足以与其人抗衡。若要想翻转，还是要找准突破口。"他伸头凑到叶梦熊耳边，"闻得宣大巡按御史姚继可乃贵同年，他若能抓住王崇古或方逢时的把柄上弹章，或可有转机！"

叶梦熊一阵惊喜："姚继可乃忠君爱国之士，纳降一事，王崇古、方逢时瞒着他，他本已生怨怒，又极不赞成与北虏言和，此公必可用！"

吕光忙道："都爷，你写封短柬，我差人去联络！"见叶梦熊不解地看他，吕光一笑，"呵呵，爱国忠君不只是官爷的事嘛！我吕某爱国之心，无以表达，听说都爷坚决反对与北虏言和，吕某敬佩之余，就想帮衬着都爷做点事。"

叶梦熊甚为感动，道："天下兴亡，匹夫有责，匹夫已然如此，况我辈言官乎？"

2

打儿汉首领哥谒见王崇古、方逢时后，双方已就执送叛人、送还把汉那吉一事商妥，俺答汗遂上了一道请求入贡的禀帖，王崇古与方逢时随即联名上奏。

高拱手拿王崇古、方逢时的奏本，似有千钧重，他担心在内阁会引起争执，遂拿着奏本回到自己的朝房，召张居正、张四维聚议。

"玄翁，外间人心惶惶啊！"张四维焦急地说，"都说北虏大军压境，边臣不敢战，故而求和。"

"一派胡言！"高拱厉声道，"虏酋拥众近边者，以索孙故也。朝廷对宣大纳降的奏本未能及时批复，明诏未颁，处分意见不明，老俺心有疑虑，不愿退兵，今诏命已下，督抚方在处分，老俺若闻朝廷授把汉那吉官位，当自退兵。"

张居正苦笑道："宣大的奏本，一则请示遣返把汉那吉，一则奏报俺答汗请求封贡。封贡、互市、和平，这些字眼，势必刺激朝廷诸公的神经，我好有一比：这三者，就像是捅马蜂窝的三支柴棍。"

高拱点头，肃然道："我本意，欲先封贡，再遣还把汉那吉，一时而举，于国体尤为光大。但反复思之，人心不同，恐旷日持久，内生他变，翻为不美。倒是可以先允准遣还把汉……"

话未说完，李春芳慌慌张张跑过来，一脸惊慌道："新郑，监生在长安街游行嘞！"

"游行？因何游行？"高拱问。

"你听听。"李春芳已听到了街上的喊叫声，向外一指道。

高拱、张居正忙走出朝房，站在回廊侧耳细听。

"犯我中华者，虽远必诛！"

"与北虏言和者，卖国贼也！"

"先斩卖国贼，再逐虏寇！"

"汉奸不死，国祸不已！"

"添乱！"高拱一跺脚道，"传令兵马司，速驱散！"书办领命刚要走，高拱又道，"晓谕监生，有何建言，可推三五人到本阁部朝房陈情。"说罢，又叫来书办，吩咐道，"你去，叫兵部职方司郎中吴兑来见。"又烦躁地一扬手，"叔大、子维，不议了，各自忙去吧。"

须臾，吴兑急匆匆小跑着进了朝房，高拱不待他施礼毕，拿起王崇古的奏本道："宣大的奏本，批兵部题覆。你知会大司马，就说我说的，先准遣返把汉那吉，他事另议。"见吴兑点头，又道，"别磨磨蹭蹭的，要快些办！"

吴兑刚施礼辞去，书办来禀："高阁老，中城巡城御史王篆带兵马司逻卒前去长安街弹压，监生见状，一哄而散。"

高拱仰靠在椅背上，喟叹一声："他们倒是好聚好散，可这一闹，人心大乱，办事更难咯！"

"玄翁，快到中堂去吧，出岔子了！"张居正在门外焦急地说。

"又出甚事了？"高拱蹙眉问，边快步走出朝房，往中堂走。

"新郑，这是文书房散本太监刚送来的，你看看吧！"李春芳见高拱进来，拿着两份文牍递过去。

高拱接过一看，一本是御史叶梦熊的《慎处纳降疏》，一本是巡按御史姚继可的弹章。

高拱一惊，再一看，皇上在叶梦熊的《慎处纳降疏》上直接御批了：该御史不识大体，竟引郭药师故事喻今，着降两级，调外任。

赵贞吉一拍书案，大声道："方逢时私通丑虏，与黄酋密使密会于东城楼，导之东行，嫁祸邻镇，其罪大焉！我看，革职算是轻的！"又转向高拱，"新郑可知，纳降势必通寇，都是纳降惹的祸！时下丑虏大军压境，京城人心惶惶，连学子们也不能安心读圣贤书了！当速罢斥方逢时，传檄宣大，死战逐寇！"他对纳降本不赞成，见御史因反对纳降竟受严厉处分，想替属下说话，又顾忌乃出自皇上宸断，不便公开妄议，遂拿姚继可弹章里指责方逢时的话撒气。

高拱这才去看姚继可的弹章，只见上写着：

隆庆四年十月初一日，虏贼二万余骑自平虏地方入境，杀戮人畜。巡抚大同方逢时登城，见贼势逼近镇城，乃慌忙无计，谋出下策，随差旗牌龚喜，直入虏营见黄台吉，说称我太师叫这边差一人去城上答话。黄酋差贼哑都善来见。逢时引至城楼顶上，密行译审犒赏送回，又授谍者指以侵犯宣府地方。黄酋果起营侵犯洪州一带，其各该镇巡将领等官有临敌而侥幸苟免者，有畏敌而观望不进者，事迹昭然，通应并究。乞将平虏参将阎振候贼退事定之日究问；大同总兵官马芳，行令戴罪杀贼；巡抚方逢时亟行罢斥；总督王崇古免究，仍行戒谕，逐贼出境，以靖地方。

"姚御史所言，不可信！"高拱阅毕，把弹章往书案上一丢，以坚定的语调道，"抚臣临机设策，何可泄也，按臣安得知内情？"他不想与赵贞吉争辩，"这弹章，涉及文臣武将，照例批交吏、兵二部题覆就是了。"

"好好!"李春芳忙道,他担心赵贞吉再争执,又补充道,"照例当如此!"

高拱早已思虑停当,吏部接到姚继可弹章,他未批交司属,而是亲自拟稿:

除马芳、阎振等武职当兵部议覆、王崇古免究,本部俱不再议外,为照方逢时年力精强,才猷敏练,边方允赖,舆论共推。今指其通款曲于虏营,非有证据之实;嫁祸患于宣镇,亦无知见之人。况虏酋执叛乞降之时,正抚臣临机设策之日,夷情既不可尽泄,秘计亦难以自明。但当要其后效何如耳。合候命下,行令方逢时照旧安心供职,务要协赞总督,奋励将士,期收五利,其图万全,固不可偏泥己见,有疏未然之防,亦不可惑沮人言,坐失垂成之绩。通待事完奏请,取自上裁,庶人心不摇,边事有济。

拟好题覆稿,高拱并未马上签署上奏。兵部对王崇古遣送把汉那吉奏疏的题覆迟迟未上报;参劾方逢时等文武的弹章,兵部会不会照以往的惯例以马芳、阎振等回籍听勘题覆?他放心不下,召张居正、张四维、兵部职方司郎中吴兑到朝房来见。

"君泽,王崇古奏请封贡、遣送把汉那吉的奏本,我不是已交代你了,封贡事另议,交还把汉那吉一事速准奏,何以兵部迄未题覆?"高拱不悦地问。

吴兑一脸愁容道:"师相,北虏大军压境,兵部上下忧心如焚,议论纷纷。又听说科道有不少预备上本,大司马一则怕宣大事态不好收拾,一则怕捅了科道的马蜂窝,是以不敢轻易出手。"

"我的话你原原本本转达了还是半遮半掩转达?"高拱火起,拿吴兑撒气。

"学生焉能不原原本本转达?"吴兑委屈地说,"可大司马说职在兵部,责在兵部,不可轻举,要廷议后再题覆。"

"你回去禀报郭乾,姚继可的弹章,照吏部题覆的基调,上紧题覆;王崇古的奏本,照上次我说的上紧题覆!"说着,顺手把他所撰题覆稿递给吴兑看。

"师相……"吴兑一脸苦楚，唤了一声，下面的话还未出口，高拱一扬手："虏酋拥众近边者，以索孙故，照我说的办，必退兵。且今冬奇寒，水冻草枯，安能久住得逞？只行令督抚严加提备，安心处分便了。一二日间当得消息。当此关键时期，万不可横生枝节，先为挠阻，致乖事机。"

张居正劝道："玄翁，王崇古的奏本，迟些题覆也好。目下科道怨气甚重，刚处分了叶梦熊，又驳回姚继可的弹章，再题覆宣大的奏本，给人以与科道较劲的印象，万一惹他们一窝蜂冲来，皇上也难以招架。"又转向站在一旁手足无措的吴兑，"君泽先回去，上紧把姚继可弹章先题覆了，受弹劾的将帅无法履职，万一有事，谁负其责？"

吴兑告辞而去，张居正、张四维也站起身施礼告辞，高拱叫住张居正，嘱咐道："叔大，姚继可甚妄，恐方逢时受此弹劾，意或灰沮，你给王崇古修书，让他曲加慰勉。"说罢一扬手，"都回吧！"

张四维施礼辞出，张居正却坐着未动。

"还不走？"高拱没好气地说。

张居正低着头道："玄翁，贵州的事也好，科道上章反对纳降、弹劾方逢时也好，居正总觉得背后有人指使。"

"谁这么大能耐？"高拱不以为然道。

"内阁里，口口声声反对纳降的人。"张居正道。点到为止，他不再说下去了，转移话题道，"适才居正言兵部迟些题覆王崇古的奏本无妨，并非拆玄翁的台。"

"那你是何意？"高拱瞪眼质问道，"宣大火烧眉毛了，你倒还替郭乾打掩护！"

"呵呵，非也！"张居正神秘一笑，"乃替玄翁计。"

"我不需要你替我计！"高拱一扬手道。

"玄翁，科道不好惹啊，你何必与他们硬碰硬？"张居正以诚恳的语调道，"他们若上本论玄翁，玄翁就得注门籍，不是欲速则不达吗？"见高拱怒容消了多半，继续道，"先得把科道这里掌控住才好。"

"掌控科道？"高拱不解，摇头道，"皇上都拿他们没办法，遑论内阁?"

张居正郑重道:"行考成法!"

"考成法?"高拱一脸狐疑,"这是个甚样法子?"

"考成法!"张居正以坚定的语气道,又解释说,"此法要义是内阁稽察科道,科道稽察部院,部院堂上官稽察属官。简而言之,科道对内阁负责!如此,内阁驾于部院与科道之上,部院衙门不敢懈怠,科道亦不敢放肆,岂不一举两得?"

"这不成!"高拱连连摇头,"科道乃皇上的耳目风纪之司,舆论所在,又是监察政府的,安得置于政府控制之下?岂不有堵塞言路之忧?"他摆手道,"叔大,此法不可行之!"

张居正流露出失望的神情,倏忽间这神情又消失了,一笑道:"玄翁放心,居正再想法子。"

3

内阁中堂里,赵贞吉拿着姚继可弹章批红本,气呼呼地质问高拱:"姚继可是巡案御史,弹劾官员,朝廷若不纳,当差官勘实,再予处分;怎么吏、兵二部就直接驳回了弹章?照新郑这个做法,巡按御史索性裁撤了吧!"

"宣大军情紧急,不能因小失大,当特事特办。"高拱耐着性子回应道。

"动辄破成例,岂不是为所欲为?"赵贞吉大声道,"时下各地的官员都在进京途中,大计在即,不靠巡按御史的荐举、纠弹,吏部拿什么考察天下官员?"

"内江说到考察,我倒是想说说这里面的弊病……"高拱话未说完,就听"高老先生接旨——"的尖嗓声传来,司礼监掌印太监陈洪在几个散本太监的簇拥下走了进来,宣旨:

谕掌吏部大学士高拱:朝觐在途,纠劾宜公。自朕即位四年,科道官放肆,欺乱朝纲,其有奸邪不职,卿等严加考察,详实以闻。

高拱接过谕旨，惊讶的目光投向张居正。似乎在问："这就是你想出的新法子？"

张居正会意一笑。前日从高拱朝房出来，他连夜差游七去拜访司礼监秉笔太监冯保的管家徐爵，请他在冯保面前说项，让冯保向皇上进言，考察科道。因掌印太监陈洪不敢在皇上面前言及朝政，而冯保却是个爱揽事的人，张居正在裕邸时就知道这一点，又知他是李贵妃的心腹，通过他让李贵妃吹枕边风，事必能成。果然，不过两天，考察科道的谕旨就颁出了。

"考察科道？"赵贞吉惊问，他不敢相信，盯着高拱问，"这真是皇上的意思？"

李春芳插话道："或许是叶梦熊几位御史上本反对宣大纳降，令皇上生气了？"

"谕旨在此，焉能有假？"高拱不悦地说，"科道会同吏部考察百官，但不是说科道可免于考察。若皇上有旨，即应考察，这也是有先例的。"

"哼哼，谕旨？有人撺掇也未可知！"赵贞吉冷笑道，"即使是皇上的意思，我老赵也要抗旨，请皇上收回成命，我这就写本！"

不到两刻钟工夫，赵贞吉就举起写好的奏本读道："臣俯诵考察科道谕旨，不敢仰赞。乞皇上毋以叶梦熊波及诸言官，一网打尽，以致人心汹汹，人人自危。愿收回成命，特加宽赦。"

"内江，还是算了吧。"李春芳劝了一句。

"来人！"赵贞吉喊了一声，不理会李春芳的劝阻，把奏本递给书办，"直送文书房！"

快交午时了，阁臣正要散去，散本太监前来宣旨：

赵卿的本，看了。已有谕。

赵贞吉闻言，尴尬、沮丧、无奈的表情，一股脑涌到脸上，张嘴想说什么，嘴唇哆嗦着，却说不出来。

高拱沉吟着。那天张居正说近来之事皆赵贞吉在背后指使，他虽不相信，却也不免有疑心。此番突然冒出考察科道，赵贞吉欲阻止又被皇上驳回，必是恼羞成怒，越发会阻止纳降、封贡一事，还是化解一下他的抵触情绪为好，遂为赵贞吉解困道："考察科道，一向是奉旨专行，嘉靖朝有过一次，由吏部负责，都察院未参与。此次奉旨考察科道，若袭故事，仍应吏部一家主持。窃思考察贵精，耳目贵广，我拟上本请皇上允准，吏部会同都察院考察，庶得参伍之情，以尽大公之道。"

赵贞吉有些意外，越发断定考察科道必是高拱鼓动皇上下旨，又自知理亏，方不得不以此讨好他，便没好气道："横竖是新郑说了算。"

高拱知他在气头上，也就没有与他计较，道："考察地方官在即，而科道有考察拾遗之责。故考察科道之事要先行举办，待皇上允准都察院参与考察后就办，内江以为如何？"

赵贞吉不领情，有重复道："横竖是新郑说了算。"

高拱压住火，郑重道："科道，耳目之官，其任甚重，务俾各持敬慎以尊君，各秉公忠而体国，无徇小名而以济事为心，无应故事而以真实为美。至于职掌所在，更要讲究，不得以私意有所出入。此番考察，当择其公论难容者，照不谨与浮躁不及事例，开列上请。"

赵贞吉瓮声道："此次反对纳降的，叶梦熊已然遣去，其余人等不能纳入不谨与浮躁不及之列。还有，不能仅仅因为谏诤皇上，或者元年曾经弹劾过新郑的，就要淘汰。"

高拱脸一沉道："我说过，忘怨布公！无论是谁，只一个标准：公论难容者！"

张居正不发一语，心里却一直在盘算着。当晚，他就把曾省吾叫到家里，对他道："时下正是安边定国的关键时期，科道每每横生枝节，本想通过考察科道约束、震慑之，可玄翁却拉上赵贞吉一同考察，而赵贞吉不惟处处掣肘，还极力维护那些恣意妄言，摇乱国是者，当搬开这个绊脚石！"

曾省吾道："太岳，皇上对老赵头信任有加，恐搬不动啊！要搬得动不早就搬开了？"

"此一时彼一时也。"张居正道，"他阻止考察科道，皇上断然驳回了。只要他敢与玄翁公开较量，皇上会毫不踌躇地站在玄翁一边。"

"喔……"曾省吾心领神会，出了张居正家门，就往吏科都给事中韩楫家赶去。

韩楫因深受座主高拱的赏识，已拔擢为六科领袖——吏科都给事中，正是意气风发之时，忽见曾省吾的名刺，知他必有要事，遂出门相迎。

寒暄过后，曾省吾道："科长，时下高相正做一篇安邦奠边的大文章，而老赵头却处处掣肘，做言官的，何以坐视不管？若是换成徐阶，早就授意门生故旧动手了；高相磊落，不愿这么做，门生就不能主动？非为高相，乃为国家！"

韩楫默然。当年齐康弹劾徐阶，就为老师帮了倒忙，时下的情形虽与彼时不同，但作为门生，一举一动都会关涉到座主，他不想贸然行事，决计观察些日子再说。

过了几天，考察科道在吏部后堂展开。吏部列不谨者九人、浮躁者九人、才力不及者十人。赵贞吉一看南京都察院御史岑用宾的名字在列，便道："新郑，此人元年得罪过你，还是拿掉为好。"

"凡是弹劾过高某的，就有了护身符？"高拱不满地说，"况且岑用宾是南京吏部、都察院考察报来的，为什么要拿掉？"

"你愿落得个报复的恶名，与我何干！"赵贞吉气鼓鼓道。

高拱淡然一笑道："'报复'二字，不在我心，在他人之口，不能因为怕落这个恶名，就处事不公！"

"岑用宾暂且不说，姚继可断断不能列浮躁！"赵贞吉又道，"淘汰姚继可，不得人心，吾不忍也！"

"正是叶梦熊、姚继可反对纳降，让皇上动怒，方降旨考察科道的。叶梦熊已被贬谪，姑且不论；姚继可若不在列，皇上对考察结果必不满意。"高拱解释道。

"揣摩上意，非君子当为！"赵贞吉义正词严道。

从辰时争执到午时，到底还是将姚继可拿掉了。列入不谨、浮躁与才力不及者共二十七人，呈报御览。得旨：

这各官既考察停当，依拟不谨的，着冠带闲住；浮躁不及的，俱降一级调外任。科道朝廷耳目之官，责任至重。今后都要秉持公正，不许恣意妄言，摇乱国是，倚借言路，报复恩仇。有这等的，重治不饶。

"怎么姚继可未在列？"韩楫看到邸报，不禁纳闷，忙到吏部找同乡张四维打探内情。张四维将吏部后堂里赵贞吉与高拱争执情形说了一遍。韩楫听罢，拱手而别，回到直房即提笔拟写弹劾赵贞吉的奏本。

弹章发交内阁，张居正读道："吏科都给事中韩楫劾大学士赵贞吉庸横，考察科道恣意诋排，乞皇上罢斥之。"

赵贞吉蓦地僵住了，只有脸上的肌肉不住地抖动着。韩楫是高拱的得意门生，不避嫌疑亲自上阵，显系高拱已不容矣！想到这里，他突然发出令人毛骨悚然的大笑声："哈哈，哈哈！"

"内江，内江，你这是……"李春芳不解而又担心地说。

"庸横？哈哈哈！真是只顾加罪，不顾条理！"赵贞吉冷笑着道，"人臣庸则不能横！如我老赵，庸或不敢辞，横则不敢当！我老赵兼掌西台，乃因高新郑权势过重，入参密勿，外立铨选，而都察院为弹压之司，可分其权。今既十月矣，高新郑坏乱选法，擅改祖制，纵肆大恶如私通丑虏之王崇古、方逢时者流，昭然在人耳目者，我老赵却噤口不能一言，有负任使如此，真庸臣也！"

"赵内江！"高拱一拍书案，大声道，"科道论你，你何以无端排诋高某！"

"哼哼！"赵贞吉又是一阵冷笑，"你高新郑借考察报私愤，今又授意门生论劾我老赵，若你高新郑者，诚可谓横也！"

"韩楫论劾你，你反诋高某指授，那么此前给事中张卤、御史王友贤等皆曾论劾过你，难道也是高某指授？"高拱愤然道，"考察科道出自圣谕，高某岂敢借此报复？今考察事毕，曾否报复，事实俱在，人皆知之，不用我多说。至于你说高某坏乱选法，纵肆大恶，不知曾坏何法？纵肆何人，为何恶？若果如内江所言，高某罪责难逃；如不是这么回事，内江就是血口喷人！"

"我这就上疏求去！"赵贞吉起身道，"不过我也要劝皇上抑制横臣，勿使久专大权！"

"请便！"高拱不客气地说。

翌日，赵贞吉求去兼带自辩的奏疏副本送至内阁，高拱一看，矛头全是对着他的，这才相信了张居正的话，赵贞吉就是那个背后捣鬼的人。

既如此，为减少与北虏封贡互市的阻力，是该请此老离开内阁了。办法也很简单，只要他也上本求去，请皇上宸断即可。想到这里，他冷笑一声道："既然内江自辩疏里要求皇上罢斥我这个横臣，也好，我也上本求去，让皇上裁夺就是了！"说罢，起身回到朝房，写好了辞职奏本，吩咐书办封交会极门。走出朝房，正要下楼，又转身吩咐书办："叫张阁老朝房来见。"

"玄翁有何嘱？"张居正迈着轻快的步履进了高拱的朝房，抑制不住喜悦，"居正敢断言，不出一两天工夫，某人卷铺盖！"

高拱未接茬，焦急地说："叔大，王崇古的奏本要快些题覆，不然老俺以为朝廷不允遣返把汉那吉，事态必恶化。"说着，拿出一张稿笺，递给张居正，"我已反复斟酌了好些天，兵部题覆一旦发交内阁，即照此拟旨。"

张居正脸上的笑意消失了，忧心忡忡道："玄翁提醒得是。宣大前线还不知会发生什么不测之事呢！"

第四章 一波三折俺答汗执叛人
求进心切殷尚书攀太监

1

俺答汗和三娘子围坐在火炉旁，炉子火上放着一把铜壶，壶里装着满满一壶酒，三娘子不时提起铜壶，往俺答汗手里的牛角杯里续酒。

"打儿汗首领哥见到了把汉那吉。"俺答汗像是在喃喃自语，"我以为天朝必杀他无疑，还真没杀！"

"是呀，汗，还不信天朝吗？"三娘子忽闪着眼睛道。

这几天，密使往返，讨价还价，宣大督抚提出，俺答汗执献赵全等叛人后，即向朝廷奏请送还把汉那吉并代为求贡；奏本送出的同时，俺答汗撤军。可俺答汗有些踌躇，便将心事说于三娘子："这些年杀汉人杀得太多了，仇结得太深了。混进京城的细作谍报说，朝廷全是反对两家讲和的人，五军都督府的那些公侯，扬言要杀卖国贼！谁敢主和？我把赵全送给他，撤了军，他上道奏本，朝廷若不批，我岂不是啥也没捞到？下一步咋办？"

"汗，朝廷不杀把汉那吉，还让他做了官，这可是天朝的皇上下的旨呀！"三娘子劝道，"这不明摆着的吗，朝廷不想打仗，想两家和好呢！如今不交出赵全、不撤军，无非还继续打仗，汗所向无敌，战而必胜，可自此，就再也没有机会和人家说封贡互市的事儿了呀！"

"谁说不是嘞！"俺答汗把牛角杯一扔，蓦地起身，"我六十多了，这次机会错过去，还辈子真就再没机会了！"他向外喊了声，"传恰台吉、五奴柱来见!"

"汗爷,是不是拿赵全?"恰台吉一进帐,就低声问。

"脱脱小儿,这次你说对了!"俺答汗说着,一把拉过恰台吉,又向五奴柱招招手,三人围在一起,低声嘀咕了一阵。

当晚,赵全奉召进了大帐,刚要施礼,几名亲兵一拥而上,把他紧紧抱住,不由分说,捆了起来。

"汗爷,这是为何?"赵全似乎早有预感,他没有挣扎,只是痛心。他仰头看着俺答汗,平静地说,"汗爷,小的事奉汗爷多年,曾替汗爷略地攻城,使汗爷大得志,又每以衣服饮食器用珍奇之物,常常供奉。我孝顺汗爷可谓至矣!乃今为一个孩子,将我绑缚而卖,不如蒿草?"

"倘不郎,对不住了。本汗老了,不想再打打杀杀的了,能够与天朝达成和平,对两家都好,只能委屈你了!"说完,命令道,"押走!"

须臾,五奴柱前来禀报:"汗爷,李自馨、赵龙……"

"别啰里啰唆的,人都捉齐了?"俺答汗一挥手臂道。

"汗爷,都捉到了!"五奴柱道,"只是,周元那小子,见风头不对,服毒自尽啦!"

"有种!"俺答汗伸出拇指道,"你去请鲍崇德验尸,免得说不清楚!"

次日晨,八名叛人一一验明身份,押往云石堡而来。方逢时接到禀报,传令中军康纶护送把汉那吉一行去云石堡候命。

把汉那吉闻言,大哭道:"我不回去,我不回去!"任凭康纶如何劝说,把汉那吉抱住门框,只是摇头。康纶无奈,只得求助阿力哥。

阿力哥劝了半天,还是未说动把汉那吉,只得对康纶道:"既如此,不如让大成台吉面见太师,太师的话,或许大成台吉会听。"

方逢时闻报,吩咐传见。把汉那吉按武官参谒巡抚礼跪拜参见,恳求道:"我已是天朝之臣,天朝何忍弃我?"说着,又"呜呜"哭了起来。

"把汉那吉指挥使,非天朝弃你,因你祖父祖母日夜思念你,执送赵全等来献,乞与你相见,故才送你去见你的祖父母。"方逢时劝慰道,"你此番回去,即可内外通好,大有利于万民。这也算是你对朝廷的报效吧!况且一旦修好,以后随时可以再来。请你记住本院的话,只要你不忘朝廷,朝廷决不会负你!"

"大成台吉，既然太师这么说，就别哭了，还是回去吧。"阿力哥劝道。

把汉那吉恋恋不舍地辞别方逢时，回到驿馆，站在屋子中央，看着为他收拾行装的阿力哥，委屈地说："阿力哥，回到板升，见不到玉赤扯金，我越发会伤心的!"

"大成台吉，忘了玉赤扯金吧!"阿力哥心疼地说，"目今是土默川与天朝做大买卖，这买卖是大成台吉促成的，老主子不会埋怨大成台吉，可大成台吉以后也不敢乱说话的。"

把汉那吉懵懵懂懂，道："我太想祖母了，不知她老人家如何伤心，既然要回，就快些回吧，早点见到她老人家!"

"大成台吉，快了，快见到伊克哈屯了!"阿力哥道，"咱在云石堡等着，待朝廷下了旨，就出关。"

"阿力哥，你这么一说，我巴不得一眨眼就看到祖母她老人家呢!"把汉那吉眼泪汪汪地说。

伊克哈屯也在盼着早日见到把汉那吉。得到天朝即将送还把汉那吉的消息，伊克哈屯急不可待地从板升向大同方向赶来，在兔毛河遇到了撤兵至此的俺答汗。一见面，她就焦急地问："可怜的把汉那吉在哪儿?"

俺答汗一拍胸脯："三五日内，必能见到!"

伊克哈屯每日起来，总要到河边向西南张望。两天过去了，并未见到把汉那吉的身影。俺答汗开始还安慰伊克哈屯，可又过了两天，他也坐不住了。每到午时，就来到河边焦躁地踱步。这天，俺答汗又在河边徘徊，一匹快马飞奔而来，禀报道："禀大汗，打儿汗首领哥押赵全已在云石堡外候了几日，却不见南朝来接。"

"那咋回事? 难道南朝反悔了?"俺答汗瞪着眼问，自知得不到答案，忙转身回帐，召恰台吉、五奴柱来见。

"定然是南朝见我大军已撤，反悔了!"恰台吉道，"好把大成台吉当人质，让汗爷以后不敢再抢边。"

"可是，他们若有诈，当接进赵全才对嘛!"俺答汗提出了疑问。

"嗯哦!"恰台吉一撇嘴道，"赵全留下来，反而让汗爷为难。咋打发他好嘞? 南朝是在给汗爷出难题哩!"恰台吉既想除掉赵全，又不愿接回把汉那吉，这样，赵全等人的那些土堡、马匹，强半就可归他所有。眼看有此良机，他自是不愿意放过，遂鼓动道，"汗爷，我大军当杀回马枪，攻云石堡，令南朝畏惧，不得不交出大成台吉！"

"恰台吉说得对！"五奴柱附和道，"细作谍报，京城里有游行的，有上本的，闹腾得欢着嘞！估摸着是要反悔了。"

"不会吧？或许只是……"三娘子插话道，话未说完，伊克哈屯哭喊着闯进大帐，俺答汗忙命亲兵簇拥着三娘子进了寝帐。恰台吉和五奴柱见状，又是一番鼓动，俺答汗遂传令大军掉头南下。

夜不收、尖儿手探得消息，飞快地向总督行辕禀报。

王崇古正在节堂内焦虑地踱步。姚继可弹劾方逢时，又牵涉到他及诸将领，顿时令战争阴霾甫散的宣大上空，又飘起了一层浓浓的火药味。好在有高拱在内强势否决了罢免方逢时的提议，保护了宣大文武官员，总算躲过了一劫。但王崇古明白，这件事本身就证明，反对纳降的力量很强大，此后每走一步，都面临严峻挑战。

"禀军门，俺答说我有诈，率大军杀奔云石堡而来！"探马禀报道。

"啊？"王崇古不由惊叫了一声。他明白，战和在此一举，不能稍有闪失。千钧一发，不容他反复斟酌，只一盏茶工夫，王崇古就在白虎堂传下两道宪令："传檄三镇总兵严阵以待；持令牌赶往平房卫，命守备阎振，遣嫡子阎国囿，弟阎伟、阎伊，速往俺答营中为人质，知会俺答，不可背盟，俟朝廷诏旨一下，即送把汉那吉出关！"

2

听到王诚自京师返回的禀报，王崇古既惊喜又担心。没有接到朝廷诏旨，他不敢擅自做主遣返把汉那吉，以至于引起了俺答的误解，大军掉头而来。无奈之下，只好命送人质于房营，还不知能否平息事端。他也知道，之所以遣送把汉那吉的谕旨迟迟未下，必是朝中阻力甚大，就连高拱也一时难以把控。万一……王崇古不敢想下去了，忙吩咐端水净手，方战战兢兢地展读圣旨：

虏首既输诚哀恳，且愿执叛来献，具见恭顺。伊孙准遣还，仍赏彩缎四表里、布一百四。其乞封进贡一节，着总督、镇巡官详议停当具奏。

读毕，王崇古畅出了口气，又忙问王诚："中玄相公有何示下？"

王诚拿出一封书函："都在张侍郎书中。"

王崇古接过一看，外甥张四维书中转达了高拱所嘱二事：一、把汉那吉是我三品武官，临行时可用绯袍金带、褐盖朱旗，奏鼓乐送之，届时要传语俺答：把汉那吉是我天朝官人，不比寻常，着俺答好生看待，不许作践他。二、阿力哥似当留之。若遣之还，老俺甘心此人？恐有伤事体。

"中玄所虑甚细。"王崇古道，又问，"你到了京师，那里情形如何？"

王诚道："下吏看高阁老很疲惫，面色苍白，眼珠发红，眼泡凸起，声音沙哑，像是好久没有睡觉了。"

"中玄太操劳了。不惟身累，更是心累！"王崇古叹息道，"革新改制本已阻力重重，宣大的事，更是要力排众议，能不累吗！"

"是啊，军门。"王诚接言道，"访得皇上下旨考察言官，赵阁老上本要皇上收回成命，皇上不允；高阁老上本请与都察院一起考察，谁知赵阁老与高阁老争执得很厉害。吏科的韩科长上本参了赵阁老；赵阁老说是高阁老指授，大骂不止，上本参高阁老是横臣。时下京城里不少人以'一代横臣'代称高阁老呢！"

"如今的官场，疲沓已久，做事难，担当不易！"王崇古感叹道，他撩起自己的胡须，"把汉那吉来降，若拒之，何来这么多烦心事？短短两个月，须发尽白了！时下中玄比我的压力更大，心力交瘁可想而知！"言毕，他提了提精神，"差中军连夜赶往大同，着方巡抚传令平虏卫、云石堡，并速知会俺答，十九日押赵全等入关，二十日送还把汉那吉！中玄相公所嘱二事，着方巡抚照办！"

王诚领命而去，不多时，两匹快马出了阳和城，乘着月色，向大同奔去。

方逢时同样焦急地盼着圣旨颁下。俺答大军去而复返，令他震惊不已。王崇古急命阎振将两弟一子送出关为质，昨夜探马来报，说俺答汗见到人质，惊喜道："太师以诚待我，我背之不祥！"遂下令停止进军，方逢时这才松了口气。但若延宕过久，还不知会生出何样事端。他忧心忡忡地半倚在节堂坐榻上朦朦胧胧睡了不到一个时辰，亲兵禀报朝廷诏旨并军门札谕到，方逢时接过阅看，面露喜色，传令在衙门专候的阳和兵备衙门参议崔镛、大同镇副总兵麻锦来见。吩咐道："麻副帅，你与鲍崇德专责接押赵全等八叛人至威远城，严加监管，不得有失！崔参议，你专责为把汉那吉饯行，礼送出云石堡。"

二人领命，带着一干随从策马赶往云石堡。阳和兵备参议崔镛先遵令前去面见阿力哥，转达朝廷欲留他之意。阿力哥踌躇难决，向把汉那吉说明此意，把汉那吉坚决不允。阿力哥遂向崔镛禀报道："大成台吉保证我的安全，不如一并回去，辅佐大成台吉。"崔镛不敢擅断，急命亲随飞报方逢时决断。方逢时知留阿力哥出自高拱之意，但请示已然来不及了，遂传令崔镛，尊重把汉那吉和阿力哥的抉择。

十一月十九日酉时，云石堡关门大开，军士林立，彩旗招展，箭弩剑戟密布，打儿汉首领哥押着赵全等八人进了关门，副总兵麻锦会同通事官鲍崇德上前交接，麻锦问："赵全，回到故土，有何要说的？"

赵全面无惧色，不服气地说："我到胡地不过数载，建成板升城，繁华不亚于此地。若朝廷不封锁，板升早已超过大同，则大漠皆汉人天下矣！"

麻锦是武官，自知说不过赵全，向他"呸"了一口："这片土地，快被血染红了，都是我大明子民的血！冤魂何止千万，他们要向你索命！"说完，不再理会，一一验明身份，赵全、李自馨、猛谷王、赵龙、刘四、马西川、吕西川、吕小老共八人，旋即被押上早已预备好的囚车，向威远城而去。

打儿汉首领哥还奉命接把汉那吉出关，与麻锦交接完赵全等人后，即被鲍崇德领进云石堡休息。当晚，崔镛设宴为把汉那吉饯行，众人俱食桌宴，打儿汉首领哥作陪。待众人入席，崔镛起身侍立，开读朝廷谕旨并王崇古札谕。宣读毕，崔镛又将皇帝和督抚赏赐给俺答汗、黄台吉、把汉那吉的礼物逐件点明，将数目手本交与打儿汉首领哥收讫。回到主座，举盏提议，敬祝大明圣天子万寿无疆，众人随声附和，各自一饮而尽。酒过三巡，崔镛对打儿汉首领哥道："阿力哥为皇明千户，打儿汉首领哥，你要保证他的安全！"

"一定一定！"打儿汉首领哥连连答应。

作陪的旧副总兵田世威道："钻刀起誓，如何？"言毕，命侍卫人等手持长刀，对面而立，以刀相交，搭成了刀林。

打儿汉首领哥毫不犹豫地弯身钻了过去，口中念念有词，鲍崇德译道："我保证各人回到土默特，安全无恙，拥立汗爷太平大政！"厅堂里顿时响起一片欢呼声。

直到午夜，宴会方尽欢而散。次日辰时，云石堡已是彩旗招展，鼓乐齐鸣，把汉那吉身着朝廷赏赐的大红纻袍，头戴三品冠带，在崔镛等人护送下，缓缓出了云石堡。崔镛奉命拨调兵马，令鲍崇德同打儿汉首领哥等随送把汉那吉，把汉那吉瞻恋垂泪北去。

兔毛河畔，俺答汗、伊克哈屯早早就站在寒风中等候着。远远看见一队人马迤逦而来。到了近前，竟也未认出把汉那吉来，直到身着皇帝赏赐的绯袍金带的把汉那吉英武光耀下马来拜，俺答汗、伊克哈屯才不约而同地惊喜道："把汉那吉！"须臾，伊克哈屯上前抱住他，放声大哭。俺答汗也垂泪道："不意今日还能相见，都是圣天子的厚恩大德啊！"他脱下胡帽，南向崩角稽首不已。

鲍崇德露出惊喜的神色，他深谙番俗，知道彼辈只有拜天方脱帽，这是至敬大礼。

俺答汗起身道："打儿汉首领哥，你这就随鲍使赴阳和入谢，谒见太师时，禀报：我辈愿为大明之臣，岁贡方物！"

王崇古得知叛人已监押，把汉那吉已送回，如释重负，突然感到浑身像散了架似的，昏昏欲睡。

打儿汉首领哥入谢，王崇古勉力支撑，在白虎堂接见。一番客套后，打儿汉首领哥道："我大汗命纯洁的使者，禀报英武的军门：'愿为大明之臣，岁贡方物。'请太师转报圣天子！"

王崇古闻言，刚刚松弛下来的神经又绷紧了，真正考验他的时刻才刚刚到来。这次，他不再替自己担忧，而是替高拱发愁。他不知道，这场没有硝烟的战争，最后胜利者，会不会是高拱。

3

高拱躺在病榻上，嘴唇干裂，长满了燎泡。两天来，吃不下食物，连水也不愿喝。夫人张氏急得坐立不安，暗自垂泪。张居正闻讯，忙传太医诊治，只说是劳累过度，急火攻心，并无大碍。开了几剂汤药，嘱咐卧床静养。不待高拱吩咐，夫人张氏命高福大门紧闭，在首门上张贴了一张告示："遵医嘱：病人需静养，恕不见客。"

可是，张居正来谒，张氏只得放行。

"叔大，宣大那里怎么样了？"听到张居正的声音，高拱吃力地抬起头，问。

"玄翁放心吧！"张居正走上前去，整理了一下枕头，托着高拱的后背，让他慢慢躺好，"朝廷允准遣还把汉那吉的诏旨已颁，这时恐怕把汉那吉已与老酋相拥而泣嘞！"

"你多费些心。"高拱嘱咐道。

"玄翁不必挂心！"张居正宽慰道，转头问高福，"用过药了吗？"见高福点头，又嘱咐，"务必按时用药。"起身在卧室查看一番，对高福说，"这屋里不够暖和，加点炭，烧暖些。"又指了指地面，"不妨勤洒些水，太干燥了。"待高福出去了，张居正从袖中掏出一份文牍举在高拱面前，难抑兴奋，一晃道，"玄翁看，这是皇上在玄翁请辞疏上的御批。"

高拱睁开眼，只见皇上亲笔御批写着："卿辅政忠勤，掌铨公正，朕所眷倚，岂可引嫌求退？宜安心供职，不允所辞。"阅毕，他长长出了口气，道，"有皇上这几句话，我心得安。"

"还有呢！"张居正面露喜色，又拿出一份文牍，"皇上在赵内江奏疏上的御批。"他又举在高拱眼前，高拱看了一眼，上写着："准致仕，赐驰驿。"张居正收好，道，"他想与玄翁在皇上面前比高低，真是自讨无趣！"

高拱良久没有出声，突然睁开眼睛，问道："叔大，都察院让葛守礼去做，你看如何？"

"葛守礼倒是合适，"张居正边思考边说，"只是，此公速来特立独行，不是个听招呼的人。"

高拱肃然道："要得天下治，只在用人。用人只在用三人：一个首相，一个冢宰，一个台长。台长，不能让看权势者眼色行事的人来做。"

张居正暗自撇嘴，却也不再争辩，而是问："葛守礼所遗刑部尚书缺，玄翁有人选吗？"

高拱听出来了，张居正定然要荐人，便道："叔大有人选？"

夫人张氏从外面进来，嗔怪道："叔大，你哥这病是累着了。你说几句就行了，让你哥好好歇歇。"

"呵呵，嫂夫人放心！"张居正拱手笑道，"有几件事，玄翁一直牵挂，我念叨给他，他就放心了，自可安心养病。"

张氏摇头叹息而去，张居正起身送到门口，回身又坐在高拱病榻边上，道："潘水帘，如何？他可是玄翁的同年。"

潘水帘名潘晟，嘉靖二十年榜眼。当年高拱就是接替他做的国子监祭酒。潘晟在礼部尚书任上受弹劾而闲住多年。他做过为宦官开办的"内书堂"的教习，是司礼监秉笔兼提督东厂太监冯保的老师。前些天张居正通过游七和徐爵，托冯保在李贵妃面前提议考察科道，冯保则请张居正在高拱面前进言，起用潘晟。此番探病，张居正就是为此事而来。高拱对自己的同年潘晟自是熟悉，摇头道："潘水帘善文辞，不谙律令，做大司寇不合适。"

张居正不甘心，又建言道："把殷世儋挪到刑部，让潘水帘做礼部尚书，如何？"

"殷世儋已然是礼部尚书，又在裕邸做过讲官，挪到刑部，他怎么想？"高拱又摇头道，"况且殷世儋也是翰林出身，文辞尚说得过去，掌刑部，力有不逮。"

"我原想，让殷世儋做台长，必能听招呼。"张居正只得和盘托出自己的想法，"空缺的礼部尚书，起用潘水帘。"为争取高拱同意，又补充道，"能力差的人，你给他高位，他必对你死心塌地。"

"殷世儋做礼部尚书也勉为其难，做台长更不合适。至于潘水帘，有机会再说吧。"高拱道，"刑部，就让刘自强来做。"

"刘自强？"张居正吃惊道，"他虽是玄翁乡党，可元年白头疏之事……"

刘自强是开封府扶沟县人，比高拱晚一科中进士，隆庆元年举朝逐高时，因尚书葛守礼拒绝签署公本，刘自强竟以白头疏上奏，成为官场奇闻，传布朝野。

高拱苦笑一声，道："掌铨政，不能有私心。刘自强自入仕即在地方做推官，又做过按察使、巡抚，在南北两京各部院都做过，时下在南京做刑部尚书，内调朝廷，接手快。刑官当久任，大司寇也当用熟悉司法的人。"说完侧过头去，重重地喘起气来。

张居正有些失望，但却未有丝毫表露，道："玄翁用人，正如皇上所说，公正！"他站起身，俯身道，"玄翁，安心养病，不必挂心国务。"

"宣大之事，不可掉以轻心。"高拱吃力地侧过脸，嘱咐说。

张居正又嘱咐高福一通方出了高府。他刚走不到一刻钟，礼部尚书殷世儋的拜帖又递进来了，高福只得去通禀。高拱烦躁地说："告示不是贴在外面吗？还递拜帖！"

"殷大老爷，我家老爷喝了汤药，不巧刚睡着了。"高福出来应酬道，"殷大老爷恁看……"说着，故意在告示上拍了拍，怕被风刮掉似的。

殷世儋知道是被婉拒，只得怏怏而去。他边缓慢地迈步，边低头沉思，口中喃喃："嘶——这不是好兆头，说明他心里，根本就未虑及我的事！"言毕，眉头紧皱，转圈搓手，一副焦急万端的样子。良久，跺脚自语道，"看来，也只能这样了！"

当晚，一顶腰轿过玉河桥，自十王府西夹道中段向西拐去，在一所宅子前停下。可是，轿子已然落地良久，乘轿人却迟迟没有出来。

快进腊月了，天寒地冻，殷世儋坐在腰轿里，冻得瑟瑟发抖，几次掀开轿帘要下轿，又都缩了回去。虽然从在高宅吃了闭门羹，他就决计要来拜访太监冯保，可真到了冯保宅前，他却踟蹰起来。且不说外臣私通太监乃违制干纪，只要是有了这个名声，就足以使人抬不起头来。他的内心在激烈挣扎着。

殷世儋与李春芳、张居正同为嘉靖二十六年进士，同入翰林院，也和张居正一起，做过裕王的讲官。张居正入阁整整四年了，他却刚做了几个月的礼部尚书。隆庆元年郭朴、高拱下野后，殷世儋就以为有了机会，等了近一年，等到徐阶下野，却是赵贞吉被皇上钦点入阁，而他依然没份儿。待陈以勤下野，他已是急不可待，如今赵贞吉也致仕而去，殷世儋认定，无论如何，也该轮到他了。本想以探病为名到高拱那里摸摸底，不意却被拒之门外。这让他感到沮丧。倘若高拱有意延揽他入阁，当不会拒而不见吧？他不想再失去机会，那就不能再被动等待。既然高拱那里已然走不通，唯一的路径就是内廷。当年在裕邸时，已与冯保相识，殷世儋就想到冯保这里疏通。

"这位客官，我等在寒风里候了许久，客官到底下不下轿？"轿夫忍不住说话了。腰轿是临时雇来的，轿夫并不知所抬何人。

殷世儋双脚已然冻麻了，他试探着慢慢从轿中出来，跛着脚向首门走去。为了保密，他甚至没有带仆从，也不愿递拜帖，只得亲自上前叩门。心里说：冯保不在就好了！冯保不在就好了！又轻轻在自己的脸颊上扇了几下，来一趟太难了，冯保千万千万别不在家！

"何人？"门公问。

"呵呵，厂公的故人。"殷世儋赔笑道，"烦请门公通禀，就说裕邸故人殷某来拜。"

门公打量着殷世儋，感到奇怪，不递拜帖、手本，甚至不愿说出全名，他还是头一次遇到。殷世儋忙从袖中掏出一锭银子，道："辛苦门公，有劳门公！"又拿出一个函封，里面有礼帖一通，"烦请门公呈厂公。"

"甚模样？多大年纪？"冯保听了门公的禀报，问。

"五十上下年纪，高个子，不胖不瘦，有点驼背。"门公答。

冯保边听门公禀报，边打开礼帖一看，竟是三千两银子！也不再细问，忙吩咐传请。待一身布衣装扮的殷世儋走进花厅，冯保并未一眼认出。殷世儋鞠躬施礼，道："礼部尚书殷世儋，拜见厂公。"

"原来是殷尚书！故交，故交啊！"冯保忙起身还礼让座，"一阵北风居然把故人吹来啦，哈哈哈！"三千两银子，还有礼部尚书的恭恭敬敬，让冯保颇是满足，不禁开怀大笑。

"厂公乃太子爷的大伴，皇贵妃的腹心，虽暂时屈居司礼监印公之下，然则，因掌东厂之故，威势谁人可比？朝野皆以外有高中玄、内有冯双林之称矣！"殷世儋恭维道。

"喔？哈哈哈，在下何敢与高老先生比！"冯保摆手道。

"道路传闻，高新郑乃乞邵大侠走陈洪陈老公公内线被皇上召回的，厂公知此事否？"殷世儋问。

"有此一说，姑妄听之。"冯保道，"在下不知内情。本想让厂卫缉拿那个邵大侠的，他倒是先溜了。"

"唉——"殷世儋叹息一声道，"在裕邸一别，恍然六七年了，当年裕邸讲官新郑、南充、江陵，俱已入阁拜相，与厂公都是天子近侍，独世儋仕途蹭蹬，在部院办差，想见厂公一面，委实不易啊！"

冯保恍然大悟，善解人意道："裕邸讲官俱已入阁，何能独忘殷尚书？冯某必恳请李娘娘在万岁爷面前替殷尚书鸣不平！"

"世儋感激不尽！"殷世儋起身鞠躬道。

"不过……"冯保眨巴着眼睛，"我辈虽是内官，却也是父母所生；外朝高官，父母俱有封赠，所谓光宗耀祖是也。殷尚书掌礼部，冯某敢请大宗伯为家大人封赠，不知妥否？"

"这个……"殷世儋愣了一下，"世儋查一下有无先例，若二百年间有一例，世儋必照先例为冯老公公高堂请封。"

4

尽管尚未痊愈，高拱还是坚持着上朝当直了。刚进了内阁朝房，张居正就跟了过来，关切地问："玄翁痊愈了？"

高拱神思慵惫，话也懒得说，坐在椅子上，看张居正一眼，指了指旁侧的一把座椅。张居正没有落座，而是走到高拱面前，道："玄翁，昨临散班时，陈洪来传旨，皇上特旨简任殷世儋入阁！"

"他？"高拱一惊，忙问，"叔大，你看，这是出自宸断吗？"

"定然是走了内线！"张居正答。

高拱愤然道："是哪个胆大的阉人，想干政不成！我要上疏皇上，查……"话未说完，脸已憋得通红，不住地咳了起来。

张居正劝阻道："玄翁，算了吧，毕竟殷世儋也是裕邸讲官，入阁算是他的本分，皇上命他入阁，也是念旧，说明皇上有情有义，怎好说三道四？"

"会是谁替他说话？"高拱对宦官干预人事耿耿于怀，喘着粗气问。

张居正摇头道："内里的事，很难说清。"停了片刻，又道，"玄翁，要不，起用潘水帘补礼部的缺？"

高拱本无意起用潘晟，怎奈张居正再三说项，不好驳了他的面子，只得道："潘是新昌人，你让浙江巡抚上荐用疏吧。"

"那好！"张居正拱手道，"玄翁尚未痊愈，不要太操劳了。"走出高拱的朝房，他摇了摇头，心说："玄翁脑筋不转弯，猜也能猜到是谁替殷世儋说话的，他却懵然不知！"

看到特旨简任殷世儋入阁的诏书，张居正就断定，他是走了冯保的内线。能够在皇上面前说上话的，只有陈洪和冯保。一来陈洪胆小怕事不敢与闻朝政，再则殷世儋与陈洪素无渊源，而与冯保在裕邸时就相识。况且，就在高拱生病期间，礼部上了道为冯保父母请封的奏疏，看到这个奏疏，张居正就心生疑窦，不出所料，旋即就出中旨简任殷世儋入阁。就在昨晚，冯保的管家徐爵还到张府传话，请张居正斡旋起用潘晟一事。张居正深感冯保此人精明至甚，他可以替殷世儋说话，却不敢建言皇上起用潘晟。替殷世儋说话，是替皇上讲官鸣不平；建言起用潘晟，就有引用私人甚至干政之嫌了。厉害，冯保其人绝非李芳、陈洪辈能比。张居正暗自感叹。他不愿把话向高拱挑明，正是因为感觉到了冯保是有手腕的人，才不能出卖他。这样一路想着，刚回到朝房，高拱又差承差来叫。

"叔大，你也看看。"见张居正进来，高拱把一封书函向前推了推，"我已差人去叫王崇古的使者过来。"

张居正即知是宣大总督王崇古写来的，忙拿起阅看。乃是王崇古禀报已获赵全等九人，并请示行刑之所。放下书函，张居正脸上露出难以抑制的笑容，抱拳道："可喜可贺啊！先帝悬重赏购叛人，得其一即可封爵，竟不得。今日一举获之，堪称大手笔！"

正说着，李春芳走了进来："新郑，痊愈了？"

"勉力支撑吧。"高拱答，又问李春芳，"兴化有何见教？"

李春芳道："殷历下入阁，我想与二公商榷，写请启给他，好择日请他到阁视事。"

"头晕乏力。"高拱点着自己的脑门说，"此事，就请兴化酌定吧。"

"江陵，你我与殷历下同年，你来草启？"李春芳以试探的口气说。张居正不便拒绝，只得辞出。

不到一刻钟工夫，王崇古的急足王诚就被书办领进了高拱的朝房。高拱已然有了主张，对王诚道："赵全等叛逆，多年勾引虏贼入犯，杀掳人民，攻陷城堡，罪恶滔天！先帝悬高爵重赏购求不得，今既得之，必当献俘于朝，明正其罪，乃理之正。且今天下假事甚多，讹言更是时常有之。若在边行刑，则今日杀了赵全，明日就会有人说赵全是那么容易得的？必是找替身冒充赵全，用以欺朝廷罢了。真这样，赵全已斩，想找出真赵全示人，可得乎？"

"是是是！"王诚连连点头。

"若恐途有疏虞，只防卫加严便了。"高拱又道，"赵全等在胡地尚可缚来，乃今到了中土，反而怕他跑了，他能跑哪里去？"他一扬手，"不必有此担心！"

王诚又点头道："高阁老所示，卑职必禀报军门。"

"得赵全乃事小，封贡互市事大。若非有封贡互市，则北边即无和平可言，仅为易赵全而费此周章，委实不值得，格局也太小了！"他踌躇片刻，"身体虚弱，本不想动笔，恐汝不能尽言于鉴川，还是修书于他，汝在外稍候。"遂吩咐书办不得打扰，闭门提笔给王崇古修书：

仆抱病，神思慵惫，然于处降一节，未尝不伏枕而虑也。今果闻赵全等皆获，则上一节已完，可喜也。而公为国之赤忠，谋事之苦心，可想见矣！然须有下节，则上节方为完美。不然，明旨既曰"请封进贡详议来说"，是已许之矣。如不克终，则明旨无着，甚不可矣。虏自三十年前遣使求贡，则求封之心已久。但彼时当事者无人，处之不善，致有三十余年之患。今其初心固在，又有事机而又得，公在上威信既孚，处置又善，当必可成。使国家享无穷之利，而边民免无穷之害。非公之功而谁也？招降悬赏甚重，已久奉钦依，而按者以纳降为罪，诚不知此方金湖能与公同心佐成此事，厥功茂矣！古云："侯谁在矣，张仲孝友。"仆虽不敢望张仲，而为国之心，敢谓与张仲同。岂肯间于浮言，使大将不能成功哉？惟公安心畅意，始终此事，不必更怀忧虞也。赵全等还当解京献俘，请于皇上告郊庙而后正法，乃可以号令天下。仆病愈方二日，以事关紧切，勉强放笔奉布，惟公裁鉴焉。

　　写毕，高拱已是满身虚汗，吩咐书办封送急足，他则挪步到墙边的床上歪身躺下。

　　"玄翁，怎么样？王崇古的急足走了吗？"张居正急匆匆走了进来，问。

　　"我嘱鉴川，献俘于朝。"高拱低声道。

　　"好！好！好！"张居正连声道，"此乃一大盛举，必令圣心大悦，群情振奋！"又俯身问，"那么封贡事？"

　　"封贡事，嘱他不必踌躇。"高拱道，"须有下节，则上节方为完美。"

　　张居正点头，沉吟片刻，建言道："玄翁，居正意，不妨先举行献俘礼，让朝野看到纳降一事于我有利，见到实实在在的成果，封贡互市之议，或可减少些阻力。"

　　"喔？叔大言之成理。"高拱兴奋道，"你可再给鉴川修书，转达此意。"他抬起头，对张居正道，"大计在即，我和张子维要夜以继日忙起来了，宣大事，献俘大典等项，叔大多费心。"他蓦地坐起身，走到窗前，像是在起誓，"此番大计，绝不袭故套，当成为移官俗、振士风、新治理的契机！"

大明首相

第三部 锐志匡时

1

紫禁城向北，有一大片水域，前元时谓之海子，是一道宽而长的水面，其东岸即为大都的中轴线。国朝成祖皇帝迁都北京时，这片水域已有多处被开垦为稻田，水面大为缩小，一些狭窄处筑桥可通，遂渐次形成西海、后海、前海三大水面，统称北海子。后海建有一座海子桥，桥北本为大慈恩寺旧址，宛平县学在此建有"射圃"，即生员习射之所，京城绅民即以射所称之。此处围墙高筑，墙内有开阔场地，建有联排房屋。

隆庆四年腊月二十二日，射所一带突然戒备森严，明盔亮甲的兵勇把射所围得水泄不通。傍晚时分，三顶大轿在兵勇的护卫下，抬进射所大门。侍从提着灯笼，为下轿的三位官员引路，径直走进了一间大堂。大堂里早已放置了三把太师椅，椅前摆着一条长长的卷边几案。三人入座，侍从奉上茶水，旗校手持剑戟侍立两侧。须臾，披枷带锁的九名囚犯被押进大堂，跪在几案前。

"尔等人犯听着，"一个旗校开言道，"对面座的，中间一位是高阁老，左右两位是兵部尚书郭大司马、刑部尚书刘大司寇，特来问尔等话，尔等要老老实实回答！"

高拱一抖官袍，大喝一声："抬起头来，报上姓名！"

"赵全。"

"李自馨。"

跪在前面的两个囚犯答道。其余七人不是浑身颤抖说不出话，就是闭口不敢出一语。

一个多月前，接到高拱指示将赵全等人押解京城的书函，王崇古即奏请献俘京师，奏下兵部，题覆："赵全等为患数十年，一旦骈首就缚，宜祭告郊庙，以昭武功。"内阁票拟："叛逆元凶，纠虏入犯，荼毒生灵，罪恶滔天。奏告郊庙，献俘正法！"王崇古得旨，便命守备阎振率五百兵勇，押解赵全等并先期扣押的张彦文共九人，槛送京师。今日午时，赵全等押解到京，高拱闻报，叫上兵部尚书郭乾、新任刑部尚书刘自强，亲来射所勘问。郭乾和刘自强都大感疑惑，不知堂堂执政，何以屈尊亲自审勘叛人。

"尔等俱大明子民，因何叛入胡地，为虎作伥，残害同胞？"高拱喝问。

赵全等人皆沉默以对。

"李自馨，你是秀才出身，你来说。"高拱命令道。

"这……"李自馨支吾良久，"小的知罪，小的罪该万死！"

"官府贪肆，百姓穷苦，找条活路罢了！"赵全接言道，"小的到胡地，不数年建成归化府，不惟欲使夷人归化我大明，也是为穷苦汉人辟一方乐土！"

"胡说！"郭乾怒斥道，"尔等双手沾满同胞鲜血，罪恶滔天！"

高拱不想纠缠这个话题，又问："李自馨，你说说北房分布情形。"

"这个……俺答、老把都，兄弟，儿子黄台吉、兵兔台吉，侄子吉能……各据一方。"李自馨语无伦次地说。

赵全听得不耐烦了，把俺答及各枝情形，一一述说一遍，头头是道，清晰明了。

赵全果骁黠异常！高拱暗忖，他正要开口说话，刘自强突然大声问："赵全，嘉靖四十五年冬，你可曾差人谋刺高阁老？"

众人都被刘自强的话惊呆了。

"小的委实想过，可并未真的做过。"赵全如实回答。

刘自强还要问下去，高拱举手做制止状，又命旗校将李自馨等人带走，独留赵全，问："本阁部要奏皇上宽汝死，令汝报劾，能否？"

"高阁老？""玄翁！"郭乾、刘自强大吃一惊，不约而同地叫了起来。

高拱不理会，继续问赵全："若命汝征讨俺答，能用多少人马？"

"兵贵精而不贵多，将在谋而不在勇。兵多累赘，不如用少轻健。"赵全自信地说。

高拱沉吟片刻，叫着刘自强的字道："体乾，此九名人犯，押往刑部狱中！"

刘自强用疑惑的目光看着高拱，但还是传令将赵全等人转押刑部死牢。高拱缓步走出大堂，对跟在身后的郭乾、刘自强道："虏得吾人即用之，知吾虚实而入犯，每得利；吾得虏人乃即杀之，反为彼灭口。非计！我欲奏于皇上，姑缓赵全死，豢以美食好衣，对其言：'朝廷欲用汝报效，必是汝尽说虏情，各献破虏计，待汝言果效，乃始用之也。'如此，但有虏情即以问之，则吾可以得虏中虚实，而即以制之，岂不远过于夜不收、尖儿手侦探无实者？"

郭乾、刘自强这才明白高拱来此的目的，无不张大了嘴巴，驻足不敢前。高拱未闻二人回应，回过头来一笑道："怎么，二位被吓着了？"

"请玄翁三思。"刘自强道，郭乾则重重地摇了摇头。

高拱低头沉思，暗自盘算：纳降一事，朝议尚汹汹；封贡事尚未行，若上本贷赵全不死，恐又惹纷乱，牵累封贡互市大计，得不偿失。遂无奈地叹口气道："我知此事会惹众怒，欲饶赵全不死，断断不可。"见郭乾、刘自强松了口气，又道，"活口幸在，乃不得一尽虏情，亦可惜也。"遂嘱咐刘自强道，"体乾，你挑选伶俐晓事的经历九人，让他们入狱中，人守一囚，隔别不得相通，日饮之酒，知会他们说，高爷要上本，饶汝死，令汝立功，汝须吐实献谋，言果有验，乃可用之。不然，汝负大罪，如何敢用？因问以虏之何所长者，何所短者，何其所幸天朝者，何所畏天朝者，何其将领几人，是何姓名，年纪各若干，所领人马各若干，某强某弱，某与某同心，某与某有隙，其所计欲如何，天朝如何可以制伏，以及纤悉动静，皆问之。日各书一纸来报。"

"自强这就去办！"刘自强欢快而又恭顺地说。当年他以白头疏要求罢斥高拱，而高拱不计前嫌用他执掌刑部，让他很是感动，大有士为知己者死的念头。

郭乾拱手告辞，低头向轿子走去，高拱走近刘自强，低声问："体乾，适才何以突然问起谋刺案？"

"自强到刑部后方知曾发生过这样的案子。"刘自强答，"刑部并未深查，令人愤恨，我要查一查。"

"不必声张，密查未尝不可。"高拱低声嘱咐道。

2

往年的腊月下旬，紫禁城内外，无论是宦官衙门还是部院寺监，到处是过年的气氛，趋谒酬酢，忙个不停。隆庆四年年底却一反常态，内外都在忙一件事：献俘典礼。

刑部尚书刘自强遵高拱所示，差九人进入刑部大牢，各自与赵全等人饮酒畅谈。赵全等甚悦，各尽其说，每日暮，九人各送揭帖呈报高拱，高拱阅后，送兵部阅存。经过三天，得虏情甚悉。与此同时，刑部会同都察院、大理寺，三法司将赵全等罪状审勘毕，呈请腊月二十七日举行献俘礼，内阁票拟准奏。二十五日，礼部发出告示，朝廷文武百官于是日辰时，具朝服诣午门前行庆贺礼；兵部则制成《露布》，奏请内阁并皇上审定。二十六日，内官设御座于午门楼前楹，正中面南，皇上则遣礼部侍郎率郎官奏告郊庙。

二十七日凌晨时分，午门附近已是人头攒动。锦衣卫设仪仗于午门前御道东西两侧；教坊司陈大乐于御道南，西北向；鸿胪寺设赞礼二人于午门前，东西相向；设文武官侍立位于楼前御道南，文官东，武官西，相向而立；午门前御道东稍南设刑部献俘官位，西向；午门前御道西稍南，设献俘将校位，北向；设《露布》案于内道正中，南向，受《露布》位于案东，西向，宣《露布》位于文武班之南，北向。

天色未明，午门前广场上，刀枪林立，旌旗猎猎。文武百官入就侍立位。交了辰时，皇上常服乘舆出了乾清宫，御皇极门。钟声止，鸿胪寺跪奏，请皇上乘舆，随着乐声，舆辇至午门城楼，升御座，侍卫如仪。

长安街上的百姓、侍立的文武百官，望见黄罗伞徐徐升楼，便知御驾已到。须臾，只听鸿胪寺赞礼官一声高唱："拜——"文武百官皆四拜，就侍立位。教坊司协律郎执麾引乐工就位，跪请奏凯乐。皇上颔首，赞礼官高唱一声："奏凯乐——"协律郎举麾，鼓吹振作，乐曲激昂。凯乐响起，群情振奋，不少人忍不住拭泪。乐止，司乐跪奏："谨奏乐毕！"协律以下以次退。

凯乐初奏时，将校已押着赵全等九人从东华门入，引俘俟立于兵仗之外。待乐毕，赞礼官又是一声高唱："宣《露布》——"

兵部尚书郭乾出列，走到《露布》案前，受《露布》，面北大声宣读："窃维圣人无外，天威凤诞于四裔……"待把赵全等人罪状及拿获经过叙述了一遍，又宣布要将叛人斩于西市，枭首传示九边。

《露布》宣读毕，刑部尚书刘自强出列就奏位，赞礼官高唱："献俘——"献俘将校押赵全等出位，北向而跪，刘自强受俘，高声奏请皇上："启奏陛下，俘虏已到！"

皇上高声道："拿去！"先是两个御林军校尉高喊"拿去！"回音未落，又有四人齐呼"拿去！"接着，八人、十六人、三十二人……直至三百二十人放声呐喊"拿去！"气势磅礴，声震云霄。在震天动地的呐喊声中，赵全、李自馨等九名人犯被将校押往西华门而出，径赴西市刑场。

赞礼官又是一声高唱，文武百官行五拜三叩礼，依次退去。

皇上起身离开御座，站立了片刻，盛典带来的荣耀、满足，让他看上去比平时显得威武、健壮，消瘦苍白的脸庞上透出几分英气。想到皇考费尽心机缉拿赵全而不获，今一举获之，献于朝廷，真隆庆朝盛世之象也！献俘之典，十来位祖宗中，有几人经历？他越想越兴奋，满脸笑意地乘舆下了午门城楼，对跟在舆旁的陈洪道："传旨，着内阁集吏部、兵部议，加恩内外大小有功诸臣！"

李春芳主持集议，议定：以受俘功，加宣大总督王崇古为太子太保、兵部尚书兼都察院右副都御史衔；大同巡抚方逢时加兵部右侍郎兼右佥都御史衔；加兵部尚书郭乾太子少保，侍郎魏学曾、谷中虚各升俸一级；宣大督抚以下各有功文武升赏，着王崇古奏来。

次日午后，李春芳命书办前往吏部，知会一直忙于筹备大计而未到阁的高拱，明日辰时到内阁听旨。第二天，交了辰时，四阁臣已在内阁中堂专候。须臾，司礼监掌印太监陈洪前来宣旨：

此次得获赵全等叛人，除加恩督抚、部臣外，辅臣殚心运谋，劳绩可嘉，亦当特敕加恩：李春芳加支尚书俸，进中极殿大学士，余官如故；高拱加少师兼太子太师、建极殿大学士，尚书如故；张居正加少傅兼太子太傅、建极殿大学士，尚书如故；殷士儋加少保兼太子太保、武英殿大学士，尚书如故；李春芳、高拱、张居正各荫一子尚宝司丞；殷世儋并原任大学士赵贞吉，俱荫一子中书舍人。

李春芳等叩头谢恩毕，高拱即匆匆走出中堂往吏部赶。登轿的当儿，抬头往西山一望，忽见积雪盈盈，不觉来了诗兴，站在那里口占五言古诗一首《早霁出苑中望西山积雪》：

> 淡淡晴日晖，冽冽晨风寒。
> 出苑偶西望，积雪盈层峦。
> 玉凤排空飞，白龙伏地蟠。
> 顾兹丽阳候，肃气犹未残。
> 将军拥貂裘，谁知战士难。
> 能推挟纩恩，当为驱呼韩。

"好诗！好一个'将军拥貂裘，谁知战士难'！"张居正不知何时站在高拱的身旁，拊掌赞叹道，"玄翁此时心里想到的竟是前线的战士，足见胸襟。快快写下来，公之同好！"

"喔？是叔大！"高拱笑笑道，"顺嘴胡诌，让文坛领袖王世贞那帮人看到了，又会说不合复古潮流嘞！"

"呵呵，那帮人，哪里有治国安邦之志！"张居正不屑地说，又伸出大拇指道，"可玄翁的诗作，不是风花雪月，'能推挟纩恩，当为驱呼韩'，这才是玄翁此诗的诗眼！甫受皇上恩赏，即想到要为国效命，定边安邦！"他又冷冷一笑道，"殷世儋刚到阁不过旬日，就受此厚封，不知是否有愧，也不知他拿什么回报皇上！"

高拱淡然一笑，问张居正："近日为大计事忙得不可开交，老俺那里有何动静？"

"老俺自是大喜过望！"张居正笑道，"想那老俺一生东奔西杀，多次临边请贡却一无所获，如今抢夺了美艳佳人三娘子，虽惹出一场风波，却因祸得福，有了求贡之机，除了诵经谢天地，还将把汉那吉视为福星，已将赵全等的土地、人马，都拨给了把汉那吉作为抵偿。"

"如此看来老俺是真心降服了！"高拱兴奋地说。

张居正道："但封贡之事，关节点不在老俺，难在朝中大臣和科道。我这就给王崇古修书，让他奏请封贡。"

"既然要闯关，就一揽子闯一次！封贡、互市一并奏来！"高拱道，"若无互市，则和平无以确保。胡地荒凉，所需非以互市，即以战争，别无选择。故无论有多少阻力，必促成互市！"

"是这样。"张居正点头道。

高拱拍了拍张居正的肩膀，就要登轿，张居正道："玄翁，道路传闻，王之诰要免三边总督？"

"有这回事，没来得及和叔大说。"高拱又转过身道，"让王之诰到南京任兵部尚书，户部侍郎戴才去接他，此人持重，可任。"

张居正因高拱要调亲家王之诰的职却未与他商榷，心中有些怨气，听了高拱解释，面子上也觉过得去了，怨气也就消了多半，忙转移了话题道："玄翁主朝审，即不袭故套，别开生面；此番大计地方官，定然也不同以往咯！"

"走形式的事，不能干！"高拱一扬手道，"必当核名实，求实效，开新风！"

3

隆庆五年正旦节，由于激动人心的献俘仪式刚刚举办，街谈巷议中，似乎北虏的威胁有减缓甚或解除的可能，就仿佛给人带来惶恐的通缉犯已然就擒，大家心里顿感轻松，这个年过得也就格外欢快。恤商之策虽然实施才半年多，但朝廷恤商讯号带给人们的信心比出台的政策更具刺激力，京城的商铺陡然间增加了许多，营商的氛围愈来愈浓。除夕之夜，各商铺纷纷燃起炮仗，此起彼伏。老辈人都说，京城过年，像这般燃放炮仗的，还没有经历过。

大年初一，宫中贺年仪式毕，高拱即径直到吏部直房，埋头阅看簿册。这些簿册，都是按他掌吏部后提出的要求，记录官员履历及日常表现的。再有几天，大计就要开场，他想利用正旦节假期，将地方官员的簿册浏览一遍，免得心中无数。

衙门空无一人，只有高福在外侍候茶水。刚交了巳时，走廊里突然传来急促的"橐橐"声，像是有人往直房走来。高福正在打盹，被脚步声惊醒，抬眼一看，是巡城御史王篆带着两个随从走了过来。王篆是湖广夷陵州人，十年前中进士，是张居正的儿女亲家，高福也认得，他刚要开口问，王篆抢先道："管家，高阁老在直房？"

"我这就去禀。"高福知趣地说。高拱闻报，即知王篆此来当与大计有关，遂命高福传请。

国朝自太祖皇帝起即定制：考察内外官员，分为京察、外察。京察指对京官的考察，六年一举；外察指对在外任职官员的考察，三年一举。按制，考察之年，外官皆需入京朝觐，故考察外官又称朝觐。三年一度的朝觐，亦谓之上计、大计，由吏部会同都察院掌其事，并密托吏科都给事中、都察院河南道掌道御史咨访，将考察结果具册奏请。隆庆五年正是大计之年。自四年下半年起，全国所有任职满三年之藩台、臬台并道台、知府、知州、知县等，即陆续启程进京。

按制，朝觐官员进京，不得私自入城，即在城南报国寺等寺庙借住候命。但高拱知道，官场的诸多禁令，早已是具文，故在腊月初五奏请皇上允准，吏部咨都察院转行巡城御史及各缉事衙门，严禁馈谒奔竞，令有司务要着实防范禁缉，使内外严肃，弊绝风清。巡城御史王篆大年初一跑到吏部来谒，必是为此事而来。

果然，王篆禀报："下吏传令兵马司对可疑之人严加盘问，适才下吏亲临崇文门，见有一骑驴的中年人像江南长相，神色慌张，遂盘查一番，从身上搜出名刺、拜帖，方知是嘉兴知府徐必进。"

"他入城何干？"高拱边翻看簿册边问。

"玄翁，前日在报国寺，发现具名揭帖，正是揭发徐必进的。想来是徐必进见此揭帖有些坐不住了，欲进城趋谒转圜。"王篆又禀报道，说着，从袖中拿出一张揭帖呈于书案。

高拱拿起揭帖，先看了看署名，叫汪在前。他攒眉思索，似乎听说过此人。

"汪在前是南直隶徽州歙县人，隆庆二年进士。"王篆善于察言观色，伶俐地说，"新科进士无不视推官为鸡肋，而汪在前却主动请求分发为嘉兴府推官。"

"喔，想起来了！"高拱接言道，"听吏部有人议起过，说汪在前本人乞求分发到嘉兴府做推官，众人奇之。"他忙埋头浏览揭帖，刚看了几行，就自言自语道，"难怪他乐意去嘉兴做推官，原来是这么回事！看来，汪在前所揭，八成是真的。"遂吩咐王篆，"你把徐必进带到这里，我来问个明白。"

须臾，王篆带着徐必进走进了直房。甫一进门，徐必进就哆哆嗦嗦地跪在书案前，叩头道："高阁老，下吏……下吏……"

"嘉兴府推官汪在前之父汪炎，曾为崇德县丞，嘉靖末年，汪在前尚是生员，在崇德侍其父，可有此事？"高拱看着汪在前的揭帖，问徐必进。

徐必进喏喏："回高阁老，是、是有此事。"

"你对汪炎印象如何？"高拱问。

"这个……"徐必进支吾着，说不出话来。

高拱照揭帖所揭问道："汪在前之父性迂癖，与同僚不协，被人诬告，下讼牒于嘉兴府，是徐大知府你接的案子；而你亦素憎其未讨好巴结于你，遂立意罗织，是不是这样？"见徐必进低头不敢言，高拱又道，"徐大知府接案，汪炎被押到知府大堂，当受笞，汪在前伏地哀泣，要代父受刑，口称生员。徐大知府益怒，当即出题，试以文。没想到汪在前立成以献；徐大知府看完又喝骂，谓文理乖谬，称生员必是假冒，命痛惩之。这事有假吗？"

徐必进知高拱已看了汪在前的揭帖，浑身禁不住又抖了起来，汗珠扑簌簌滚落下来，嘴唇颤动着，却说不出一句话。

"那好，我再替你说！"高拱拿起揭帖，继续道，"想不到汪在前果然中了进士，更想不到他居然分发到你手下做推官。徐大知府更想不到的是，汪在前上任后，奉父母趋谒，似乎前嫌已冰释瞬间。但你失算了，汪在前只是假意与你周旋。他知你有干才却甚贪墨，遂将你纳贿之事，默籍日月，纤毫不爽。闻朝廷加意惩贪，遂在大计之际发揭帖于报国寺。"他提高了声调，"徐知府，要不要召汪推官前来对质？"

徐必进摇头道："高阁老，不必了。"

"你违禁入城，想找谁替你说项？"高拱沉着脸追问。

徐必进沉默不语。他知大势已去，反倒解脱似的，叹息道："防人之心不可无啊！此番大计，下吏必得贪例，也不必再等了，革职回家就是了。"

国制：为彰显大计之严肃，凡察典黜罢官员，永不叙用。贪酷所受处分最重，按以往律令，当革职为民，永不叙用。

"革职？你想拿贪墨的财宝悠游山林？"高拱一拍书案，"想得美！"

"往者贪酷者仅是革职为民，祥符知县谢万寿之事发生，高阁老就奏请皇上改之。"王篆接言道，"皇上已下旨允准，贪酷者先革职为民，再下法司勘问追赃。"

徐必进瘫坐在地。

"徐必进不必再考，就以贪酷定论，即下御史按问！"高拱决断道，又吩咐王篆，"上紧问，登邸报，到报国寺散发。"

4

出崇文门十里，就是京城赫赫有名的报国寺了。此寺宽广深邃，僧舍整洁，百官入觐者，多寄居于此。今次大计，朝觐各官照例也多在报国寺寄居。

正月初六辰时刚过，吏部侍郎张四维带着考功司郎中穆文熙到了报国寺。朝觐官员数千，事前已接到札谕，早早就按职务、地域排序站立在寺院山门台阶下，众人看到邸报所刊嘉兴知府徐必进被处分一事，被令行禁止的气势所慑，散漫拖沓之气为之一扫而空。

张四维健步迈上台阶，转身高声道："诸公，本部堂就关涉大计事，宣布于众。"他清了清嗓子，道，"今次大计，不袭故套。吏部建有簿册，上至高阁老，下至主事，皆留心查访，对各官操守、政绩及官声，均有记录。故不再像以往，只凭上官考语定等次。抚按特别论劾要罢斥者，也可能留；抚按特意推荐要晋升者，也可能去。要而言之，改革有三。"他伸出食指，"其一，不循常数。"说着，拿出一份邸报，"这里刊有高阁老《公考察以励众职疏》，曰：'数十年来，每遇考察，惩汰官员，必参照上年之数，袭为常故。其数既足，虽有不肖者，故置不论；其数不足，虽无不肖者，强索以充，可谓谬矣。自今以始，果不肖者多，不妨多去；果不肖者少，不妨少去，惟求至当，不得仍袭常故。'"张四维抖了抖邸报，"本部堂只是择其要者，具体实施方法，不再赘述。此疏关乎吏制者甚大，诸公当细阅之。"

"其二，"张四维依然伸出食指，道，"察典官员之处分，多有革新。"他转向穆文熙，穆文熙拿出一份邸报递过去，张四维接过，举在空中展示，"这里刊有高阁老的《详议调用条约以便遵守疏》，一则，贪酷不止革职为民，还要拘提追究。二则，细评等第，因才施用。往者大而化之，只评'才力不及'，拟为'调用'便了事。才力不及有各种情形，应细分之。今次考察，若只是才力不胜繁剧，犹堪以原职调用者，就注拟于'才力不及，调简僻地方'项下；若原非繁剧，亦不堪以原职调用者，就注拟于'才力不及，调闲散衙门'项下；其迹涉瑕疵，尚未太著者，姑注拟于'才力不及，降级'项下，或才力不及，欠缺管理才能，但有文教之才者，则注拟于'才力不及，改教'项下。待过堂之日，本部当面质证，考语与质证相符者，相应调用。三则，知县、推官才力不及改为教职者，不惟改府学学正，亦可改县学教谕，此事高阁老另有奏疏，不再赘述。此疏亦有诸多具体实施办法，诸公亦当细阅之。"

"其三，"张四维还是伸出食指，"大度容错，不摘细过，免塞自新之路。"说着，又接过穆文熙递过的邸报，"这里有高阁老《复科道官条陈考察事宜疏》，其中说道：'隐细之过不必指摘，讹误于前、悛改于后，无玷官箴，尚堪树立者，酌量保全。'这是鼓励各级官员要敢作为、有担当。非为私利，革积弊，改旧俗，破常套，即使有失误，改正就好。"

"其四，"张四维伸出四个指头，"稽实政以察群吏。"他抖了抖手中的邸报，"《复科道官条陈考察事宜疏》中说得明白，今次考察专以民事

大明首相

第三部

锐志匡时

为主，名为循良者，当考其里甲均徭之何如；志在安攘者，当考其御寇安民之何如。凡忘情民瘼、有坏治道者，悉从罢黜，以昭激劝。"

众人都被张四维的话震惊了，谁也想不到此番大计与往昔竟有如此大的革新。张四维转过脸去，考功司郎中穆文熙会意，向侍从一摆脑袋，一名侍从拎着一个布袋走上前去。张四维一摆手，侍从抓起布袋，"哗啦"一声，满袋文稿散落一片。

"诸公，"张四维一指道，"这是从匦中取出的匿名揭帖。"他扫视目瞪口呆的众人，一笑道，"诸公皆知，朝廷有例，大计时科道得投匦，意在采集舆论。高阁老言，考察投匦，有害无益。科道二百员，既不署名，则一人可数投，这能代表公论吗？高阁老已奏明皇上，取消科道考察投匦之制，若有物议，当具名呈访单于都察院或六科，以使害人者不得行其私！"说罢，一摆手，"烧了！"

须臾，火光中，烧成灰状的纸片乱舞了一阵，归于沉寂。

"最后，转达高阁老一个提议！"张四维提高声调道，"诸公在地方任职，各地方有何贤才尚隐沦，有何凶顽尚梗正；有何利当兴，阻力何在？何害当革，何所畏而未革，皆得书面陈情。"他笑了笑，"呵呵，此为自愿，不愿建言者，不强索。"

"谁敢？不认真陈述怕都会吃亏，焉敢不交卷！"有人议论说。

"喔呀，这招厉害！"有人赞叹道，"如此，天下事皆在高阁老目中矣！"

"初十日开始到吏部过堂，依序听传，进后堂。"张四维宣布说。

山西阳曲县知县曹大埜听罢，长出了口气。

曹大埜身材矮小，却有一双大而机灵的眼睛，目光永远是游移的，似乎每时每刻都在思考。他刚到阳曲上任，四川布政使王道行正好为母守制在籍，曹大埜前去拜谒，王道行指点他说，知县按部就班升迁，做到封疆大吏实属不易；若被甄拔为科道，封疆大吏手到擒来；而从知县里甄拔科道，是国朝惯例。曹大埜即以此作为既定目标，精心设计。他知王道行在阳曲乃头号缙绅，过年过节，都会到王家拜访，奉上厚礼；平时王家有事相托，他无不关照，深得王道行的欢心，对他夸赞不已。阳曲缙绅惟王道行马首是瞻，如此一来，曹大埜的官声就在当地传开了。

可他把余钱都花在本县缙绅身上，却对知府并藩、臬两台少有打点，而大计照例是凭藩臬考语并上官面陈定等级去留的，曹大埜心中志忐，忽闻大计不再凭上官考语定等次，他自是暗喜。只是若考语与吏部所掌握的情形不符，要过堂面质，曹大埜心里没底，便急忙打探四川布政使王道行的住处。

待找到王道行，寒暄过后，王道行冷笑道："哼哼，高新郑爱标新立异，不袭故套，此番不凭藩、臬两台考语和知府面陈定等级，那凭什么？他纵然有火眼金睛，也不可能把天下官员贤愚都了如指掌！"

曹大埜不接话茬，谦恭地问："藩台老大人，学生访得高阁老自视甚高，很较真儿。往者朝审时，吏部尚书只是在面审时露面一次即可；而高阁老事前秉烛阅卷，漏尽不休；往年朝审，矜疑人犯不越三十，此番他却审出一百三十九人。朝审既已如此较真儿，大计是他分内之事，过堂必不会走过场，不知过堂时如何应对？"

"做官不在做，在对。"王道行老成地说。

"不知老大人所说的'对'字，何所解？"曹大埜虚心求教道。

"对，就是对口径、对口味。"王道行解释道，"就拿此番大计来说。高新郑其人，满眼都是积弊，满口都是改制，说话只要对他的口味就好了。"王道行是文坛领袖王世贞的好友，心思不在政务上。去岁王世贞在太原任山西按察使，王道行以探父病为由擅自回籍与他欢聚。王世贞对高拱恨之入骨，王道行受此影响，提到高拱，总是语带讥讽。

曹大埜豁然开朗，把随身带的、此处能找到的邸报，都搜罗起来，足不出户，埋头阅看。自高拱复出，邸报上连篇累牍都是他的奏疏、题覆，加上重要御批无疑来自他的票拟，邸报要目，差不多就是高拱的专版了。曹大埜看得双眼发涩，又精心撰写了一篇《山西地方情形及治理》的文稿，就等着到吏部过堂了。

5

听到传声，曹大埜紧张得双腿微微颤抖，不知是如何走进后堂的。好在照例要跪参，他跪在地上才极力抑制住颤抖。礼毕，退了两步，在考官对面的椅子上坐下，挺直了身子。

"曹知县，这是你写的？"高拱举起一份文稿问。

"回高阁老，是下吏所写。"曹大埜答。

"嗯，以改制为统领，有识见。"高拱夸奖了一句，放下文稿又问，"曹知县是何日启程、何日到京的？"

曹大埜没有想到高拱会问这个，稍一思忖即答道："禀高阁老，下吏腊月二十六启程，正月初五到京。"

这说明，曹大埜掐算好了时日，未提前进京，显然就没有趋谒转圜的打算；启程与抵京日期又和路途所需时日相合，未游山玩水，优哉游哉，而是兼程赶路。高拱与坐在右侧的都察院左都御史葛守礼交换了一下眼色，露出满意的笑容。

以往朝觐考察，皆是布政使、按察使及府官面说各属下贤否，考察即照此定等级去留。此番大计，因吏部照高拱所示建簿册，平时加意体访，对官员贤否已有记录，藩台、臬台及上官面陈若与吏部簿册不合者，即召其人过堂面质。葛守礼恐此举得罪各省藩臬二台和知府，劝高拱审慎，高拱慨然道："为朝廷官，干朝廷事，得恤怨乎？己务避怨，可使天下无公道乎？"说得葛守礼面红耳赤无言以对，只得陪着他照做。藩臬二台及知府面陈对曹大埜评语俱不佳，但吏部查访此人在本县官声甚佳，故特意过堂面质。

轮到四川布政使王道行了。巡抚对他的评语颇佳，但吏部却另有记录，故召来过堂。只见他迈着方步，不慌不忙地进了后堂。礼毕，高拱问："藩台家有高堂，听说甚是健朗？"

王道行心里"咯噔"一声，顿时就明白了，他擅自回家会王世贞的事被延访到了。这虽大干禁条，但往者没人当回事，遇见高拱这个煞星，事事较真儿，真按禁条衡人！王道行觑了高拱一眼，露出厌恶的神情，洒脱道："家父年已耄耋，下吏正要奏请致仕奉养，请成全。"

"说得轻松，晚了！"高拱沉着脸道，"藩台总管一省民事，职守不可谓不重；可你却整日陪着山人墨客游山玩水，心思全不在钱粮上，不惟省政荒废，所到地方，皆由府县宴请招待，靡费公帑。"他一拍几案，"王道行当以'不谨'例，冠带闲住！"

王道行嘴角一撇，拱手道："多谢成全！"

葛守礼侧身靠近高拱，附耳道："未有显过，如此定等，似过重。"

高拱道："台长，为官当勤于政务，王道行反其道而行之，从重处分，意在树立反面典型，以劝振作。"

葛守礼默然。

当江西布政使刘介坐在椅子上等待发问时，高拱却只是打量着他，良久没有说话。刘介被看得浑身发毛，低头不敢直视。

"呵呵，你真行！"高拱冷冷一笑道，"驿丞的胡须被你拔去几根？"

刘介大吃一惊，想不到这样的事竟能传到高拱的耳朵里，只得红着脸支吾道："下吏、下吏知错，下吏只是、只是与驿丞戏谑而已！"

高拱瞪眼道："江西的藩库、库官都是你的腹心，你与他们时常在一起吃喝玩乐，还没有戏谑够吗？钱哪来的？克扣库银还是拿你的俸禄？"

刘介起身鞠躬道："高阁老，下吏也是进士出身，能有今日，实属不易。下吏知错必改，恳请留条自新之道。"

"我看你是才力不及，这个布政使做得也是勉为其难，故而戏谑成性，沉湎酒林。"葛守礼插话道，实则预先为刘介定了个"才力不及"的等级，以便为他保住官员身份。

高拱沉吟片刻，道："虽定才力不及，但当从重降调！"

"多谢阁老，多谢台长！"刘介哽咽道，"必改过自新，效命朝廷！"

轮到潮州知府侯必登时，刻漏显示已交亥时。高拱传令："外间不必再候！"乘侯必登参拜时，高拱打量了他一眼，见他身材矮小瘦弱，倒像潮汕人模样。待侯必登坐定，高拱拿起一份文牍念道："侯必登，字懋举，南直隶应天府上元县人，嘉靖三十八年进士，历官河南淯川知县、山东登州知州、广东惠州府同知、潮州知府。居官有直声，潮人爱之。"声音已是嘶哑。

侯必登突然哽咽道："朝廷有廉能之臣执政，国之大幸！必登总算看到了一丝希望！"

侯必登受官场排挤，藩臬两台评语建言吏部将其革职，高拱知他心绪凄楚，颇是感同身受，便叫着他的字，以亲切的语调道："懋举，何以在潮州提到你，问之百姓皆爱之，问之官员皆不喜？"高拱愤于广东官场贪墨成风，急于体访到一位廉吏，特意召回京交差的巡按广东御史了解情况，御史的这句话让他印象深刻，今日一见，便追问其由。

"不贪之故。"侯必登答。

葛守礼一愣，不悦道："难怪官场皆不喜！就你这句话，便把广东官场都得罪了。难道广东官场皆贪官，就你侯知府一人独廉？"

"恕下吏直言。"侯必登道，不示弱的语气。

高拱道："广东旧称富饶之地，乃频年以来，盗贼充斥，师旅繁兴，民物凋敝，狼狈已甚。这是何故？"

"皆官场贪墨所致！"侯必登不假思索地答。

高拱点头，葛守礼却不以为然，皱着眉头问："照你说来，广东贪官特多，这是何故？"

"其因有三。"侯必登胸有成竹道，"其一，人谓广东为瘴海之乡，劣视其地。进士出身者寥寥无几，贬谪者占多半，另有屡试不中的举人。贬谪者不必说，即使是举人，前程何在？因自知仕途无望，多甘心于自弃，遂以捞钱为首务。"

高拱边点头，边思忖着。

"恰恰广东又是财贝所出，又通番贩海者众，奇货特多，可渔之利比比皆是，诱惑自比他处为多。此其二。"侯必登又道。

"倒是这么回事。"葛守礼捋着胡须道。

侯必登见高拱、葛守礼频频点头，越发声音洪亮："不幸的是岭南偏远之地，声闻不通于四方，动静尤难达于朝廷。监察百官，惟靠巡抚、巡按。即使此二人不同流合污，所劾者只能聊取一二。众人见抚按亦无能为力，越发肆无忌惮，遂成声势，贪风牢不可破矣！"

"看来，靠拿下几个贪官也不能除此贪墨之弊。而不除贪墨之弊，何以望治？"高拱若有所思又忧心忡忡地说。他挺直身子，对侯必登道，"还是要改制。这是朝廷的事，今日不议了。懋举，越是贪官多，廉臣越是可贵！况廉而有能，公廉有为乎？只要百姓拥戴，朝廷为你撑腰！"

待侯必登离去，高拱扶着几案慢慢站起身，晃了晃才站稳，刚要迈步，腿脚麻木，只得用手扶着案边，缓缓挪动。

三天过堂毕，吏部会同都察院合议，有布政使、副使、参政、参议、金事、知府等五十四人，被罢斥降调；下贪酷异常二十五人御史按问追赃；赐贤能卓异按察使杨綵、知府侯必登、知县曹大埜等十五人，各衣一袭、钞百锭，宴于礼部。

正月十五日辰时，皇上升御座于会极门，高拱、葛守礼率朝觐官觐见。

"台长，此番大计，结果公布，迄未闻有物议。"高拱虽然一脸疲惫，却抑制不住兴奋，得意地对葛守礼道。

"不存私心，方法得当，是以至公，大计如今次者，已是多年未有。"葛守礼也喜不自禁道。

"唉!"高拱突然叹息一声，"此番大计，因平时体访既久，参伍又多，以至于许多事，吏部已然掌握，其上官却茫然不知。由此可见，上官于所属贤否，亦甚浪然。朝廷责成官员核名实、祛虚浮，任重道远啊!"

皇上驾到的鞭声响起，高拱不再说话。

"拜——"鸿胪寺赞礼官一声高唱，众人行三叩礼。

吏部早已为皇上起草了两份诏旨，此时鸿胪寺赞礼官奉命宣读敕书：

朕缵承大统，五年于兹，夙夜兢兢，惟敬天勤民是务。顾四方万国，岂朕一人所能遍察，所冀承流宣化，抚安元元，实赖尔藩臬郡县诸臣与朕分理，共图至治……

"万岁，万岁，万万岁!"朝觐官边高喊，边跪地叩首。

鸿胪寺赞礼官又展开一份圣旨，读道："各朝觐官以领敕日为始，约限三日，俱要出京赴任，免妨职业。其被斥之官，除按问追赃者外，各自安心散归自省! 钦此!"这是高拱特意为皇上起草的，历次大计所未有者。

礼毕，鸿胪寺赞礼官刚要宣布散朝，高拱突然大声道："启奏皇上，臣有事要奏。"那天过堂时听了侯必登的一番陈词后，高拱夜不能寐，苦思冥想以制肃贪之道。用人破除资格，是他想到的第一步，遂急不可待地要奏于皇上，宣示于众。

"高先生有何事要奏，不妨讲来。"皇上爽快地说。

"皇上，"高拱开言道，"臣窃以为，欲兴治道，宜破拘挛之说，开功名之路。当今用人，进士偏重，举人甚轻。时下州县正官举人居其六七，然举人升迁路狭，既多自弃，遂以贪墨自利为要。及举人出身者不能有为，则又曰'彼辈果不堪用'。然不知此为用人之制有弊所致。进士才十分之三，而使之骄；举人十分之七，使之沮，则天下之善政谁与为之？"顿了顿，接着说，"进士、举人，只是在初次授官时不同，授官之后即当一视同仁，惟考政绩，不必问其出身。举人优，即先于进士升迁、官位高于进士，无妨也。若举人果才德出众，亦可与进士一体升为京堂，即至部卿无不可者。举人与进士并用，则进士不敢独骄，而善政必多；进士不敢独骄，则举人皆益自效，而善政亦必多。"

"兹事体大，高先生可有奏本？"皇上问。

"臣这就回去写本。"高拱答。

皇上龙颜大悦，道："官员升迁不看出身，只看政绩，当着为令！"

高拱露出得意的神情，满身疲倦也一扫而去，散朝即直奔内阁朝房，把《议处科目人才以兴治道疏》写毕，又给同年好友陈豫野回书，向他倾吐致力于吏治革新之志：

今天下吏治不兴，小民不得乐业。仆诚患之，乃不自量鄙劣，欲为我皇上挽刷颓风，修举务实之政，遂于大计殚心竭力，以综合名实，使巧宦者罔兽其诈，而举职者莫掩其真。盖抚按所特劾而留、特荐者而去者颇多，诚不欲其徇毁誉、行爱憎也已。又集群吏于庭，谆谆告教，明示以意之所在，使知所趋向，不得仍袭旧套，崇饰虚文，冀耳目一新，人心可正，然后再从而振作之，庶可望太平于万一……

尚未写完，刑部尚书刘自强门外求见。高拱没有抬头，但却揣测刑部尚书朝房来谒会有何事，略一思忖就明白了，一定是为那件事而来。

1

刑部尚书刘自强从射所回到刑部直房，即唤司务来见，问："嘉靖四十五年发生过谋刺高阁老的案件，刑部何以不追查？"

"黄大司寇曾着郎中王学谟专责此案，"司务禀报，"可不久王郎中就外放山西做岢岚兵备道，此事也就搁置了。"

"这么大的案子，说搁置就搁置了？"刘自强生气地说。

司务苦笑道："大司寇，那时高阁老已被赶出京城，徐阁老当国执政，都知高阁老是得罪徐阁老才被赶走的，谁还敢为他的事出头？也曾闻黄大司寇说，此案为北房奸细所为，物证俱在，似可服众，且时过境迁，就不必再折腾了。"

刘自强翻阅着案卷文牍，道："郎中禀帖里分明说此案有疑点，照理就该查下去。"

"下吏不知是何故搁置。"司务道，"黄大司寇起始确曾说过要彻查的，可后来他又打退堂鼓了。或许，背后……"

刘自强埋头阅看文牍，良久才道："搁置的原因姑且不论，这王学谟禀帖里说，当时曾有人出手相救，高阁老方保住性命。这出手相救者何人？他是预先知道有人谋刺，还是赶巧遇上的？这个人是谁？何以不找到他？"

司务摇头。

刘自强沉吟良久，道："明日，你陪本部堂去一趟灵济宫，先查看一下现场再作计较。"

次日一早，刘自强带着司务并仆从三人，便装来到灵济宫前，细细查勘。勘毕，刘自强道："搭救元翁的义士，有三种可能：其一，正巧路过，但他何以始终不露面？其二，灵济宫里的人，但若是灵济宫里的人，何以要隐身？其三，事先听到风声，埋伏在此。我看此地能埋伏之处，无非灵济宫前这棵古柏树上。"言毕，吩咐司务与一个仆从，"你们到灵济宫查访。"

有人到灵济宫查访的消息，当晚就传到了户部侍郎林大春的耳中，一股寒气"倏忽"一下穿透全身，正在夹菜的筷子"哗啦"一声掉落在地。

自高拱复出，林大春每日提心吊胆，最怕的就是追查那起谋刺案。他在灵济宫里安插了眼线，随时掌握动态。眼看一年快过去了，高拱似乎没有追查的意思，林大春内心稍安。正欲撤回眼线，不意高拱又掀起了肃贪风潮，科道尤其是各省巡按御史纷纷上章弹劾赃贪官员，没有上弹章的，怕给人以履职不力的印象，也陆续上章，一时形成相互攀比的气象，总共才数万的官员，每月却有十多人被查办。官场人心惶惶，不知哪天灾难会降临自己头上。林大春再也不为自己升迁之事苦恼，他只想保住时下的位置。保住位置就是保住身家性命，夫复何求？故而他一面越发攀附高拱的好友张居正，以便万一事发有个照应；另一面则广散眼线，打探消息。灵济宫是官员时常光顾之地，这里的眼线自是十分得力。

"好了，我知道了，盯紧点，风吹草动务必及时禀报。"林大春故作镇静，吩咐道。待眼线一走，林大春再也坐不住了，他把饭碗一推进了书房，闭门沉思。过了半个时辰，主意已定，吩咐备轿，登门拜访刘自强。

"少司农黄夜登门，有何见教？"刘自强把林大春迎进花厅，寒暄毕，便开门见山问。

"大司寇，我听说刑部要追查刺高案？"林大春问。

"喔？"刘自强一惊，"少司农何以知之？"

"呵呵，灵济宫人多嘴杂，保不住密的。"林大春一笑，旋即神情诡秘地压低声音道，"老实说，此事的内情，我稍有耳闻。"

"喔呀？那请少司农快说说，到底是怎么回事？"刘自强惊喜地说。若能一举查明真相，在高拱那里，岂不立下大功？至少也让他看出自己的才干，一听林大春知道内情，刘自强自是兴奋异常。

"不瞒大司寇，此事我纠结久矣！"林大春以痛苦的声调道，"说出来，似有卖友求荣之嫌；不说，又觉对不起新郑相公，心里难受啊！"说着，用力拍了拍胸口。

"理解理解！"刘自强道，"那么少司农，究竟是怎么回事？"

林大春故意沉默了好大一阵，方叹口气道："当年欧阳一敬、胡应嘉搏击新郑相公甚力，闻得先帝不豫，恐裕王继位后用新郑相公为首相，他们将遭报复，竟寻来北虏奸细，悍然谋刺！"

"嘶——"刘自强深吸了口气，半信半疑地看着林大春。

"大司寇试想，当年逐高者不止欧阳一敬、胡应嘉吧？记得大司寇也是上了白头疏的。新郑相公复起，大司寇或许不安，但何至于破胆而亡？"林大春解释道，"欧阳一敬闻听新郑再相，就一病不起，以疾求去，半路即亡；胡应嘉守制在籍，闻讯破胆暴卒。他们如此恐惧，俱为此事。"

"这……这死无对证啊！"刘自强失望地说。

"呵呵，"林大春尴尬一笑，他知刘自强在怀疑他，早想好了说辞，"不瞒大司寇，我与欧阳一敬、胡应嘉一时交情尚可，常与之诗酒相娱，欧阳一敬一次醉酒，无意间说漏了嘴，可我彼时万万不敢相信，直到二人闻新郑复相而暴卒，方确信并非醉后胡言。"

刘自强虽不全信，却也找不出破绽。在灵济宫查访两日，并未访得任何蛛丝马迹，待大计甫毕，得知高拱已回到内阁朝房，便迫不及待地参谒禀报。

"欧阳一敬和胡应嘉？"高拱听完刘自强的禀报，露出惊诧的表情，"他们竟如此歹毒？"

"若真是此二人，那背后必是徐阶指授！"刘自强道，"怪不得玄翁甫下野，欧阳一敬升了京堂，刚被贬职的胡应嘉竟连升七级，冒窜湖广参议之位。"

"徐老固然阴险，可痛下杀手，还不至于吧？"高拱质疑道。

"一朝天子一朝臣，徐阶为保住权位，甚事做不出来？"刘自强道，"他的子弟倚仗权势大肆敛财，利益巨大，玄翁威胁到其家族的巨大利益，痛下杀手也是可能的。"

高拱默然。

刘自强一咬牙道："请玄翁决断，奏请皇上，着锦衣卫把徐阶拿京勘问，必可水落石出。"

"不可乱讲！"高拱责备道，"不要说此案并未坐实，即使真是徐老指授，也很难查证了。再退一万步说，即使查实乃徐老指授，也不可能拿问，除非有谋反罪证，否则，突然拿问致仕首相，必耸动朝野，陷皇上于寡恩薄情之地。大司寇身为法司之首，焉能出此言？"

刘自强恨恨然："就这么便宜了徐阶？"又叹口气道，"时下死无对证，若能查访到当时搭救玄翁的义士，或可有些新线索。"

"救命义士，我已见过了。"高拱神情黯然道。

"喔？义士何在？"刘自强忙问。

高拱不回应，而是以决断的语气道："此事，不必再查了。查来查去，徒增纷扰，时下要做的事太多，还是以大局为重。"

送走刘自强，高拱又在朝房枯坐半个时辰才起身回家。几个月来，改制、纳降、朝审、大计，大事一桩接一桩，忙得无喘息之机，甚至回家一趟都是稀罕事。高福、高德在首门外，张氏和薛氏在首门里，齐齐地站着，等待高拱的轿子降落。

"高福，年都过完了，崇楼还没有消息？"下轿后，高拱没头没脑地问了一句。

2

房尧第出京已然两个多月了，可南下的秘密使命却未完成。

高拱复相，抵京后首日即到草厂街私访，又迫不及待地去见陈大明，虽说是为了考察商情，以便朝廷出台恤商策，可高福私下对房尧第说，老爷此来，必是想打探珊娘的消息。从高福的讲述中，房尧第悟出，在高拱的心里，已然有了珊娘的位置，他是牵挂珊娘的。两人遂瞒着高拱在京城四处打探，试图找到珊娘，哪怕查访出珊娘的行踪也好。前前后后查访了大半年竟一无所获。两人暗自合计，只有横下心来，到丹阳邵大侠老家去找或可有济。房尧第已悄然整备停当，不巧的是，恰逢把汉那吉叩关请降之事发生，房尧第不便离开，眼看冬季来临，运河要断航，方向高拱禀报，说他欲到江南一行。

"为何去江南？"高拱问。

"时下玄翁执政，边务为首，一旦边务有振，则民生、财用必是急务。玄翁不曾去过江南，也不便去；学生就代玄翁走一趟，体察民情，以便为玄翁参议。"房尧第把早已预备好的说辞端了出来。

"果是为此事？"高拱问。

房尧第笑着反问道："玄翁以为学生到江南还有何事？"

高拱不再说话，已然心照不宣。尽管他也不知道该如何面对珊娘，但对珊娘的思念，想得到她的消息，却是时时萦绕于心的，丝丝缕缕，欲断不能，也就没有阻止房尧第，只是嘱咐道："只能秘访，万毋打我的旗号。"

房尧第扮作客商，带着仆从名房山者，从潞河乘舟，顺运河日夜兼程一路南下，旬日即到了丹阳界。运河穿丹阳城而过，房尧第遂在丹阳码头下船登岸。

邵大侠乃丹阳首富，无人不知其大名，稍一打探，就访得邵宅在南门里一个偌大的宅邸。房尧第到了宅前，却见大门紧闭，悄无声息，只好上前轻轻叩动门环，耐心等待。良久，首门上一扇小窗徐徐打开，里面传出一个老者的问话声，房尧第听不懂，赔笑问："门公，在下乃来自京城的客商，欲拜见邵大侠，辛苦门公通禀。"说着，把写着"房高"的拜帖递了过去。过了足足一刻钟，门公打开小窗，叽里咕噜说了几句吴语，见房尧第未听懂，摇了摇手，"哐"地把小窗关上了。

房尧第无奈，只得先在左近的曲阿客栈安顿下来，次日辰时又去叩门。这次，门公索性不再回应。反复到访几次都吃了闭门羹，让房尧第大惑不解。既然有大侠之称，何以将访客拒之门外？不惟他被拒，房尧第留心观察了几天，偶有访客，都是同样待遇。

"这是为何？必有缘故！"房尧第自言自语，抓耳挠腮。思忖良久，只得写了短柬，透过门缝塞进邵宅。

邵方整日将自己关在书房，虽则展书在前，却并未看进去。京城来人，让他心生疑窦，一直差人监视着房尧第的一举一动，未发现有何异常。唯一不解的是，房高何以被拒后却滞留而不去，每日以图谋进宅为务？今见又塞来短柬，忙打开来看，只见上书："新郑门客房某特来问候珊娘。"后面写着客栈名号。

"来人！"邵方吩咐，"到曲阿客栈，找房高，只问他新郑高老庄高宅的形制即可。"

薄暮，房尧第正在客栈读书，忽见一人来访，便知是邵方所差，以为是要传请，谁知来人开口就问："新郑高老庄，客官晓得？"

"自然是知道的。"房尧第答。

"那么客官可为在下描述一二吗？"来人面无表情地说。

房尧第明白了，邵方是来试探，看看他到底是不是高拱的门客。邵方不问京城高府，单问高老庄老宅，一则邵方到访过，二则假冒之人或许知道京城高府情形，未必知道高老庄老宅形制。房尧第不得不佩服邵方的细心。好在他在高老庄老宅住过，三言两语描述一番，来人并不接话，拱拱手，告辞而去。

翌日晚，房尧第被请进了邵府。邵方在书房候着，房尧第进来，他起身相迎，拱手道："失礼之处，乞请恕罪！"

房尧第还礼，目光扫视着书房，但见书房内另辟小室，上贴红纸黑字一榜，写着："此议机密处，来者不得擅入。"

邵方顺着房尧第的目光，看到了条幅，蓦然一惊，吩咐仆从："快把此榜揭去！"

房尧第道："大侠，这是为何？"

邵方拱手道："房兄，邵某已吃斋念佛，不问世事了。自打京师回来，就闭门谢客，焚香诵经，屋内此榜，未曾注意到，今日忽然看到，不觉悚然，自当取下。"

房尧第仔细一看，书房内果然香烟缭绕，书案上摆着佛经，蹙眉问：

"邵兄以大侠闻名国中，何以突然间判若两人？"

邵方合掌道："房兄，皈依佛门，方是解脱之道！"

房尧第还要追问，邵方口念一声"阿弥陀佛"把他堵回。房尧第苦笑一声，刚说了句"邵兄，玄翁……"，邵方又念一声"阿弥陀佛"，随即一笑："房兄，适才老衲说过了，不问世事，官场里的人，官场里的事，一概忘却！"

"那么敢问大侠，"房尧第无奈地说，"珊娘何在？"

邵方双目微闭，淡淡地说："珊娘已故去了。"

"故去？"房尧第反问，目光紧紧盯着邵方，想从他的神情中捕捉到某种信号，良久又道，"敢请大侠，可否差人带弟到珊娘茔前一祭？"

"不必了吧！"邵方平静地说。

"大侠，小弟这样回去，不好向玄翁交代啊！"房尧第两手一摊道。

"交代？"房尧第嘴角挂着一丝冷笑，"高先生对珊娘何曾有过交代？他们之间，何谈交代？"

房尧第张口结舌，但他不甘心，侧过脸去，用余光眄睨着邵方，突然用一种瘆人的口吻道："弟看你满脸恐惧，你恐惧什么？"

邵方愣了一下，旋即用轻松的语调道："邵某心如死水，何来恐惧？"

"珊娘还活着！"房尧第又道，像是试探，又像是诈他，语调却像是断定，"你骗不了我！"

"来人！"邵方脸一沉，喊了一声，"送客！"

3

珊娘的确还活着。四年前，她差一点死去。

举朝逐高的恶浪鼎沸腾天之际，珊娘百思不得其解，像先生这样的男人，已然忘我为国，因何为举朝百官所不容！她想去安慰先生、帮衬先生，却又担心反而给先生添麻烦，增烦忧，几次都想拦住先生的轿子，又放弃了；几次快走到先生家门口了，又折了回去。突然间，先生邀她同游高粱桥，又答应带她回河南老家。珊娘以为，今生今世终于可以陪伴先生了，内心的喜悦无以言表。只可惜，那天在高粱桥，她脱下斗篷，感了风寒，次日就病倒了。她不敢出门，要争口气快些好起来，以便陪伴先生上路。可是，直到她病好了，却并未等到先生来唤她，却听到先生又上朝视事的消息。

先生终归是以天下为己任的，他放不下国事。珊娘这样想着，不知是该高兴还是抱怨。忽一日，珊娘闻得先生出京了，她急忙跑到高府打探。

"高阁老带上他三个女儿的棺柩，从水路走的。京城里的人都知晓的，议论纷纷哩！"左近的居民知会珊娘道。

珊娘愣了半天，无论如何不敢相信。她在高宅守候了一天，直到夜幕降临，才失魂落魄地回到住处，左思右想，始终没有想明白，先生何以失信爽约。倘若先生依然在朝，对她不闻不问，她不怨先生；倘若先生没有承诺要带她回家乡，她也不怨先生。可是，先生既然已经下野回籍，因何言而无信？先生心里，竟毫无珊娘的位置吗？这世上，难道确无真心可言？珊娘的心快要碎了！她吃不下饭，睡不好觉，先是嗓子发干，继之浑身酸疼，发起了高烧。躺在床上，朦朦胧胧、昏昏沉沉中，仿佛看到先生拉住她的手来到海边，上了一艘大船，往一个荒无人烟的小岛驶去。巨浪滔天，风雨交加，她在船上颠簸旋转，头昏脑胀，先生正在吃力地把舵，她想上前帮先生，却动弹不得……

不知道过了多久，珊娘连抬胳膊的气力也没有了。清醒的时候，她意识到自己快要死了，而她还有很多话想向先生说，虽然嘴唇干裂，口中似已干涸冒火，泪水却滚滚而下。

死了也好！珊娘心里说，这世上已一无可恋，活着本身就是痛苦，倒不如死了的好！唯一的遗憾是，她想知道先生失信的原因，却也再无机会了。

恰在这时，义父邵方差婢女邵氏夫妇前来找她。熬药、喂饭，不几日，珊娘竟痊愈了。可她已不再是从前的珊娘了，仿佛已成了哑巴，抑或任人摆布的木偶。随邵氏夫妇回到丹阳，义父邵方一见，惊诧不已，忙问其故，珊娘却沉默不语。邵方知她是因高拱而痛苦，便安慰她道："高先生与今上甚关系？他回老家，不过避避风头而已，随时还会回到朝廷。不惟回到朝廷，还要执掌朝纲！"

珊娘从义父的话语中悟出了先生不辞而别的原委。看来，先生并未放弃，他已把生命托付于国家了。这样想着，珊娘慢慢释然了。

可是，等了一年多，徐阶也下野快一年了，还是没有先生复出的消息。珊娘着急了，抱怨义父道："你不说先生就是避避风头吗？怎的风头还没有过呀？"

邵方郁闷道："终于看明白了，像高先生这般敢作敢为，官场的人都不喜欢他。他律己甚严，近乎苛刻；律人也严，容不得贪墨享乐、懒惰无为，甚至容不得按部就班，故而朝廷里没有人想让他再出来。"

珊娘道："哼！那是他们太猥琐，不敢面对先生这样的当世豪杰、伟丈夫！"

"这话不错！"邵方笑道，"像高先生这样的官，五百年未必出一个，若能当国执政，自是社稷之幸，百姓之福。既如此，咱布衣百姓，就出头为他斡旋斡旋吧！"

珊娘高兴得跳了起来，要与义父一同去新郑，邵方道："高先生爱惜羽毛，容不得一点瑕疵，你去，不是添乱吗？"珊娘只好噘着嘴走开了。

邵方一走就是大半年。珊娘整日眼巴巴地盼着，直等到除夕前夜才盼到义父回家。珊娘顾不得礼仪，一见面就问："义父，高先生到京城了吗？"

邵方一脸惊恐，悚然道："此后，莫谈官场上的人，别沾官场上的事！"

"这是为何？"珊娘不高兴地问，"我何时能见到先生？"

邵方叹口气道："杀身之祸就在眼前，躲得过躲不过，还要看老天爷开不开眼！"

珊娘越发不解，可是再问，邵方只是摇头叹息，不复回应了。过了两天，珊娘整备了一个包裹背在身上就要出门。邵方追了出来，一把夺过包裹，把珊娘拉回屋内，道："珊娘，眼看邵氏一门不能苟活，你还要去火上浇油吗？"

珊娘这才确信，义父遇到了麻烦，她眼含泪花追问缘由。邵方带珊娘进了书房，将这大半年的经历细细说于她听。当说到他见到张居正的情形时，脸上顿时呈现出惊怖的神情，嘴唇哆嗦着道："珊娘，你不晓得，张居正目露凶光，透出杀机！我断定，此人阴险无比，我若不即刻离京，他必杀我；我虽离京，他也绝不会放过我！"

"呀！义父，这是为何？"珊娘心惊肉跳，大惑不解地问。

邵方长长地叹了口气，道："珊娘，官场上的事，不容咱布衣百姓置喙，更别说染指了！千不该万不该，我不该插足官场上的事，不该！"

"义父，那、那该怎么办呀？"珊娘焦急地问。

"珊娘，你已长大成人，不必再留于邵门。"邵方含泪道，"义父托保山给你在苏州找个人家，你悄悄嫁过去，好不好？"

珊娘咬着嘴唇，用力地摇了摇头。邵方拉住珊娘的手流泪道："珊娘，无论如何，你不能再留在邵家了。但珊娘你千万不要去找高先生，不的，不惟给你、给邵家，也会给高先生招灾惹祸，你务必记住！"

"为什么会这样？为什么？"珊娘急得跺脚大哭。邵方轻轻拍了拍珊娘的后背，推开她。须臾，从别屋捧着一个红包裹递给珊娘，红着眼眶道："珊娘，这里有金锭、银两，你拿着，我再差一个女仆给你使唤，你到苏州去吧，找梁辰鱼先生，我已修书于他，托他看顾你。"

"义父，小女怎忍心离义父而去？"珊娘抽泣着说。

邵方勉强挤出一丝笑容："常言道，女大不能留。珊娘眼看就十九岁了，留在家里终归不是法子，也该出阁了。"

珊娘恋恋不舍，又在家里盘桓了数日，待过了上元节才重新整备了行装，辞别义父一家，跨出了邵家大宅。

转眼间，半年过去了，珊娘竟杳无音信，连邵方也不知道珊娘在哪里，房尧第想要找到她，谈何容易？他带着房山一路探访，镇江、常州、苏州，都走遍了，还是没有珊娘的消息。

1

土默川的夜既寂静又喧闹。寂静得听不到任何人类的声息；但呼啸的北风夹杂着雪粒，在沉沉黑夜里狂欢，像一首悠长的歌，伴人入梦。九重朝殿里早已安静下来，就连守夜的亲兵扈从，也都缩着脑袋，昏昏欲睡。

寝殿内，已入睡多时的俺答汗猛地坐起身，推了推躺在身边睡得正香的钟金哈屯，以惊异的语调问："三娘子，三娘子！我做了一个梦，不会是真的吧？"

"汗，什么真的假的呀？"三娘子揉了揉惺忪睡眼，惊奇地问。

"封贡互市，我做梦，梦到南朝答应封贡互市了！"俺答汗搓着布满皱纹的脸，疑惑不解地说。

钟金哈屯欠身坐起，拍了拍俺答汗的脸颊，道："汗，这怎么是做梦？是真的呀！王崇古不是捎信来了，说待京师献俘礼成，就奏请圣天子，封贡、开市。"

"对对对！嘿嘿嘿！"俺答汗不好意思地一笑，搂住钟金哈屯，感慨道，"三娘子，是你给本汗带来了福气，你就是土默川的大喇嘛！"

钟金哈屯把头埋在俺答汗怀里，郑重道："不能这么说吧！法力无边的博格达汗，东征西讨，称雄大漠；又多谋善断，把握大势，方有今日局面。"

"谁说不是嘞！喔哈哈哈！"俺答汗开怀大笑，用力把被褥一掀，两人睡前已缠绵过一番，此时都赤身裸体，俺答汗翻身压在钟金哈屯身上，又是一番鏖战。

"汗，你越来越雄壮威武了呢！"心满意足的钟金哈屯把头枕在俺答汗汗津津的胸膛上，手摩挲着他的阴部，娇喘着说。

俺答汗喘着粗气道："三娘子，你当为我生个小台吉！"

"一定！"钟金哈屯亲了俺答汗一口，"钟金的子孙血管里流淌着盖世英豪博格达汗的血，这是钟金的愿望呀！只是，钟金盼子孙不再东征西讨，被当成抢食贼。"

俺答汗蓦地坐起，吓了钟金哈屯一跳。她顺势把被窝从床尾拉上来，盖在两人身上，仰脸问："汗，怎么了？"

"中土有句古话，叫夜长梦多！"俺答汗露出焦急的神情，翻身下了炕床，披上皮袍，"得上紧去办！"说着，小跑着走出内间，大喊一声，"来人——传脱脱到大殿来见！"

恰台吉就住在不远处的一所房舍里，他是俺答汗的亲兵统帅，随时候命，听到传召，急忙跑了过去。

俺答汗命令道："脱脱小儿，天一亮，你就差贵赤到各大枝去传旨，要他们速派人来美岱召聚齐，一同赴大同请贡。"恰台吉领命而去，俺答汗这才放心地返回寝殿睡觉。

十九天后，老把都、黄台吉、吉能、永邵卜诸部所差十七人并俺答汗所差打儿汉首领哥共十八人，齐集大殿。俺答汗把早已备好的表文交给打儿汉首领哥，嘱咐道："你知会太师，本汗愿相戒诸部，永不犯边，专心通贡开市，以息边民。从今日起，南朝边民即可出二边垦田。"又嘱咐说，"尔等谨记，此去是要表归顺之心的，是求贡，不是去谈判的。"

次日一早，打儿汉首领哥率求贡使团出了归化门，向南疾驰。

王崇古接报，传令总兵马芳、兵备道刘应箕等详审停当，方在辕门白虎堂接见打儿汉首领哥一行。

"善良爽朗的军门，我大汗并各枝首领，俱知天朝广荡之恩，悔从前侵扰之罪，以后愿戒不犯各边，专心通贡开市，以求汉夷各遂安生。"打儿汉首领哥跪拜道，"我大汗命本使禀报军门：请封号、请贡使入京、请铁锅互市、请给首领亲属及穷夷抚赏。"

王崇古正色道："尔等回去后转告俺答汗，须各守盟誓，不许悖逆天道，背盟负恩，自取征讨！"

"不敢背盟！"打儿汉首领哥应道，他转身和其余十七人嘀咕了几句，一起下跪，举起双臂，大声道，"对天叫誓，永不背盟！"

"纯洁勇武的天朝军门，本使是吉能台吉的使者哑都亥。"跪在打儿汉首领哥身后的一个夷使突然起身道，"吉能台吉命本使禀报军门：自今以后，河套各部誓不犯边！但天朝各镇兵马，惯事捣巢、烧荒、赶马，恐失大信。今愿传谕榆林、宁夏、固原各边外驻牧部落不许扰边，也乞军门传谕延绥、榆林、宁夏、固原各沿边一带将领，不再遣丁出边，远地烧荒、赶马、捣巢，共结和好！"

王崇古沉吟片刻，道："尔等所乞请，本部堂奏报朝廷，自有区处！"待打儿汉首领哥等退去，王崇古即召幕僚来议，写好了奏本，连同俺答领衔的求封贡的表文，一并呈报朝廷。

高拱忙于大计，无暇顾及，内阁照惯例批交兵部题覆。两天后，兵部题覆发交内阁，张居正一看，顿时火冒三丈，但他并未发作，而是待大计一事办竣，方拿着文牍去见高拱。高拱一看是王崇古的奏本，篇幅不少，正要展阅，张居正道："玄翁双眼布满血丝，不看也罢，居正提纲挈领禀报玄翁就是了。"

高拱放下文牍，慵懒地靠在椅背上。

张居正道："鉴川此疏提出八条建议：一议封号。鞑靼诸部行辈以俺答为尊，宜赐以王号；其大枝如老把都、黄台吉及吉囊长子吉能等，俱宜授以都督；弟侄子孙等枝授以指挥，诸婿授以千户。二议进贡之额。每岁一入贡，俺答贡马十匹，可遣贡使十人；老把都、吉能、黄台吉八匹，贡使四人；诸部长各以部落大小为差，大者四匹，小者二匹，贡使各二人。通计岁贡马不得过五百匹，贡使不得过一百五十人。岁许贡使六十人进京，余在边关候待。三议贡期贡道。以春月及万寿圣节入京朝贡，马匹及表文自大同左卫验入，给犒赏。贡使自居庸关入。四议立互市。北人以金、银、牛马、皮张、马尾等物，商贩以绸缎、布匹、釜锅等物入市交易。大同以得胜堡外；宣府于万全右卫、张家口边外；山西于水泉营边外设马市。五议抚赏之费……"

高拱静静地听着，张居正说完奏本内容，接着道："内阁接到此疏，即照例批交兵部题覆。"说着，拿出兵部题覆，递给高拱。高拱接过来扫了一眼，只见上写着："刊示廷臣，会议可否，请自上裁。"

"这个郭乾，对纳降就甚抵触，对封贡互市自不会赞成。但他也知玄翁持之甚坚，不便明着反对，就采取这般首鼠两端、推诿扯皮的伎俩！"张居正愤愤然道。

高拱目光直视前方，幽幽道："若是就他一人设障碍，换掉也不难。"他站起身，提高了声调，"也好，不是刊发给朝廷百官了吗？那就等着吧，反正早晚要面对群臣！"

2

次日辰时，阁臣刚在中堂坐定，书办就把三份反对王崇古封贡互市提议的奏本放到了高拱的案头。

"诸公先听听宋给谏的高论。"高拱拿起礼科给事中宋应昌的奏本，嘴角挂着讥笑，念道，"虏虽通贡，情或难测，防边则有两费，撤兵则非万全。"他把文牍往书案上一摔，"谁说要撤兵了？这给谏自己树靶子自己开弓射击，说他糊涂，算是高看了他！"

"说甚'情或难测'，先就不自信！说甚'防边则有两费'，封贡互市一旦达成，边费加上赏费，也比往昔边费一项少不知多少，他却混淆视听，硬说花费更多！"张居正不满地说，"他就是为反对而反对，生恐事成！"

"再听听兵科都给事温纯的高论！"高拱又拿起一份文牍，不屑地念道，"'虏得封号，则众且益附，是赐之翼也；入我境，则窥我文物，是启其心也。'呵呵！"他冷笑了两声，"这意思是若封贡，就是替老俺招抚众虏，好让他一统大漠，推翻大明！"

"玄翁，科道有言责，他们的建言对错姑且不论，然阁臣肆意嘲讽之，传扬出去，终归不美。"是殷世儋的声音。他入阁半月余，高拱对他却熟视无睹，这让他感到难堪，遂借机表达不满。

"喔？殷少保想得甚周到嘛！"张居正揶揄道。他本对殷世儋走内线入阁甚为不屑，又对他甫入阁就因献俘礼成加恩少保更是耿耿于怀，便刻意叫他"少保"，刺了他一句。

高拱看也不看殷世儋，故意叫着李春芳、张居正道："兴化、江陵，你们再听听御史张国彦的高论：'虏向入寇每旋出塞者，虞西北诸戎蹑其后耳；彼无我患，则专意诸戎，诸戎必折而入于俺答，是加之左右臂而益其强也；请乞之费，岁加月倍，客饷不已，必扣主兵，主兵不已，必及市贾，市贾不已，必及内藏也。'"他看了李春芳一眼，又转向张居正，"这御史看得很远嘞！"

"这御史的意思是，往者俺答南侵，之所以抢掠后就跑，是怕其他部落偷袭他；如今封贡了，俺答就可以专心去征讨其他部落了，其他部落必臣服于他，俺答的势力就会越来越大。"张居正以讥讽的语调道，"不过，这御史比温纯更甚，在他看来，若答应封贡，则俺答贪得无厌，为了抚赏他，天朝只好从军饷里拿钱，军饷不够，再从国库里拿，国库不够，只好从皇上的内库里拿。他以为一说要拿皇上的内帑出来，皇上就不会允准了。这御史简直就是蔑视皇上！"

"江陵，这不是深文周纳吗？"殷世儋吃惊地说。

"深文周纳？"张居正摇头，"殷少保，你看看科道的话，那才是深文周纳！难道赏赐北虏，竟会到要皇上拿出私房钱的地步？这不是危言耸听吗？不是故意要激怒皇上吗？居心叵测，莫此为甚！"

"历下，殷少保，你先看看故牍，知道了这件事的来龙去脉再说话不迟！"高拱没好气地对殷世儋道。

"好了好了！"李春芳忙制止争吵，"兼听则明嘛！不是还要廷议吗？届时自会有人辩驳。这几份奏本，交兵部参详就是了。"

"不说了！除了浪费时光，就是生一肚子气，等廷议吧！"高拱说着，起身道，"兴化，就要入二月了，吏部双月大选，要选用一大批府县官员，这几天就不来内阁了。"

虽然忙于铨选，可每到傍晚，高拱就会把张四维召到直房，询问宣大情形。张四维奉高拱之命，随时与其舅父王崇古保持密切沟通。这天一到高拱的直房，张四维就一脸苦楚道："玄翁，昨夜四维接家舅书，言俺答候旨甚切，日久恐夷性不耐。"

高拱沉吟片刻，语调深沉道："制驭夷狄，事机来去，变在俄顷。北虏数十年蹂躏中原，无如之何；今回心内向，臣服朝廷，若不及时接之，迁延月日，不守信约，一旦决裂而去，北边岂有宁日？"他突然提高了声调，"我看那些反对者，是在为国招祸！此事，我固然可独立决断，但事体重大，旁有窥窥谋孽者，万一出了意外，不惟事败，令舅也会跟着遭殃！"

张四维点头道："四维这就把玄翁的这个意思函禀家舅。"

高拱扬手制止道："不必！此事不能久拖，再等三天，若再无结论，我只能破釜沉舟！"

次日辰时刚过，高拱正在吏部后堂主持议事，张居正的书办姚旷匆匆进来了，走到高拱跟前，俯身低声道："张阁老请玄翁速回内阁，有急事。"

高拱蓦地站起身，吩咐："备轿！"

"玄翁，都怪我！"张居正在文渊阁门前候着，见高拱下轿，便走上前去，没头没脑地说。

"出了甚事？"高拱眼一瞪问。

"玄翁忙着双月大选，我因为要主持今年的春闱，这几天都不在内阁。"张居正说着，从袖中掏出一份文牍，递给高拱，"王崇古的奏本，被驳回了。"

"什么？"高拱大惊，一把夺过张居正手中的文牍，只看了一眼，"大内已批红了？李兴化何以连声招呼也不打？"

"或许是殷历下捣鬼也未可知。"张居正道，"李兴化是老实人，对封贡互市也无成见；倒是那个殷历下，或许是自感被我辈轻视，故意捣乱！"

高拱顾不得再说话，气冲冲地快步进了中堂，手举文牍，瞪着眼劈头就问："兴化，这，怎么回事？"

"哦，新郑是说王崇古奏本发回之事？"李春芳战战兢兢地解释道，"王崇古奏本刊发朝中百官，科道强半反对，朝臣忧虑甚多，兵部题覆发回重议，内阁也只好尊重兵部的意见，照所题票拟了，皇上也允准了。"

"事体如此重大，内阁不议？"高拱喘着粗气高声道，"真是败事有余！"

"新郑，皇上已然允准了。"李春芳红着脸，嘀咕了一声。

"那是因为皇上信任内阁！"高拱大声喊叫道，"而内阁呢？如此不负责任，对得起皇上的信任吗？"

殷世儋见李春芳低头不敢出声，便"哼"了一声，颇是不忿地争辩道："不就是没有经过玄翁同意吗，没有人刻意瞒着玄翁嘛！难道不经玄翁，内阁就不能运转了？"

"你少插嘴！"高拱向殷世儋吼道。

"玄翁，玄翁！"张居正上前拉住高拱的袍袖，请他入座，又劝道，"兴化既已做主票拟，内里也批红了，就让王崇古斟酌吧！"

高拱虽是坐下了，却大口大口地喘粗气，一肚子火无处发泄，便蓦地一拍书案："兵部可恨！去，把郭乾给我叫来！"

书办张了张嘴，看着李春芳，李春芳急忙侧过脸去，张居正见状，起身拉着书办走出中堂，嘱咐道："你去兵部，只叫魏侍郎来就是了，再嘱咐魏侍郎，玄翁若问，就说大司马不在。"

须臾，兵部侍郎魏学曾进来了。

"本兵呢？嗯？"高拱瞪了魏学曾一眼问。

"大司马、大司马有事不在直房。"魏学曾照事先书办所教，嗫嚅道，"玄翁有示，学曾转告就是了。"

"'先帝禁开马市诏旨在前，朝臣虑其叵测在后'，"高拱读着兵部的题覆，刚读了一句，就把文牍重重一摔，"你们兵部意欲何为？此番封贡互市，与先帝时开马市，是一回事吗？上来就拿这个说事儿，我看兵部这是误国！"

魏学曾低着头，不敢出一言。

"玄翁，先帝时曾开马市，实质是我出高价购买北虏马匹，此番互市与之有何异？"殷世儋插话道，"先帝明禁与北虏开马市，兵部题覆是遵圣旨，错在何处？"

"知其然不知其所以然！"高拱一扬手，不屑地说，"况且先帝的谕旨，若每条都只能遵守，不能改易，那还如何新治理？"

张居正见高拱口无遮拦，替他捏了把汗，正思忖如何化解，殷世儋怪笑一声道："世儋没有记错的话，去岁玄翁所上《正纲常定国是以仰裨圣政疏》，极力维护先帝，言敢有非议先帝者以大不敬论。先帝禁开马市的诏旨，不算数了？臣子维护先帝的诏旨，错了？"

高拱被殷世儋噎住了，憋得满脸通红，良久，才冷冷一笑道："历下确乎认真看了鄙人的奏本，记性也委实不错！可惜，你只知其皮毛，并未读懂！"他不愿与殷世儋争辩，蓦地伸手指着魏学曾，高声斥责道，"还有你！魏惟贯！你也是兵部的堂上官，素知你是赞成封贡互市的，兵部如此题覆，你反对过吗？或者向内阁禀报过吗？因何不禀报一声？"

"玄翁，正堂对本部事负其责，正堂定策，赞佐向上禀报，有欠磊落。记得玄翁是甚厌恶不磊落之人的。"魏学曾低声道。

"你……"高拱一拍书案，"兵部是要败坏大局！"

李春芳忙道："新郑，封贡互市，关乎国之安危，皇上若已有定见，何不宸断？既已允准刊示群臣，必为集思广益，再为区处；既要集思广益，自可畅所欲言。顺之也好，逆之也罢，都是一秉公忠体国之诚，内阁当体认之。这件事，待王崇古复奏后再议吧！"

"有体国之忠，无体国之识，必以忠国始，而以误国终！"高拱生硬地回应道。

李春芳嘴唇嚅动了几下，满脸委屈地低下头，手颤抖了几下，翻了翻案头的文牍道："春季的经筵要筹办，今年的会试要开场，这两件事都不能再拖了，礼部奏本发来了，内阁议一议吧。"

高拱蓦地站起身，一语未发，怒气冲冲地出了中堂。

望着高拱的背影，张居正心里突然有些发慌，暗忖：那件事，千万别让他知道了，不然，恐非大发雷霆这么简单了！

3

国初对行省实行分权制，设布政使司、按察使司、都指挥使司分掌一省行政、司法、军事，三司互不统属，各对朝廷负责。其中都指挥使司负责管辖设于本省的卫所及与军事有关各事，隶属于五军都督府，并听命于兵部。设都指挥使、同知、佥事等官，负责屯田的佥事又称佥书。

福建都指挥佥事金科与佥书朱珏，都是当年戚继光在福建剿倭时所招浙兵，不惟征战勇敢，还颇有谋略，深受戚继光赏识，一力拔擢，直到正三品武将。这天早上，金科一到都司衙门，就把朱珏唤到自己的直房，诡秘一笑，问："老弟，听说你最近发财了？"

"嘻嘻，不瞒兄台，把总朱金德有走私船，我盯他好久了，终于被我逮着了，敲了他五千两！"朱珏笑着，低声道。两人是浙江临海同乡，时常互通有无，凡事各不隐瞒。

金科一拍朱珏的肩膀道："正好，兄弟前几天到同安巡视海防，访得傅都宪新故，他有一美妾，貌若天仙，兄弟要把她搞到手，你先把银子拿给我用。"

"兄台，蒲城周乡官的义女不是已然搞到手了吗，当初说她貌美赛西施，怎么，还有比西施更美的？"朱珏嘲笑说，他向金科面前凑了凑，咬耳道，"兄台，你手下有个把总，和朱金德一起贩私，你何不找他敲一笔？"

金科蹙眉道："闻得巡按御史任期届满，快回京了，行事小心些为好。"

"那兄台还垂涎都宪的美妾？"朱珏不以为然道。

"老子在海上漂泊十几年，与倭寇干了多少仗？如今太平了，得补回来！"金科嬉笑道。

"还不都是有抚台乡党罩着，不的，我们兄弟哪里敢如此？"朱珏一扬下巴道，"该请抚台乐乐了吧？"

朱珏所称抚台，乃福建巡抚何宽，他是嘉靖二十九年进士，临海人，金科、朱珏为其乡党，两人时常邀他私下赴宴，为其物色美姬消遣。

"兄弟哎！你以为还是过去啊？"金科一脸肃穆，"那老高一复出，就大力整饬官常，又加意肃贪，官场上人人自危，抚台哪里敢像往者那么随意？"他向外摆了摆手，"行了，都多加小心。"朱珏转身要走，金科又唤他，"哎，你适才讲的那个把总，我看可敲一笔，你晚上叫朱金德喊他一起聚聚。届时我找他说话！"

"呵呵，兄台还是舍不得美妾哟！"朱珏摇摇头，嬉笑着走了。

当晚，金科果然把朱珏所说的把总召去，一顿饭下来，敲了他三千两银子。可他意犹未尽，逼那把总找到贩私的船主，又敲了船主四千两。七千两银子到手，金科差人把已故都宪的美妾美滋滋地接到了自己的府中。

被敲诈的船主气不过，偷偷跑到察院，向巡按御史杨标告发了。

杨标巡按任期届满，正愁举劾不多，恐被怪罪，闻听此事，当即悄悄走访了一遭，果探得不少风言风语，顾不得细问，当即拟就弹章封发。

巡按御史的行踪向为当地官场注目，杨标到都司衙门暗访的消息，早被金科探知，两人惶惶不可终日，即谒巡抚何宽求助。

"巡按御史不归巡抚节制，他要上奏，如之奈何？"何宽两手一摊道。但他还是给两位同乡指了条道，"如今别无良策，只有向戚帅求助。"

金科、朱珏不敢怠慢，遂各遣一名心腹亲随，携银五千，日夜兼程赶往蓟镇拜谒戚继光。

已是严冬季节，蓟镇总兵府的驻地三屯营依然喧闹。各地到这里打秋千的文人墨客络绎不绝；演武厅内、阅武场上，操练的将士身上冒着热气。天朝与西部的俺答各部即将达成和平，但与东部的土蛮汗却还处于战争状态，戚继光一刻也不敢懈怠。虽然忙得不可开交，可闻听福建的老部下差人来谒，戚继光还是很高兴，推掉了与一帮文士的雅聚，在总兵府节堂传见了来使。来使晋谒，照金科、朱珏所嘱，涕泪交流地把被小人陷害、受御史弹劾之事述说一遍。

戚继光顿足道："这两个小子，未免太不检点！"

"大帅啊！"来使学舌道，"我家主人随大帅出生入死，如今太平了，无事可做，闲来消遣消遣，竟被小人陷害了！我家主人说，若追随戚帅，有仗打、有事做，也不会把心思用到别处了！"

"嗯，这两个小子倒是战将！"戚继光搓手道，"可本帅只是武职，又离开福建有年，对这等事，不便说话嘛！"

"我家主人说了，戚帅当世名将，无人不敬，朝廷大佬也拿戚帅以国士看待，只要戚帅一句话，这事儿就化解了！"来使恳求道。金科、朱珏追随戚继光多年，深知他爱听恭维话，行前早有嘱咐。

"也罢！"戚继光果然不再推托，坐下提笔疾书，写了几行，即唤亲随钱佩来见，指了指来使道，"你这就带上两个人，护送此二人进京！"说着，把写好的书柬递给钱佩，嘱咐道，"到京后即去拜谒江陵相公，把本帅手书奉上。"又转脸对来使道，"带上你们的银子，到京城有用！"

钱佩领命而去，尚未出门，戚继光又叫住他，低声吩咐："你和所带的两个弟兄，就留在张府听用，不必回营了。"

五匹快马连夜向京城疾驰。翌日晚，张居正一回府，就接到了戚继光的名刺、书柬和钱佩的拜帖。踌躇片刻，还是吩咐传见。

"游七——"听完来使的陈情，张居正大声唤道，待游七应声来见，吩咐道，"你去，叫兵部侍郎谷中虚来见！"

须臾，谷中虚就赶到了张府。他比张居正中进士早一科，在湖广任巡抚时，对张家颇是关照，张老爷子多次给长子张居正带话，让他提携谷中虚。张居正这才在高拱那里一再荐举。谷中虚明白，他能够坐上兵部侍郎宝座，端赖张居正之力，自是对他感激不尽。

"少司马，巡按御史参劾福建金科、朱珏二将，昨日内阁票拟，批交兵部题覆，少司马可看到？"张居正把谷中虚引进书房，略事寒暄，就问道。

"喔？这个，参劾武将的文牍甚多，下吏回去查查看。"谷中虚答道，他眼珠子转了转，"此事，太岳相公有何吩咐？"

"戚帅来书，言金科、朱珏二将屡立战功，乞请宽宥。"张居正道，"将才难得，既然戚帅力保，我看，兵部要妥善区处啊！"

"这个……"谷中虚皱眉道，"兵部那里倒是好办，只是兵部题覆还要内阁票拟，恐高……"

张居正打断他："玄翁这几天忙于双月大选，不到阁，是以此事要快办！"

过了一天，兵部题覆发交内阁。李春芳一看，写着："金科、朱珏革了任，行巡抚衙门提问。"他一皱眉，以惊疑的语调道，"这兵部题覆是不是有错字？国朝不曾有巡按御史参劾武将，行巡抚提问的先例吧？当是把'按'字错写成了'抚'字。"

张居正接过细细阅看，兵部题覆正是照他嘱咐谷中虚的话拟成的，便道："巡抚节制一省武将，交他查办也无不可。兵部既然有此题覆，拟

100

旨如议就是了。再说，两个小小的武职，不值得内阁驳议。"

"江陵，这是你说的，此件你来执笔拟票。"李春芳顺水推舟道。

张居正提笔在小票上写下"如该部议"四字，呈内里批红。昨日批红已发科抄，张居正以为此事也就完结了，看到高拱对兵部题覆王崇古奏本大发雷霆，真怕他把这几天的题覆都重新翻检一遍，倘若让他看到，岂不惹事？

见高拱怒气冲冲离开了中堂，张居正内心的慌乱仍难以平复，回到家里忙召钱佩叮嘱道："你速禀报戚帅，转告金科、朱珏，不可再招惹是非，以免被人盯上，扯出这桩事来！"

4

高拱在中堂发了一通火，惦记着吏部双月选官的事，急匆匆出了文渊阁，刚走到轿前，只听身后有人唤："师相，留步！"回头一看，是归有光在两个仆从搀扶下正往这边挪步，便转身去迎。

六十六岁的归有光是当代名流，文章大家，与文坛领袖王世贞地位相当。但他科场不顺，自中举后，连考九次历经二十七年，在六十岁那年方登进士第。这科会试，高拱做副主考，又是归有光的阅卷官，照例归有光即是高拱的门生。归有光以文坛名宿却被分发做知县，与官场格格不入，曾修书向高拱倾诉苦闷。高拱掌铨后，即升调他为南京太仆寺丞，旋即调任内阁制敕房，参与纂修《世宗实录》，列文学侍从之位。他感激高拱的知遇之恩，夜以继日地翻检旧牍，拟写文稿，身体日渐不支。

一股寒风吹来，归有光稀疏、雪白的胡须飘起，他颤颤巍巍要给高拱行跪拜礼，高拱拦住他，叫着他的号道："震川，你有何事？"

"师相，学生……学生恐不久于人世。"归有光喘着粗气道，"有几句肺腑之言，欲陈于师相。"

"震川，若身体不适，不妨多休息，不可强撑。"高拱安慰道。

归有光戚然一笑，摇了摇头道："师相，国朝正德、嘉靖两朝积弊多且久，财匮、兵弱、吏玩而夷狄窥伺，盗贼纵横，前之当国者俱束手无策。天下之势，不能制于微而制于有形，必有天下之才气、负天下之重如师相者，而后能之。"说着，向高拱抱拳一揖。

"多谢震川信任。"高拱一笑道。

归有光喘息一阵，又道："师相甚知，大宋至熙宁之世，承积弊之后，当宜改弦更张之日，神宗以英睿间世之资，锐然有为，始用王荆公变法。当是时，天下之士群起而争之，君臣力排天下之议而行之不顾。然则，以天子、宰相之势，终不能以力胜天下之士。"

高拱心里"咯噔"一声，脸色严峻起来。

"师相！"归有光似乎已没了气力，哽咽着低声道，"力排众议之事，当慎之！权势在握，固可行于一时，久之则人心离散，师相即自处危地矣！"咳了几声，又道，"师相面对积弊，心中焦灼，学生甚知，然官场贪墨、奢靡已久，促迫之政，何能堪之？是以师相不可操劳过度，施政亦不可急于求成。"

高拱这才明白，归有光是劝他不要急迫，不要不顾及舆论，只好苦笑一声："我也想慢慢来，可是，"他掀起长须，"花甲之人，时不我待矣！"归有光还想说什么，急促的咳嗽声让他说不出话来，高拱忙吩咐仆从，"此处风寒，快送震川回屋休息！"言毕，匆匆登轿而去。

到得吏部，尚未下轿，高拱就吩咐侍从："叫张侍郎到直房来见！"待走到直房门口，张四维已候在那里，高拱一扬手，"子维，出师不利，令舅的奏本被发回重议了。"

"啊？这……"张四维愣住了，"御批上不是说刊示廷臣，会议可否吗？怎么直接驳回了？"

"反对声音甚高，本兵要滑头，把难题推给令舅了。"高拱边入座边道。转身一看，张四维还愣在门外，不悦道，"磨磨蹭蹭做甚？快进来！"

张四维知高拱心里憋着火，虽挨了训斥，却也未觉难堪，边快步往里走，边道："四维看，郭乾不惟是要滑头，他本身就不赞成！"刚落座，又忧心忡忡道，"圣旨上明明写着要廷议，兵部就敢题覆直接驳回，内阁也票拟准了，足见朝廷反对势力之大，超乎想象！"

"你转告令舅，务必顶住，上紧奏来！"高拱语气坚定地说。

"可是，朝廷驳回，立马再以原案奏来，会不会被诬为蔑视朝廷？"张四维苦着脸说。

"有我顶着，不必有此顾虑！"高拱断然道，沉吟片刻，又嘱咐道，"不过再上疏，要先把先帝禁开马市与此番封贡互市的不同说清楚。不的，那帮人抓住这个不放，又有先帝敢言互市者斩的明旨，委实不好招架。"

张四维一脸愁容，虽则点头，却也一副茫然无措的模样。

二十一年前，俺答率大军一路南下，突袭古北口，围困京师达八日之久，投书求贡，声言若不允就攻打京城。满朝文武退敌无着，只得答应，俺答果退兵，方有大同马市之开。彼时的马市，不允商人介入，户部拨款购买绸缎布匹，运往大同，定价换取胡马，每匹马价高达银二十两。这本是屈辱退让之举，先帝耿耿于怀，俺答又提出北虏穷困之家无马，请求以牛羊入市交易，先帝即借口北虏贪得无厌，下令关闭马市，并明令有敢言互市者斩！高拱心里明白，要规避先帝不准与北虏互市的明旨，不那么容易自圆其说，张四维感到为难并不奇怪。

见高拱沉吟不语，张四维心有余悸道："若非玄翁在内主持，家舅何敢上封贡互市之议？诏令煌煌，这可是杀头之罪啊！"

高拱慨然道："若非令舅弘才赤忠，孰能为？若非某愚直朴忠，孰肯主？国之大利机，势必丧失！"他一扬手，"让令舅放心，纵有千难万险，高某承担！"

直房里顿时有股悲壮气息在迤逦升腾。沉默了片刻，高拱指了指书案："子维，你坐过来。一路上我已暗自斟酌了词句，你记下来，转给令舅。"

张四维坐定，展纸提笔，看着高拱，等待他口述。高拱起身，边缓缓踱步，边口授道："查得先朝开马市之议，起于城下之盟，故虏志方骄，而叛盟抢市之祸立至。今日乞封之议，起于老酋老年厌兵悔祸之情，及感戴天朝归孙赏赉之恩，求孙之始即乞求归顺纳贡，得送之后上谢请表再申前请，承诺约束弟侄各部永不犯边，驻塞候命，倾首称臣，万非昔时两地为市，辱国费财、玩寇自宽之比。"

"嗯，似可自圆其说。"张四维记录毕，嘀咕了一句，把稿笺捧递高拱，"请玄翁过目。"

高拱摆手："不必！你火速差人送往阳和，那里的情形令人揪心！"

张四维刚出直房，迎面与魏学曾撞了个满怀。魏学曾顾不得与张四维说话，趋前几步，禀报道："玄翁，广西、广西出事了！"

1

广西会城桂林西南，崇山峻岭间，有一座城池，城墙以石头砌成，周长约二里，高一丈五尺，厚六尺余，土著皆以石城称之。此城本为国朝古田县治所在，可是，早在孝宗弘治年间，古田县城竟落入僮人反叛者之手，距隆庆五年，已有近九十载，官军迄未收复。距石城不远的凤凰山区，一个叫古底的坝子上，建有一座八角形的"金銮殿"，虽不能说金碧辉煌，也堪比官衙王府。这天深夜，山风呼啸，阴云密布，宫殿里，一排大红蜡烛照得殿内煞是明亮，虎皮交椅上坐着一位老者。他头戴黑色圆布帽，上身穿小襟衫，无扣，以麻绳绑之，外加一件黑色斗篷；下穿宽脚大头裤，衣袖和裤脚俱镶红、黄两色布条，梳着长辫，须发稀疏银白。他就是占领古田五十三年、人呼"莫一大王"的韦银豹。此时，商榷军机的会议即将结束，韦银豹站起身，矫健地向前迈了几步，站在一个大石块上，大声道："明日凌晨出发，咱老哥要亲自率领！"

"大王，您老七十五岁高龄啦，就别亲自去了，兄弟代老哥统领就是了。"被封为"战江王"的二号首领黄朝猛劝阻道。

"不，咱老哥要亲自去！"韦银豹果决地说，"该过大年了，老哥要亲自弄些银子来，给弟兄们花花！"

次日凌晨，一队由精选出的五百骁勇组成的队伍悄然出了石城，向东北方向的会城桂林行进。这里距桂林一百六十里，仅有一条古道从大

104

峡谷中穿过。韦银豹和手下的弟兄对峡谷两边的高山，如同家里的门框一样熟悉，五百人的队伍仿佛一条长蛇，伴着右侧皮木江的奔腾声，在峡谷古道穿行。当晚，这支队伍已抵达桂林郊外，在一个山坳里停了下来。

正是一年中最寒冷的季节，北风不停地刮着，把天空中的阴霾吹得无有影踪，一牙残月挂在空中，隐隐约约发出亮光，正可为夜行的弟兄照亮。临近午夜，五百人都填饱了肚子，韦银豹传令，马匹在原地喂料，诸弟兄徒步向桂林城进发。不多时，队伍就神不知鬼不觉地来到城墙脚下。桂林是会城，官军防守严密，城门早已紧闭，城墙上不时有巡更逻卒来回走动。

几声"呱呱"的蛙鸣过后，城墙里抛出了几根绳索。这是早已混进城内的弟兄所为。韦银豹一招手，几个僮勇围拢过来。"上！"韦银豹下令。僮勇们一边抓住绳索，一边人叠人翻进城内。两个巡夜的官军听到动静，警惕地向这边走来，尚未靠近，已被两支毒矢射落在墙，滚落下来。翻进墙内的僮勇都把随身携带的绳索抛出墙外，把墙外的弟兄一个个吊上城墙，翻入城内。韦银豹率二百僮勇在城外接应，黄朝猛率三百弟兄，按照事先所计，直奔藩库而去。

藩库乃存放一省钱粮之所，由一名从三品的参政专责其事，一名官军指挥使率军护守。为此次行动，韦银豹早差人察看了地形，两名熟悉地形的僮勇做向导，黄朝猛带三百弟兄悄然靠近了藩库。

这晚是腊月二十三，正是祭灶节，民间又称"小年"，晚上，家家户户均行祭灶神仪式，送灶王升天。桂林各级衙门里，也是张灯结彩，文武官员聚会宴饮，多半喝得酩酊大醉，觉也睡得格外深沉。直到黄朝猛率众到了藩库跟前，仍无人察觉，偶有听到动静的守卒，一个个成了刀下鬼。僮勇顺利打开藩库，一百人在外望风，二百人一拥而上，扛起银袋就走。

参政黎民衷正在酣睡，忽有卫兵直奔卧室，顾不得许多礼节，连推带喊把他叫醒，黎民衷正要发火，闻得蛮贼劫库，大惊失色，胡乱套上官袍就传令升堂。刚进大堂，僚属卫兵尚未聚齐，蛮贼"呼啦"一下闯了进来，一顿乱砍，黎民衷惨叫一声，倒在血泊中。尚在赶往大堂途中的大小官员被这天降神兵吓得魂飞魄散，四处逃命。三百僮勇见人即砍，杀出条血路，夺门而去！

次日晚，驻节梧州的两广总督李迁接报：会城混入蛮贼，省藩库被劫银七万两、金子及珠宝若干；参政黎民衷及库官十五人殉职，官军五十多人战死。

省库被劫，三品命官被杀，真是骇人听闻！李迁又惊又怕，急忙向朝廷塘报，请求朝廷调集大军剿除韦银豹。兵部接到塘报，不敢做主，由侍郎魏学曾前去内阁禀报。

魏学曾刚因兵部题覆驳回王崇古奏本一事在文渊阁被高拱训斥过，知他已去往吏部，就径直到此来谒。

"韦银豹胆大包天，视朝廷无人！"高拱怒气冲冲道，"既然他找上门来下战书，那就不能再一味回避了！"说着，示意魏学曾跟他到内阁去。

"必要斩草除根！"内阁中堂，张居正看了塘报，咬牙切齿地说。

"惟贯，这回先说好！"高拱大声提醒，"李迁的塘报，兵部题覆，不能含含糊糊，首鼠两端，非剿除韦银豹、收复古田不可！"

"新郑，冷静！"李春芳着急地说，"此事若好办，何以会拖近百年？不可贸然行事啊！"

"古田乃大明县治，被蛮贼所据，弘治、正德、嘉靖，三朝近九十载不能如之何，我隆庆朝必做了断，绝不容许再拖下去！"高拱语调决绝地说，"不的，还奢谈什么隆庆之治！"

"新郑，三思，三思啊！"李春芳近乎哀求道。

高拱不听劝阻，吩咐书办道："叫归有光到我朝房来见！"说完站起身，对李春芳道，"票拟之事，辛苦兴化。"又转向张居正，"江陵、惟贯，到我朝房来议！"

张居正、魏学曾撇下尴尬、惊诧的李春芳、殷世儋，跟在高拱身后来到他的朝房。

归有光虽则病魔缠身，却还在廊署做事，听到师相传召，顿时来了精神，甩掉搀扶的仆从，扔下拐杖，独自走进高拱的朝房，跪地行礼。

"震川，快起来，起来！"高拱边说边上前搀扶，把他扶到旁边的一把椅子上，"你给诸公说说广西古田之事。"

"喔，是这件事，学生好友茅坤当年曾率军征剿古田，学生时下为编纂《世宗实录》，多方搜集古田事，故知之甚详。"归有光似是为了证明他的话具有权威性，先做了一番铺垫，方转入正题，"开国之初，大批流民涌入广西桂林一带；此后，那里又成为流放人犯之处，加上官军屯田，土著僮人的田亩被大量侵夺，已引起僮人不满；孝宗弘治初年，古田、马平一带发生特大饥荒，官府仍强迫民众交粮纳税，百姓不堪忍受，古田县凤凰村穷苦僮人韦朝威联络了一批勇猛之士，登高一呼，群起响应，一举攻占古田县城，占山为王，谓之'广福王'。"

"官逼民反，此之谓也！"高拱插话道，"大凡民众造反，必是官府所逼；故治国必先治吏，非下大力气整饬吏治不可！"他伸手对着归有光抬了几抬，"震川，接着说，接着说。"

"二十六年后，韦朝威在率军攻打洛容县城时陷入官军重围，兵败被杀。其三子韦银豹接掌父位，统领僮勇，再次攻下古田县城。朝廷命副总兵张佑率广东、广西、湖广三省四万兵马进剿，结果铩羽而归。韦银豹挟大胜官军之威，称'莫一大王'，号'冲天将'。"归有光如数家珍般缓缓道。

"莫一大王何意？"魏学曾问。

"莫一，僮语力大无穷之意。"归有光解释说，接着又道，"韦银豹在古田石笋、独州山区建立大本营，凤凰山筑宫殿，又开辟演武场，招募铁匠、木工，日夜赶制大刀长矛和弓弩，武装僮勇，众号数万；又分古田上、下六里，共十二里，每里设官领民，俨然独立王国。"

"叛贼，名副其实的叛贼！"张居正恨恨然道。

"如今，韦银豹盘踞古田，称王设官，已然五十多年矣！"归有光感叹道，"朝廷多次进剿，不惟未能剿除，韦银豹反而时常主动出击，南征北战，古田、永福、义宁、洛容四县方圆一千多里内，都是他的地盘，势力还达于阳朔、昭平、桂林、灵川及湖广之武洞、城步等十余府县。"

"省城百里之外，即为贼垒，屹立数十载而无如之何，岂不是朝廷执政者的耻辱！"张居正愤愤然道。

归有光又道："这韦银豹最擅长洗劫官府、斩杀官员。震动较大者就有：古田全部官吏被其斩杀；攻阳朔县城，杀知县张士毅；攻灵川县城，斩杀阖城官吏，劫走县库银两粮谷，并将县衙付之一炬；攻昭平县城，杀知县；攻桂林，杀知县并布政使子女五人，还曾袭击桂林的靖江王府，以万臂斧砍破端礼门，幸守城官兵及时赶到，王府方免遭屠戮。"他喘了口气，又说，"武官死在韦银豹刀下的，就不可胜数了。最令人发指者是，当年督抚差一名典史入石城抚谕，韦银豹竟将他烹而分食之！"

"对此等蛮贼，只有一个字：剿！"张居正气愤地说。

"剿，未必能够剿除。不的，也不至于拖了这么多年。"归有光摇头道。

"始则是出师不利，连剿连败；继则是回避不敢触及，甚或以为前朝俱回避，我何必自找麻烦。"高拱嘴角挂着一丝冷笑道，"记得我到阁视事第一天，本兵火急火燎找内阁禀报韦银豹南北交攻，杀知县、袭王府，前宰却不以为意，似乎前面几朝都这么过来了，如今不理会方是上策。"他提高声调道，"正是这般不敢担当，方使韦银豹越发猖獗无忌！"顿了顿，又道，"本想待北边之事有个结果，再说广西的事，看来等不得了！"说到这里，他喊了声，"来人，叫户部尚书刘体乾来见！"

2

户部尚书刘体乾来到高拱的朝房，刚施礼坐定，高拱便开口问："大司农，八十万，拿得出来吗？"

"八十万？"刘体乾瞪大眼睛，道，"家底玄翁不是不知道啊！"

"能拿出多少？"张居正问。

刘体乾沉吟片刻道："隆庆四年国库所收，委实增加了。一则是恤商新政初见成效，商税陡增；二则东南开海贸易，年可收银数万两；三则官场振作有为，当收之税强半解上来了。嗯，或许还有一个原因，"他笑了笑，"呵呵，玄翁加意肃贪，整饬官常，贪墨、吃喝少了，裁减冗员，撤并机构，省出来不少。还有，贵州水西不战息争，省出几十万。"他话锋一转，"可是，国库本就亏空，填补前年的窟窿就占去一多半；去岁把汉那吉来降一事，北虏于严冬大举南下，守备之费，比往年多支出六十万有奇。如此一来，还是有亏空。"

"今年经费是如何安排的?"高拱问。

"北边军饷占大头;宗室藩王经费次之,再次俸禄;再则是漕河费。"刘体乾答。

高拱一扬手道:"边费,今年可省一半。"

"啊?"刘体乾、魏学曾、归有光都吃惊地望着高拱,发出惊叹声。

"我看老俺是真心要和平的,能不能达成和平,在朝廷百官能不能体认大势、维护大局。"高拱解释道,"无论有多少阻力,必达成和平!如此,边费自可减半。"

"你们户部的人,对封贡互市,就别唱反调啦!"张居正插话道。

"这……"刘体乾踟蹰着,"减半……万一和平不成……"

"那好,先减三分之一。"高拱以决断的语气道,"节省出来的这些,先拿六十万出来!"

刘体乾愁眉苦脸问:"还差二十万,奈之何?"

"六十万已可支应,惟是征剿古田非易事,要打出些富余,不能出现因军饷不足半途而废的局面。"高拱解释道,他盯着刘体乾,"先让广东、福建、湖广三省凑二十万出来,户部下文办!"刘体乾刚要开口,高拱伸手做制止状,"不必再说,就这么定了!"又转向张居正道,"军饷有了,关键是人,用人不当,再多军饷也是打水漂!"

说到用人,众人都沉默不语。张居正本想开口,顾忌到多人在场,欲言又止。他双手用力扶着扶手,欠了欠身子,做起身状。高拱看出来了,他是不愿这么多人在场,便道:"用人之事,不必神神秘秘,公之于众才好。"见众人依然沉默,高拱指了指张居正,"叔大还记得数次提到的贵同年吗?"他笑了笑,"你提出要他巡抚江南,又举荐他巡抚贵州,我皆未认可。你那位贵同年之才,可用之于剿,不可用之于抚。贵州当抚不当剿;而广西已无抚之余地,当剿!"

张居正听出来了,高拱要用殷正茂,甚喜,道:"殷正茂虽是文官,却有韬略,命他去剿匪平乱,必不负众望。"

"不错!"高拱接言道,"殷正茂早年即任兵科给事中,又在广西、云南、湖广做过兵备道,巡抚广西,最合适不过。"

"可,殷正茂时下只是江西按察使,离巡抚之位还差好几个台阶;"

魏学曾提出了疑问，"且官场对殷正茂操守颇有物议，谓其有贪名。"

"学生也有耳闻。"归有光插话道，"道路传闻，朝廷知殷正茂有封疆才，却轻易不敢信用。"

"要做非常之事，用人岂可按部就班？循资历用人，广西这件拖了九十年的事，恐怕还得拖下去！至于说，"高拱顿了顿，似乎在斟酌词句，"至于说殷正茂有贪名，我不在乎！殷正茂是不是真贪，我不敢说。但我知道，时下官场有一大毛病：不做事的人，不遭物议；凡做事的人，总有人挑剔。操守正者，谓之能力差；能力强者，谓之操守有亏；操守正、能力强者，谓之专横。总是有话说。可怪的是，掌铨者或爱惜羽毛，或出于私心，一旦有物议，就真不敢用了。"他一拍书案，"我就不信这个邪！即使殷正茂真贪，也要用！军饷一次都给他，事中事后都不许查账，让他放开贪！三省藩库凑的那二十万，就让他都装到自己腰包好了，只要把广西的事平了，就是为朝廷立了奇功！"

"这……"张居正露出不以为然的神色，"传扬出去，毕竟不美。"

"哈哈哈！"高拱大笑，"越是这样，我谅他越不敢贪！"

刘体乾仍不放心，嗫嚅道："户部派人替殷正茂管账，如何？"

"喔？"高拱眉毛一挑道，"好啊，你回去问问，谁愿意去，抑或谁反对把军饷一体拨给殷正茂，就让谁去！"

归有光听出来高拱是在说气话，他怕刘体乾不明其意，便道："大司农，五十年间，大军征剿韦银豹不是一两次了，每次都是惨败，不死在战场，也被追究责任，没有一个有好结果的，大司农要想好了。"

刘体乾忙道："听玄翁的，照玄翁说的办！"

高拱道："大司农，回去筹钱吧，要上紧办妥！"见刘体乾面露踌躇之色，他一扬手，"户部只负责照我说的办，若出了弊病，我向皇上请罪，与大司农无涉！"说着向刘体乾和归有光摆摆手，"震川，你也回去办事吧。"

刘体乾、归有光辞去，高拱招招手，让魏学曾坐到他右手的椅子上，道："军饷有了，掌军令者人选有了，目下轮到兵部的事了，这是军机，是以让他们两位回避。惟贯，你说说，如何调兵遣将？"

魏学曾苦笑道："玄翁，说真话，兵部并未有征剿古田之意，哪里会有调兵遣将的画策。"

"这也不怪兵部。"高拱大度地说，"这件事越拖，越演变成一宗事不关己的旧账。"

"喔，玄翁这么一说，我倒想起来一件事，"张居正道，"隆庆二年春，广西柳州籍的南赣巡抚张翀上了道《乞处广西地方疏》，吁请朝廷平定广西之乱，自是如石沉大海。我听殷正茂说过，此人当年因弹劾严嵩贬谪贵州都匀时，曾与在广西任兵备道的殷正茂交游甚欢。"

"他是广西人，不能到广西任职，不妨调他到湖广做巡抚，为殷正茂翼助。"高拱道，又对魏学曾道，"广西崇山峻岭，韦银豹不惟占地利，还占人和，是以此番征剿，兵马必数倍于蛮贼。"

张居正道："广西总兵，当换俞大猷去做；征剿大军，兵马要调集十万到十五万。"

"接广西塘报，兵部上下也有议论，言蛮贼凭高据险，蚁聚蜂屯，道途不通；蛮贼蓄有大量长枝、劲弩、毒矢，足以自固，非百万之师，迟以岁月，未易卒拔也。"魏学曾为难地说。

"够唬人的！难怪以往当国者俱不敢碰。"张居正以不以为然的语气道。

"百万之师？还要迟以岁月？"高拱嘴角一撇，"把国库掏空也支撑不住。"他一扬手，"最多十五万，且不可久拖不克。韦银豹拖得起，朝廷拖不起。这要对殷正茂说清楚，干不成，换人！"

魏学曾心里一直在盘算调兵之事，他挠了挠额头道："除广西各卫所外，再从广东调八千、福建调一万五千、浙江调一万、湖广调两万、贵州调五千，官军约十万；广西左右江各土州，可调集土、狼兵三万到五万。"

高拱稍加思忖，决断道："那好，惟贯，你回去即与本兵说，一，发兵征剿古田叛贼，军饷着户部筹集拨给；二，调俞大猷为广西总兵官；三，调集各路兵马，这个就按适才你所说办。此三事，兵部当速上本请旨！"他又对张居正道，"殷正茂、张翀广西、湖广巡抚之任，吏部来办；户部筹集军饷事，叔大督办之。"

研议毕，各人分头去办，高拱也未进中堂，径直去了吏部。刚用完午饭，魏学曾又来了。

"惟贯，怎么，征剿古田，兵部有异议？"高拱不悦地问。

"玄翁，辽东的塘报。"魏学曾黑着脸，把塘报呈到高拱手里。

高拱瞥了一眼，不觉大叫一声："什么？辽东总兵战死？"

3

辽东，本指九州之东方，早在秦、汉至南北朝即设辽东郡。国朝在辽东废州县，立军卫制，修边墙，行军垦，作为九边军镇之一，设辽东都司，辖二十五卫，镇守总兵官驻广宁，冬季则移驻辽阳，又以巡抚一员，节制文武，兼理民政。这里本有建州女真、海西女真各部，嘉靖年间，因俺答汗实力强大，致力于扩大领地，封赏子孙，仍保留大元汗号的鞑靼各部名义上的共主小王子，惧为俺答所并，率众自宣府、大同边外，迁往辽东塞外，析居于西拉木伦河与老哈母林河一带，与其一起东迁的还有喀尔喀五部。他们不惟威逼女真各部，还西驰东骛，扰我疆场，迄无宁岁。国朝所设大宁卫、全宁卫、应昌卫和兀良哈三卫，早就被其所占。

在西拉木伦河畔，有一个临潢府城，乃是大辽的上京。此时已然衰败，只剩残垣败瓦。北元共主土蛮汗的汗廷，就建在这里。这一天，正是国朝的正旦节，土蛮汗召集群臣议事。他坐在汗廷大堂的虎皮交椅上，问："听说俺答与天朝讲和了，天朝要封他为王，有这回事吗？"

脱脱台吉答："禀可汗，有这么回事。听说宣大总督已把请封的奏章报上去了。"

土蛮汗指着木案上的传国玉玺，冷笑一声道："这是什么？这是我大元的传国玉玺，本汗才是大元的可汗！他俺答算老几？本汗的奴才而已！若俺答果真被天朝封王，他是不是就挟天子以令各部？本汗也得听他的？"

脱脱台吉叹口气道："俺答敢打到京师，插入晋中，天朝自是看重他。若要天朝看得起咱，咱也得大干一场！"

土蛮汗摇头道："戚继光坐镇蓟州，咱打不过去啊！"

“可汗，那也要干一场，让天朝看看，大元的正朔在东边，不在西边！”脱脱台吉坚持说。

“天寒地冻，不便出战吧？”土蛮汗踌躇道。

“再不整出点动静，天朝和俺答就勾搭到一起了！”脱脱台吉焦急地说，“出其不意，必有斩获！可汗，说干就干吧，抢在朝廷还没有定下封贡之前，不的，就晚啦！”

“是这个理儿！”土蛮汗终于被说动，“整备兵马，明日出发，直捣锦州！”

土蛮汗率部悄然出征，兵临锦州城下。此时，辽阳城内，巡抚李秋，总兵王治道、参将郎得功等文武高层，齐集巡抚衙门，觥筹交错中，李秋慨然道：“本院读高阁老《议处本兵及边方督抚兵备之臣以裨安攘大计疏》，不禁潸然泪下！”说着，他仰面闭目，复述高拱奏疏中的一段话：

臣见边方之臣，涉历沙漠，是何等苦寒；出入锋镝，是何等艰险；百责萃于前，是何等担当；显罚绳于后，是何等危惧！其情苦，视腹里之官奚啻十倍！而乃与之同论俸资，同议升擢，甚者且或后焉。此臣为之太息者！诚宜特示优厚，有功则加以不测之恩，有缺则进以不次之擢，使其功名常在人先，他官不得与之同论俸资！

诵毕，李秋眼圈一红，泪水夺眶而出。

“抚台是委屈哩！”参将郎得功道，“抚台久历边关，做过延绥巡抚、大同巡抚，又做辽东巡抚，没有功劳也有苦劳。可是兵部增设两侍郎，推补时，竟没有抚台的份；总督缺员，也没有想到过抚台，委实是委屈抚台了！”

李秋用力挤了挤眼睛道：“不说了，大过年的，诸位多喝几盅！”说着，连饮三盅，醉眼蒙眬道，“诸位，辛苦大半年了，今夜一醉方休！”

此言一出，宴席上顿时活跃起来，有的猜拳行令，有的彼此斗酒，好不热闹！突然，一个“雪人”闯了进来，惊叫：“禀抚台，土蛮汗率大军攻锦州，已接近松岭山！”

“啊！”李秋大惊失色，“此何时，土蛮汗攻锦州？”

总兵王治道"腾"地站起身，大声道："抚台，当速传檄广宁诸卫、义州卫、宁远卫，协力御敌，辽阳六卫，也应驰援！"

"王帅，你去不去？我意你还是去。"李秋以商榷的口吻道，"时下朝廷整饬官常，主帅不临阵作战，恐交代不过去。"

"副总兵李成梁在广宁，末将就……"王治道踌躇道。

"王帅，你是总兵，戚继光也是总兵，可在内阁大佬眼里，你连他的扈从都不如！"李秋愤愤不平道，"还是去吧，不的，以后就更没有地位了。"

"那么抚台要不要亲临？"王治道问。

"本院、本院就不必去了，守备辽阳要紧。"李秋摆摆手道，他步履不稳，在侍卫的搀扶下走到大堂，升堂传檄。

王治道无奈，只得率数百名家丁，带着参将郎得功，跨马向广宁疾驰。到得广宁，方知副总兵李成梁已集结广宁诸卫兵马，与土蛮部在松岭山激战。

"传本帅命令：兵马随本帅到义州卫，从后侧围歼土蛮！"王治道下令。

"大帅，是不是等辽阳六卫的援军赶来，再部署围歼土蛮？"郎得功建言道。

"本帅看抚台的意思，辽阳六卫未必来援。"王治道满脸愁容，摇头道，"就照本帅说的做！"

"兵马都随李副帅出战了，大帅身边无兵，还是不要轻易出城的好。"郎得功又道。

"正因如此，才到义州卫，那里兵马多。"王治道说着，跨上战马，一挥战刀道，"疾驰义州卫！"

土蛮汗攻锦州，料定义州卫必来驰援，在中途埋伏了兵马，王治道在从广宁赶往义州途中，正进了土蛮汗的埋伏圈。王治道没有防备，一见山坡上黑压压的虏兵突然围拢过来，进退已经无路，只得拼命厮杀，战不多时，就被全歼。

巡抚李秋闻报，仰天长叹："天不助我也！"一边急忙向京师呈塘报，一边吩咐仆从收拾行装。

4

高拱接阅辽东塘报，怒气冲冲道："总兵、参将战死，巡抚却躲在城中不出，太不成样子！"

魏学曾没有接话茬，而是焦急地说："时下土蛮大举攻锦州，似有图谋，请玄翁指示应对办法。"

高拱略一思忖，道："惟贯，你快回去和本兵说，兵部火速传檄戚继光，命他驰援锦州！"

魏学曾揖辞而去，高拱快步走到后堂，侍郎张四维、各司郎中都在。高拱沉着脸在正中的位子坐下，瓮声瓮气道："辽东巡抚，换人！"他扫视了一下议场，"正好都在，现在就议新人选。"

"辽东局势委实堪忧。"张四维道，"巡抚担子特重。"

高拱道："子维，你熟悉边务，把辽东的情形简要说几句，对选准人有益。"

张四维对着高拱一颔首，道："嘉靖中以来，辽东军政败坏、边备废弛、粮饷匮乏、虏患日炽。先说军政败坏：辽东寒荒之地，官其地者，以贬谪者为多，即使不是贬谪，也有流放之感，是以到任后不思进取，心思全用在贪墨上，竟有三任巡抚因贪墨而罢。再说边备废弛：辽镇边长二千余里，城寨一百二十所，三面邻敌，而边墙、边堡、墩台，皆以土筑，颓破已极。"他顿了顿，又道，"再说粮饷匮乏：辽东战火连绵，民生凋敝，满目荒凉，只有靠近城郭的地方间有耕种，早就不能自足，月粮十缺四五。说到虏患，就更令人忧心：女真诸部叛服无常，土蛮诸部年年入犯，岁无定处，亦无定时。"

"适才接塘报，土蛮于冰天雪地时大举犯锦州，总兵、参将两员大将战死！"高拱插话道。

众人这才明白高拱脸色铁青的原因。张四维叹息一声："经此一役，必是士气愈懦，虏气愈骄，继以荒旱相仍，饿殍枕藉，外患内忧，势如厝火矣！"

"辽东畿辅左臂，巡抚之任实兼军务，加之此地情形复杂，局势危如累卵，尤在得人。"高拱接言道，"故辽东巡抚，比腹地巡抚更要优选。"

"从在任巡抚里选一个强干的，调转过去如何？"张四维问。

高拱摇头。

"呵呵，玄翁必是已有人选，何不说出？"张四维笑言。

高拱道："蓟州兵备道张学颜，如何？"他一指文选司主事，"说说张学颜的履历。"

主事翻检出一卷簿册，边看边禀报："张学颜，字子愚，直隶广平府肥乡县人，生于军户之家，登嘉靖三十二年进士第，授曲沃知县，三年大计，擢工科给事中；桃松寨之事起，俺答攻右玉，学颜建言兵部尚书杨博兼宣大总督，赴前线指挥御虏，帝纳之，擢河南按察使司金事，分巡大梁道练兵、捕盗、马政；升参议兵备汝南，再升按察副使兵备太原，受劾罢；隆庆元年起用辽东宁前兵备道，整饬宁远等处兵备，兼管屯田、马政；调兵部郎中；再出外为永平兵备道，旋改密云兵备道、蓟州兵备道，赞襄蓟辽总督整饬边务，协助戚继光练兵。"

"从郎中外放，不到一年换了三个地方，是玄翁有意栽培的吧？"议场里有人议论道。

高拱未接茬儿，问："张学颜兵备宁远时，恰是魏学曾在辽东做巡抚，对他有何评语？"

主事翻看簿册，答："巡抚考语云：学颜修险隘、练游兵，实心任事，克尽厥职。"

"嗯，难得！"高拱赞叹了一句，"张学颜久历兵事，又在辽东做过兵备道，是辽东巡抚的最佳人选。"

"玄翁，张学颜毕竟是兵备道，离巡抚差着好多台阶呢。"文选司郎中提出了异议。

"破格拔擢也有先例，但张学颜其人，未闻时誉。"文选司主事接着道。

"吏部的人，不能只会排资历，论资格！"高拱脸一沉道，"时下革新改制，你们都不关心？嗯？"见议场一片沉寂，他大声道，"本阁部上过《议处本兵及边方督抚兵备之臣以裨安攘大计疏》，业经皇上御笔钦批：'兵事至重，人才难得，必博求预蓄，乃可济用。览卿奏，处画周悉，具见为国忠猷，都依拟行。'该疏明明白白写着，边方兵备缺，即以兵部司属补；边方巡抚缺，即以边方兵备补；边方总督缺，即以边方巡抚……"

正说着，书办悄悄走了过来，高拱停顿了一下，书办低声道："大司马求见。"

"大抵是辽东战事，不能误了戎机！"高拱像是自言自语，边说边忙起身往直房走。远远地见郭乾、魏学曾站在直房门口，他加快了步伐，近前问，"大司马所为何来？"

"玄翁，朝廷曾给戚继光定了规矩，只准固守，不准出战。适才魏侍郎告，玄翁嘱传檄戚继光驰援锦州，恐此举……"郭乾一脸无奈地说。

高拱闻言，火气"噌"地蹿到脑门，脸色铁青，一言不发进了直房，走到窗前，背对着二人站着，良久方蓦地转身道："不让戚继光出战，是因为蓟镇位在肘腋，东有土蛮、西有俺答，怕顾此失彼，此时俺答会与土蛮合谋助攻吗？"也不等郭乾回应，失望道，"戎机不容喘息，本不想渎扰皇上；既然大司马怕担责，本阁部就奏请皇上下旨命戚继光援辽。"说着，跨步走到座椅，边落座边提笔，就要写本。

"玄翁玄翁，不必了。"郭乾忙走上前去拉住高拱的手臂，"下吏这就回去传檄戚继光，这就办！"

高拱"啪"地把笔撂在书案，瞪着郭乾。郭乾尴尬一笑，慌忙揖辞而去。魏学曾也跟着往外走，高拱喊了声："惟贯，留步！"

魏学曾转过身道："请玄翁吩咐。"

"辽东巡抚，谁可任之？"高拱问。

"有张学颜者可。"魏学曾脱口而出。

"得之矣！"高拱拊掌笑道，"惟贯，知人哉！"

"辽镇总兵，玄翁有人选吗？"魏学曾问。

"辽东不同内地，武官一向循辽人治辽之规。"高拱道，"李成梁骁勇多谋，可任之。"

"学曾也有此意！"魏学曾笑道，"那学曾就说是玄翁的意思，想来大司马也只好接受了。"

高拱一扬手道："兵部的事，兵部去办。"言毕，疾步走出直房，一进后堂，就兴奋道，"适才本阁部咨询魏侍郎，他谓辽抚，张学颜可用。"

众人默然。

高拱大声道:"张学颜其人,卓荦倜傥,时眼不能识,置诸盘错,利器当见。辽东交给他,尽可放心。文选司速起本,李秋勒致仕,张学颜以都察院佥都御史衔,巡抚辽东!"

1

苏州府太仓州州城内，有一座新建的豪华园林，乃文坛领袖王世贞的私家庄园——弇山园。此园与上海县的豫园同时建造，且同为造园名家张南阳设计，占地七十五亩，土石占十分之四，水面占十分之三，室庐占十分之二，竹树占十分之一。湖山错落，亭台掩映，竹木葱郁，花草飘香，宛若人间仙境，远非豫园可比，园中首屈一指。

王世贞以文坛盟主之尊，却也未放弃仕途之望。隆庆三年除授山西按察使，却迟迟未赴任。高拱复出的消息传出，他就奏请辞职，虽未获准，却仍滞留家中。高拱掌吏部，整饬官常，先从赴任时限抓起，给所有逾期未赴任的官员发去急字文凭，王世贞不敢再延宕，即到太原赴任，旋即因母丧归家守制，居于弇山园中。自此，各色人等摩肩接踵，纷至沓来，弇山园里高朋满座，觥筹交错，无日停歇。

这天，王世贞的入门弟子、青浦知县屠隆偕松江名流何良浚、莫是龙前来拜谒，与吴中名流梁辰鱼、张献翼等聚到了一起。王世贞在弇山堂大厅设宴款待。

弇山堂是正宗的歇山式建筑，高敞堂皇，典雅考究，古色古香。来客先是把弇山园一阵猛夸，又对王世贞一番恭维，正要入席，一群歌妓涌了进来。王世贞皱了皱眉，梁辰鱼忙道："大表叔，这些歌妓皆是来找侄谱曲儿的，不妨在此佐酒。"梁辰鱼比王世贞大八岁，两家是远亲，论辈分是王世贞的表侄。

"不可!"屠隆道,"吾师正在守制,安得如此?"

梁辰鱼只得挥挥手,把歌妓赶了出去。屠隆、何良浚、张献翼几个人,目光直勾勾地望着四五个绝色歌妓飘然而去,直到王世贞延请入席,还愣愣地站在门口不愿进去。梁辰鱼诡秘一笑道:"别着急嘛,待酒酣,我请诸位到别室去乐一乐。"

王世贞佯装没有听到,吩咐酒菜待候。

"诸位都听说了吧?"屠隆甫入座便道,"朝廷正为要不要答应北虏的封贡互市之请争论不休嘞!"

"哼哼!"张献翼冷笑一声道,"天朝养百万兵,把老百姓血汗钱榨干了,却畏虏如虎,逢战必败,如今又议起和来!我看,天朝的官场,上上下下,文臣武将,都是酒囊饭袋!"

此言一出,举座皆惊。因王世贞的父亲王忬在总督蓟辽时因滦河之败而被杀,张献翼口无遮拦,令王世贞颇是尴尬。

"欸!不能这么说,"何良浚为了打圆场,便反驳道,"我看和是对的!打来打去的,为了甚?秉政的高新郑倒是有识见、有魄力的人物,他敢力排众议纳降,我看和议也必能成功。和议成功了,北边不打仗了,不惟省去钱粮,这江南的物品,也可贩于胡地,如此一来,多少人有了饭碗?"

"元朗,"莫是龙叫着何良浚的字道,"你说高拱有魄力敢于力排众议,我看未必!"

"此话怎讲?"何良浚问。

莫是龙道:"海瑞抚江南,一意澄清,大刀阔斧,刚有头绪,就被徐阶暗算;照理高拱是受了徐阶欺负的,复相后却不敢留海瑞,他的魄力安在?委来一个朱大器,虽未尽反海瑞之政,却也不敢像海瑞那样对待徐阶,一味和稀泥罢了,如此,我江南无望矣!"

屠隆在青浦仟具两年,耳闻目睹徐阶家族的横暴,也深知松江百姓对徐家痛恨非常,遂感慨道:"徐老为人,奸过曹操!然曹盗大利,受奸雄名;徐盗大利,却欲博贤相名!"言毕,摇头不已。

"为富不仁,鱼肉乡里,严嵩不肯为之!"莫是龙接言道,"若高拱有魄力，就当重创之，为民除害！"

"这么说存翁，言重了吧？"王世贞不悦道，"存翁固有纵子为恶之过，然焉能因此而一概否定？谓之奸过曹操，恶逾严嵩，大谬！"

莫是龙还想争辩，屠隆向他使了个眼色。莫是龙恍然大悟：徐阶不惟是王世贞的远亲，且为王世贞之父昭雪，故王世贞对其德之入骨，当他的面丑诋徐阶，委实不妥，也只好噤口了。

"海瑞委实不识时务，好为不近人情之事。"屠隆似要补过，忙道，又故作神秘道，"阅邸报，知朱大器已升刑部侍郎，新巡抚当已首途赴任。他来了，或许局面又不同。"

"是谁来？"何良浚问。

"好啦！"梁辰鱼大声道，"官场上的事，与我辈何干？有酒有肉有美色，潇潇洒洒度时光，管他张三李四王二麻子做巡抚！"

"对对对！"众人响应道。

酒肴已备齐，王世贞举盏，众人欢天喜地一阵痛饮。

"新抚台到任，必来此拜谒元美先生，我敢打赌！"何良浚一抹嘴角道。他也是进士出身，虽辞官不做，对官场事却依然津津乐道。

"呵呵，吾不愿也！"王世贞笑言，"诸位看过我写的《弇山园记》了吧？其中有这么一段，"说着，摇头晃脑诵道，"'守相达官，干旄过从，势不可郄，摄衣冠而从之。呵殿之声，风景为杀；性畏烹宰，盘筵饤饤，竟夕不休。此吾居园之苦也！'"

"这几句话，表明参拜弇山园的高官显贵不绝如缕，而大表叔是厌烦与那些个高官打交道的。"梁辰鱼注解道，他一指何良浚，"元朗，你又念叨官场上的事，犯规！"说着站起身问王世贞，"大表叔，该不该罚元朗三盏？"

"该罚！"王世贞道。

众人也齐声附和。

"罚酒倒也没的说。"何良浚笑道，"我吃六盏，再向在座诸公敬酒，诸公务必一饮而尽，如何？"

"没的说！"张献翼、梁辰鱼不约而同拍了拍胸脯道。

何良浚一笑，连饮六盏，摇摇晃晃站起身，从袖中掏出一只红绣鞋，摆到桌上，大声道，"来，满上！"

"哇——"梁辰鱼大叫一声，"我辈上了元朗的当啦！"

此绣鞋乃金陵名妓王赛玉所穿，何良浚每每以此鞋觞客，座中客人多因之酩酊，见何良浚又拿出了绣鞋，梁辰鱼先就大叫起来。

"元朗，若弟吃了酒，你哪天把王赛玉带来，与我辈同乐，何如？"屠隆笑问。

"不必元朗出面啦！"梁辰鱼一笑道，"赛玉姑娘三天两头差人请我去呢！要我给她写些曲儿，再来请，我就说非她来太仓不可。她必来！"

"真的？"众人皆露惊喜之色。张献翼抹了抹嘴角，一抬头看见何良浚举绣鞋敬他，向后仰了仰身子道，"洒家可不敢吃这么多。"

"怕甚！"王世贞爽快道，"每人吃她一绣鞋！"

"元美兄，王大师！"张献翼抱拳拱手道，"若我辈吃了酒，大师当赋诗以纪，何如？"

"何难？"王世贞以手击案，"吃完酒，必有诗！"

"好！"众人皆拊掌叫好。

何良浚手托绣鞋，侍者已斟满酒，张献翼只得干了。何良浚本不敢敬王世贞，不意他倒招手示意，接过绣鞋一饮而尽，其后诸人也只得闭眼跺脚，逐一饮之。何良浚尚未归位，王世贞便双目微闭，吟出四句：

> 自言长干娇小娃，
>
> 纤弯玉窄于红靴。
>
> 袖携此物行客酒，
>
> 欲客齿颊生莲花。

众人听罢，一片叫好声。屠隆忙道："拿笔来，记下！"

"诗出大表叔，必不胫而走！"梁辰鱼笑道，"一则文坛佳话，就此诞生矣！"他向屠隆挤了挤眼睛，微微抬了抬下颌。

屠隆会意，对王世贞嘻嘻一笑道："先生，我辈吃醉了，这就分头歇息去。"

"咳！不必遮遮掩掩的！"张献翼大大咧咧道，转头叫着梁辰鱼的字道，"伯龙，消受一番去也！"

王世贞笑而不语。众人正要一哄而散，外甥曹颜远急匆匆走了进来，似有事要禀报，王世贞一摆手，叫着屠隆的字道："长卿，你官职在身，不可像伯龙他们那般任诞。"说罢，方转脸问曹颜远，"何事？"

"舅父，松江存翁来了！"曹颜远躬身禀报道。

"喔呀，存翁？他怎么突然来了！"王世贞吃惊道。

"说曹操曹操到，我辈可不愿见他！"屠隆一撇嘴，大步追梁辰鱼而去。

王世贞忙起身，吩咐曹颜远："快，随我迎迓！"

2

王世贞一溜小跑出了弇山堂，徐阶乘坐的腰轿已然晃晃悠悠到了堂前。王世贞躬身而立，待轿子落地，抢先一步掀开轿帘，徐阶下了轿，向王世贞拱手道："元美，冒昧叨扰了！"

"喔呀，存翁，你老怎么突然屈驾光临？"王世贞边施礼，边用眼角的余光在徐阶的脸上扫过，试图从他的神态中捕捉到此行的用意。

徐阶苍老了许多，双目深陷，但依然挂着惯常的微笑："元美迩来如何？"

"晨起承初阳听醒鸟，晚宿弄夕照听倦鸟。"王世贞答，"或蹑短屐，或呼小舟。相知过从，不迓不送，诗酒相娱。"

"元美，大作进展如何？"徐阶又问，指了指身后仆从所扛书袋道，"元美，这都是老夫当年在内阁时加意留存的文牍副本，供元美修史参阅。"

"喔呀，存翁，学生感激不尽，感激不尽！"王世贞欣喜地连连作揖拜谢。他正私下写一本名为《嘉靖以来首相传》的史书，此前曾向徐阶当面讨教，得到不少启发，今日又见徐阶带来了许多中枢故牍，自是喜出望外。

"元美，"徐阶亲热地唤着王世贞的字，边在王世贞的引导下往藏书阁走，边道，"《嘉靖以来首相传》的书名，老夫思维再三，还是改一改为好。太祖皇帝罢丞相，祖训煌煌，不得复设。内阁首臣固然已然首相之任，朝野俱以首相称之，这是事实；但煌煌大著，惊艳当世，垂之久远，还是回避'相'字为好，以免小人拿它做文章。"

"喔呀！存翁所虑周详，那么敢问存翁，改为何称呼为好？"王世贞深深一揖，以讨教的口吻道，"首席大学士？阁揆？首揆？"

"呵呵，俱无不可。"徐阶捻须道，"老夫记得，先帝有次在一个御札中，对内阁首臣曾用了'元辅'这个称呼，这是君父称臣子的，自不能套用，然这个'辅'字，却是要害所在。似可用'首辅'替换首相，书名不妨易为《嘉靖以来内阁首辅传》。"

"首辅？"王世贞低声重复了一句，"这个叫法，首相本人谦抑自称可也，若外人称其为首辅，未免……"

"呵呵，元美，历朝历代的宰相，都是辅佐君王的，即使是宋朝的昭文相，也可称首辅。"徐阶道，"是以用此称，可示独尊君父，断不会惹祸。"

"多谢存翁指教！"王世贞感激道。

说着，两人进了藏书阁，楼下有间雅室，只放了一张书案，两把座椅，一个茶几。侍从看茶，王世贞又吩咐整备酒席，这才问："存翁不辞劳苦，枉顾敝宅，不知有何见教？"

"呵呵，特为元美送故牍而来。"徐阶笑道。

"存翁不惟耳提面命，且以石室金匮之藏为助，学生何其幸也！"王世贞感激地说。但他并不相信年近七旬的徐阶会是专门为他送故牍的，局促地搓着手，不时"嘿嘿"一笑。

"呵呵，以元美的名望，《嘉靖以来内阁首辅传》一旦问世，必轰动海内，洛阳纸贵。"徐阶道，"我辈忝列首揆者，诸如杨新都、夏贵溪、严分宜、李兴化，历史面目如何，端赖元美如椽之笔咯！元美要秉笔直书啊！"

"同时代人修史，若说客观公正，也不敢这么说。"王世贞回应道，"不过学生致力于客观公正，是毋庸置疑的。"

"呵呵，"徐阶一笑，"比如老夫，就远不如人家高新郑能干。你看，先帝圣旨明禁与北虏开马市，高新郑力排众议，非与北虏封贡互市不可!"他突然叹息一声,"杨继盛是白死了,你们王家的苦难,也白受了!"

这是王世贞心头的伤疤。杨继盛是王世贞的同年、好友,世人皆云,杨继盛因反对开马市而被贬,又因弹劾严嵩、触怒先帝论死。王世贞为杨继盛鸣不平,为其经纪丧事,得罪了严嵩,受到报复,最终导致担任蓟辽总督的父亲被杀。徐阶突然提到这件事,而且与高拱力持与北虏封贡互市联系在一起,让王世贞对高拱的仇恨又增添了一层。他沉吟不语,似乎又陷入了巨大的悲愤中。

"元美,闻得去岁你的辞呈发交吏部,高新郑有言,'吾甫出,彼即辞,何意? 卧而待迁乎?'遂格而不行。"徐阶捋着胡须道,"看来高新郑对元美抱有偏见啊!"呷了口茶,轻轻叹了口气,又道,"老夫闻得,前时大计,有留都科道承中枢之望论劾元美,竟有元美守制期间,'吴姬越女之艳充斥户内,昆山弋阳之调错杂庭中'之语,用心甚是毒辣!"

王世贞从徐阶的一番话里,听出两条有价值的线索:一是他当年不愿到山西赴任,呈请辞职,高拱不惟不准,还出言相讥;二是前些日子留都言官弹劾他,乃是高拱指授。王世贞对徐阶的话一向深信不疑,听完这番话,他沉默良久,方咬牙切齿道:"学生一定把高新郑刚愎自用、睚眦必报的丑恶嘴脸,原原本本描述出来,让后世子孙,都知道历史上还有这样一位横暴偏狭之徒!"

"喔呀,元美,不可如此说!"徐阶嗔怪道,"高新郑刻苦学问,通经义,为文深重有气力,为人有才气,英锐勃发,议论风起,也是难得的干才嘛!"

王世贞只是笑了笑,暗自思忖:徐阶此来,难道就是关心《首相传》里怎么写他和高拱?

侍从进来请移步峚山堂用餐。王世贞已然微醺,可还是陪徐阶小酌。酒过三巡,徐阶问:"元美可曾听说江南又易巡抚之事?"见王世贞点头,徐阶长叹一声道,"新抚陈道基,比起海瑞来,恐越发仇视老夫!"

"喔? 陈道基?"王世贞道,"此公倒是有些名望。"

新任江南巡抚陈道基比王世贞晚一科中进士,授嘉善知县,廉约明恕,吏民敬重,闻于朝廷,擢御史,巡按广东时,正值柘林发生兵变,劫会城，广州城门尽闭，陈道基严兵把守，坐镇指挥，积望于民，擢太仆寺少卿。这些，就连在官场三心二意的王世贞也有耳闻。

"隆庆元年，高新郑排陷老夫，举朝厌之，小人交构其间，有人在老夫面前进言，说陈道基屡屡为高新郑鸣不平云云。"徐阶苦笑道，"也怪老夫正在气头上，一时未辨真假，竟出其为四川按察副使。从京堂贬于四川，陈道基对老夫必是恨之入骨！"

"难怪高新郑命他抚江南！"王世贞惊讶道，"这明摆着要修怨于存翁啊！"

"老夫对海瑞有救命之恩，尚且不能见容；如今陈道基满怀怨恨而来，老夫恐存活无望矣！"徐阶神情黯然道，"老夫古稀之龄，夫复何憾！惟是徐家大小百十口，实不忍无端罹此大祸！"

王世贞终于明白了徐阶此来的用意所在，但一时也颇感为难，不知自己能为徐阶做些什么，只得安慰道："存翁有人望，又是国之元老硕儒，皇上也要敬三分，除了像海瑞那样的异类，谁能不敬？"

"元美，最难测者，人心也！"徐阶叹息道，"当年举朝逐高，人人口诛笔伐，何其踊跃？时下高新郑比起当年，横暴不知几倍，可有站出来攻讦者？官场上，势比人强啊！既修己怨，又能讨好当道，陈道基何乐不为？"

"那么存翁，学生可为存翁做些什么？"王世贞问。

徐阶沉吟片刻，稍带支吾道："元美声华意气，笼冠海内，陈道基到任所，必拜访弇山园。届时……"他欲言又止，举起茶盏，慢慢地品茶。良久，从袖中掏出一张银票递给王世贞，"请元美代劳！"

王世贞见徐阶态度诚恳，也不便推辞，但依然面露难色，支吾道："只是，陈道基恐不受。"

徐阶眯起双目，神情诡异道："正因如此，方请元美相助。"

3

徐阶在弇山园住了下来，王世贞私下里时常愁眉不展，大表侄梁辰鱼偕金陵名妓王赛玉来访，惊问其故，无奈之下，他方把徐阶所托说了出来。

"徐阶在江南声名狼藉，绅民无不痛恨，大表叔何必理会他！"梁辰鱼听罢，不以为然道。

"若无存翁，家大人能否昭雪，几时昭雪，都未可知；如今存翁有难，何忍袖手旁观？"王世贞黯然道。

"若是这样的话……"梁辰鱼拧眉沉思，须臾，拊掌道，"张献翼最喜捉弄官人大老爷，不妨叫他出面一试。"

张献翼本书香门第，自祖父以心计起家，又成为吴中富商。此人是文坛名流，因越礼任诞，妇幼皆知其大名。他每次出行都要整备五种颜色的髯口，揣于袖中，每走几步就换一种颜色的胡子。他还时常身披彩绘荷花、菊花衣裳，头戴红纱帽，在街上行走，每出则儿童聚观以为乐。捉弄官场中人更是他的拿手戏，诸多轶事传遍江南。王世贞要助徐阶又无计可施，只得赞同梁辰鱼的主张，让张献翼一试。梁辰鱼便以一会金陵名妓王赛玉的名义，邀请张献翼前来太仓。闻得王赛玉到了弇山园，张献翼急不可待地赶了过来。梁辰鱼遂把王世贞的心事说于他听。

"那就与抚台大老爷玩上一玩？"张献翼跃跃欲试，兴奋道，遂找王世贞问，"这陈道基何样人物？"

"闻得此人长身玉立，历宦不携家室，不置妾媵。"王世贞答。

张献翼与梁辰鱼相视一笑，道："此等人物是男人吗？"

梁辰鱼仰脸笑道："哈哈哈，那就试试看嘞！"

几人一番经画，只等陈道基造访弇山园了。

正如所料，陈道基风尘仆仆赶到苏州，待安顿下来，第一个就先去拜访王世贞。王世贞在弇山堂宴请，一应礼节，面面俱到。过了两天，他差人到巡抚衙门呈送邀帖，言因守制，不便出门回拜，特邀抚台枉驾再到弇山园一行，私人小聚。陈道基踌躇良久，虑及王世贞乃当代文坛盟主，当年就连严嵩、徐阶辈都争相与之亲近，自己焉能驳了他的面子？果应邀而来，一身便装，只带了几名侍从。这回，王世贞请梁辰鱼、张献翼作陪。

"喔，伯龙，久闻大名！"陈道基叫着梁辰鱼的字，诵出王世贞写《嘲梁伯龙》诗里的两句，"'吴阊白面游冶儿，争唱梁郎雪艳词！'"

众人大笑。王世贞又向陈道基引荐张献翼。

"喔，幼于？"陈道基愣了一下，旋即挤出一丝笑容，拱了拱手道，"久仰久仰！"

"哈哈哈！"张献翼大笑道，"抚台老大人是听说过洒家的荒诞不经吧？洒家本菰庐中野人，又犬马之性，不知俗之尊。当下世界，物欲横流；我辈书生，醉生梦死！"

陈道基道："喔，不能这么说嘛！世运升平，朝廷宽大，物力丰裕，故文人骚客，得以跌荡于词场酒海间，恣意任诞，亦一时盛事也！"

王世贞笑道："抚台老公祖果然站得高，说得好！但不知抚台老公祖履新，如何治江南？"

"朝廷锐意革新，地方督抚自当以兴利除弊为要务。"陈道基答道。

王世贞肃然道："江南民风堕坏，告讦成风；抚台老公祖若能兴教化，振风纪，惩告讦，使风气为之一变，绅民必加额相庆！"

"噫——"张献翼道，"洒家闻是私人小聚方作陪的，若是说些你们官场上的事，洒家不陪着受罪！"说着，起身要走。

"哈哈哈，好好好！"王世贞忙赔笑道，"吃酒吃酒！"

梁辰鱼道："大表叔，抚台乃闽人，又历官多省，诸如山东之秋露白、淮安之绿豆、括苍之金盘露、婺州之金华、建昌之麻姑、太平之采石，想必都吃过的，今日就吃咱苏州小瓶，也是国中名酒嘞！"

"不好不好！"张献翼道，"洒家就是要遍尝国中名酒，而国中名酒，惟元美先生这里是齐备的，那些个有名气的好酒，都上来，轮着吃，品它一品，看到底哪样好。"

"甚好！"王世贞道，即吩咐侍从把各色名酒都端来一坛。

佳肴美酒整备齐全，先是王世贞带头，分别向陈道基敬酒；随即分韵赋诗，每人当场口占一首；继之梁辰鱼唱曲，张献翼献舞，热闹了一番，个个都已酒足饭饱。陈道基刚说要摇席，王赛玉在两个丫鬟引导下飘然而至。

端的是金陵名妓，不说容貌令人见之陶醉，就是那一笑一颦，足以令男人浑身酥软！

"这……"陈道基欲看不敢，欲罢不能，支吾着说不出话来。

"赛玉姑娘是本尊的友人，来为诸公助兴！"梁辰鱼拉住王赛玉的纤纤细手，边摩挲着边道，又指着众人道，"都是本尊的友人。"

"伯龙是国中第一词曲高手，幼于是海内乐舞翘楚，赛玉是金陵头牌，今日相遇，必少不得歌舞。"王世贞大喜道。

"赛玉姑娘，莫说与她颠鸾倒凤，便是见上一见，也是难上加难哟！今生得与赛玉姑娘一夜欢，朝起夕死，亦可谓无憾！"张献翼咽了口唾沫道。

"便是这般，咱三个人加起来，也抵不过元美先生呢！奴家正为一睹元美先生风采，一掠弇山园仙境而来。"王赛玉含笑道，又脉脉含情地顾盼陈道基，"但不知这位？"

"元美先生的座上宾，绝非凡夫俗子，记住这句话就是了！"梁辰鱼道，略一思忖，又道，"你就唤他闽兄吧！"

"那好吧，在座唯与闽兄首次相见，奴家当先敬闽兄一盏酒方是。"王赛玉说着，款步走到陈道基身边，亲自把盏，为他斟满，又端起酒盏，递于陈道基手中。

陈道基早已被赛玉身上的香气扑得飘飘欲仙，又被她玉手轻轻触碰，软语蜜蜜相款，一时魂魄出窍，不由自主，慌慌张张连饮了两盏，赛玉伸出双手，扶着他慢慢坐定。

"赛玉姑娘，来来来，洒家有话说。"张献翼伸出手掌向自己的胸前勾了勾，赛玉一笑，踟蹰了片刻，袅袅婷婷走了过去。张献翼附耳嘀咕了几句，赛玉微微摇了摇头。

"唉！"张献翼长叹一声，"洒家魅力不够，福气浅啊！"

4

梁辰鱼见张献翼在赛玉耳边嘀咕着，上前拉住她的袖口，让她归位，瞪了一眼道："幼于，别想美事！"

张献翼道："赛玉姑娘，你若与洒家一夕欢，洒家必请元美先生亲自为你写诗，再请伯龙先生为你谱曲，洒家再亲授你舞姿，此必国中一绝也！洒家敢保证，巨商大贾，风流名士、高官显贵，闻赛玉姑娘有此绝活儿，必纷纷然拜倒在你石榴裙下，不出二载，足可建座弇山园耶！"

"幼于，本尊能邀得赛玉姑娘，正是你适才说的绝活儿！"梁辰鱼道，"老实说，本尊尚未有与赛玉姑娘一夕欢的荣幸哩！"

"还是尔等布衣洒脱，可为所欲为；不像官场里的人，这个不准那个不行，拘束多了！"王世贞感叹了一句。

"哎哟我的大表叔！"梁辰鱼不以为然道，"官场上何时不是说一套做一套？侄与官老爷打交道多了，何曾有不嫖妓的？若招待上官，同年相聚，必得有美姬侍候方尽兴嘞，这已然是官场不成文的规矩啦！"

王世贞只是盯着赛玉打量，笑道："呵呵，难怪你们二位争风吃醋，赛玉姑娘绝代芳华，但凡须眉，谁个不动心？"

"这么说，元美先生答应为奴家写词？"赛玉忙接言道。

"那是自然，姑娘放心好了！"梁辰鱼一拍胸脯道，"何元朗那老儿拿你的绣鞋觞客，元美先生赋诗以纪，时下已不胫而走，江南士林为之发狂，那只红绣鞋，已然成了价值连城的宝贝咯！"

"哈哈哈！"王世贞大笑，"别只顾说，吃酒要紧！"

于是，又是一番敬酒，真醉假醉，众人俱呈醉态。直到午夜宴席方散。走出弇山堂，王世贞抱拳与来客作别，陈道基、梁辰鱼、张献翼被侍从搀扶着，王赛玉在丫鬟簇拥下，各自到事先安排好的去处歇息。

陈道基被安置在晏然楼二层最西头设有双重门的一间客室，幽静典雅，香气袭人。正是初春时节，又多饮了几盏，四十多岁的陈道基浑身燥热难耐，更衣上床，却无论如何睡不着觉，脑海里全是王赛玉的身影。赴弇山园的路上，他一直暗自思忖，倘若王世贞为他安排美姬侍候，当婉拒之；可此时，他却屏息静气，竖起耳朵听外面有无动静，期盼有美姬出现。良久，室外并无声息，陈道基失望地叹了口气，起身在室内踱步。

"闽兄——闽兄——"外面忽有女子轻声唤着。

陈道基一阵狂喜，顾不得多想，急忙把门打开，果然是赛玉姑娘在两个丫鬟服侍下站在门口。

"啊！是……"因为惊喜又担心，陈道基浑身战栗，佯装有了醉意，晃晃荡荡上前拉住赛玉的手，拽进屋内，"你、你是谁？"

"哎呀闽兄!"赛玉嗔怪道,"怎么连大名鼎鼎的王赛玉都不认识啦?本姑娘吃多了酒,睡不着呢,去找伯龙先生,他睡得像死猪!去找幼于先生,他醉得像烂泥!只好来找闽兄,欲与闽兄对弈,消磨春光。"说着,一招手,一个丫鬟将端在手里的围棋放置于书案上,另一个丫鬟则忙着茶水侍候,赛玉一挥手,"你们去吧,没有我的吩咐,不许进来!"两个丫鬟转身带上门,乖巧地出去了。

陈道基突然踌躇起来,试探着问:"赛玉姑娘,闻得你是金陵头牌,却绝少侍寝,是这样吗?"

"闽兄,本姑娘缺钱吗?虽则比不上元美先生,比起那南京的尚书侍郎来,却是富富有余的。"赛玉道,"情吗?风月场上,男人有几个不是逢场作戏?"

"那么,什么人才有幸与姑娘……"陈道基吞吞吐吐问。

"端看本姑娘想不想!"赛玉歪了歪头说,顾盼间,传递出淫荡的气息。

"喔,那么姑娘何时会想?"陈道基以挑逗的语调道。

"哎呀,热呢!"赛玉并没有回答,却扭动一下身子,把披在身上的红绸斗篷甩了下来。

陈道基心"怦怦"直跳,道:"我看姑娘此时是想了吧?"

"奴家看闽兄一本正经、深藏不露,倒是好奇起来,想看看闽兄的真面目呢!"赛玉暧昧地说。

这就是暗示了!陈道基想。眼前的这位美人儿,曾令多少男人朝思暮想,曾让多少男人争风吃醋,绝代芳华,当代名妓,时下已是唾手可得,难道要坐失良机?陈道基幕地起身,上前揽住赛玉的细腰,把她抱起,疾步往里间走去。赛玉并不挣扎,反而侧过脸去,把书案上的蜡烛吹灭了。

张献翼早已等候在左近的一个房间里。他看火候已到,遂手提灯笼,焦灼地喊叫着:"赛玉姑娘在哪里!赛玉姑娘在哪里!"边叫边趴下身子,像狗一样,嗅着气息,快速向陈道基的房门爬去。

一个仆从上前阻拦:"老爷吃醉了,还是歇息吧!"

张献翼理也不理,边爬行边叫喊着:"赛玉姑娘,今夜你不来陪酒家，洒家就把这晏然楼给点喽！"爬了几步，抬头看见门外垂首而立的两个丫鬟，放声大笑，"哈哈哈，原来在这里！"他站起身就要推门，陈道基的侍从一拥而上，将他紧紧抱住，张献翼的叫声越发大了起来。

陈道基刚脱光了衣服，将也是裸体的赛玉搂抱在怀，忽听门外传来吵闹声，惊出一身冷汗，忙停止动作，屏息细听，知是张献翼在门外吵闹，急忙推开赛玉，穿衣下床，走到门外，呵斥道："深更半夜，何人在此吵闹？成何体统？"

"这是何人，敢训斥洒家！洒家还没有怕过谁哩！"张献翼边挣扎边大声道，"洒家闻出，赛玉姑娘就在房内，洒家要去寻！"

"此人吃醉了，故而胡闹，带走！"陈道基故作镇静地吩咐道。

"怎么回事？何事争吵？"随着说话声，王世贞急匆匆走了过来，惊问。

"喔呀，元美，幼于吃醉了酒，在此胡闹，我命人把他带到别处就是了。"陈道基赔笑道。

"幼于，不得胡闹！"王世贞转身责备张献翼，上前拉住他，示意陈道基的侍从放手。陈道基羞愧难当，极力掩饰着，摆了摆手，让侍从放了张献翼。

"元美，你这弇山园并不安静哟！"突然，一个老者嗔怪的声音传来。

"喔，存翁，学生委实有愧！"王世贞回身道，又对陈道基解释道，"存翁来访，夜游弇山园，恰好走到晏然楼，闻得这里有吵闹声。"

"他是何人？"张献翼指着陈道基问。

"幼于，你委实吃多了，"王世贞道，"这不是抚台老公祖吗！"

"哈哈！哼哼！"张献翼怪笑道，"他既然是官爷，何以嫖妓？竟敢把洒家心爱的赛玉姑娘霸占了，洒家和他拼啦！"说着，蓦地冲了过去。陈道基一闪身，张献翼冲进屋内，"哈哈，赛玉姑娘，果真在此，你好狠心啊，竟抛下洒家，跑到这里来！"

"来来来，都到屋里说，不要吵闹。"王世贞急忙招呼众人道。

"元美，这不是让抚台难堪吗？快差人来，把幼于弄走！"徐阶道，"赛玉姑娘即使在抚台的寝室，也不说明什么。让她也快走，免得污了抚台的令名！"

“对对对，快走，都快走。”王世贞道，又向陈道基作揖道，“抚台老公祖，海涵！海涵！”

“呵呵，赛玉姑娘吃醉了，闯到这里，本院正要差人把她带走呢！”陈道基尴尬地一笑道。

“赤身裸体在床上，还想掩盖！洒家去告官！”张献翼在屋内大声喊叫道。

“幼于，休得胡闹！”梁辰鱼不知何时也赶了过来，进屋拉住张献翼往外走。

徐阶叹了口气，顾自走开了。

“走，都走吧！”王世贞不悦地说，又拱手道，“今日之事，谁也不许传出去，不然让世贞不好做人，拜托各位！”

众人这才散去。王世贞拉住陈道基的手进得屋内，作揖道：“老公祖，不意今日出这等事，世贞万般愧疚！”说着，从袖中掏出一张银票，“存翁造访弇山园，闻得抚台在此，未备礼物，特嘱世贞以这一万两银票为赠，请抚台笑纳。”

陈道基吓得后退两步，须臾，却又上前笑着接在手里，道：“改日学生必登门向存翁致谢！”

1

殷世儋细细阅看宣大总督王崇古参山西转运司副使丘瓒的奏疏，内有"监司当盐法更张之会，不能匡赞"一语，心"突突"跳了起来。吏部题覆，将丘瓒罢斥；但对奏疏中牵涉"监司"的这句话，无论是吏部、都察院还是内阁，都没有当回事。可在殷世儋看来，却是有文章可做。

"哼哼，给他来个釜底抽薪！"殷世儋坐在轿中，恨恨然道。自入阁以来，遭高拱、张居正冷落，让他难以忍受；已然是堂堂阁老相公，却对国务无置喙余地，也让他怅然若失。"我老殷可没那么好欺负！"他冷笑一声，又自言自语了一句。

回到家中，刚一落轿，殷世儋便急不可耐地问："吕先生到了吗？"

"殷阁老，在下候阁老多时了！"吕光从茶室闪出，接言道。

"请！"殷世儋拱手道。

殷世儋与张居正一样，进士及第后甄拔庶吉士得中，在翰林院读书。徐阶是他们的教席。馆师徐阶虽不像对张居正那样视殷世儋为心腹，却也赏识有加，荐他入裕邸做讲官，即是明证。故而殷世儋对徐阶执弟子礼甚恭。他入阁拜相，吕光持徐阶贺函并一份厚礼登门道喜，相谈甚欢。殷世儋自是明白徐阶差吕光常驻京师的用意，本不愿与他过多交通，可入阁以来的际遇，却让他有了利用吕光的念头。当决计用王崇古奏疏里的那句话做文章时，他马上想到了吕光，遂差仆从邀他散班时在府中相见。吕光求之不得，早早候在殷府，单等殷世儋回来。

两个人快步进了殷世儋的书房。甫落座，吕光见殷世儋一脸兴奋中夹带着几分紧张，又引他进了书房，即知有事，便道："殷阁老，今日召在下来，有机密要事？"

"不错！"殷世儋兴奋道，"今日有一良机，不可错失，故请吕先生来商。"

"喔？"吕光两眼放光，"请相公示下。"

殷世儋镇静片刻道："时下朝廷为封贡互市一事争执不下，众议汹汹。然高新郑挟皇上眷倚非常，排山倒海，摆出不达目的誓不罢休的姿态。若此事办理停当，高新郑必居为奇功，越发专横跋扈，势不可挡！"

"是啊！"吕光慌忙接话道，"时下已然有一代横臣之名了！可惜李兴化烂泥扶不上墙，张太岳又与他一个鼻孔出气，仅有一个敢与之叫板的赵内江也被皇上打发了，高胡子排山倒海之势，真就是无人可挡啊，存翁言殷阁老不惟耿介，且智术超人，就看殷阁老的了！"

殷世儋咬牙道："封贡互市若胎死腹中，满心期待互市的俺答必以为被王崇古欺诈，势必恼羞成怒，纠集各枝大举南下，则局面不可收拾。王崇古惹下滔天大祸，必落得传首九边的下场，朝廷里为他撑腰的高新郑，岂可脱了干系？不下狱论死，至少也得卷铺盖滚蛋！"

"解恨！"吕光一拍大腿道，旋即又泄了气，"然则，高新郑有排山倒海之势，他对封贡互市持之甚坚，安得胎死腹中？"

"釜底抽薪！"殷世儋得意地说。他侧身靠向吕光，"封贡互市之事，王崇古与高新郑里应外合，缺一不可。只要搞掉王崇古，事体必逆转！"他仰天一笑，"搞掉王崇古的时机，就在眼前！"

"喔？"吕光摩拳擦掌道，"请相公明示。"

殷世儋呷了口茶，悠然靠在太师椅上，这才缓缓道："王崇古以总督身份参官，内有'监司当盐法更张之会，不能匡赞'之语。这分明是指责巡盐御史郜永春的。郜永春巡按河东，专察盐法；而王崇古老家就在河东，又是首屈一指的盐商。可以猜出，此番郜永春在河东巡盐，必与王家有隙，不的，王崇古何以捎带着指斥他？以我对官场的体认，王崇古必是担心郜永春攻讦王家，预先打好伏笔；万一郜永春疏揭王家营商内幕，王崇古即会以'因我指斥他匡赞不力，他以此报复'来转移视线。"

吕光频频点头，道："有道理！那么相公的意思？"

殷世儋道："郜永春必握有王家官商勾结把柄，但他必是掂量该不该出手。毕竟王崇古、张四维与高新郑关系非同一般，他担心偷鸡不成蚀把米。只要有人知会他，王崇古参官疏里已然指责他，若他缄默不语，朝野必揣测他有把柄握在王崇古手里；再则，时下廷臣强半反对封贡互市，王崇古封贡互市八议被驳回，百官正欲追究王崇古而不得其要领。这两层意思转达于郜永春，他必上章弹劾王崇古无疑！"他又呷了口茶，继续道，"只要郜永春有此奏，即可散布说王崇古力主封贡互市，实则是为王家与北虏做生意开路。如此，则封贡互市之议，安得不胎死腹中？"

"喔呀！相公果然有谋略！"吕光赞叹道，"在下这就差人去河东走一遭。"

"郜永春巡按届满，正在交接，速去为宜！"殷世儋嘱咐道。

"好好好！"吕光边说边起身，"事不宜迟，在下这就回去整备，明日一早启程！"

"吕先生，你就说是做买卖的，佯装偶遇，向郜永春说些京城的新闻，不要暴露身份。另外，在他面前，不必提高新郑。郜永春是河南长葛人，毕竟是乡党，非议高新郑，反而会引起他的怀疑。"殷世儋又嘱咐道。

吕光连连道："记住了，记住了！"又"嘻嘻"一笑道，"这高胡子倡言反对搞小圈子，什么乡谊、门生，不许结伙。不的，这郜永春必是他的心腹，我辈无机可乘矣！"

殷世儋并未接话，也未起身，对站在身旁急于告辞的吕光道："封贡互市，是养虎为患，朝议汹汹，此之故也。然高新郑权势在手，一意孤行。这是祸国啊！吕先生若迂回破之，不啻为国立下大功！"

"喔？哈哈哈！还有这层意蕴？"吕光笑道。

"不唯如此！"殷世儋又道，"吕先生可知王安石误宋事？"

吕光不解其意，懵懵懂懂点了点头。

"大宋熙宁年间，积弊至甚，王安石挟神宗之眷倚，不顾天下之士反对，执意行新法。结果不惟未能复兴大宋，反而不旋踵即有靖康之耻，宋室南渡，北中国沦陷胡虏。史家公认王安石误宋！"殷世儋以忧虑的语调道，"今之高新郑，就是王安石第二！他一复出，言毕称改制，视朝中百官为无物，凡是他要做的事，无论多少人反对，照样一意孤行！刚愎自用如此，真乃我大明之不幸！推倒他，非为私怨，乃为国也，实不忍坐视我大明重蹈北宋覆辙！"

"喔！呵呵呵，相公毕竟是相公，冠冕堂皇！"吕光笑道，话一出口又觉不妥，更正道，"嘿嘿，是公忠体国，高瞻远瞩，深谋远虑！"胡乱恭维了一通，便抱拳告辞。

2

王崇古看着被退回的奏本，连同厚厚一摞反对封贡互市的奏疏副本，大感意外，桌上摆着的早餐动也未动。王诚在一旁苦劝良久，王崇古依然双臂紧抱，仰靠椅背，沉思着。

"反对者众乃意料之中，可退回重议，则未想到。"王崇古终于开口了，忧心忡忡地对王诚道，"难道中玄顶不住压力，撒手不管了？"

王诚惊恐道："若封贡互市不成，那麻烦可就大啦！"

"于公，错失一大利机；于私，一百多口身家性命！"王崇古两眼发直，颓然瘫坐在椅上，幽幽道。须臾，他蓦地站起身，指着王诚道，"你这就启程去京师，谒见中玄相公！"

王诚急急忙忙出了餐厅，侍从进来请王崇古更衣升堂。王崇古摆摆手，起身进了卧室，和衣而卧，双手枕在脑后，静静地想着心事。不知过了多久，朦朦胧胧睡着了。梦境里，俺答串联各部浩浩荡荡南下，突破了守口堡、宏赐堡、败胡堡，向大同涌来。大同城内顿时火光冲天，胡刀闪闪中，一颗颗人头滚落在地。倏忽间，一群锦衣校尉气势汹汹闯进了辕门，枷锁哗啦啦戴到他的身上，一个校尉宣读圣旨：王崇古居奇邀功，处置失当，至北虏蹂躏大同，生灵涂炭。着就地处斩，传首九边！一把长长的钢刀高高举起，就要向他砍来！千钧一发之际，蓦地被惊醒了，额头上满是虚汗。

听得里间动静，外间传来一个熟悉的声音："军门醒了？"

王崇古"噌"地下床，跑到门口向外探头一看，果是王诚，不觉大惊道："你怎么还在这里？"

"禀军门，下吏出城不到百里，正遇着吏部张侍郎的急足，说张侍郎奉高阁老之命给军门投书，下吏也就随他返回了。"王诚答道。

"喔，子维的书函呢？快拿来我看！"王崇古一步跨出卧室，坐到外间的一把椅子上。

王诚递过书筒，王崇古神情紧张地抽出阅看。正是高拱在吏部直房口授、张四维记录的那封书函。阅毕，王崇古畅出了口气，吩咐王诚道："传令大同巡抚、总兵，宣镇巡抚、总兵，阳和兵备道，巡按御史，辕门各官，明日酉时，白虎堂聚议！"

次日酉时，白虎堂灯火通明，带兵部尚书衔的王崇古已是正二品大员，只见他身着绯红官袍，从后面的屏风中健步走出，先免了参见大礼，开口道："今日召诸公来，是奉旨重议封贡互市疏。请诸公各抒己见。"

封贡互市之议被朝廷驳回，宣大文武官员闻之悚然。此时若主张维持原议，似有与朝廷作对之嫌；若主张拒绝俺答封贡互市之请，后果不堪设想，故而众人都不敢说话，白虎堂里陷入一片沉寂。

"本部堂思维再三，当维持原议！"王崇古只好亮出了底牌。

众人还是默然无语。

"那好，既然诸公无异议，就维持原议，惟在疏首，要加上一段话，把此番互市与嘉靖三十年开马市的区别，详述一番。"王崇古起身道，"本部堂已备了薄席，请诸公赏光！"

众人低头随王崇古进了辕门宴会厅，只听见座椅的挪动声，没有一个人说话，宴会的气氛沉闷压抑。王崇古几次想把高拱让张四维转达来的指示公之于众，以提振士气，却还是忍住了。毕竟，奏本被朝廷驳回，再维持原议上奏，是冒风险的；封贡互市的阻力如此之大，能不能通过还是未知数，此时搬出高拱，有推脱责任之嫌。

果然，王崇古维持原议的奏疏发交内阁，执笔票拟的殷世儋先就一惊一乍道："王崇古不懂规矩，蔑视朝廷！急急奏来，却还是维持原议，分明是和朝廷较劲！"

李春芳眼睛看着高拱，担心殷世儋的话会惹怒他，再爆发冲突，遂抢先道："历下，不能这么说。圣旨是发回重议，既是重议，维持原议亦无不可嘛！"

"既然发回重议，必是原议不妥，方发……"殷世儋争辩说，话未说完，李春芳急忙打断他，"好了，历下，批交兵部题覆就是了。"

"内阁直接拟票，下廷议就是了，何必再绕弯子！"高拱不满地说。

李春芳愣了一下，欲争辩，又恐被高拱恶语顶回，自己这个首揆越发无有颜面；欲纳其言，又怕把矛盾引到内阁，嘴张了张，又闭上了，无助地看了张居正一眼。

"玄翁，居正以为，还是先让兵部题覆吧。"张居正说着，向高拱使了个眼色。

高拱虽不情愿，但知张居正赞同交兵部题覆必有其因，也就不再坚持。

"喔！"殷世儋突然惊叫一声，"御史郜永春弹劾王崇古、张四维的！"

"什么？"高拱比殷世儋的声音还要大，蓦地起身从殷世儋手里夺过弹章，站在他身旁急急阅看，只见上写着：

臣督理河东盐政，今已告完。其中利弊，故再言之。盐法之坏，由势要横行，大商专利。如吏部侍郎张四维父张允龄，乃运司老商，霸占盐窝；宣大总督崇古弟王崇教，系运司大商，嘱托先支。此二臣者，类皆嗜利忘义、阻公营私。乞将张四维亟赐罢斥，王崇古姑行惩治。

高拱既惊又怒，大声道："这个郜永春，不识大体！此何时，偏来这么一手！"

"纯属搅局！"张居正附和了一句。

李春芳"呵呵"笑了两声，对殷世儋道："历下，照例拟'吏部知道'，交给吏部区处就是了。"又吩咐书办，"抄副本，送吏部张侍郎、宣大王军门，便于二公上疏自辩。"

高拱沉着脸，一语不发，直到阁议散了，默默起身往外走。他似乎有预感，张居正会跟出来，走出文渊阁大门，回头一看，张居正果然快步走过来了。

"叔大，王崇古的奏本再让兵部题覆，又是扯来扯去，误事！"高拱烦躁地说。

"玄翁，朝议汹汹，何必直接当其冲？"张居正解释道，"让兵部来办，内阁超脱，局外掌局！"

"我是担心久拖不决，老俺久等不得，出现意外。"高拱嘟哝了一句，语气是接受了张居正的解释。

"没想到郜永春又节外生枝！"张居正转了话题，恨恨然道。

"翻不起大浪！"高拱以不屑的语调道。

张居正吸了口气道："会不会有人指授，迂回阻坏封贡互市大局？"

"这个就不必揣测了。"高拱不以为然地说，"巡盐御史巡按毕，论劾与之有关的官员，也是他的本分。"

张居正摇头道："玄翁，巡盐御史即巡按，按臣论劾不同一般，照例是要尊重的。张四维、王崇古两位大员若因此罢去，封贡互市一事，如何进行得下去？"

"主动权在吏部，题覆慰留就是了！只是，"高拱叹息道，"时下张四维、王崇古就要注籍候旨，不能理事；更可虑者，朝臣本就强半反对封贡互市，这一闹腾，越发火上浇油了！"

"唉！"张居正也叹息一声，"方逢时丧母丁忧，王崇古又遇到麻烦，封贡互市一事，越发难了！"他突然一踪脚，"封贡互市，乃制虏安边大机大略，彼辈以娼嫉之心，持庸众之议，计目前之害，忘久远之利，遂欲摇乱而阻坏之，国家以高爵厚禄，畜养此辈，真犬马之不如也！"

高拱闻听，堂堂宰辅国相，竟骂同僚大臣犬马不如，看来张居正真是急坏了，便笑道："呵呵呵，叔大若是村妇，遇到此等又急又气又无奈的事体，必是上街跳骂咯！"言毕，收敛了笑容，语气坚定地说，"无论如何，不能半途而废，务必达成和平，这是大局！所谓为万世开太平，其业伟哉，千载难逢！我辈遭此际会，即使拼上身家性命，也不能错失利机！"

"断断不能退！"张居正赞同道。

高拱嘱咐道："叔大，你给王崇古修书，让他不必担心；子维那里，我和他说。"

"如此一来，本是封贡互市一件事，又凭空多出按臣论劾大臣的处分事，两件事都是逆势而行，玄翁的压力未免太大了！"张居正同情地说。

高拱一扬手道："叔大不必担心，为成此伟业，何所惜！"停顿片刻，肃然道，"叔大，若我因此被挤而去，你接着干！总之非干成不可！"说完，与张居正拱手作别，登轿而去。

3

隆庆五年二月十八日，文华殿里，朝臣廷议王崇古重新所上封贡互市奏本。兵部尚书郭乾主持廷议。他对王崇古执意维持原议颇为不满，有种被轻视的感觉，也就不再遮遮掩掩，待说明主旨后，先表态道："北虏方求贡，即要我承诺不烧荒、不捣巢；他日若要我不修堡、不设防，要不要答应？"

都督府掌府事、太子太保、英国公张溶道："上回廷议，有人说王崇古当斩，老朽以为说早了。那时只是廷议纳降与否，今番王崇古竟然上疏要求封贡互市！"他捻着胡须，恶狠狠吐出两个字："当斩！"说着，蓦地站起身，"先帝有明诏，有言贡市者斩！对不对？若各位眼里还有先帝，还议什么议？嗯？议什么议？"说罢，一甩袍袖就要走。

"英国公——"魏学曾亲热地叫了一声，忙伸手拦住他，把他扶回原位，"你老适才听到宣读王崇古的奏本了吧？这奏本里，已把此番封贡互市与先帝所禁马市的不同，说得很清楚啦！呵呵！况且，即使是先帝时，辽东开元、广宁，不也开了市，听夷商自相交易吗？宣大也可以照做嘛，是不是，英国公？呵呵！"

"少司马，你举的例子恰恰证明王崇古明违宪条！"兵科都给事中温纯反驳道，"先帝允辽东开市，说明先帝所禁者，非开市也；是禁宣大开市也！换言之，禁与俺答部开市也！今有言与俺答部开市者，若按先帝明诏，岂不当斩？"

"先帝委实英主，高瞻远瞩！"大理寺卿董传策接着说，"俺答狡诈异常，杀我同胞无数，血海深仇，不共戴天，稍有一丝良知，稍存一寸爱国心，谁会同意与之遽尔言欢？北宋一味与虏讲和，备受屈辱，终至亡国！我辈后人读宋史，谁不感到屈辱？难道也让后人笑我辈屈辱讲和？为我辈感到屈辱？我不忍也！"

"哼哼！"工部右侍郎邹应龙冷笑几声道，"他要锅给锅，要布给布，寇之所欲，我即与之，媚寇资敌以至于此，还恬不知耻拿来廷议，简直是对我辈忠君爱国之士的羞辱！"

"是啊是啊！稍有爱国心，谁也不忍见！"一片嗡嗡的附和声。

董传策、邹应龙都是徐阶的门生。前者因弹劾严嵩被贬烟瘴之地近十年，后者一疏而致严嵩罢职，二人在朝野名望甚高。他们两人说完，欲表达赞同意见者，只好噤口不言。

沉默了片刻，刑科都给事中王之垣道："北虏求贡，诈也，不可恃！北宋以讲和求存，招致奇耻大辱，乃我天朝历史上屈辱一页，何忍重现于今日！"

刚从应天巡抚升任刑部右侍郎的朱大器忧心忡忡道："封贡互市，我财货日益费耗，而虏欲终不可足，奈何？"

户部尚书刘体乾坐立不安。张居正曾经当面提醒他不应反对封贡互市，但他内心又委实不认同，见议场反对者众，还是忍不住道："北虏诸部枝节甚多，一部数贡使，合起来贡使成群，一旦入贡，便充斥京师，为害将不可制也！"

英国公忍无可忍，再次起身，怒气冲冲道："老夫这就去请旨，先砍了王崇古的脑袋！"

董传策火上浇油道："光砍了王崇古的脑袋恐于事无补，他背后有黑手。"

"谁主封贡互市，就砍谁的脑袋！"英国公咬牙切齿道。

"来来来，先砍了老夫的脑袋！"定国公徐文璧突然起身，歪着脑袋，用手指着自己的脖颈大声道。英国公见状，讪讪坐下了。定国公挺直了脑袋，冷笑两声道，"坐紫禁城里说三道四，谁不会！有能耐把北虏给灭了！"

"嗯嗯，咱定国公是明白人！"驸马都尉许从诚接言道，"大话谁不会说，真刀真枪试试？适才谁说人汉奸来的？说人汉奸的，你去和北虏一拼！"

"嘿嘿嘿，"礼部尚书潘晟见势，畏畏缩缩道，"似可、似可尊重督抚意见。"

都察院左都御史葛守礼紧锁眉头道："不允，必有近忧；允之，恐有远患，将不知所终。此事难全，委实不好决断。"

"委实难决！"工部尚书朱衡叹息道。

"既然拿不准，不妨放一放，何必匆匆忙忙做出决断？"户部左侍郎陈绍儒道，"无论如何，北宋讲和致辱，终归是前车之鉴。"

众人各有异辞，难以统一。兵部尚书郭乾叫苦不迭。本欲再驳回奏本，又怕激怒高拱；赞同奏本，违心且会激起众怒，斟酌再三，认为还是持两端为妥，遂题覆道：

先授俺答都督职，令诸酋各自为部，毋统摄，俟奉约一二岁，确无异志，再封贡；贡使留边城，不得入京；市期自二月至四月为率。

高拱为宣大局势担忧，眼巴巴等着廷议结果，一看竟是这般说，气得嘴唇哆嗦着，把文牍摔在书案："似这般依违两端的题覆，如何拿得出手？驳回去，重议！"

"这不能说是依违两端吧？"殷世儋争辩说，"兵部的题覆说得很明白嘛！先封俺答一个都督名号，不让他统摄各部各枝；先不允许入贡，待一两年后视情形而定。"

高拱并不理会，提笔拟旨：

这事情重大，所议未见停当，还再议来说。

"这……"李春芳为难地说，"我闻廷议时，诸臣言利者十之三，言害者十之七。再议，能议出新郑满意的结果吗？"

"那也要再议！"高拱赌气似的说，"要否就否，要准就准；似这般小心翼翼，毫无自信，泱泱大国之风何在？岂不传笑虏廷！"

李春芳皱了皱眉头，不再说话。

虽说驳回兵部题奏，对王崇古奏本再议，但高拱也知道，形势并不乐观。他心头仿佛压了一块大石头，沉重无比。高福好久未见老爷这般愁闷了，又不敢多问，只是知会伙房，为老爷精心做了一道他爱吃的炖鸡块，待高拱回到家里，扑鼻的香味已在餐厅弥漫开来。高福以为老爷必是兴冲冲地夹起鸡块品尝，谁知他却两眼发呆，对眼前的佳肴熟视无睹，半天竟未动箸。

"老爷，老爷——"高福小心翼翼叫了两声，"这是鸡块，加了黄芪、怀药炖了大半天嘞！"

"谁让你多嘴！"高拱瞪了高福一眼，起身走开了。

"老爷，老爷，怎还没吃饭哩，咋走了？"高福跟在身后说。

高拱没好气地说："哪还吃得下饭，少来烦我！"

饭没有用，觉也睡不着，躺在床上辗转反侧。听到远处隐约传来的鸡叫声，竟有几分熬到头的轻松感。他早早就到了内阁朝房，待张居正一到，就唤他进来："叔大，你记得有成祖封北虏忠顺、忠义等王的故事吗？"

"是有这么回事。"张居正答，"内阁当藏有成祖封虏酋为王的敕谕。"

"好，待会儿你吩咐中书官检出，送给我。"高拱嘱咐道。

"玄翁，虽有故事，但毕竟是成祖时代。"张居正苦着脸道，"嘉靖以来，五十年间战争不断，结仇已深，恐非靠成祖时代的故事可以服人。若欲突破阻力，惟有请皇上发话。"

高拱摇头道："朝议汹汹，各有异辞，依违靡定，让皇上如何宸断？况我皇上仁厚，若皇上出面力排众议，科道必对皇上谏诤不已，圣心怀忧，我辈臣子，于心何忍？"他长长叹了口气，抬头看着张居正，"虏人候命久不得，或生变，而朝廷人情乃如此，危机迫近矣！昨夜辗转未眠，反复思之，我已做好了打算。"

"喔，玄翁有何策可解？"张居正忙问。

高拱以决绝的语调道："万一廷议不如所愿，则我直接拟旨，准封贡互市！"顿了顿，他降低了音调，语气中带着几许悲壮，"想必皇上当会纳之。只是，如此一来，势必惹起众怒，朝议哗然；则我即请皇上放归去！我去国，则矛头即集矢于我，皇上免受渎扰，不伤圣怀，物议亦可息之。"张居正刚要开口，高拱伸手制止，继续道，"我虽归田，而北边之事大局已定，叔大自可善后之。"他一扬手，"布局我已想好：子维被郜永春论劾，两次求去，已奉旨慰留，下一步当延揽入阁，为叔大之助。时下吏部靳学颜已致仕，只有我和子维，可先调魏惟贯到吏部。"

"玄翁！"张居正唤了一声，"不可作如是想。"

"难道要王崇古担之？"高拱道，"他担不起来！一旦封贡互市不成，北虏必大举进犯，则王崇古先就要掉脑袋。何况，他掉脑袋也挽回不了大局。"他蓦地站起身，大声道，"惟我高某担之，则大局或可维系，值！"

4

看见魏学曾应召来到朝房，高拱把放在书案上的一摞故牍向前推了推："惟贯，此内阁所藏成祖封贡文牍，其间敕谕之谆详、赉赏之隆厚，纤悉皆备，你拿去，示本兵暨各议事之臣，使其周知，祖宗朝亦有此事。"

"只是……"魏学曾想说什么，高拱打断他："不必多说，争得一分是一分。你近期不要忙别的，就忙这件事。一些关键人物，需你亲自持牍去见。"

正说着，御史郜永春已站在门外候见。魏学曾拿起故牍要走，高拱拦住他，"惟贯稍候，我还有话说。"又对门外喊了声，"传请郜御史。"

郜永春进来，施礼间，高拱道："就封贡互市一事，我有几句话要说。"他呷了口茶，缓缓道，"反对封贡互市者，动辄拿北宋屈辱求和为说辞。不知宋弱虏强，宋求于虏，故为讲和；今虏纳贡称臣，南向稽首，是臣服于我，与宋之讲和是两回事嘛！反对者又动辄以先帝禁马市为说辞，岂不知，先帝所禁者，是官府出钱买物与北虏交换马匹，形同向其纳贡！若听民间交易，何谓之犯马市之禁？反对者又动辄以虏必背盟为说辞，以前北虏累岁内犯，直至近郊，残毒为甚，是封贡互市所致？纵使背盟，不过如往岁之入犯而已矣，岂能比往岁还要猖獗？然少者亦当有三五年之安，正可乘暇修吾战守之备，备既修，则伸缩在我，任其叛服，吾皆有以制之。即叛，固无妨也，独奈何舍此不计，而徒为纷纷？虏数十年犯我无状甚矣，我终岁奔命，自救不暇，竟无如之何！今能称臣纳贡，叩头呼万岁，亦可以伸吾君父之威，独奈何不敢，而畏惧至此乎？何愚者之多也？我看那些个反对封贡互市的人，不是审究利害，为国而谋，而是见事体重大，故发言相左，恐后有不谐者，则以为他有先见之明！臣子皆为己谋，乃如国事何？"

魏学曾、郜永春连连点头。

"惟贯，你去见那些关键人物，送故牍示之，再把我这番话说给他们听。"又转向郜永春，叫着他的字道，"子元，你可把这番话说给科道同僚听。"言毕，摆摆手，示意魏学曾退出，他则转身从抽斗中拿出一份文牍，递给郜永春，"子元，你看看吧！"

郜永春接过展读，竟是王崇古弹劾他的奏本："御史郜永春指劾臣事，原无情实。缘因郜永春冬月挑渠，冻馁贫民，臣行议止，遂以抱恨。又因臣举劾运司副使丘瓒，见郜永春生事虐民，故于本中指其不能匡赞。郜永春不思自任狂悖，乃挟仇捏诬臣弟王崇教为运司商人，阻坏盐法。乃访得郜永春得安邑县知县袁弘德以金银首饰赃赎，装成皮箱六个，馈送郜永春，送原籍长葛。乞将郜永春论臣缘由及臣奏内事情，行接管巡盐御史会同山西抚按衙门查勘，心迹自明。"

高拱不等郜永春看完，就以和缓的语调道："子元，我今日请你来，不是为了让你看此弹章的。因副本照例会抄送于你。"顿了顿，又道，"子元，封贡互市乃大机大略，为万世开太平之盛举，是大局。当其时也，宁委屈自己，不可阻坏大局。我不管你弹劾王崇古的是真是假，也不管王崇古论劾你的有无其事，都不会去查勘；但不许你再上本，纠缠不休！"

"可是，玄翁，如此一来，朝野岂不视学生为墨吏？"郜永春委屈地说。

"我自有区处。"高拱道，"待廷议有了结果，吏部即题覆，载于邸报，替你洗刷。"见郜永春还是不甘心，高拱说出了他的想法，"题覆用语我已想好，要领就是：郜永春本为王崇古论劾丘瓒疏中对其有指责之语，遂激而动气，劾以阻坏盐法，若王崇古无前说，则郜永春必无此劾；

王崇古又因郜永春之劾，激而动气，遂有此劾，若郜永春无前奏，则王崇古必无此劾。二臣皆出于动气，有激而然。故其所讦之词，皆不足为据。"高拱笑了笑，"至于如何处分，就是对你和王崇古戒谕，当以国家之务为急，不可求逞一己之愤，交口互攻。若再有攻讦，本部参奏纠治！"

郜永春红着脸，愤愤然的样子，终于还是叹了口气，道："学生委曲求全吧！"

"识大体就好！"高拱满意地笑了。突然想起张居正的话，遂问，"子元，张叔大怀疑你弹劾王崇古背后有人指授，你说实话，有还是没有？"

郜永春摇头，两只眼睛却眯成一条缝，似乎在重新审视回京途中偶遇客商的一幕。高拱无心再问，又嘱咐道："子元，别忘了，把我适才说给魏侍郎和你的那番话转告科道同僚。"

过了两天，第三次慰留张四维的圣旨下到吏部，高拱命司务到其府中去请。张四维早已接到高拱的提醒，在此关键时刻不得避去，遂撕掉首门张贴的"注籍"告示，到吏部当直。进得衙门，先到高拱直房谒见。高拱即把召见郜永春情形简要说了一遍，嘱咐他道："子维，只要郜永春不再纠缠，此事也就化解了。无非有人说高某庇护子维和令舅，或言高某专横跋扈，如此而已！大局所关，岂可在乎个人毁誉，任他说去！你转告令舅，当以边务为急，一意经画，不得分心。"

张四维点头应诺。

"子维，我与江陵，有厚望于你！"高拱突然动情地说。张四维露出不解的神情。高拱遂把那天与张居正说的一番话，说于他听。

"喔呀玄翁，万万使不得！"张四维一脸焦虑地说，"玄翁励精图治，大明中兴之望系于一身，岂可轻言去国！"

"要做的事委实甚多，但为安边大略，和平之局，万不得已时，只好如此！"高拱解释道。

张四维甚不安，劝道："玄翁，学生虽注籍在家，于边务却不敢一刻有忘。访得玄翁命人检出成祖封贡故牍，传示众臣；又对廷议中反对者的三点持论，辩驳甚明，令魏侍郎、郜御史广而传布，举朝悉闻之，时下局面似有扭转之势。明日廷议，或可期待。无论如何，玄翁都不能有归田之念。"

"先看看明日廷议结果再说。"高拱回应道。突然想起张四维也是廷议与会者，便嘱咐道，"你明日当参加廷议，一俟散议，即到内阁朝房去见。"

次日，尚未交巳时，张四维就匆匆到了内阁。正在中堂批阅文牍的高拱闻报不觉吃惊，忙叫上张居正，一同到了朝房。未等高拱开口问，张四维即禀报道："此番廷议，大司马事先已先备好了簿册，分封贡、互市两节，各有'当许''不当许'簿册摆在案上，不复发言辩论，即请会议诸臣直接签名。故只用半个多时辰，即告竣。"

"结果如何？"高拱急切地问。

"封贡，二十八员以为当许；一十七员以为不当许。"张四维禀报道。高拱、张居正闻言，面露喜色，对视一笑。张四维又道，"互市，二十二员以为当许；二十三员以为不当许。"

"互市，反对者略多，不妙！"张居正着急地说。他盯着张四维道，"子维，你不妨去找大司马，争取在奏报疏稿中，模糊一下，把封贡互市连为一体，一揽子奏请允准。"

"四维试试看。"说完，急忙告辞，赴兵部而去。

高拱道："封贡已无大碍，互市稍有阻力，差不多算是平手，比预想的要好。无论兵部如何题覆，内阁必拟旨允准！"

"玄翁，明日是经筵？"张居正问。

高拱不明白张居正何以突发此问，疑惑地看着他。

张居正建言道："玄翁，经筵讲毕，内阁何不当面陈于皇上？部院正堂俱在，只要皇上点头，大家知封贡互市出自宸断，什么资敌媚寇、卖国求和之类混账话，也就无人敢说出口了，兵部题覆也就不敢再模棱两可，此事可成。"

高拱沉吟片刻，道："嗯，好在不是当初一边倒的局面了，请皇上发话也好。"

"玄翁，兴化是首揆，公开场合，不宜抛开他。当请其出面一同去说。"张居正又提议道。

"叔大与兴化是同年，你去说，我不去。"高拱不屑地说。

张居正一笑，转身往李春芳朝房而走。李春芳名为阁揆，阁臣却甚少登其门，他一见张居正进来，喜出望外，忙道："江陵，来来来，请坐请坐！"张居正三言两语说明来意，最后道，"新郑嘱居正登门请示。"

李春芳竟受宠若惊般，连声道："甚好甚好！"

次日，经筵讲毕，李春芳在前，高拱、张居正随其后，往御座走去，殷世儋见状，也慌慌张张跟了上去。

"陛下，臣等有事要奏。"李春芳躬身施礼道。

皇上正欲起身，又坐稳了身子，道："卿等何事？"

李春芳奏道："北虏请和，督抚转奏，廷议再三，臣等窃以为，和，虽未可永保，但得一年，则有一年之便，臣等以为当许之，敢请陛下宸断。"

"高先生何意？"皇上看着高拱问。

"皇上：王崇古等苦辛北边数十载，洞悉虏情，今转请封贡互市。臣以为，漠北来朝，古今盛事，而因以羁縻，实制驭长策。九塞诸虏，俺答最雄，自上谷至甘凉，穹庐万里，东服土速，西制吉丙。先年以求贡无着致愤，遂致残毒诸边三十余年，中原苦不支矣；今俨然听命于藩篱之外，若拒之，隔虏情、隘皇化，失神灵所想望。臣以为，宜从其请。"

"陛下，自议贡以来且数月，近边绝无抄犯，足见俺答不但守信义，亦见伊威令严齐。许之，安边可期。"张居正接言道。

皇上道："此事情重大，边臣必知之悉。今边臣既说干得，卿等同心干理，便多费些钱粮也罢。"

"吾皇圣明！"高拱带头激动地喊了一声，跪地叩头。

"大局定矣，大事成矣！"走出殿外，高拱兴奋不已，对跟在身后的张居正说。

张居正却正扭头看着郭乾，道："丝纶一出，朝论帖然，大司马就不必为难了吧？"

郭乾"嘿嘿"一笑："皇上宸断，经番大定，本部自当遵旨办理。"

当天，兵部题覆王崇古封贡互市八议疏道："封贡互市，事在边疆，惟边臣知之，亦惟边臣能任之，当从宣大督抚请；然套虏事体与宣大不同，宜令三边督抚更议可否。"

接到兵部文牍，高拱摇头道："本兵无奈之状，跃然纸上！"

"皇上已降纶音，大司马还敢如何？"张居正吃惊地问，待看完题覆，苦笑道，"兵部极不情愿，到底把三边给甩出来了！"他转向高拱道，"玄翁，兵部题覆既然已同意王崇古所请，也只能如此了，至于河套，本是与俺答一体的，即使今次搁置，下一步再说就是了。"

"也罢，此事不能拖！"高拱决断道，遂提笔拟旨：

这事情你们既议处停当，都依拟行。

放下笔，问张居正道："怎么工部还没有揭帖上来？北边互市粗定，漕运的事该上紧办了！"

第十一章 | 老套路无以解难题 | 新招数令人大不安

1

国朝的河道、漕运官员，因黄河屡屡决口，漕运不畅，几乎被革职殆尽。贪墨之徒视为肥缺，廉节之士目为畏途。物色治河、漕运官员成了难题。高拱掌管吏部后，就留心查考，认为江西巡抚潘季驯既有专长又勇于任事，且操守无玷，遂拔擢为都察院右副都御史总督河道，吏部发急凭催他即刻赴任。

潘季驯刚赶到济宁上任，工部即发下札谕，命他到邳州与尚书朱衡会合，实地踏勘河道。潘季驯遂赶往邳州，在夏村集与朱衡相遇。

朱衡年过六旬，须发花白，一脸威严，他叫着潘季驯的字道："良时，此番踏勘，首要任务是保证漕运通畅，至于治理黄河，那是下一步的事。"河道总督例加都察院堂上官衔，以示宪职，但那是为了便于节制、参劾沿线府县官员，仍属工部管辖，朱衡欲以上官的威严，压制潘季驯的气势。

"大司空，不治服黄河，漕运安得畅通？此番漕运受阻，不正是由于黄河决口泛滥吗？"潘季驯个子虽矮，却底气十足，他笑着回应了一句，显然不想违心服从。

"行前，新郑相公有示，盼能拿出一致的方案。"朱衡又道。

潘季驯微微一笑道："大司空，下吏明白。只是，新郑相公荐下吏治河，必是知下吏的主张与大司空有异的，何以仍命下吏会同大司空踏勘？

窃以为新郑相公的本意，必不是要下吏违心从命的，不的，也不必有此布局。"

尚未出发，对话即带有火药味，随从们不禁为之担忧。朱衡不再说话，沉着脸骑马前行，潘季驯紧随其后，沿着被淤塞的河道踏勘。

"良时看，运河淤塞如此严重，非开新河不可。"朱衡指着眼前满是淤泥的河道，皱着眉头道。

"大司空，开新河，黄河决口，照样淤积，奈何?"潘季驯直言不讳道，"窃以为，还是疏浚故道为好。"

两人边看边争论，行之昭阳湖，但见此处地势甚高，河决至此不能复东，朱衡大喜道："旧渠已成陆，势不能再用；而早年所凿新河故迹尚在，可以此为基础开新河。"

潘季驯下马，蹲在地上扒开泥土细细查看良久，起身举着一把泥土来到朱衡面前，道："大司空请看，此处土浅泉涌，劳费不赀，又不可恃。"他又指着淤塞的河道说，"下吏一路观察，留城以上河道乃是初淤，疏浚起来甚便，还是复故道为好。"

二人始终未达成共识，朱衡无奈，只得与潘季驯各自提交一份禀帖，揭请廷议。

接到禀帖，张居正忙向高拱禀报："玄翁正为漕运一事着急，工部和河道总督的禀帖就报来了。"

殷世儋一笑道："记得赵内江说过，实地踏勘也还是这个结果，果然让他言中了，只惜他已去国。"

"廷议!"高拱决断道，又补充说，"内阁主持廷议!"

"新郑，这类事，照例当由工部主持。"李春芳提醒说。

张居正也劝道："玄翁，争论不休的事，内阁何必介入?"

"不!"高拱一摆手道，"漕运、治河，是国之大政，不惟命脉所系，且攸关民生，我辈不熟悉，要参加，多听为好。"又转向李春芳道，"兴化，你主票拟，不去也罢，我来主持。"

李春芳求之不得，欣然接受。高拱吩咐书办："八百里加急，让潘季驯速赶来参加廷议。"

待潘季驯赶到的次日，廷议即在文华殿开场。

"国朝岁供军储四百万，大抵取自江南。京师三大营，九边数十万军，升合之饷，皆自漕运致。古称千里运粮，士有饥色，今乃不啻万里矣！"高拱先讲主旨，"漕船出江湖，溯淮黄，入汶济，经卫遵潞，直达京师。二百年来，但修堤、补决、浚壅、泄溢，使古道无滞而已。近岁古道不可专恃，徐、沛巨浸滔天，以至舟楫不通，粮运阻滞，圣怀为之忧，遂命廷臣会议办法。"他看着工部尚书朱衡，"工部主漕运、治河，请大司空先说。"

"本部堂亲往实地踏勘，运河淤塞严重，当在济宁南阳左近重开一条新河。"朱衡开门见山道。

"大司空之意，季驯体认，乃是先保漕运。但要保漕运，不能不先治黄河，不的，漕运势不能保。"潘季驯反驳道，"基于此，季驯认为开新河不如复故道。若畅通漕运，当黄河、运河一体统筹治理，方是上策。"

"二位大家的法子，不是都试验过了吗？能保证漕运畅通吗？如今还抱着不放，争来争去！"吏科都给事中韩楫不客气地说。

议场响起一片"嗡嗡"声。

"朱、潘二公所争论者，只是针对洪涝年景漕河淤塞难题，实则干旱年景也不少，漕运难题更大。"刑部侍郎朱大器道，"运河自江而淮，自淮而黄，自黄而汶，自汶而卫，盈盈衣带，不绝如线。因黄河屡决，泛滥为害，遂塞张秋口，而自徐州至临清，专赖汶、泗诸水及泰山、莱芜诸县源泉以济之。诸泉涓涓如线，遇旱辄涸。而汶河至分水闸又分为二，其势遂微。每二三月间，水深不过尺许，虽极力挑浚，设闸启闭，然仅可支持，倘遇一夏无雨，则枯为陆矣！此难题也当一并考量。"

吏科给事中贾三近是山东峄县人，建言道："宜引沁水，以济汶、卫。"

朱衡曾任河道总督，驻节济宁，对当地河流情形知之甚详，遂摇头道："沁水之流甚微，即引之河渠，不足济长川之势，是画饼耳！"

"如此看来，漕运难题委实棘手啊！"高拱不禁感慨了一句，"诸公有何高见，畅所欲言，大家想办法。"

御史李贞元道："贞元常思之，前元也是定都北京，漕粮也产自东南，可并不靠运河，而是由海道以给京师。河运改行海运，不失为一个办法。"

"喔！这委实是个法子！"高拱振奋道，"轮舶往还，费省而效捷。"

"别忘了祖制！"殷世儋瓮声道，"祖宗明旨禁海，我辈却在这里公开谈海运，不妥！"

"且不说祖制不允，"朱衡道，"海上风涛不虞，海运风险太大。"

潘季驯接言道："成祖时无漕运，即是海运。运河之开，无风波之患，诚为良策，因之遂废海运。"

"时下运河已然不可专恃，海运因何不能一试？"高拱问，"海上风涛大，前元时不是照样仰仗海运？"

朱衡解释道："海道风险在山东成山角，为避免此风险，缩短海运距离，元世祖时，即命打通莱州府麻湾到海沧口的胶莱河段，开胶莱运河，用益都、淄博、宁海兵万人、民夫万人开凿，五年方成。河道运粮水手、军人达二万，船千余艘，而岁运粮米只有六十万石。"

潘季驯道："嘉靖二十年，曾一度全面疏浚胶莱运河，引张鲁河、白河、现河、五龙河诸水，以增胶莱运河水势；同时建海仓口、新河、杨家圈、玉皇庙、周家、亭口、窝铺、吴家口、陈村九闸，以调节河道水位，并置浮梁，建官署以守。后因倭患日炽，胶莱河漕运再废。"

"今日是廷议漕运的，怎么扯到胶莱海道上去了？"殷世儋不满地说。

高拱似乎没有听到，掰着手指头道："我来梳理一下：前元时为避海上风涛，开胶莱河；胶莱河过窄，运量有限；国朝嘉靖年间也曾一度疏浚，因倭患放弃通过胶莱海道漕运。"他兴奋地说，"过窄可以拓宽，倭患时下已不足虑。"他一扬手，"今日廷议，获益匪浅！当另辟蹊径，畅通漕运！"

"啊？"议场一片惊叹声，随即三三两两交头接耳嘀咕起来。

"我看也不必再议了！"高拱决断道。说罢，精神饱满地走出文华殿，又回身高声道，"李御史——请随我到朝房来。"

李贞元点了点自己的鼻子，有点不敢相信。当年举朝逐高时，他是急先锋，又是上弹章，又是纠集同僚辱骂齐康，出尽风头；高拱复出后他一直提心吊胆，生恐遭报复，直到考察科道时安然无恙，方稍稍安心。此时一听高拱要他去朝房，心"怦怦"直跳，不敢移步。

高拱见李贞元站着未动，又道："李御史，请你到朝房，把胶莱河相关情形，仔细说说。"

"玄翁之意是开胶莱新河？"张居正在旁边问。

"开胶莱新河！"高拱满脸兴奋地说。

"这……"张居正一脸疑云，"玄翁，开胶莱新河，不是一朝一夕能成，还是先命潘季驯疏浚漕河为好。"

"疏浚漕河是权宜之计，自可先办，"高拱道，"根本之策是开胶莱新河。"

张居正欲言又止，看着李贞元受宠若惊地跟着高拱往朝房走去，他没有跟上，站在文华殿前，蹙眉沉思。

2

山东巡抚梁梦龙到任尚不足半年，十八年前进士及第时，张居正是副主考；在河南任右布政使时，到过新郑谒见下野的高拱，故与二位大佬都有渊源。他在河南官声颇佳，不久前得晋升山东巡抚。到任后，时常差人到京师向高拱和座师张居正投书求教，既是出于真诚，也是示以亲近。高拱给他的回书，梁梦龙一直置于案头，不时拿起阅看一遍：

> 人来，辱书教，且知宪节已抵山东，良感！良感！今有司多袭旧套，支吾岁月；即其良者，亦不过饰虚文、奉上官为声价而已，固无实惠及民者。执事素具精练之才，所望先之以训迪，继之以棕核，不喜其有粉饰之具，而务使其有子惠之真，乃所谓一路福星也。又山东多盗，此所关不细。有司以养寇为无痕，以捕盗为多事，此弊尤所当惩。惟执事留心焉，勿使有司者得行其欺，可谓明也已矣，可谓远也已矣！

梁梦龙从高拱书教中领悟出"务实，惠民"为从政要领，故到任后即饬令各府县综核钱粮，将民之纳税粮、服徭役情形造册呈报。三个月间，簿册汇交到藩台衙门，梁梦龙差急足到京，向高拱、张居正禀报。

这天晚上，高拱从文渊阁来到吏部直房，梁梦龙的急足就等在直房门口。高拱甚喜，问："梁鸣泉有书来？"

急足道："禀玄翁，还有簿册相呈。"

高拱请急足进屋："拿来我看。"急足忙将梁梦龙书函并簿册一卷呈上，高拱展读之，不禁抚掌道："好！好！好啊！"

"玄翁如此高兴，难得！"门外响起户部尚书刘体乾的声音，"玄翁，已是亥时了，召体乾来，是为漕运经费吧？"他一回头，见身后还跟着吏部侍郎张四维、魏学曾，还有御史李贞元，彼此拱拱手，站在门口。

"来来来，你们快看看，快看看！"高拱笑逐颜开，招手让刘体乾等人进来，迫不及待地把簿册递给刘体乾。

张四维、魏学曾、李贞元也凑过去，四人一起匆匆浏览一遍，"喔呀！"刘体乾抬头赞叹道，"这才是做事之人！"

"梁梦龙能干！"张四维也赞叹道，"玄翁没有选错人！"

"好！"魏学曾也附和道，"户部当向各省推广。"

"难怪玄翁高兴，这梁抚台不袭故套、不饰虚文，踏踏实实干惠及小民的事，难得！"李贞元讨好地说。他知道高拱欣赏什么，便借夸梁梦龙的机会展示他颇能领会高拱的意图。

"诸位稍等，我给梁抚回几个字。"高拱说着，提笔给梁梦龙回书：

人来，示粮艚二册，区处周详稳妥，自非他人可到。不止仆为之喜，凡见者无不叹美之。若使抚台皆如此，天下何不治？若上官徒为虚声，无益实事，小民又更何恃？冗甚！不得尽言，统惟情亮。

写毕，交给急足，这才满是歉意地对刘体乾几个人一笑道："皇上不允辞免吏部事，忙得我晕头转向。"

刘体乾笑道："玄翁做事太认真，也只好累自己了。"

高拱无心扯别的，喝了口茶道："漕运难题困扰朝廷久矣，各派专家观点对立。这些年，几派观点都试验过了，漕运难题到了无解的地步，得打破常规寻找新路。径行海运，都说风险又太大，要避开成山角，唯有开胶莱河。目下，这是解漕运危机的唯一办法。"他向李贞元扬了扬下颌，"李御史简要说说。"

李贞元点头哈腰了一阵，方道："要领是避开黄河，循前元海运遗迹，在胶莱间开渠一道，漕船由淮安清江浦到新坝口、马家壕、麻湾口、海沧口，直抵天津。道里甚径，度不过千六百里，又可避海洋之险。"

高拱得意地扫视着刘体乾等人，却见他们个个眉头紧锁，默然无语，便有些不快："怎么？都不说话啦！子维，你说！"

"于国有利。"张四维道。

"那就是了！"高拱一敲桌子，"既然于国有利，还踌躇什么？"

"恐阻力太大。"张四维又道，"以运河输送漕粮，行之二百年矣，利益格局早已形成，一朝打破，谈何容易？"

高拱一拍书案道："我就不信这个邪！只要于国有利，谁敢阻挠，摘了他的乌纱帽！"

"开胶莱新河，孝宗、武宗、世宗朝都有人建言，只是彼时的当国者不敢担当，"李贞元道，"今玄翁有气魄，有担当，此事可成。"

"那时的漕运，还远不像时下这么棘手。老天爷似乎要与我辈过不去，连年洪涝，黄河连年决口。治河、督漕的官员都处分光了，也还是没有法子。"刘体乾感叹了一句。

魏学曾一脸愁容道："子维说得对，阻力必是不小。明里阻挠好办，就怕暗地里做手脚。"他苦笑一声，"再说，总不能把官场清洗一空吧？"

"好了！"高拱不耐烦地一扬手，"我意已决，开胶莱新河！今日叫你们来，不是议当不当办的，而是议如何办的！"

几个人不再作声，不约而同地端起茶盏，慢慢品茶。

"我思忖良久，"高拱沉着脸说，"梁梦龙能干，但开胶莱新河不要牵扯山东官员，让他们集中精力做好本省的事。钱和人，都由朝廷出，今日请诸位来，即商榷选用官员、筹拨经费事，早日定下来，早日开工！"他盯着刘体乾问，"用于北边的军饷当有不少节省吧，除给殷正茂拨去的六十万两，其余的，都用到开胶莱新河上！"

"嗯，往岁秋防、春防，都要调内地客军去防御，今年不再征调，只这一项，可省数十万。"刘体乾回答。

"用到河工上！"高拱决断道，"这些年，用在治漕河上的钱花了多少，可是效果呢？年年投钱，年年打水漂，不能再这样下去了！把今年用于治漕河的钱拨出一半，用于胶莱新河，既干就像个样子，不要像过去，犹犹豫豫，拖拖拉拉，小打小闹，几次都被拖黄了！"

"玄翁，钱的事，时下似已不是难题。福建开海，月港已有'天子东南银库'之称，也可拿出来济河工。"刘体乾道。

"甚好！"高拱脸上又现出了笑容，"再说说人的事。"

"听玄翁的。"张四维痛快地说。

高拱道："山东藩台王宗沐是浙江临海人，任广东参议时分守惠潮二州，对大海有认知，且学有渊源，才长经济，我意可任为漕运总督，总责胶莱河工暨随后海运事宜，李御史加巡按河工御史衔，督办之，他人不得掣肘！"

张四维、魏学曾点头。

"玄翁！"李贞元"忽"地站起身，鞠躬道，"内有玄翁主持，我辈在外当效死力，事必可就，不的，甘受朝廷治罪！"

"那好，大司农筹款列项；吏部上紧为山东物色藩台，人选要和王宗沐差不多的，别让梁梦龙觉得挖他墙脚，待人选物色出来，一并奏于皇上。"

3

张居正的轿子刚一落地，管家游七就拿着一叠拜帖在他面前晃了晃，着急地说："哎呀老爷，可回来了，看，门槛要被踏破了！"

"都什么人？"张居正问。

"哎呀，户部的，工部的，反正多了！茶室坐不下，小的只好让几个大老爷到花厅里等。"游七笑嘻嘻地道，说着，凑上前去，附耳低声说，"大内的冯公公差徐管家来了，小的自作主张，领他到老爷书房去坐了。"

张居正"哦"了一声，穿过垂花门，径直进了书房。徐爵忙起身施礼，张居正拱了拱手，问："冯公公有何见教？"

"张阁老，家干父听说朝廷漕粮要改海运，有这回事吗？"徐爵反问。

张居正心中不悦，道："这和冯公公有何牵扯？"

"嘻嘻，张阁老，前年武清伯请张阁老出面，揽了给蓟镇将士供衣被的活计，布匹原料，都是在江南采买，搭漕船运京的。"徐爵低声道，"听说海运风险大着嘞，何必冒这么大的险？能不能不改？"

张居正暗忖：漕船是运漕粮的，却免费为权贵运私货，这漕政该整顿！但这个想法他没有说出口，而是笑着道："朝廷的事，是高阁老说了算。不过你知会冯公公，他吩咐的事，我会尽力。"言毕，唤游七带徐爵从侧门而去。张居正转身回到书案前，拿起拜帖正要看，听到门口有人叫了他一声："张阁老——好呀，这么多大臣你不见，倒是先见一个太监的家奴！"张居正听出来了，是曾省吾的声音，遂责备道："三省，鬼鬼祟祟的做甚？我正要找你。"

"不用太岳兄找，我就找上门了。"曾省吾闪身出来，边往书房走边道，"外面还有一群人候着呢！"

"你找我做甚？"张居正问。

"都坐不住啦！"曾省吾道，"山东籍、河南籍、南直隶籍、浙江籍的官员，推出代表来……"

"他们要干什么？"张居正打断曾省吾，不耐烦地问。

"还不是为开胶莱新河的事。"曾省吾道，"山东、南直隶、浙江的官员，怕胶莱河一开，黄河以北的运河淤塞不治，水路不通；河南、山东的官员怕黄河水患也不再治理。"他一笑，"呵呵，其实这固然是堂皇的理由，真正怕的，是既得利益被剥夺。"

"是啊，运河输粮，二百年了，早就是一块肥肉了，不知有多少人从中揩油呢，这下他们慌了？"张居正揶揄了一句。

"太岳兄，你还是先去见见吧，人不少嘞！"曾省吾向外一指说。

张居正沉吟片刻，一抖官袍，快步走了出去，到了花厅，不容众人说话，就拱手道："诸公的来意，本阁部已然知晓，本阁部尚有要务待办，诸公就请回吧！"

众人站起身，眨巴着眼睛，弄不清张居正是何态度，有人刚要开口，张居正举手制止道："送客！"言毕，又拱了拱手，转身出了花厅。

"茶室候见的，都打发走！"回到书房，张居正又吩咐游七。

"太岳兄，若能打掉高相开河之议，必在官场赢得人心，高相权势虽炙手可热，却也是孤家寡人！"曾省吾狡黠一笑道。

"这是什么话!"张居正不悦地说。

曾省吾"嘿嘿"一笑道:"不管怎么说,这次若能把高相的开河之议打掉,也算小试身手,免得朝野视太岳兄为高相的常随!"

"开胶莱新河,预示着要以海运取代河运,我不赞成。"张居正不接曾省吾的话茬儿,而是忧心忡忡地说,"运河在腹地,皆在我掌控中;而大海茫茫无际,不知通向何方,与何国相接,谁能掌控? 海浪滔天,已然令人望而生畏了,何况还有海寇? 若真要海运,就意味着国门洞开,漫漫海岸线,顿成边防要地! 闻得时下佛朗机船坚炮利,谁知道还有没有更厉害的蛮夷? 何必妄生事端。"

"太岳兄忧国深远。"曾省吾道,"太祖皇帝禁海,委实是有道理的。先帝时也有喜功之人建言开胶莱河,通海运,先帝就斥之为妄生事端!"

张居正眉头紧锁,道:"开胶莱河一事,不惟工程浩巨,所费甚多,不易毕致成功,且关乎运河存废,关乎祖制国策,玄翁却轻率拍板,委实令人忧心。"

"高相这个人,常训斥别人袭故套,实则是喜标新立异!"曾省吾以不满的语调道,"太岳兄,这回,你无论如何要阻罢之!"

"话是这么说,可玄翁这个人三省还不知道吗? 他认定的事,别人很难推翻。"张居正叹口气道,"但此事我不能坐视,要想个法子出来,阻罢之!"

曾省吾抓了抓宽大的脑门道:"又不想正面劝阻,这事真难办……"

书房里陷入沉寂。

"老爷,山东巡抚梁梦龙的急足求见。"游七在门外禀报道。

"有了!"曾省吾大喜道,"就让梁梦龙出面反对!"

张居正摇头:"梁子未必会反对。"

"你传请他的急足吧,看我的!"曾省吾一拍胸脯道。

张居正起身进了花厅,梁梦龙的急足忙起身施礼,把书函并所附簿册呈上,张居正心不在焉地扫了一眼,问:"急足何时回?"

"请张阁老吩咐。"急足道。

"你速回去,禀报梁抚台,"张居正嘱咐道,"有科道建言开胶莱新河,朝廷尚未定策,此事对贵省干扰甚大,让他上疏陈情,请朝廷罢议。"

"开胶莱新河有十害!"曾省吾接言道,他伸出手指,一一列举道,"其一,工程浩巨,所费甚多;其二,胶、莱二河水量不足;其三,胶、莱之间有分水岭,石厚且坚,不易开凿;其四,兴此大役,山东必有科派之扰;其五,胶莱新河一开,漕船自淮入海,黄河之患将不再被关注,豫鲁绅民岂不流离失所;其六,新河一开,黄河以北运河不复再用,临清一带势必衰落;其七,海船往返,易招致倭寇侵扰……"

急足闻言,满脸惊恐,急忙告辞而去。望着他的背影,张居正叹了口气:"梁子即使出面反对,也未必奏效。玄翁认准的事,一个巡抚反对,岂能阻罢?"

曾省吾捻须踱步,凝眉沉思。

"梁子虽是我的门生,却是玄翁赏识、拔擢,自是对玄翁感恩戴德,我鼓动他反对玄翁的决策,他知晓真相,岂不怨恨于我?"张居正又道。

"就这么办!"曾省吾蓦地停下脚步,自言自语了一句。

"三省有何画策?"张居正忙问。

曾省吾转过身,得意地晃了晃脑袋,道:"太岳兄,拿酒来吧!"

1

江西按察使殷正茂接到即刻赴任广西巡抚的吏部札谕，立即整备行装，次日登程。此前，他已从同年张居正来函中得知此任缘由，颇有降大任于斯人的感慨。这天，江西巡抚徐栻率阖城官员把殷正茂送出南昌城，抱拳惜别。临上船前，殷正茂特意登上滕王阁，对执意来送行的按察副使方良曙道："俯瞰栏外长江，一望水光接天，因忆画栋飞雪、珠帘卷雨，洋洋在目。"两人并肩伫立良久，方健步下楼登舟。辞别方良曙，殷正茂沿赣江南下，过丰城，自临江而历新淦、峡江，达吉水；日暮，首站抵赣州。

"石翁，殷中丞，欢迎欢迎！"尚未抵岸，南赣巡抚张翀即率大小官员迎于码头，呼唤之声传至江面。殷正茂下船相见，登轿进了谓之虔院的巡抚衙门。免不得一番宴饮，觥筹交错，俱是官场客套。直到进了张翀的节堂，两人才进入正题。

"石翁此番肩负靖桂大任，巡抚敝省，实乃八桂绅民之大幸！"张翀兴奋道。他是张居正的门生，比殷正茂晚两科中进士，虽年龄相当，都是四十七岁，却也是后辈，因殷正茂号石汀，即尊为石翁。

"鹤楼，"殷正茂叫着张翀的号道，"古田为蛮贼盘踞，竟达近百年，如今朝廷命正茂戡乱，深感责任重大，非鹤楼助力不成。故特意赶来赣州，向鹤楼请益。"

"勘平桂乱，乃学生多年心愿。"张翀道，"隆庆二年初学生就上疏请征剿韦银豹，可惜当国的徐阁老无此魄力。方今新郑相主政，加意地方治理，广西绅民方有了盼头！"他呷了口茶，笑道，"自闻此讯，学生夜不能寐，不妨将迩来所思所虑，贡献于石翁。"见殷正茂专注地听着，张翀接着说，"广西僮人聚集，呼吸相通，当施以软硬兼施、分化瓦解之计。"

殷正茂伸长脖子，急切道："愿闻其详，鹤楼指教！"

张翀道："八寨地处桂中，南连南宁，北接桂林，其地纵横数百里，重峦叠嶂，地形险要。这里的僮人素不服从朝廷，又与韦银豹遥相呼应，不稳住八寨，则有腹背受敌之虞。稳住八寨，只能安抚。"

"呵呵，看来，赣州我是没有白来哦！"殷正茂欣喜道，"还请鹤楼授计。"

两人密谈至深夜方散。次日一早，殷正茂即启程继续南下，从陆路骑马而行。到得小溪驿停了下来。此驿建在万山峻岭中，筑有石城，乃当年南赣巡抚王阳明所建。四十三年前，王阳明抱病出山，以南京兵部尚书、左都御史总督两广、江西、湖广四省军务，奔赴广西，镇压八寨僮人叛乱，仅一月即戡平之。殷正茂屏退左右，独自一人站在石城墙头，双手合十，暗自祈祷：此番出征也能速战速决，胜利而归。

出了小溪驿，即翻越梅岭。岭高路隘，盘旋而上。过岭，早有舟船等候，殷正茂复登舟经黄塘至韶州，历英德、清远、三水、肇庆，过小厢、大厢峡，至德庆、封川，达梧州，即直奔总督辕门，谒见两广总督李迁。

李迁搭眼一看，殷正茂正值壮年，一张圆脸透出杀伐气，个子不高，举手投足间，给人以矫健的观感。一应礼节完毕，李迁请殷正茂到节堂密议。

"石汀，此番新郑相公排众议而拔擢，又命军饷一体拨付，不许户部查账，可谓信任有加，不可辜负。"李迁嘱咐道。他是嘉靖二十年进士，早殷正茂两科，是前辈，故以号称之。李迁是南昌人，在官场素以廉洁自守著称，对任江西按察使的殷正茂多有耳闻，生恐殷正茂果有贪墨之事被讦，他这个总督对朝野不好交代，故一见面就旁敲侧击提醒他。

"哈哈哈!"殷正茂突然大笑道,"军门当是听到殷某人有贪名吧?"

"石汀,你有干才,我是晓得的。访得你在广西做兵备道,剿贼屡战屡胜,惟军饷到你手里,就说不清了。"李迁笑着道。

"军门,下吏最敬仰的,是乡贤胡宗宪。"殷正茂收敛了笑容,似在替自己辩解,"当年江南倭患愈演愈烈,胡宗宪总督浙闽,终能荡平之。朝野物议沸腾,说胡宗宪贪污军饷,操守有亏。殊不知,打硬仗不能有条条框框,收买、奖赏,无所不用其极。按条条框框,哪里说得清楚?"他感慨一声,"时下官场做事不易,想做事就招人议论,做成事必有人挑剔。若不是朝廷有玄翁主持,这差事,殷某人未必愿接嘞!"

"新郑相公可是顶着莫大压力嘞,石汀心中有数才好!"李迁见殷正茂满腹怨言,也不便训斥,只好规劝了一句,忙转移话题道,"古田近百载而未克,韦银豹经营也有五十余载,其巢穴深远,盘踞本省两府四县之地,外连湖广、贵州之间,其中林菁深密,蜂窝鳄穴百十余处,众号数万,委实是块硬骨头。似不可冒进,我意,当取各个击破,屯兵固守,逐渐蚕食之策。"

殷正茂道:"下吏途经赣州,张鹤楼也有此意。恕正茂直言,窃以为当取合兵围剿,速战速决之策,而后再屯兵固守,实力掌控,巩固战果。"

"石汀,这未免太冒险了吧?"李迁蹙眉道,"弘治以来,征剿多次,都是损兵折将,其败甚惨。只一座三厄岭,就没有突破的。速战速决,何其难哉!"

"军门,官军多从各地抽调,久拖必疲,加之水土不服,日久生厌,战力锐减,胜算几何?是以非以速战速决不能取胜!"殷正茂坚持说。

李迁沉吟不语,似在掂量着两策利弊。

殷正茂一笑道:"军门,玄翁是大手笔嘞!"

"嗯?哦,大、大手笔。"李迁支吾了一句。他不明白殷正茂何以突然冒出这么一句话,稍一琢磨,恍然大悟。殷正茂是在说高拱用人不疑,大胆授权,弦外之音是逼他不要干预征剿战事。李迁年过六旬,体弱多病,水土不服,早就思归了,只是职责所在,生恐属下出事,让他的官声蒙羞,不得不用心经画。既然殷正茂欲大包大揽,他自是乐观其成,遂道："石汀，这征剿之事，朝廷既已授权，当由你全权经画，划一指挥。"

殷正茂忙抱拳道："多谢军门信任！"

李迁又道："本部堂只做两件事：其一，为石汀调度集结兵马。时下广西本镇兵马已然集结毕；上思、宁明等处土兵、狼兵数万，也在向桂林移动；自浙江、福建调遣之鸟铳兵两万余，已溯江而上。永顺、保靖土兵待张鹤楼莅任后即发，预计半月左右即可集结毕。一俟集结毕，则本部堂不再过问。其二，为石汀配备得力干将。俞大猷已然到任，归石汀全权节制，自不在话下，还有一个人，石汀可用之……"

"军门，"殷正茂截住李迁的话，"下吏猜到了，是郭应骋！"

"喔？石汀熟悉他？"李迁一惊道。

"郭应骋，字君宾，莆田人，晚下吏一科中进士。他任南宁知府时，下吏是兵备道，下吏授江西按察使，是他接的兵备道。"殷正茂说着笑了笑，"不过此后他比我官运好，兵备道升按察使，再升左右布政使，没有想到今次我破格冒升一回，超过他了，哈哈哈！"

"甚好！郭藩台长期在广西为官，且擅谋略，有他和俞帅一文一武为石汀助，本部堂可安枕矣！"李迁欣喜道。怕殷正茂会错了意，犯轻敌大忌，遂又补充道，"此番征剿，是硬仗恶战，石汀当用心经画，谋定而后动，为国家立奇功，新郑相公有厚望焉！"

2

象州衙门前，细雨蒙蒙中，几个身披蓑衣、头戴斗笠的僮人在一大批丁勇的簇拥下，左顾右盼地下了滑竿。丁勇等候在外，乘滑竿而来者犹犹豫豫、疑神疑鬼地走进了州衙。刚进仪门，知州和一个身着三品官服的官员就拱手相迎。

"州老爷，你叫我等老哥来，该不会是拿我等的吧？"领头的一个老者满怀敌意地问。

"呵呵，不是本州请诸位寨老，是本省藩台郭大老爷有请。"知州说着，向郭应骋拱了拱手。

几位寨老打量了一下郭应骋，见他俊朗儒雅，四方脸上总是挂着善意的微笑，老者内心的恐惧顿时散了大半，反而以咄咄逼人的语气道："喔？大官，大官！丑话说前头，我等老哥先来探探情形，大兵在别处埋伏着呢，谁敢拿了我等老哥，大兵立马杀过来！"

"哈哈哈！"郭应骋大笑，"寨老多虑了，本官不惟不会拿了诸位寨老，还重重有赏！"说着，请几位寨老进了大堂。

大堂早已摆上了座椅条案，条案上除了茶盏，还放着各色时令水果，另有干果多品。甫落座，郭应骋就开言道："诸位寨老，可听闻二十万大军要征剿古田？"

"官逼民反，民不得不反；民若一反，官必来剿，就这么回事啦！咱广西自进了大明朝，就没过上一天消停日子，老哥我活了六十多岁了，这样的事，见多了！"还是那位领头的老者接了话。

"是啊，我广西绅民，委实可怜嘞！"郭应骋同情地说，"此番殷抚台奉旨征剿，就是为了让八桂绅民过上太平日子嘞！"

"哄三岁娃娃？"老者眼一瞪道，"官府说话要作数，大象生来会上树！"话音未落，就引得几位寨老哄堂大笑。

郭应骋并不恼怒，和颜悦色道："难怪寨老不信。往昔官府委实有欺压百姓处。可国家要用钱嘛，只能从老百姓手里收。诸位寨老可能不晓得，比方说国库里一年收一百两银子，六十两得花在北方的九边，防鞑子啊！时下朝廷正与北虏商议着，以后不打仗了，开边贸了。如此，省下多少钱？还有，东南开了海禁，银子哗啦啦往回收嘞！国库里有了钱，老百姓遇到个饥荒年景，自会免了税赋嘛！本官再知会各位寨老：时下朝廷加意肃贪，正月里朝廷大计地方官，一次就抓了十五个贪墨的藩台、知府、知县。前任两广总督刘焘刘大老爷，就因为送京官二十四两银子的礼品，被革了职嘞！莫说贪墨，连吃喝也禁了，江西的一个藩台，因为吃喝，大计时也被革职了。诸位寨老看，这官逼民反的弊病，朝廷都在加意整饬，消停的日子，在后头等着诸位嘞！"

寨老们虽是似懂非懂，却也无言辩驳。

郭应骋又道："再说这韦银豹老哥。当初他起来造反，或许是为官府所逼。可他成了气候，杀官吏、抢库银，这不是强盗所为？他盘踞古田，占山为王，不是绿林大盗？他盖宫殿、养僮勇、造兵器，不花钱？本官不信，他治下百姓的日子会更好过！若诸位寨老寨子里出了这等反贼，诸位寨老视而不见？总之，此贼不除，我僮人不得安生！一旦剿除此贼，广西绅民必能过上太平日子！"他突然提高声调，大声道，"此番朝廷集结二十万大军前来征剿，排山倒海，势如破竹，必一举荡平之！"顿了顿，脸一沉道，"奉劝诸位寨老，不要打错了主意，无端替韦银豹陪葬！"言毕，边举起茶盏喝茶，边偷偷用余光扫视寨老们的神色，几位寨老小声用蛮语交头接耳着，人人露出恐惧、踌躇、不安的表情。

"诸位寨老——"郭应骋放下茶盏，脸上挂着笑意，"一旦剿平古田，方圆千余里，俱要仰仗各位守土，届时奏报朝廷，必授各位寨老以土官，为朝廷守此宝地。各无主田亩，悉听寨老分配！"

几位寨老将信将疑，交换着眼色，郭应骋看出，他们已然动心，又笑道："各位寨老，本官特意带了点银子慰劳诸位。"他一摆手，几名侍从麻利地端出几盘银子，分置寨老面前。郭应骋一指道，"每位寨老二百两！此次邀而未到者，转告他们，两日内，随时恭候来领。"

几位寨老一脸狐疑，拿起银子急忙告辞，郭应骋拱手相送，却叫住领头的老者道："这位寨老请留步，本官有几句话要说。"

老者停下脚步，郭应骋走过去，低声道："寨老，可否为本官荐来五十名八寨僮勇，听从本官调遣？待事毕即回。每位僮勇先发银五十两，此后按日照官军士卒给钱，若殉职，照官军抚恤。"说着，亲自接过侍从递来的盘子，举在老者面前，"这里还有一百两银子，权作寨老辛苦费，请收下。"待老者收了银子，郭应骋又道，"古田收复，必奏请朝廷，授寨老土官之首。"

老者终于露出一丝笑容，点头道："此番打仗，我八寨老哥约束各寨，绝不掺和！"又叹了口气道，"打打杀杀，苦的都是我僮人百姓，若官军能不杀无辜，老哥我替僮人百姓给官爷叩头！"说着，就要跪拜，郭应骋拦住他，亲自送出大堂。

过了两日，郭应骋带着五十名八寨僮勇并一干侍从，喜滋滋地赶回桂林。

"抚台，安抚八寨事，已办理停当！"郭应骋一见殷正茂，就喜不自禁地禀报道，"五十名八寨僮勇，也已带到！"

"君宾兄辛苦啦！稳住八寨，则古田之羽翼剪除矣！"殷正茂拍了拍郭应骋的肩膀，欣喜道，"君宾兄带来的五十名僮勇，不妨以重赏诱之，命他们打入蛮贼内部，见机行事！"言毕，转向门外，高声道，"来人——请俞帅、王参将，到节堂议事！"

须臾，早已在巡抚衙门候命的总兵俞大猷、参将王世科，就相偕进堂参见。殷正茂、郭应骋正斜趴在书案上，低头查看《广西坤舆图》，见二将进来，拱手还礼，摆手让二人也围拢过来，殷正茂把《桂林坤舆图》抽出放在案上，绕着"古田"用食指倏地绕了一圈，随后一掌拍了下去，道："合兵围剿，速战速决！"见三人不语，殷正茂边在舆图上用手比画着边道，"官军八万加上广西、湖广土兵、狼兵六万，总计十四万，对外号称二十万，此番不以三厄岭为主攻方向，而要取强兵压境，层层包围，步步为营，次第推进，渐缩包围圈之战术！"

郭应骋指着舆图道："古田石城仅有一条古道穿大峡谷而过。四周近百里俱为崇山峻岭。石城北十余里处，有一道绵亘二十余里的险关，谓之三厄岭，乃深山峡谷地带，仅容一骑，一旦进入，士卒隔绝不能相顾，大有一夫当关，万夫莫开之势。当年两广总督闵军门调集湖广、广东并本省兵马五万，浩浩荡荡大举征剿，在都狼隘与蛮贼接战，蛮贼佯败，诱官军入至三厄岭，埋伏的蛮贼从两旁的山上砍杀下来，官军死伤惨重，狼狈而撤。其后几次进剿，官军不是心存余悸莫敢深入，就是在三厄岭败退。至此，三厄岭被视为官军死亡之岭，迄未有突破者。"他抬头看了殷正茂一眼，"此番进剿，成败亦在三厄岭！"

"抚台，末将愿率一路攻三厄岭！"参将王世科道。他是武状元出身，不惟能征善战，且足智多谋，此刻请缨主攻三厄岭，令殷正茂甚喜，但沉吟良久，却摆了摆手，从案上拿出一份文稿，乃是进兵画策，几个人围拢在一起，边看边议，不时修正一二处，议了一个多时辰方定案。

次日，百户以上武官皆一身戎装，齐集演武场，殷正茂着三品文官朝服，身披斗篷，腰佩宝剑，登上演武台，下达军令："此番当分兵七路合围古田！以参将梁高、卢奇率一万三千兵马为一路，从东直插古田县城；以总兵俞大猷、参将王世科率一万九千兵马为一路，由东之永福县城方向，入龙坑隘，插入韦银豹老巢古底；以参将黄应甲率一万三千二百兵马为一路，从东南洛容县城方向，入三门隘；以都指挥钱凤翔率一万零九百兵马为一路，由东北临桂方向，入都狠隘；以副总兵门崇文率九千八百兵马为一路，由永福进总甫隘；以游击丁山率一万一千四百兵马为一路，由南面洛容方向，进思管隘；以都指挥董龙率一万二千五百兵马为一路，由西部进风门隘；以都司鲁国贤率七千九百兵马，由洛容进莲塘隘。以上各路，当相互呼应，协调推进！”

殷正茂点到的武官，皆出列行礼，高唱一声：“领命！”

“除以上七路外，再拨兵马，封锁蛮贼进出隘口、要道！”殷正茂又下令道，“都司李敞之领兵七百，截永福江道；守备金策领兵二千，把守怀远；守备王德茂，把守融县；都司张启汉，把守苏桥；参将马良汇，把守洛容；守备凌文明，把守义宁，湖广参将祝明，领湖广、贵州之兵八百，防守邻近隘道。”

七名武将也出列行礼，高唱“领命！”

殷正茂抽出佩剑，对天高举，大声道：“此番征剿，诸文武当上下协心，将士用命，一鼓而下！有畏缩不前，贻误戎机者，本院必以军法严惩不贷！”

军令已下，殷正茂转身在一把高椅上坐定，前方不远处摆着一张长长的条案；条案上放着一排香炉，礼仪官一声高唱“焚香！”郭应骋、俞大猷代表文武，趋前焚香，双手举过头顶，对天起誓：“勠力共济，旗开得胜！”

3

桂林西南六十余里处，群峰耸立，千姿百态，犹如一群仙人在此会聚，故得名会仙里。一棵经数百年风雨的古樟树旁，就是广西巡抚殷正茂的帅帐。此番征剿韦银豹，七路大军已然奉命进发，殷正茂亲临前线，在靠近古田县域的会仙里扎下大帐。禀报军情、传达军令的中军穿梭不停，马蹄疾驰，战马嘶鸣，打破了古村的宁静。

“报——”一个中军进帐喊道，“总兵俞大猷、参将王世科已率部抵达洛容城!"

"报——"另一个中军随后喊道,"参将梁高、卢奇率部沿峡谷古道,推进至都狼隘!"

各部如期推进,殷正茂心里却并不踏实,十多万大军分布于茫茫群山、万千沟壑之间,委实令人揪心。

梅雨初霁,夕阳西下,残阳照进了帅帐,殷正茂与郭应骋走出帐外,沿唐代开通的桂柳运河漫步。郭应骋见殷正茂眉头紧锁,一下子就猜透了他的心思。郭应骋同样忧心忡忡,语调低沉道:"石汀兄,方圆千余里皆韦银豹控制,崇山峻岭间的住民都是僮人,分不清是民是贼,不可能都杀光。官军在其间推进,不啻陷入贼穴。"

"报——"随着一声高叫,又有中军禀报军情,"参将梁高、卢奇率部攻入古田县城!"

"喔?"殷正茂喜出望外,"韦银豹何在?"

"韦银豹退出县城,往凤凰山一带撤退。"中军禀报道。

"传令俞大猷、王世科,速向古田推进!"殷正茂下令。

"这么快就攻克石城?"郭应骋疑惑地说,"当防有诈。"

殷正茂一笑道:"君宾兄多虑了吧?大军压境,韦银豹只有逃命的份儿了,哪有还手之力!"

郭应骋沉吟不语,疑虑并未消除。

果然,次日午后,中军来报,韦银豹杀了个回马枪,官军仓促应战,狼狈撤退,又在都狼隘中了埋伏,损失惨重,俞大猷闻讯不敢贸然轻进,已撤回洛容县城。

"不准后退!"殷正茂怒道,"传令俞大猷、王世科,火速推进;传令梁高、卢奇,不惜代价,再攻石城;传令各路,昼夜推进,敢后撤者,军法处置!"

俞大猷接令,只得率部向古田进军。虽然小心翼翼,却还是不断遭遇伏击,行进迟缓。殷正茂催促进军的军令一道又一道,过了十余天,方推进到古底、军屯。立足未稳,又遭阻击,俞大猷部进退不得,眼看有全军覆没之虞,危急关头,副总兵门崇文率部赶来增援,俞大猷部方解围再进,旋即攻占韦银豹的老家凤凰村。

殷正茂接报大喜，传令各路加速推进，合围清剿。

"报——"探马喊了一声，禀报道，"据打入蛮贼内部的细作谍报，韦银豹已传令四处收兵，大军都集结于三厄岭！"

"进剿三厄岭！"殷正茂下令。

郭应骋建言道："马浪、苦利、潮水乃大石山区，韦银豹在这些地方修筑工事，经画多年，重兵把守，还是谨慎进军为好。"

殷正茂不以为然，传令亲赴前线督战。郭应骋只得带着一干幕僚随从，簇拥着殷正茂的战马向三厄岭方向行进。只一天工夫，即赶到俞大猷的营帐。俞大猷率幕僚、侍从迎接。殷正茂进帐听取禀报，又出帐四处查看了一番，随即下令："狼兵为前军，掩护鸟铳军主攻；每进一步，后军即把四周树木砍光，见房点火，见石过刀！"

俞大猷、王世科、梁高、卢奇四位最得力将领率官军三万余，土兵、狼兵三万余，气势汹汹向三厄岭扑去。一万多鸟铳军，有的向前方开火，有的向两旁山岭射击，"噗——嗵"而出的火焰、黑烟，遮天蔽日。不到半天工夫，就过了都狼隘，直抵三厄岭最险要处。官军尚未布阵，山岭上乱石如风，弓弩似雨，兜头向阵中飞来。惨叫声响成一片，土兵、狼兵、鸟铳军乱了阵脚，挤成一团，死伤遍地。

殷正茂在后督战，闻报大怒："传令！不得后退，鸟铳军轮番开火！弓箭手一体上阵！"

"鸟铳打不着，弓箭射不到！"探马沮丧地说。

"那也要打！给我打！"殷正茂声嘶力竭地喊叫着。

过了一个多时辰，前方仍无进展，却见天上乌云滚滚而来，仿佛来此看热闹般，越聚越密。须臾，就落下雨点，像是为死伤者哀伤不已，雨点也就越来越密集了。殷正茂骑马伫立雨中，浑身已然浇透，却仍不愿进帐。郭应骋跑过去，劝道："抚台，我有一计，到帐内一议？"

"喔?"殷正茂翻身下马，拉住郭应骋的手道，"君宾兄快说，如何攻克这死亡之岭！"

郭应骋疾步往大帐走，殷正茂只得跟在身后进帐，来不及更衣，两人即走到案前，摊开舆图，郭应骋指着三厄岭两边的山峰道："抚台，古道狭窄，我军只能摆成长蛇，不堪乱石、滚木之击。我意，命王世科带土、狼兵并弓箭手、鸟铳军，乘雨夜悄然攀山设伏，待凌晨时分突然攻山，占领山头，与敌搏杀。蛮贼既要对付山上我军，又要顾及隘道我军，必顾此失彼！"

"好！好！"殷正茂拊掌道，传令毕，这才拉住郭应骋，"君宾兄，来来来，更衣，吃壶酒暖暖身子！"

令檄不多时即传到俞大猷手中。他忙召王世科，一番部署，鸣锣收兵。待交了亥时，王世科带着精选的八百名士卒，借着"哗哗"雨声的掩护，小心翼翼地向上攀去，到得半山腰，悄然埋伏下来。

次日凌晨，关隘古道上，急促的战鼓声打破了山中的宁静，鸟铳发出的火光驱走了黎明前的黑暗，喊杀声如同惊雷，在峡谷回荡。黄朝猛被这震天动地的声响惊醒，急命兵勇应战。僮勇们尚未反应过来，官军似从天降，突然从山腰冒出，边向上攀爬，边以鸟铳、弓箭不停射击。黄朝猛被这突如其来的场景震住了，一时惊慌失措，不知如何应对。狼兵在鸟铳的掩护下，手持大刀、长矛，呼啸着冲了上来。

"快，撤往马浪——"黄朝猛大声喊叫着，仓皇向山下奔去。

"禀抚台，蛮贼已弃苦利据点，撤往马浪！"中军来报。

"好，终于攻下一个据点！"殷正茂大喜，"传令，继续进攻！"

郭应骋道："抚台，蛮贼巢穴虽众，惟苦利、马浪、白塔山三处大且坚。拿下苦利，就是马浪和潮水的白塔山了。据谍报，韦银豹就在白塔山上。"

"集中兵力，主攻白塔山！"殷正茂兴奋地说。

"我意先攻马浪，使白塔山孤立无援，将韦银豹困死在白塔山。"郭应骋道。

殷正茂摆手道："只要拿下白塔山，灭了韦银豹，马浪岂不不战而得？何必攻马浪？还是专攻白塔山为宜！"言毕，转身大声道，"传令诸路将领，除把守关隘外，各抽调主力向白塔山一带集结，给我团团围住，让韦银豹插翅难飞！"

4

潮水村前临平野，后连崇山弥谷。白塔山即在村旁，高峰矗立，崖壁陡削，山后连山，易守难攻。韦银豹率部盘踞白塔山及南面的深山大谷，居高临下，凭险抵抗。

殷正茂身穿三品官袍，披着黑色斗篷，骑在一匹枣红色大马上，对着集结已毕的七万大军，手举佩剑，高声道："进攻！勇者赏，退者斩！"

须臾，黑压压的官军在鸟铳火力掩护下，向白塔山挺进。刚靠近山脚，前锋已成仰攻队形，伴随着"呼隆隆"的轰鸣声，滚木、石块倾泻而下，夹带着前军将士的惨叫声滚下山来，伤残的官军倒了一片，挡住了后军推进之路。

"抚台，伤亡惨重，还是不要强攻为好。"郭应骋焦虑地说。

"不攻怎么办？"殷正茂急得像热锅上的蚂蚁，"攻，只有强攻！"

新一轮的攻势又被山上的滚木乱石压了下来，一批批伤亡官军被抬走。殷正茂心里慌乱，表面却一味强硬，下令："昼夜不停，向山上鸣铳、射箭！"

"抚台，这没用，伤不着蛮贼。"郭应骋劝道，"不如转攻马浪，先拿下黄朝猛，韦银豹失去援军，独守孤山，困也得被困死！"

殷正茂不想放弃既定战术，强令官军攻山。可攻了六七天，除了一批批伤亡官军外，竟毫无进展，军营里弥漫着焦灼、绝望的气息。殷正茂圆脸变成了长脸，茶饭不思，只是在大帐里不停地踱步，幕僚侍从不敢近前，只有郭应骋在帐内枯坐，仰脸看着一脸焦躁的殷正茂。

"君宾，我看不妨照你说的办，对白塔山围而不攻，命王世科率三万兵马攻马浪。"殷正茂满是歉意地说，看得出他说出这句话颇是艰难。

"抚台是统帅，由抚台决断。"郭应骋道，又提醒说，"黄朝猛率部守马浪，强攻也不易，恐不能急于求成。"

殷正茂颓然坐在郭应骋对面的椅子上，叹息一声道："大军进山眼看快一个月了，天也越来越热，拖下去，恐军心涣散，凶多吉少。"

郭应骋思忖片刻，道："八寨带来的五十僮勇，分布于马浪一带者不少，当以重利诱之，为我提供谍报，看看有没有漏洞，以攻其短。"

殷正茂蓦地起身："来人，传参将王世科来见！"

须臾，参将王世科进帐行礼，殷正茂道："将军，本院命你率三万兵马，拿下马浪！"又一指郭应骋，"藩台还有交代，你照计行。"

郭应骋起身对王世科道："命带来的八寨僮勇设法与山上的同伴接头，以为内应，要不惜重金！"

王世科领命而去，迅疾集结人马，向马浪进军。马浪地势比白塔山低缓，狼兵在前，鸟铳兵随后掩护，向山上发起猛攻。不到两个时辰，大军就攻到了半山腰，正庆幸间，遭到在白塔山同样的境遇。乱石、滚木过处，躺下一片尸首。王世科催促战鼓紧擂，不间断地向上进攻。随着又一波滚木、乱石，山上的僮勇呼啦啦猛扑下来，挥舞刀戈剑戟，一阵砍杀，把官军压了下去，王世科只得传令鸣金收兵。

次日，王世科督率大军再发攻势，仍难敌乱石、滚木，只得从半山腰狼狈撤回。如此连攻三日，却毫无进展。王世科一个人在营帐苦思冥想应对之策，直到深夜，不知何时朦朦胧胧睡着了。黎明时分，亲兵突然将王世科摇醒，说有要事禀报。须臾，进来了几个衣衫不整的僮人。

"怎么回事？"王世科疑惑地问。

"禀将军，这里有一颗人头，请将军过目！"一个僮人说着，把怀抱的一个包裹放在帐中的大案上，打开一看，果是一颗血淋淋的人头。

王世科吃了一惊，刚要问，另一个僮勇禀报道："我辈是八寨的僮勇，奉命打入韦银豹队伍中。探知黄朝猛躲在一个山洞里指挥，夜里悄悄过去，斩杀了守卫，砍下了黄朝猛的人头来献！"

"喔呀！太好了！"王世科激动不已，传令道，"即刻发起进攻！用竹竿高高挑起黄朝猛的人头，边进攻边向上喊话！"

须臾，战鼓"咚咚"，号角"呜呜"，睡梦中的将士被惊醒，爬起来抓起刀枪，列队冲锋。马浪据点里一片混乱，官军一路仰攻，再也没有遇到大规模抵抗，薄暮即占领马浪，山上的蛮贼早已不见踪影。

王世科喜出望外，飞报总兵俞大猷。俞大猷也惊喜不已，捷报喘息间就到了殷正茂手里。

"喔呀，君宾兄，还是你这招厉害！"殷正茂激动得在营帐满地打转，"想不到八寨的僮勇立此大功！重赏！"

郭应骋一笑："只可惜这招不能再用，韦银豹必是戒备了，对白塔山也只能围困了。"

殷正茂传令："王世科撤回，大军务必把白塔山围牢困死！"

官军不敢攻山，山上的韦银豹也不出击，双方僵持了十余日，殷正茂坐不住了，亲往前线察看情形。忽见有士卒押着一个僮人老者从不远处经过，忙命人把老者带来。

"尔要上山，做什么？"殷正茂问。

"山上缺水，送浸了水的蚊帐给老哥。"老者答。

"官军围得水泄不通，尔从何处可上山？"殷正茂问。

"山背，攀悬崖上去。"老者又答。

殷正茂快速眨巴着小眼睛，命随从："拿银子来，赏！"须臾，亲随拿来一包银子，殷正茂从中捡出一百两的银包，对老者道，"赏尔一百两，为官军带路！"说完，对郭应骋道，"君宾，速从土兵、狼兵中挑选善攀援者，组成敢死队，从悬崖峭壁攀援上去，偷袭蛮贼！"

郭应骋摇头道："悬崖绝壁，稍有不慎就跌入深潭，恐无人敢试。"

"重赏之下必有勇夫。先给一百两，攀上去的再赏二百两！"殷正茂道，"这可是蛮子一辈子挣不到的，必有愿者！"

赏令一下，果有一千多人报名。俱为土兵、狼兵中善于攀爬者。俞大猷命稍加检验，精选出八百人组成的敢死队，绕到山背，汭水靠近山脚，冒死向上攀援。不多时，就听有"扑通！扑通！"的声音，不断有人跌入潭中，有的冒出水面又去攀山；有的战战兢兢退了回来；有的则不见了踪影。

深夜，突然山顶有火把亮起，俞大猷一看，正是敢死队发来的信号，遂传令连夜发起总攻。经过一昼夜激战，到次日天亮时，官军终于攻到山顶，僮勇的尸体漫山遍野，惨不忍睹。官军一面加大火力攻山，一面四处搜索。突然，一股僮勇举着白旗跑下山来，口中大喊："报功请降！报功请降！"

官军将来人团团围住，把总问："何人？报何功？"

"小的是韦银豹的部将韦良台，献韦银豹首级！"一个中年模样的僮勇说。把总惊得差点跌倒，忙领着韦良台等人径直到了帅帐。俞大猷闻报，惊喜异常，亲自率一千人等谒见殷正茂。

殷正茂惊喜之余，不敢相信，问郭应骋道："藩台，谁见过韦银豹？"

郭应骋思忖片刻，道："五年前韦银豹曾受招抚，古田县主簿、现为县丞的廖元和巡检王纲跟韦银豹打过交道。"

"传廖元、王纲来验!"殷正茂吩咐道。

"首级,嗯,像是韦银豹的。"廖元道,"宝剑、猿皮帽,属韦银豹无疑!"

"千真万确!"王纲附和道。

殷正茂仰天大笑,笑了一阵,吩咐道:"听本院命令:一、拟捷报,速呈报京师!二、着俞大猷差将官押送韦银豹、黄朝猛首级及韦银豹宝剑、猿皮帽至京。三、着王世科率两万兵马留此善后,大军班师!"

兵部接到捷报,一片欢腾,忙向内阁禀报。高拱闻报大喜:"明日早朝,兵部可在朝会上宣读捷报,以振人心!"

朝会上,兵部尚书郭乾刚宣读完殷正茂的捷报,会极门内外,就响起了欢呼声。皇上也情不自禁地从御座上站起身,高声道:"吏、兵二部听旨:会议升赏征古田有功文武诸臣!"

"陛下!"户科给事中曹大埜出列高叫一声,他因大计优等,擢升给事中,很想再有一番作为,此时他因欣喜而声音哽咽,"北虏求贡称臣,蛮贼喘息剿定,此皆百年间列祖列宗欲做而未果者,今我皇上一举达成,实乃我隆庆朝新气象也!微臣为我皇上贺!"

"端赖众卿用心辅弼!"皇上高兴地说。

朝会甫散,曹大埜就快步挤到高拱身边,慨然道:"玄翁,医国之华佗也!"

走在张居正身后的殷世儋一撇嘴道:"当众说些颂扬之语,这类人,必是希求荣进之徒!"

高拱未理会,和张居正边走边交谈着,张居正笑道:"皇上太高兴了,命升赏征古田有功诸臣,呵呵,也得等李迁、殷正茂的荐疏奏来嘛!"

"既然纶音已下,先升殷正茂兵部右侍郎,巡抚如故。其余听李迁与殷正茂之荐。"高拱笑着说,又回身叫礼部尚书潘晟,"水帘,宣大敕封之典筹备如何?何时举行?"

"禀玄翁,已筹备停当,这三两日之内即举行。"潘晟恭恭敬敬地答道。

"这就好！"高拱兴奋地说，"西南戡乱传捷，北边和议礼成，说隆庆朝新气象，倒也恰切！"

5

出大同城门向北约九十里，西距饮马河二里，东至边墙三里处，有一座极边要冲的战堡，堡方二里，高三仞，厚二仞余。堡门前，是一副雕刻精美的砖饰，通体用砖块磨接对缝，平贴在门洞上方，呈垂花门庭状，幔下嵌着荷、梅、兰花，其下饰有方形的奔兔弯月、瑞日祥月、和合如意和海晏河清四组图案。走出门洞，回身仰望，"得胜"二字石匾镌刻在堡门内侧，此即得胜堡也。堡内由北向南建有神武阁、玉皇阁、木牌楼、菩萨阁、城阁。玉皇阁偏东一箭远，为参将府，府周建有火药库、制弹房、新营房、箭岛等，另有文衙一座，内住朝廷七品命官，负责处理堡内居民日常事务。堡内驻扎官军二千四百四十八员，马骡一千一百八十九匹。此堡地处南北交锋，烈马嘶鸣的关内外咽喉要冲，南至弘赐堡二十里，西至拒墙堡二十里，成掎角之势。因得胜堡外接镇羌堡，内联弘赐堡，击柝相闻，两堡依附，烽火一传，矢镞可及，虏终不能独窥。

得胜堡向北，即是得胜口，这是一座横跨长城的石砌砖包城门，其宽度可过一辆大车，门顶上建有木楼，口外有瓮城、月城。出了得胜口不远处，就是口泉河，河南岸，有一片高出地面三四尺的开阔平台，相传北宋时杨门女将穆桂英在两狼关与辽军大战后，曾在口泉河洗马，后在此土台子上晾马，因而得名晾马台。

隆庆五年五月十六日，宣大总督王崇古率麾下文武十多人，进驻宏赐堡，并在大同以北沿边五堡一线埋伏重兵，严阵以待。与此同时，命人在得胜堡外的晾马台搭建棚厂。棚厂长阔各三丈，用线杆木料搭成，用帛五匹，红布二十匹，青绿羊绒三梭二十匹，手帕、汗巾四十方，席五十领，麻绳一百，彩亭四个，彩旗二十对。中庭设黄帏，焚香供张。十七日，俺答汗遣使打儿汉首领哥、克汉等数人，先期抵达得胜堡，新任大同副总兵阎振、游击康纶在堡内款待，延之公署商榷议程，演习礼仪。

十八日交了午时，俺答汗偕三娘子率随从骑马奔驰而来。瞬时，晾马台上鼓乐齐鸣，彩旗招展，副总兵阎振、游击康纶赉敕谕十二道，另有马车装载朝廷所赐物品，迎接俺答汗一行入了棚厂。

须臾，王崇古乘坐大轿，摆开仪仗，来到晾马台。礼仪官一声高唱："迎圣旨——"

王崇古走上晾马台，展开一道谕旨，俺答汗躬率诸夷迎诏，南向叩头者四。王崇古面北宣读道：

朕惟天地以好生为德，自古圣帝明王，代天理物，莫不上体天心，下从民欲，包含遍复，视华夷为一家，恒欲其并生并存于宇内也。迨朕继承丕绪，于兹五年，钦天宪祖，爱养生灵，胡越一体，并包兼育。朕代天覆帱万国，无分彼此，照临所及，悉我黎元，仁恩惟均，无或尔遗。尚尔仰遵天道，坚守臣节，约束尔众，永笃恭顺，使老者得安，幼者得长，保境息民，世世安乐。傥尔背初心，轻弃盟言，非尔之福，尔其体悉朕意。钦此！

"臣俺答接旨！"俺答汗跪地叩首，双手举过头顶，恭恭敬敬接过圣旨。

接着，王崇古一口气宣读了十一道谕旨：敕封俺答为顺义王，赐大红五彩纻段蟒衣一袭、彩缎八表里；昆都力哈、永邵卜、黄台吉授都督同知，各赐大红纻丝狮子衣一袭、彩缎四表里；宾兔台吉等十员，授指挥同知；把汉那吉，授昭勇将军；那木儿台吉等十九员，授指挥佥事；打汗台吉等十八员，授正千户；阿拜台吉等十二员，授副千户；恰台吉、打儿汉首领哥，授百户，各赏赐有差。

读毕，俺答汗行谢恩礼，撩袍脱帽，叩头者四，起身道："请天朝汉官见证，本汗……不，本王同东西各台吉、昆都力哈老把都、永邵卜大成、切尽黄台吉等三大部落夷人，并各衙门原差通官在彼讲定，对天叫誓！"

说着，众夷目立于俺答汗身后，齐齐举起双臂，随着俺答汗起誓道："天朝人马八十万，北虏夷人四十万，你们都听着，听我传说法度。我虏地所生孩子长成大汉，马驹长成大马，永不犯天朝。若有哪家台吉进边

178

作歹者，将他兵马革去，不着他管事；散夷作歹者，将老婆孩子牛羊马匹，尽数给赏别夷！"

叫誓毕，焚纸抛天。晾马台上仿佛燃放烟花，火苗四散，纸灰飘飞。接着，俺答汗命通事官宣读《俺答初受顺义王封立下规矩条约》。此为俺答汗与各枝夷人商榷所立，自我约束条款，计开：

一、投降人口若是款贡以前走来，各不相论。以后若有虏地走入人口，是我真夷，连人马送还；若是天朝汉人走入，家下有父母兄弟者，每一人给恩养钱，分缎四匹、梭布四十匹；如家下无人者，照旧将人口送还。

一、汉人若来投虏，我们拿住送还，重赏有功夷人；我夷人偷捉汉人一名出边者，罚牛羊马一九。

一、夷人杀死人命者，一人罚头畜九九八十一，外骆驼一只；汉人打死夷人者，照依天朝法度偿。

一、汉人出边偷盗夷人马匹牛羊衣物者，拿住送还，照依天朝法度处治。

一、夷人打了无干汉人，罚马一匹。

一、夷人不从暗门进入，若偷扒边墙拿住，每一人罚牛羊马一九。

一、夷人夺了汉人衣服等件，罚头畜五匹头只。

一、夺了镰刀斧子一件，罚羊一只，四五件者罚牛一头。

一、打了公差人，罚牛羊马匹一九。

一、夺了汉人帽子手帕大小等物，一件罚羊一只。

一，偷了天朝马骡驴牛羊者，每匹罚头畜三九。

一、筵宴处所，夷人偷盗家活等件者，罚羊一只。

一、讲定拨马。若进贡领钦赏，俱准倒骑马骡；若报开大市并讲紧急事情，本王与黄台吉各准拨马四匹，其余台吉各准马二匹；若是讨赏卖马者，各骑自己马匹。

"俺答委实是诚心，所担心者，惟部属分散，不好约束，故而规约所定甚细。"副总兵阎振站在王崇古身后，伸头附耳，窃窃私语道。

王崇古点头，满意地笑了笑道："甚好！签字！"说着，引俺答汗走向中庭摆放的供桌前，双双坐定，提笔在条约上签字。

礼毕，鼓乐声再起。王崇古伸出右臂，大声道："顺义王，请！"

"太师请！"俺答汗道。

"呵呵，顺义王，"王崇古笑道，"照朝廷规矩，王，乃最高爵位，理应在前。"他又伸出手臂，示意俺答汗前边走。

"喔哈哈哈！"俺答汗大笑着，拉住王崇古的手臂，"太师，一起走！"

两人并排下了台阶，王崇古刚要拱手作别，俺答汗拦住道："太师，本王蒙恩受封，急于给咱们的圣天子贡方物，入贡事，得有个说法啦！"

"喔？顺义王倒是想到前头了。"王崇古一笑道："不妨说来听听。"

"军门是爽快人！哈哈哈！"俺答汗大笑，"吾弟老把都那边能不能也开市？他那边不开市，本王担心他还要抢掠，不好约束。"

"这个当代为奏请！"王崇古语气坚定地说。

俺答汗又道："本汗封了王，各枝头目，也都有了天朝的官职，都是天朝之臣，往后行令，按天朝的规矩办；可没有个印信关防，不好为凭嘞！"

"嗯，是这么回事！"王崇古赞同道，"顺义王，还有甚事，不妨都说出来。"

"喔哈哈啊，太师大善人！"俺答汗竖起大拇指，又学着汉人抱拳向上一举，"咱们的皇上圣谕里说，华夷一家，胡汉一体，无分彼此，真乃圣天子也！大漠之人，受了天朝的感化，都愿意煮熟了吃，可惜没有铁锅，能不能拿些铁锅到市上交易？"

王崇古沉吟片刻，道："好！本部堂一并上奏代请！"他突然叹了口气，"不瞒顺义王说，朝廷百官意见纷纭，顺义王所请，朝廷能否允准，本部堂都希望顺义王不要着急，更不要背约弃盟。"

"喔哈哈哈，太师放心，本王立地成佛，绝不背盟！"俺答汗大笑着道。

"报——"一匹快马自北奔驰而来，从马上滚下一人，用番语向俺答汗禀报着。

通事向王崇古译道："老把都死了。他的大夫人一克哈屯拒绝接受天朝敕封。"

俺答汗一脸肃穆，躬身道："太师，别过！"

王崇古拱手作别，心头顿时蒙上一层愁云。

大明首相

第三部

锐志匡时

第十三章 | 巡抚惊恐万状自请罢职
阁揆愕然失色知趣求去

1

殷正茂班师凯旋，回到桂林，两名随侍姬妾忙不迭替他沐浴更衣，尽心侍候，直到次日午时方懒洋洋地出了卧室，吩咐下去，晚间在公署大摆庆功宴，犒劳文武僚属。当晚，不惟巡抚衙门，桂林城大街小巷，都挂出了彩灯，仿佛过节一般，煞是热闹了一番。

休整了十天，择定一个吉日，一大早，殷正茂率藩、臬两台并桂林知府，前去拜谒尧庙。一行人骑马出了就日门，兴冲冲地来到漓江岸边，早有舟船在江边等候，殷正茂率众僚属登上舟船，渡过漓江，正要上马，忽闻对岸有人呼唤。殷正茂摆手示意，要众人稍候。对岸中军急匆匆登上一艘小船，催促船夫用力摇橹，小船尚未靠岸，中军就起身一跃，跳到岸边，疾步跑到殷正茂面前，气喘吁吁道："禀抚台，有至要军情！"

殷正茂屏退左右，中军这才禀报道："抚台，韦银豹、韦银豹还活着！"

"什么？你说什么？"殷正茂脸色陡变，一把抓住中军的衣领用力摇晃着问。

"抚台，韦银豹委实还活着！"中军向后仰着头，战战兢兢道。

"胡说！胡说！"殷正茂大声道，用力把中军向后一推，中军踉跄几步，"嗵"地跪地道："抚台，大军班师，王世科将军善后，忽闻蛮贼残余从四面八方向凤凰山集结，便命探马查探，打入蛮贼内部的八寨僮勇送出谍报，方知韦银豹还活着，在凤凰山召集旧部，要卷土重来！"

"韦银豹的首级、宝剑、猿皮帽是怎么回事，怎么回事？你说，怎么回事，快说！"殷正茂额头上冒出汗珠，双腿微微战栗，却虚张声势，气势汹汹地质问着。

中军镇静片刻道："禀抚台，谍报说，我大军攻上白塔山，韦银豹走投无路，就把一个相貌酷似他的人的首级斩下，命部将韦良台将首级并韦银豹常用的宝剑、戴的猿皮帽献于官军，伪装投降；而韦银豹却乘官军上当息兵之机，带领随从悄然间道而逃！"

"这这这……"殷正茂大汗淋漓，头晕目眩，瘫坐在地。

中军并几名亲兵见状，忙上前搀扶，殷正茂站稳，用力一甩，从几个亲兵的搀扶中挣脱开来，命令道："再探，速报！"

郭应骋一干僚属远远地看着这边发生的一切，虽不知其故，也觉察到非同寻常，但又不敢近前过问，只好呆呆地站着，等候殷正茂发话。殷正茂顾自低头向漓江岸边走去，一言不发，默然登上一艘小船，挥手示意，要船夫摇橹渡江。亲兵惊慌失措，忙往船上跳去，刚跳上两个，殷正茂见船夫还在等候，呵斥道："开船！开船！"船夫只得摇橹，一个亲兵一只腿跨上船身，另一只腿尚未抬起，船身一动，站立不稳，"哗嚓"一声跌进水中。后面的亲兵不敢怠慢，忙跳上另一只船，匆忙尾随在殷正茂乘坐的船后向对岸驶去。

见此情形，郭应骋忙和众人慌慌张张地回身上船，船尚未靠岸，已骑在马上的殷正茂回头大喊一声："谁让你们回来的？"不等目瞪口呆的众人申辩，又劈头呵斥，"事先已知会尧庙，给尧祖上香，汝等因何欺诳尧祖？"他一指郭应骋，"你，代本院去！"话音未落，又改了主意，"君宾不能走，让臬台去！快去！"臬台和桂林知府所乘舟船正要转舵，殷正茂又大声吩咐，"去到尧庙，多多给尧祖上香叩头，请尧祖保佑我八桂绅民，还有，还有广西大小官员，平安无事！"言毕，策马向桂林城驰去。

郭应骋从殷正茂的话语中听出大事不妙，一到巡抚衙门，来不及喝上一口茶，忙去求见，殷正茂在节堂传请。

"君宾，我完了！"一见郭应骋进来，殷正茂就垂头丧气道。

"抚台何出此言？"郭应骋惊讶地问。

"欺君大罪，身家性命难保！"殷正茂一捶书案，痛楚地说。

"欺君大罪？"郭应骋不解，"抚台忠心耿耿，一举为君父勘平古田，为国家立此大功，何来欺君？"

殷正茂连连摇头，把中军所禀说了一遍，望着愣在眼前的郭应骋，追悔莫及道："君宾，这，这还不是欺君大罪吗？"言毕，大声向门外喊道，"来人！把廖元、王纲给我押来！"

"这……"郭应骋缓过神来，却不知该说什么，便试探着问，"抚台，会不会有人假借韦银豹指令招徕旧部？"

殷正茂又是一阵摇头，道："君宾，大军压境，谁肯冒此风险假冒韦银豹？"

"也是，非韦银豹出面，此般情形下，旧部也不会响应。"郭应骋喃喃道。

"君宾，我这就上疏请罪！"殷正茂坐到书案前，提起笔，却不知如何落下。

郭应骋在旁参议道："定位于误认韦银豹首级为妥。"

"急于报功，仓促间误认贼首，形同欺罔，自请治罪疏，如何？"殷正茂问。

郭应骋沉吟良久，道："急于报功这句话，不必说了吧？"

"时下朝廷是玄翁主持，"殷正茂道，"玄翁不喜绕弯子，遮遮掩掩的，反而不好，莫如实话实说。"

"就怕别人拿你的话做文章，还是要拿捏好。"郭应骋劝道，又安慰道，"闻得新郑相公敢于担当，为国惜才，或许抚台还有救。"

"重者杀头，轻者罢职，欺君之罪是解脱不了的。总之，殷某这次是完了！呵！"殷正茂凄苦一笑，又道，"此番戡乱，君宾厥功至伟，我会向玄翁荐君宾补我的缺。"

"朝廷追究下来，谁能脱了干系？"郭应骋摇头苦笑着道。

两人说着，字斟句酌完成了《急于报功仓促间误认贼首形同欺罔自请治罪疏》，殷正茂就要拜发，郭应骋拦住他："既然抚台已命王世科再探，不妨再等等，上次就是因为太匆忙了。"

等到次日午时，王世科再差中军来报："韦银豹活着，已把替身的家人找到，核实真确。"

殷正茂听完，冷笑一声道："带廖元、王纲来见！"

廖元、王纲战战兢兢进了二堂，殷正茂大喝一声："尔等验看韦银豹首级，因何胡乱辨认？"二人刚要辩解，殷正茂一挥手，"给我绑了，推出去，砍头！"

"抚台，这……"郭应骋支吾着想劝阻，见殷正茂一脸杀气，两眼冒着凶光，不敢再说下去。

"本院也是快要死的人了，还怕甚！我死之前，先得把这两个不负责任的小人杀了！"殷正茂大声道，说着，从案上抽出一支令签，往地上猛地一扔，"本院有令：军法从事，将廖元、王纲拉出去，砍头！"

廖元、王纲吓得瘫软在地，哭喊着求饶。殷正茂毫不理会，边快步走出二堂，边高声道，"快，拜发奏疏，八百里加急！"

"抚台，自请治罪固然是补救，然则更重要的是上紧把韦银豹拿获。"郭应骋跟在身后说。

"传令俞大猷，集结兵马，半个时辰后出发，围剿凤凰山！"殷正茂头也不回，大声下令道。

2

殷正茂亲率三万大军再闯三厄岭，气势汹汹扑向凤凰山，排兵布阵，围得水泄不通。他骑马站在山脚下，见山上并无滚木、石块下来，遂下令："给我搜山，一块石头、一棵树、一堆草，都不得放过，务必把韦银豹抓获！"

话音甫落，战鼓阵阵，大军呼啦啦向山上扑去。探马、中军在殷正茂的营帐穿梭，却未有一个消息令提心吊胆的殷正茂踏实下来。转眼间两天过去了，除了偶遇小股僮勇突袭，并未有大规模抵抗，而韦银豹却是踪影全无，了无声息。

"搜！给我用心搜！不信韦银豹能插翅飞出包围圈！"殷正茂气急败坏、声嘶力竭地命令道。

可是，又过了两天，还是没有捕捉到韦银豹的一丝踪影。恰在这时，朝廷嘉奖谕旨到了。殷正茂展读，叙广西古田平寇功，升李迁为右都御史，仍兼兵部左侍郎，总督如故；殷正茂为兵部右侍郎，仍兼右佥都御史，巡抚如故；总兵俞大猷实职二级世袭，各赏银币有差。

"石汀兄，恭喜了！"郭应骋语调悲壮地拱手道。

殷正茂既羞愧又恐惧，叹息道："君宾，这是朝廷收到捷报后颁下的，得知韦银豹首级是假，真身又卷土重来，说不定再接到的就是杀我的谕旨了。"说完，神情慌张地吩咐道，"封锁消息！朝廷的这道谕旨，不公布，也不准外传！"

"不能尽快拿获韦银豹，朝廷里，即使新郑相公想为石汀兄说话也无借口。是以拿获韦银豹是当务之急。"郭应骋道，说罢叹了口气，"可这里崇山峻岭，洞穴密布，拿获韦银豹实非易事。石汀兄不可太过着急了。"

殷正茂抓耳挠腮，灵机一动，大声命令："广贴布告，悬赏捉拿韦银豹，有报韦银豹踪迹属实者，奖银三千两！"

书吏拟好了文稿，让殷正茂过目，殷正茂大笔一挥，把"三千"改成"一万"。放下笔，又吩咐道："速速刊印，广为张贴！"

又过了两天，搜山仍是一无所获；布告张贴出去，也未有上报韦银豹踪迹者。殷正茂焦躁万端，咬牙切齿下令："传本院军令：将士搜山查户，大开杀戒！一遇僮人，无论男女老幼，一律斩杀！"

郭应骋劝阻道："抚台，这样的话，恐激起一般僮人对朝廷的仇恨，为以后治桂埋下祸根；八寨的僮人闻讯，恐也要闹起来。"

"那就杀男不杀女，凡是男丁，无论老幼青壮，一律斩杀！"殷正茂勉强让了一步。

郭应骋又道："抚台，悬赏也好，斩杀僮人也罢，都是为了拿获韦银豹。不妨先设个期限，比如五日内无举报韦银豹行踪者，斩杀令生效。如此，恩威并施，赏罚兼用，或可有济。"

"嗯，君宾说得是。就这么办！"殷正茂点头道，"不过，五日太长，等得心焦，改三日。"

眼看三日即将期满，搜捕大军俱是空手而归，也并未有举报韦银豹踪迹者。这三天，殷正茂备受煎熬，漫长得仿佛过了三年；可当红日西沉，夜幕降临时，殷正茂又觉三天竟是转瞬即逝，快得令人难以接受。晚饭俱已端上案台，殷正茂却没有一点胃口，挥手让侍从撤去了。他拿过佩剑，倏地抽出剑鞘，用手轻轻地抚摸着寒光凛凛的剑刃，嘴角挂着冷笑，对剑自语道："明日一早，本院要亲自动手，砍杀僮人，以泄心中愤懑！"

"报——"随着一声禀报，外面一阵骚动，参将王世科未等殷正茂传请，就满脸兴奋地进了营帐，大声道，"恭喜抚台，韦银豹、韦银豹……"

"拿获了？"殷正茂急不可耐地打断王世科，惊喜地问。

王世科一抹额头的汗珠，咧嘴笑着道："禀抚台，韦银豹的兄长韦银站，前来禀报韦银豹藏身处。"言毕，向外一招手，侍卫带着一个老者进来了。

"韦银豹藏在哪里？"殷正茂不等老者开口，就急忙上前追问。

"我三弟在凤凰山古训村的一个岩洞里。"韦银站低头道。

"尔可带路吗？"殷正茂大喜，搓手道。

"官爷，老哥卖了亲弟，是想让官爷不要杀无辜百姓。"韦银站抬头望着殷正茂，"咱韦家父子、祖孙三代，造反百年，也是为了百姓。如今为了三弟一人，官爷要斩杀无辜，老哥不忍。"

殷正茂咧嘴一笑："你老哥深明大义，不惟可得一万两银子，还可解救无辜同胞。好好好，你这就带官军前去拿获韦银豹！"见韦银站点头，殷正茂吩咐王世科，"王将军，你亲率一万兵马前去，不能让韦银豹跑了，要抓活的！"

王世科领命而去。他见韦银站年近八旬，步履迟缓，命亲兵牵马侍候。翻山越岭走了一个多时辰，夜色里隐约可见，在大山半腰有一个坝子，坝子上稀稀落落建有竹楼茅舍。

"那就是古训。"韦银站向前指了指道。

王世科吩咐："传令下去，大军埋伏在周围。"

"三弟藏在村后一个岩洞里。"韦银站又指了指说。

王世科带着五百亲兵，撇下马匹，徒步跟在韦银站身后，悄然靠近了岩洞。正是凌晨，鸡叫头遍，万籁俱寂，远远望去，果见岩洞里有微光闪烁。王世科低声对韦银站道："老哥，若大军冲进洞内，必杀个片甲不留；抚台要抓活的，这事还得老哥出面。"

正说着，忽见一匹战马嘶鸣着奔出岩洞，从旁边奔过，众人大惊，慌忙握枪提剑，准备开战，却见马背上空无一人，倏忽而去。

"那、那是三弟的战马呀！"韦银站揉着眼睛，哽咽道，"这战马是要跑回凤凰村老家去。天意啊，连马都明白了！"

"既知是天意，老哥就不必犹豫啦！"王世科顺势道，"我差几个士卒扮成僮人，老哥带着进洞，假意为韦银豹送信，将他制服。"

韦银站点头应允。待韦银站前脚走，五百士卒尾随而至，在洞外埋伏，等待洞内的消息。睡梦中的韦银豹被外面的响声惊醒，就要跨马出洞，马却不见踪影，正疑惑间，闻得二哥有事来议，便放松下来。

韦银站走上前去，叫了声"三弟——"猛地扑到韦银豹身上。韦银豹未明就里，后面的几个士卒一拥而上，有的捂嘴，有的抱头，喘息间将韦银豹捆了个结实。一名士卒点上火把，洞内顿时亮了许多，韦银豹的几名亲随听得动静不对，刚要进内，外边"忽"地涌进一队官军，一顿刀砍，韦银豹的随身护卫霎时躺倒一片。

午时，五花大绑的韦银豹就被带到了殷正茂的营帐。未等殷正茂开口，韦银豹"呸"了一口，大声道："老哥即是韦银豹，这回是真身，你这个狗官！屠夫，砍老哥的头献给你的皇帝小儿吧！"

"住口！"殷正茂大喝一声，"你这个反贼，竟敢蔑称圣天子，真是胆大包天！"

"哈哈哈，老哥就是反贼！"韦银豹道，"官逼民反，民不得不反，老哥为了百姓，死不足惜！"

"韦银豹，你少逞英雄！死到临头还大言欺人！我问你，凤凰山的宫殿是为谁造的?"郭应骋怒斥道，"你口口声声说什么为了百姓，我看你是狼子野心，一切为了自己享乐！古田的百姓，因为你，受尽苦楚，你还有脸说为了百姓！"

"少与他废话！"殷正茂喝道，"押走！"

殷正茂的脸上，终于有了一丝喜色。

"抚台，当速向朝廷呈塘报。"郭应骋建言道，"窃以为，此番呈报，当建言将韦银豹押送京师，以消除疑虑。"

殷正茂点头。

"还当就治桂方略，向朝廷进呈，以昭郑重。"郭应骋又道。

"嗯，这要君宾兄多想想了。"殷正茂道，又叹了口气，"治桂之事，恐我是没有机会了。"

3

李春芳拿着高拱拟好的小票，踌躇着道："新郑，科道虽论劾，但郭乾并无显过，似不宜罢斥。"

"我看科道论劾得对，不宜再留！"高拱以生硬的口吻道。

几天前，户科给事中曹大埜上本，论劾兵部尚书郭乾，疏言："郭乾谬应中枢，有负任使。北虏封贡事，廷臣集议，阴持两端，竟无可否。及纶音再下，犹漫为题覆。庸暗欺漫，无大臣体，当罢斥。"郭乾上疏引咎求去，高拱拟："准致仕，赐驰驿。"李春芳拿着这个票拟，颇是为难，方提出了质疑。虽被高拱生硬地顶了回来，李春芳仍不甘心，以商榷的语调道："新郑，能不能再缓缓？罢黜本兵，此事体大，朝野会认为内阁不能容人。"

"不能容人？"高拱瞪眼道，"不错！萎靡不思振作者，朝廷是不能容之！不惟不怕议论，还要广为传布，让官场都知道朝廷的这个意思！"说着，他又拿起一份文牍，"这里就有三例：南京户科给事中张焕、御史李绍先各奏称，通政使司右参议宋训贪淫不检；延绥巡抚何东序治事乏才、遇事推诿，乞行罢斥；陕西巡抚李一元，才力疏庸，无心理事，致使府县屡有殃民事发生，宜量行降用。吏部上了《覆南京科道参官疏》，将何东序勒致仕；李一元降调闲散衙门；宋训先令回籍，科道所劾情事，行各该巡按御史作速勘明，具奏定夺。"他放下文牍，高声道，"非大刀阔斧整饬吏治不可！这三人俱为高官，正可拿来做典型，今兵部尚书郭乾又可作一例！"

"新郑，皇上仁厚，我辈做臣子的，焉能行此刻薄之事？这符合皇上的圣衷吗？"李春芳不满地说，"我看，当再议。"

"兴化是说，驳回吏部的题覆？"高拱问，他以咄咄逼人的目光射向李春芳，脸一沉，瓮声道，"若要驳回，皇上自可驳回；内阁就不要多此一举了！"

"高新郑就是内阁，内阁就是高新郑！吏部就是高新郑，高新郑就是吏部，高新郑焉能驳高新郑？如此而已！"殷世儋揶揄道。

李春芳紧咬嘴唇，一脸无奈，低头不语。

高拱不屑地瞥了一眼殷世儋："殷阁老，皇上对内阁有厚望，盼我辈师师济济，协力开隆庆之治。高某每日忙得天昏地暗，无暇钩心斗角，请殷阁老记住，要帮忙，不要添乱！"似是不愿再与殷世儋纠缠，不容他说话，又道，"兵部尚书不宜久悬，思维再三，当起用才望旧臣。请杨博回朝！"

"杨、杨博？"张居正一惊，情不自禁地出了声。暗忖：难怪他去年说兵部尚书已有人选，只是时机未到，原来是要请回杨博。张居正暗暗佩服高拱的胸襟。

"不错，正是杨博！"高拱道，"这位仁兄在隆庆元年带头以公牍上疏，请求皇上罢斥高某。但不能以私怨而妨国事。况高某早就宣示忘怨布公乎？当年皇上一怒之下罢杨博，是因为政府对内忧外患恬不为意，束手无策，让圣心怀怒，杨博也是替政府受过。快两年了，目今局面已焕然一新，想必皇上的气也早就消了，起用杨博时机已然成熟。高某已三辞吏部事，皇上坚不允请，杨博当以吏部尚书原官起用，好在他才猷明远，戎务畅谙，若用之专理兵政，必然事至能应，调度不差，正可副安攘之托。待皇上允高某辞部务，再请杨博回任吏部尚书。"

李春芳眨巴着眼睛，似乎刚从梦中醒来。他本是要反对罢斥郭乾的，不知何故却又转到两巡抚、一京堂的处分上了；他不赞成吏部的处分意见，本要辩驳的，却又转到起用杨博上去了。身为阁揆，却毫无主导权，还动辄被揶揄嘲讽，委实憋屈。往者遇有争执，总以他的让步收场，今次他不想就此了结，欲再把议题拉回对郭乾辞呈的票拟上，遂轻咳两声道："郭乾，还是当慰留。"

话音未落，却见文书房散本太监匆匆来到中堂，径直走到李春芳身边，将一份文牍递给他："李阁老，这是皇上命小奴送来的。"

"喔？甚事？"李春芳忙展开来看，不觉一惊，"这这……"他忙问太监道，"皇上有旨吗？"

"皇上御览，沉默不语，只说即送内阁。"散本太监道。

李春芳拱手与太监作别间，露出一丝不易觉察的幸灾乐祸的神情，高声道："殷正茂欺君，当治罪！"

"欺君？殷正茂？"高拱、张居正几乎异口同声质疑道。

"殷正茂押送朝廷的韦银豹首级是假的，韦银豹还活着，正在凤凰山重新召集旧部！"李春芳晃了晃手中的文牍道。

"啊？"高拱大吃一惊，起身走到李春芳面前，"拿来我看。"

"这个殷正茂，怎么搞的！"张居正嗔怪道。

"玄翁破格拔擢的干才，焉能出错？"殷世儋阴阳怪气道。

高拱只顾看文牍，阅罢，火冒三丈道："这个殷正茂，堂堂督抚大员，做事如此不慎！"

张居正阅毕，满脸怒气，隐隐替殷正茂担心；殷世儋看罢，却是幸灾乐祸地一笑。

"算他懂规矩，知道主动请罪！"高拱虽一脸怒容，说话的语气却分明有袒护之意，"我不管他说什么，只看他行动如何。倘若不日扑灭复燃之焰，拿获韦银豹真身倒还罢了；不的，定重重治罪不饶！"

"喔？玄翁的意思是，殷正茂欺君之事不了了之？"殷世儋惊问。

"如此欺罔大罪，岂可不了了之！"李春芳接言道。他满腹怨气正无以发泄，终于抓住了机会，一改往日谦让之态，语气激昂道，"朝廷正加意整饬吏治，而殷正茂急功近利，不惜欺罔朝廷！"

"是啊，"殷世儋又接着道，"前些日子，韦银豹首级押来，龙颜大悦，命悬于宣武门示众，谁知竟是假的！如何向皇上交代？又如何向国人交代？"

高拱正色道："说过了，若殷正茂不能迅疾扑灭复燃之焰，拿获韦银豹真身，定重重治罪不饶！目下，静候广西塘报就是了！"

"新郑，不能如此处分！"李春芳壮着胆道，"欺君之罪已然情实，难道他把韦银豹拿获了，就等于欺君之事没有发生过？"

高拱沉着脸道："欺君？古田百年未克，殷正茂一举克之，他为何要欺君？殷正茂并不识得韦银豹，必是辨认首级之人粗枝大叶，朦胧认定，殷正茂急于报功，方有此误。他不是幡然悔悟、自请治罪了吗？我看治了殷正茂的罪，换个新巡抚去，时日延宕，古田得而复失也未可知，再调集大军征剿，胜负不敢断言，军饷又要支出多少？让殷正茂将功赎罪，有何不可？"

"一个陕西巡抚、一个延绥巡抚，他们与殷正茂比，罪大？他们都罢职或降调，殷正茂安然无恙？"李春芳一反常态，瞪着眼质问道。

"不是一回事！"高拱一扬手道，"殷正茂是勇于任事，无意中的失误；他们是萎靡不振，有意不为。勇于任事者，朝廷当宽容；萎靡不为者，朝廷必追究，这就是时下的导向，非把官场风气扭过来不可！"

"新郑，我还坐在左边的位子上，这次我不能再让步，殷正茂务必治罪！"李春芳嘴唇哆嗦着道。

"殷正茂的请罪疏当交吏部题覆；至于吏部的题覆，就是适才我说过的话。"高拱语气决绝道，"兴化，你若坚持治殷正茂罪也可，等你提请皇上罢了高某的职，再治殷正茂的罪吧！"说完，起身拂袖而去。

李春芳望着高拱的背影，尴尬得无地自容，良久，叹息道："当年存翁当国，尚且不能服之，况春芳乃后辈乎？看来，我还是知趣些，走开为好！"

"如此，庶几可保令名！"张居正毫不留情地说，言毕，也起身扬长而去。

李春芳愕然失色！

自高拱复出，李春芳自知皇上对其眷倚非常，用人、行政，悉听高拱主张，自己则委曲求全，内心不无苦楚。可高拱每每不给他面子，让他实难忍受。适才受了一肚子气，见高拱愤然离席后，内阁三人都是同榜进士，便忍不住感慨了一句，意在博得同情，求得安慰。不意张居正不惟不好言相慰，反而冷言相讥。李春芳明白了，高拱和张居正，已视他为绊脚石矣，再恋栈不去，还不知会受怎样的屈辱！遂仰天长叹道："愿得此心天鉴取，早容衰翁还淮扬！"

1

东安门外迤北，有一座神秘的大宅院，乃是太监统领的特务机构东厂的外署。外署大厅左边还有一小厅，供岳武穆像一轴。厅后是一堵砖影壁，上雕着狻猊等兽，狄公断虎故事。大厅西有祠堂，祠堂南有一狱，重犯皆系此。署西南有门通出入，向南大门不常开。

司礼监秉笔太监冯保通过李贵妃在皇上面前一番美言，得以提督东厂，被尊为厂公。他手下档头百余，番役过千，侦缉触角遍及京城。

冯保每日在大内，却也不忘到外署巡视。以他的身份，在大内只能坐凳杌；出了大内则是一顶六人抬的豪华绿呢大轿。这天辰时三刻，冯保出了东华门，改乘轿子，到东厂外署理事。刚过东安门，就听外面人群骚动，他掀开轿帘，见有十几个男男女女从轿旁经过，一个中年人怀里捧着一个画框，画框里是一位老者的画像。冯保吩咐掌班张大受："去看看，这些人要干什么！"须臾，张大受回禀，说今日是画像中的老者三周年祭日，这些儿孙为故去的老人上坟烧纸。冯保闻言默然，心里突然涌出阵阵酸楚。想到自己活着的时候再风光，死了谁还会去上坟祭奠？脑海里顿时闪现出"孤魂野鬼"四个字，他被这四个字吓得打了个冷战。

进得外署左小厅，冯保在岳武穆像下一把太师椅上坐定，侍从忙不迭奉茶，校尉、档头几十人齐来参见。冯保向外挥挥手："都退下吧！"

"厂公这是怎么了？"出了左小厅，一个档头低声说。

"是啊，平时都是谈笑风生的，今儿怎么阴沉着脸？"另一个档头附和着。

冯保一个人呆呆地坐着，心里却翻江倒海。此刻，他心里只有"香火"两字在跳动。在大内数以万计的宦官中，冯保最为聪明，也读书识字最多。他的书法曾获得先帝激赏，呼之"大写字"。惟其读书多，才喜不时思忖些虚幻的东西。目下，他就被身后断香火这件事所折磨。这件事，他不能和徐爵说，也不能和胞弟冯佑和两个侄子冯天驭、冯天骥说。徐爵是义子，一个逃犯，经冯保之手，在锦衣卫任百户；弟弟和两个侄子都是白丁，冯保为他们买了功名，都在锦衣卫谋了百户的差使。虽然义子、侄子个个信誓旦旦必以亲爹事之，但冯保也明白，一旦他两眼一闭，义子也好，侄子也罢，指望他们每到清明、祭日给他上坟烧纸，不啻白日做梦！想到这里，冯保顿感凄凉，禁不住潸然泪下。他后悔当初不该要死要活地巴望着净身，在老家深州做一个本本分分的庄稼人，老婆孩子热炕头，不是也很好吗？可当年也是为了一家人活命，万般无奈方不得不出此下策的。

一个多时辰过去了，冯保还没有动静，掌班张大受忍不住进来查看。冯保蓦地起身，一把抓住张大受的手，神情恍惚地问："咱要香火，香火！待咱百年以后，得有香火！"

张大受吓了一跳，敷衍道："老宗主，要香火好办，以老宗主的名义建座大寺庙，自会香火旺旺的。"

"喔呀！好！好！好！"冯保茅塞顿开，击掌大笑，"你小子比咱还灵光嘞！"旋即一跺脚，"那他娘的要多少银子？咱积攒那仨瓜俩枣的，连塞牙缝也不够嘞！"

"嘿嘿，"张大受讨好地一笑，"老宗主若掌了印，就是大内总管，还愁缺银子？"

话未说完，东厂旗校陈应凤垂头丧气进来了，躬身一拜道："禀老宗主，小的奉老宗主之命去内官监供应库索布匹，那管库太监翟廷玉骂骂咧咧就是不给！"陈应凤五大三粗，大脸盘，黑似李逵，是冯保的心腹。

"反了他了！"冯保重重一跺脚，"咱私家庄宅、买田置产，一应物料，都是到御用监、内官监去取的，无非塞给本管太监些银子罢了，他姓翟的既然不识抬举，就别怪咱不客气了！"说着，向陈应凤一招手，待他近前，低声道，"你这就去陈洪那里告他，就说东厂去取公物，姓翟的非勒索一千两银子不发放，把他下狱，整不死他！"

张大受刚走，徐爵慌慌张张跑了进来，来不及施礼，就气喘吁吁地禀报道："义父，老印公滕祥下世了！"

"喔！"冯保眼睛一亮，吩咐道，"快去，把他侄子滕凤给我叫来！"

"嘻嘻，恭喜老宗主，又是一大笔银子要到手咯！"张大受抱拳向冯保揖了又揖。

"嗯！"冯保得意地说，"这滕家侍候嘉靖爷多年，买了两座大宅子，家里也必藏有宝物。"说罢，起身道，"不成，咱得亲自去一趟！"

冯保的轿子出了东厂外署的西南门，刚穿过东安门，见徐爵骑马过来了，身后并无滕凤的影子，不觉纳闷，掀开轿帘问："怎么回事？"

"义父！"徐爵叫了一声，沮丧道，"印公抢先一步去了。"

冯保眼一瞪："他想做甚？"说罢，催促轿夫，"快走！"

进得滕祥的府中，冯保下了轿，见司礼监掌印太监陈洪正站在院子中指手画脚，他撇了撇嘴，大步走过去，拱手道："见过陈家！"他对陈洪一向看不起，并不尊称之，而是以太监之间惯常互称的"家"称之。

"喔？是冯家？"陈洪故意以惊讶的语调道，"冯家怎么到这里来了？咱不记得给冯家下过札谕令牌啊！"

冯保一愣，旋即向身后的随从一摆手道："都退下！咱与陈家说话。"

侍从人等都退到院外，只剩冯保和陈洪两个人站在院子中央，冯保"嘿嘿"怪笑着："陈家往者掌织染局，边边缘缘的，不知内情也不足为奇。自嘉靖年间，太监过世，都是咱打理后事的。"

"呵呵，咱听说过。"陈洪揶揄道，"前印公黄锦过世，管家将黄太监所积宝物凡二食盒进上，是谁邀截据为己有？又恫吓其银二万两，玉带蟒衣不可胜计！还有，太监张永旧宅二所，是谁恃强夺之，占作楼房？冯家，你就是这么打理太监后事的？"他一指院子，"冯家再打理下去，恐滕家的两所宅子，也打理到冯家的名下了吧？"

冯保低头沉吟片刻，蓦地抬起头，盯着陈洪怪笑道："咱以为陈家忠厚，不意却如此阴险，暗地里搜罗咱的罪证，要整咱？陈家，织染局的事，要不要咱呈报万岁爷知道？"

陈洪脸色陡变。

那还是前几年的事。当时陈洪掌管织染局，一日，织染局被人盗去蟒龙罗缎共三百余匹，陈洪惊恐万状，不敢呈报，只好私下偷偷查访。他知道冯保才略过人，遂求他帮衬。不几天，冯保即将织染局一名匠役连赃捉获，索要陈洪财物二扛，暗将获赃送回，匿不以闻，陈洪躲过一劫。如今冯保以此要挟他，陈洪自是胆战心惊。他干咳了两声道："冯家，两败俱伤的事，何必？滕家的两所宅子，冯家就不必惦记了，至于其家藏，俱归冯家所有，如何？"

冯保眼珠子滴溜溜转了又转，大度地说："陈家，咱不是贪财之辈，陈家太小看咱了。"言毕，向陈洪一拱手，边向屋里走边高声喊道，"滕凤何在？"滕祥的侄子滕凤身穿孝衣出来叩头，冯保弯身低声道，"咱记得滕家有件翠青大碌，他老人家早就说要送给咱留个念想的，你找来，差人送给咱。"言毕，一甩袍袖，扬长而去。

"厂公，这滕家的房产，白白留给别人？"回到东厂外署，张大受不忿地问。

"哈哈哈！"冯保大笑，"哪有那便宜事儿！"

张大受不解，刚要开口问，冯保拍了拍他的肩膀，"你小子说得对，有了权，就不愁钱，等着瞧好吧！"

2

隆庆五年五月二十日，文渊阁洋溢着一片喜气。从辰时起，部院寺监堂上官、科道、翰林，俱身着红衣，分批来到内阁中堂，向已移位左侧首位的高拱道贺。

李春芳连上三疏，请求致仕。三天前，皇上察其诚恳，批准其致仕，优诏褒美，遣行人护行，赐驰驿归。依照入阁先后排序，高拱遂为阁揆，移位左侧首位。照例，朝廷百官当着红衣为贺。

"新郑！"刚被起用、以吏部尚书衔管兵部事的杨博进来了，很是亲热地唤了一声，高大的身躯弯下来一揖，拱手至额道，"恭喜恭喜！新郑决策定贡市，岁省边费岂止百万！招水西安国亨出而就理，贵州不战息争；又慧眼识英才，百年蛮贼盘踞之地一举克之；整饬官常，恤商改制，一时经略，慷慨直任，不足二载，皆有成功。李兴化虽为首揆，受成而已。今日终于名副其实矣，博为新郑贺，也为我皇上、我国家贺！"杨博因年纪、科举辈分都远在高拱之上，不便以"元翁"相称，即以"新郑"代称之。朝廷百官，包括内阁大臣在内，以杨博资格最老，当年正是他带头逐高，迫使高拱去国；没想到高拱不计前嫌，上疏举荐召用，杨博既感动又愧疚，今日借贺喜之机，不避嫌疑，当众把高拱恭维了一番。

"是啊是啊！往者玄翁实主国政，然则毕竟不是首相；终于名正言顺了，可喜可贺！"刑部尚书刘自强接言道，"复出这一年多来，玄翁不遑多让，遇大事立决，高下在心，应机合节，人服其才，喻之排山倒海，未有过也！"

众人见杨博、刘自强这两位当年曾为逐高立下汗马功劳的部院正堂当众奉承，有的摇头，有的赞叹，更多的则是跟着说起了奉承话。

高拱一笑，抱拳回礼，并不回应。

轮到科道了，众人鞠躬拱手，也是一番喜庆之词。户科给事中曹大埜一直想向高拱表达谢意，却不得入其门，终于有了机会，也像杨博一样，不避嫌疑奉承道："学生闻得，元翁复出以来，慨然以天下为己任，凡晨理阁务，午视部事。人谓公门无片楮。学生钦仰之至！"

"这算不得什么！"高拱摆手道，"大臣以体国为忠，以匡国事为美，区区小廉，细节耳，何足挂齿！"

"喔呀，钦仰！钦仰！"众御史、给事中纷纷抱拳赞叹道。

高拱拿起一份文稿道："不过，晨理阁务、午视部事的日子也该结束了，这是我拟好的《乞恩辞免兼任疏》，恳求皇上免了吏部的兼差。"他笑了笑，"我闻科道每以高某兼掌吏部为非，今日不妨向各位宣读辞免部事的奏本。"说着，拿起文稿读了起来：

兹者，大学士李春芳得请致仕，则阁务为重，政本之地，臣不得以暂离。若仍摄铨衡，非惟势有不能，而理亦有所不可。乞许辞免，专司阁务，庶于事体为安。

"高风亮节，高风亮节！"科道人群里发出赞叹声。

"皇上必不允！"吏科都给事中韩楫大声说，"天下之治乱系人才，人才之进退由吏部。掌吏部者，必至公至正之士不可。其人正，则君子进而小人退；不正，则小人得志而君子丧气。然所谓正者，又必有确然不易之心，然后可肩重任而不挠；有超然独运之才，然后可陶铸群流。是故，但能守正者，亦不可谓之称职；必是德才兼备，识见超迈者，方可称一流。皇上圣明，铨政非委于元翁不可；元翁掌铨政，则天下可治。"他虽是高拱门生，但在此场合，不称"师相"而呼"元翁"。

"可是，祖制……"人群里传来质疑声，随即被"是啊是啊"的声音淹没了。分不清是附和韩楫，还是赞同质疑阁臣兼掌铨政不合祖制者。

"首相掌铨，国朝二百年未之有也。"御史王元宾道，"况元翁身为首相，日理万机，再掌铨务，安得有喘息之机？皇上念及元翁已然花甲之龄，一肩而当此两重任，未必不允嘞！"

高拱饶有趣味地听着，暗自揣度皇上究竟会做何决断。过了两天，圣旨下，乃皇上御笔钦批："卿元老旧臣，才望忠正，兼选重务，不允辞。"

"叔大，你看，皇上还是不允！"高拱拿着御批，既高兴又有些无奈，对张居正道，似是征询他的意见。

张居正微微一笑，未发一语。

"再疏请辞！"高拱决断说。言毕，把堆在案上的公牍往一旁推了推，埋头写了起来。

当日，高拱的辞免兼任疏就摆到了御案。皇上看了又看，对司礼监掌印太监陈洪道："今日刚驳回辞免疏，高先生怎么又上一本？是高先生本意还是外间有人说三道四？"

陈洪摇头道："老奴不知。"

皇上轻抬下颌，示意陈洪阅看高拱的奏本，陈洪拿起一看，只见上写着：

臣恭读温纶，感彻心骨。蒙皇上信之弥深，任之不二，此子于父母所不能得者，而臣则何以得哉！宜当竭忠毕力，仰答眷知，安敢再有他言？然大臣共国休戚，事理所在，义当为国求诸至当而后已。是以不避琐屑，再渎宸严。我国家之事，皆属部臣题行，阁臣拟票。或未当，则为之驳正；或未妥，则为之调停。不嫌异同，务在参伍。所以事多得其理，而人不敢为奸，是阁之与部不容混而一也。臣昔以阁臣奉命摄铨而不敢辞，既辞不得请而不敢再者，实以名居大学士李春芳之次，其驳正调停有在，而臣可以无避耳。今春芳既解任去，而臣又忝居二辅之先，若仍领铨务，则自所题行，自所拟票，驳正调停终为未便，是谓以水济水，谁能食之。此其不可一也。又人臣不可操权太重，今内阁平章重事，吏部进退百官，皆权所在也。臣既忝阁臣之先，而仍总吏曹之职，则操权不亦太重乎？权太重，非惟臣难以居，而国体亦非所宜。此其不可二也……

"万岁爷，看来高先生是实心实意要辞吏部的事嘞！"陈洪放下文牍道，"万岁爷，当准了高先生。"

"为何？"皇上不悦地问。

"这个……高先生自己说的，首相兼吏部，权太重。"陈洪道，他看高拱言辞恳切，而皇上似乎不为所动，便想说服皇上遂了高拱的心愿，又道，"往者高先生不是首相，因兼掌吏部，还被说成一代横臣，如今……"

"住口！"皇上龙颜大怒，呵斥道，"大胆奴才，竟敢如此诬称高先生！"

陈洪吓得浑身打战，忙跪地叩头，辩解道："万岁爷，老奴不敢！老奴只不过说有人这么诬称过高先生。"

"大胆陈洪，你夺了滕祥的房产，可有这事？"皇上突然问。

半个月前，前司礼监掌印太监滕祥病故，冯保本想把他的家产据为己有，不料陈洪横插一杠，冯保灵机一动，假意顺从，待翠青大碌到手，他就送到李贵妃宫中，把陈洪夺滕祥家产的事添油加醋禀报一番。最后还以遗憾的语气道："老奴本想把宅子送给爵爷的，这下也不能尽孝心了。"李贵妃之父李伟早就让冯保在李贵妃面前念叨，说想造所大宅邸，冯保故意把两件事勾连到一起。果然，李贵妃闻言，杏眼圆睁，恨恨然，当夜，正好皇上到翊坤宫过夜，李贵妃就把陈洪霸占滕祥房产一事说给皇上听。

陈洪已然猜到，此事必是冯保密告，战战兢兢叩头道："冯保是以小人之心度君子之腹啊！奴才并未据为己有，只是欲用了内衙门……"

皇上对国政尚且不上心，何况两所宅子。听李贵妃说此事，他也只是一笑了之，并未在意。可今日，陈洪"一代横臣"这句话激怒了他，陡然想起这件事，就越发恼怒，他打断陈洪，冷笑道："房产的事，朕本不想深究。你可知，朕对赵贞吉甚眷顾，只因他竟敢诬称高先生一代横臣，朕毫不犹豫罢了他。如今你也胆敢如此诬称高先生，朕也不能留你！"

"万岁爷，老奴一向敬重高老先生，并未……"陈洪哽咽着道，皇上不容他再辩，"扒了他的朝服冠带，带下去！"

两名随堂太监上前搀起陈洪，把他的朝服冠带脱下，架了出去。

皇上余怒未消，提笔在高拱的奏疏上写道："已有谕了！"随即把御笔重重一扔，吩咐道，"退给内阁！"一名御前牌子小心翼翼地拿过文牍，刚要走，皇上又道，"你知会高先生，司礼监掌印空缺，要他荐人。"

3

每天酉时，冯保就会来到东厂外署，召集档头会揖，听取简报。议事时长不一，端看冯保心情如何。皇上悉心委政内阁，对阁臣信任非常，对东厂呈报的文书看也不看，更别说当面听取奏报了。因此之故，冯保掌东厂，只是根据自己的喜好胡乱做些事情，就足可应付了。

近日，冯保心情有些郁闷。他已决计大把捞钱，在京城和家乡各造一座以他的字命名的双林寺，可他不是掌印，捞钱的事，要费尽心机盘算来盘算去，有时还会落空。本想以滕祥宅子的事告倒陈洪，谁知李贵妃吹了枕边风，皇上却无动于衷，让他大失所望。几次做梦都梦见他像刘瑾一般对阁老尚书呼来唤去，还把几个不听使唤的科道一顿廷杖；待到梦醒，免不得惆怅良久。

今天，进得外署大厅，刚有几个档头说了不到一刻钟，冯保就不耐烦地一挥手道："好了，散了吧！都是七零八碎的琐事，不值当听！"言毕，刚回到他的直房，徐爵匆匆进来了，禀报道："武清伯请义父这就去一趟。"

"喔，知道了。"冯保应了一声，吩咐备轿。隆庆二年立太子，太子外祖父李伟受封武清伯，赐宅十王府西夹道。冯保时常照李贵妃的吩咐到府问安，亲如一家人。

须臾，冯保的轿子，就在十王府西夹道一座宅院前停下。门公见是冯保，不需通报，即开门请进。冯保进了垂花门，便大声道："给武清伯爵爷请安！"

武清伯亲自出迎，拉着冯保的手就往花厅走。

"爵爷，小的正想来孝敬爵爷的，爵爷就召唤小的，呵呵！"冯保尚未落座就满脸堆笑道。说完，一招手，后面几个番役抬着礼盒进来了。

"喔，又有啥好东西？"武清伯两眼放光，直勾勾地盯着礼盒问。

"呵呵，爵爷，凡是京城有的新鲜玩意儿，第一个就得你老人家先消受！"冯保笑着说。他掌东厂以来，特命档头番役仔细盯着京城崇文门进货的商贩，凡是新鲜货，不拘吃食、玩物，都要设法敲诈出一成，除自己留用外，多半孝敬武清伯和李贵妃了。也正因如此，武清伯的宅邸，冯保隔三岔五就要来一趟，来去竟无须通报了。

武清伯一看，无非是些绫罗绸缎，有些失望，示意抬走，坐回太师椅中感叹道："要是这么多金元宝，那才过瘾！"说话间，嘴角淌出一行口水，他用袍袖一抹，叫着冯保的字道，"双林，你脑袋瓜子灵，这回请你来，是想让你给俺出出主意的。"

"喔？请爵爷吩咐。"冯保抱拳道。

"访得那个致仕的首相徐阶，在京城开了多家铺子，听说可不少搂钱嘞！"武清伯伸出双手，向内勾了勾，做出搂的动作，以歆羡的语调道，"俺也想开家铺子，双林看，做啥能赚大钱？"

冯保笑道："爵爷，你老人家堂堂伯爵，太子爷的外祖父，当今万岁爷的岳丈，贵妃娘娘的亲父，还缺钱花吗？省省心吧，缺啥，小的孝敬就是了。"

武清伯摇头道："双林哪，你可是不知道，俺是穷怕啦！当年为混口饭吃，俺在京城干泥瓦匠，多重的活计，却还要饿着肚子，省下仁瓜俩枣，为的是养活四个娃娃。眼看养不活了，无奈之下才把唯一的丫头送去做宫女，又狠狠心，给老儿子净了身……俺对不起老儿子嘞！"说着，李伟抹起了眼泪。

"爵爷，都是过去的事啦，时下不是荣华富贵了吗？况且，往蓟镇供将士衣被的活，不也是爵爷揽下了？"冯保安慰道，见李伟一脸贪婪相，冯保只得问，"那么，爵爷还想做甚买卖？"

武清伯道："前些日子，几个做泥瓦匠的老伙计来看俺，俺看他们也穿上了绫罗绸缎，就问他们怎么发的家。有的开了饭铺，有的拉起了泥瓦队，有的贩货。他们说时下朝廷恤商，正是做生意的好时节。俺也就动了心思，差人四处打探，听说徐阶家的几个铺子最赚钱，俺就想学学他家。"

冯保诡秘一笑道："爵爷，小的掌东厂，没有不知道的事。那徐阶老家开有织场，搭漕船把布匹运到京师；京营十万将士一年四季穿的盖的，都是他家供应，焉能不赚钱？"

"哟呵！"武清伯既羡慕又嫉妒，一撇嘴道，"那徐阶老兄早就下台了，这回咱要翘了他的生意！"

冯保点头哈腰道："小的差东厂的人到江南采买布匹，搭漕船运京，京师三大营铺盖衣物，俱由爵爷专供，他人通不许插手！"

"喔呀呀！"武清伯咧嘴笑着，"那、那就快点，快点办吧！"

"嗯，小的这就去找兵部尚书杨博。"冯保说着，忙起身告辞。

兵部尚书杨博刚回到家中，冯保的拜帖就递了进来。他吃了一惊，想不到一个内官竟如此胆大妄为，公然投帖拜谒朝廷大臣。本想断然拒之，可冯保不惟掌东厂，还是李贵妃的心腹，委实得罪不起，只得传请。

"大司马，博老！"一进花厅，冯保就毕恭毕敬鞠躬施礼，他也知太监私下会大臣干纪违制，不能久留，便开门见山道，"小奴受武清伯之托，特请大司马帮忙的。"

"喔？"杨博道，"武清伯有何吩咐，杨某敢不效命！"

"呵呵，武清伯一辈子劳碌惯了，闲不住嘞！"冯保笑道，"京营铺盖衣物，就让他老人家专供，如何？"

杨博捻须沉吟，良久方道："武清伯的事，没有不应之理。只是朝廷恤商策接连出台，所有官用物资，皆以招商买办，通不许垄断。"

"咳！"冯保不屑地说，"条条框框还能拘束到皇亲国戚身上？"

"呵呵，"杨博一笑道，"请冯老公公回禀武清伯，此事杨某当尽力促成！"

冯保拱手，既是感谢，又是作别。

"厂公，有大喜事！"冯保出了杨博家，刚要登轿，心腹旗校陈应凤跑过来，禀报道，"印公陈洪被万岁爷罢去啦！"

4

高拱接到皇上在他请辞吏部事奏疏上的御批，一见"已有谕了"四字，即知是皇上烦了，坚不允他再辞吏部兼差，势不能上本渎扰，也只好白天在内阁，晚上再到吏部直房办理铨务。侍郎张四维、魏学曾也不便散班回家，每日晚间都在直房候着，随时听候高拱召唤。

又是掌灯时分，高拱进了吏部直房，吩咐书办召张四维、魏学曾来见。待两人施礼坐定，高拱开言道："前日皇上命人传谕，要我密札荐司礼监掌印者，这两天思维再三，尚未拿定主意，想听听你们的想法。"

"大内的事，外廷不便插手吧？"张四维劝阻道，"玄翁还是不提的好。"

"皇上知玄翁秉铨公正，善识人用人，方命玄翁荐人的。"魏学曾不以为然道，"皇上既已有谕，焉能推托？"

"照时下的阵势，该是冯保接替。不过……"张四维道，他知道高拱之所以踌躇未决，必是对冯保不满，故他刻意留下余地，不再说下去了。

"冯保在太监中算是识文断字的一个。"魏学曾道，"只是此人为人狡黠，不安于位，不可不防。"

"正是！"高拱接言道，"此人不惟狡黠，且野心勃勃，我看，不能荐他！"

张四维"嘶"地吸了口气，道："可是，冯保位居陈洪之后；陈洪去职，照例应由冯保接替。若玄翁不荐他，他必怀恨在心。此珰乃李贵妃腹心，不像李芳、陈洪，了无根基。"

"得罪一个野心勃勃的太监，乃为国，非为私利，不必顾忌。然则，正因为虑及冯保乃李贵妃腹心，而皇上颇眷宠李贵妃，我才踌躇再三的。"高拱如实告白道，"李贵妃一吹枕边风，皇上岂不为难？"

"皇上大事面前敢做主张！"魏学曾道，"玄翁兼铨务，委实不合祖制，然则皇上就是不改初衷，恐先帝也未必敢如此坚持嘞！足见皇上不是外间传说的那样遇事不做主。皇上之所以让玄翁荐人，安知不是皇上看穿了冯保非安分守己之辈？不的，顺理成章让冯保接任不就完了吗？"

高拱点头道："惟贯说的不无道理。我看就荐孟冲接任。孟冲侍候先帝多年，老成持重，虽为人迟钝些，倒也不妨事。内里像李芳、陈洪这样的，委实少见。"

张四维还是有些担心，低声道："只是冯保……"

"一个太监，翻不起大浪！"高拱不屑地说，"太监干政，无不是朝中大臣或瞻前顾后不敢抑制，或为一己之私为虎作伥而致之；若察其迹即抑制之，哪里会有太监干政之事发生？今既知冯保非善类，自应抑制，不可放纵！"

这样一番议论，高拱不再踌躇，遂密札荐御用监掌印太监孟冲接任司礼监掌印太监。皇上接阅密札，看到"孟冲"二字，并未迟疑，当即传谕，命孟冲掌司礼监印。消息传出，冯保的掌班太监张大受急匆匆赶往翊坤宫。

冯保正在翊坤宫里。他并不知道皇上命高拱荐人之事，接到陈洪被罢的消息，冯保确信掌印太监非己莫属，只是他不想放弃东厂，便以掌印兼掌厂恳请于李贵妃。今日，冯保已是连续两天围在李贵妃身边恳求她在皇上面前替他说项了。

"咱也知道的，掌印秩尊，视为元辅；掌厂权重，视为总宪。掌印不掌厂，这是祖宗的规矩。"李贵妃道，"你这般贪心，咱怎好在皇上面前开口？"

冯保"嘿嘿"一笑道："好娘娘嘞，那高胡子不是首相吗？他掌吏部，不是也不合规矩吗？万岁爷就是不让他辞，可见万岁爷想办的事，并不为祖制所拘束，内里仿行外廷，掌印兼掌厂，说不定万岁爷能答应哩!"他压低声音道,"老奴不掌厂,武清伯爵爷那里,还能不能天天有新鲜玩意儿,老奴真不敢保证哩!"顿了顿,又补充道,"还有,老奴不掌东厂,差人去江南采买之事,也就不好办了。老奴兼掌东厂,无非为了方便孝敬武清伯爵爷罢了。"

"冯保,真有你的!"李贵妃嗔怪道,"咱说不过你,替你在皇上面前进言就是了。"

冯保喜滋滋地叩头致谢。刚走出翊坤宫,坐上凳杌,正要吩咐侍从起凳,却见张大受满头大汗跑了过来,气喘吁吁道:"老宗主,不好了,孟冲、孟冲……"

"孟冲死了?"冯保问。

"孟冲,掌印了!"张大受大口喘息着道。

"什么?"冯保闻言,差点从凳杌上跌下去,"这是真的?"

张大受上前附耳道:"老宗主,是高相密札所荐。"

"高……"冯保愣了片刻,咬牙切齿骂道,"姓高的,老子与你不共戴天!骑驴看唱本,咱走着瞧!"

第十五章 | 江陵掌控人事更见其妙
新郑开河之议胎死腹中

1

山东巡抚梁梦龙特意差急足进京将簿册呈报高拱、张居正阅看，自是想受到二相嘉勉，展读高拱复函，不禁喜上眉梢，又问："江陵相公没有复函？"

急足道："江陵相公让下吏禀报抚台，朝廷有科道建言开胶莱新河，嘱抚台上疏阻罢之。"

梁梦龙一脸茫然状，用力晃了晃脑袋，似乎要让自己清醒过来，良久方问："开胶莱新河到底谁的主张？"

"江陵相公说是科道建言。"急足答。

"江陵相公有没有说，因何反对开胶莱新河？"梁梦龙又问。

"曾侍郎列十害以闻。"急足说着，把曾省吾的话转述了一遍。

梁梦龙听罢，沉吟良久，吩咐道："请藩台节堂来见。"

布政使王宗沐应召来到节堂，一听要开胶莱新河，摇头道："其功难成，不足济运，当建言止之。"

梁梦龙为难道："恐新郑相公认同开河之议，不的，以江陵相公的地位，没有必要迂回。时下漕河淤塞，运道受阻，新郑相公不愿在老套路上打转，遂有此议也未可知。"

王宗沐露出不以为然的神情，笑道："谁不知江陵相与新郑相乃金石之交，若江陵相反对开河之议，自可直截了当陈情于新郑相，何必迂回？

难道抚台的话，比江陵相更有分量？若果是新郑相决策，江陵相鼓动抚台反对，岂不是把自己的门生往火坑里推？想必江陵相不会做这种事吧？"

梁梦龙默然。暗忖：师相曾经暗示，是他在玄翁面前举荐，方有其巡抚之任。可分明是自己在河南任布政使时有人望，玄翁赏识其才学方破格任用自己的。从这件事足以窥出，师相与玄翁，恐非展示于人的至交知己这么单纯。

王宗沐见梁梦龙良久不语，又道："抚台，都说新郑相是有大气魄的，脑子里无条条框框，与北虏封贡互市这样的事他敢决断，正是打破常格的良机，当把通海运这件事提出。从运河入淮河，自淮河入海，不必非开胶莱河不可。"

"此事体大，恐难决断。"梁梦龙摇头道。

"正因如此，我辈反对开胶莱河，新郑相又想畅通运道，只好决断通海运。通海运这件事，二百年来反反复复提起，都不能实行，也只有新郑相敢决断，这个机会，不能错过！"王宗沐以诚恳而又急切的语调道，"抚台，通海运，破海禁，厥功至伟，史书上是要记一笔的！"

"就如与北虏达成和平一样，时人多无识见，众议汹汹，必讥我辈为喜功多事。"梁梦龙叹气道。

"可时下漕运不畅，朝廷焦头烂额，此正是我辈主张通海运者的良机。"王宗沐道，他突然一缩脖子，"不过，新郑相炙手可热，触之者焦，反对开胶莱新河之议，抚台委实要三思。"

梁梦龙踌躇良久，方叫着王宗沐的字道："新甫，我意，不要正式上疏反对开河，先给高、张二相投书，言明利害，再做区处。"

"难为抚台了。"王宗沐同情地说。

当日，梁梦龙的书函，就以八百里加急，送往京城。

这天辰时，高拱阴沉着脸进了中堂，把一份文牍重重往书案上一摔，怒气冲冲道："这个梁梦龙，恨人！竟为开胶莱河列出十害，骇人听闻！"他昨晚收到梁梦龙投书，阅罢气得连拍书案，今早仍余怒未消。

"山东绅民，自是不欲兴此大役，梁梦龙替我山东绅民说话，倒是有些担当。"殷世儋面露喜色，怡然自得道。

"梁子怎么说?"张居正不露声色，边问边起身走到高拱的书案前，拿过梁梦龙的书函看了一遍，"呵呵，委实有些耸人听闻。"

"他也没有到现场踏勘，怎么就知道此事难成? 嗯?"高拱像是和人争辩，"定是有人背后撺掇他!"

张居正心里一沉，难道玄翁察知了? 觑了高拱一眼，忙道："山东籍官员反对开河，也可以理解。"说着，把目光转向殷世儋。

"江陵，你此话何意?"殷世儋不满地质问道。

高拱似乎还在生梁梦龙的气，烦躁地说："梁梦龙不明就里，不体认朝廷苦心，又误以为要青、登、莱三府负担开河费用，故而反对甚力。须得明示于他。"言毕，推开一堆文牍，提笔给梁梦龙修书:

承示开河利害种种，体国忧民之意溢诸言表，钦佩! 但运道不通，修治已久，劳费无算而绩效茫然，京师坐困矣! 忧无所出，故有新河之议。计其道里非遥，费亦不多，若得遂成，则二道并行，若有一道之塞，亦自有一道之通，此万年之利也。今措处银两，既有项下，断不用山东之财。而任事之官，也各有应承之者且自谓事必可就，不则甘愿治罪，故不用山东之官操办之。此处商贾通舟久矣，粮船往来有何可虑? 愿公赞成其事，不可再为难辞。况此事前人已为之，功且垂成而废，实为可惜。今因旧增拓，当事半而功倍，仆亦计之熟矣，千万其勿阻也!

待书函封发出去，高拱才稍稍平复了情绪，继续票拟章奏。知高拱并未察觉什么，张居正松了口气。他也接到了梁梦龙的书函，但他没有复函。此时，他在思忖着，何时实施曾省吾的画策。

那天，曾省吾献计说，一旦梁梦龙上本反对开胶莱新河，即向高相建言，差委科道官实地踏勘；只要人去了，必受梁梦龙所左右。此时，张居正想到了一个人。待用罢午饭，高拱正欲躺下休憩片刻，张居正走了过来，道："玄翁，开胶莱河之事，朝野哗然，反对声甚嚣尘上。朝廷尚且如此，山东官场勿论矣! 梁子既然投书反对，玄翁虽以书教之，恐梁子也不好就此收回前请，不如差一玄翁信得过的科官前去踏勘，由科官奏请，朝廷再据此定策，彼此都好下台阶，不知如何?"

"喔?"高拱双眉一耸,"这倒是个法子。"

"工科都给事中胡槚乃玄翁门生,我观胡科长其人,有定见,甚沉稳,不随众,不妨差他去。"张居正又道。

"叔大所虑周详,"高拱投以感激的目光,"我嘱吏部给他发文凭。"

2

工科都给事中胡槚接到张居正的邀帖,急忙往张府赶。他虽是高拱的门生,却因是湖广籍,为同乡张居正所看重。高拱公开抨击党比之弊,反对团团伙伙,对门生远不像别的座师那样亲近、关照,故胡槚在感情上,更亲近张居正。

张居正在书房候着,一见胡槚进来,就叫着他的号道:"玉吾,我素知你有干才,不随众,值得信赖,必可大用。故想给玉吾提供历练的机会。"

胡槚闻言,知有使命,喜不自禁,深揖致谢。

张居正又道:"胶莱河之议起,朝野一片哗然,反对者甚众,内阁压力很大。故特向玄翁荐,命你去山东踏勘胶莱河。"

胡槚脸上的笑容陡然消失了,嗫嚅道:"此事,首相决断了吧?"

"呵呵,玄翁若决断,何必差你玉吾去实地踏勘? 差玉吾之举本身就说明,玄翁尚未最后定策。"张居正循循善诱道,"玉吾是玄翁的门生,此番胶莱河开与不开,端赖玉吾一言而决!"

"责任重大,学生诚惶诚恐!"胡槚搓手道,"还请相公示下。"

"想必玄翁会有嘱托,你照玄翁说的办就是了。"张居正以亲切的语调道,"我意,玉吾到了山东,要多听听梁梦龙的意见。此事毕竟要山东官场赞同方可。"

胡槚躬身致谢毕,又问:"太岳相公对开胶莱河何意?"

"玄翁主张,我不能反对。"张居正道,"但此事体大,恐仓促决断遗患无穷,故借玉吾一行。梁梦龙是我的门生,他必全力协助玉吾完成使命。"

"胡科长,恭喜啊!"曾省吾突然笑眯眯地进了花厅,"科长,万勿为求荣进，随声附和，那样必身败名裂！"

"三省什么话！"张居正责备道，"玉吾是有主见的人，不的，我也不会荐他，玄翁也不会差他。"又笑着对胡槚道，"玉吾，去山东走一走甚好，抚台定然悉心招待，你不要有压力。"

曾省吾冷笑一声道："开胶莱河，多年来不时有人提出，结果都不了了之。我查了，凡是建言开河的，没有一个好下场的。"

"曾三省！"张居正严厉地喝住曾省吾，"你意欲何为？"

"善意提醒，为国家，为胡科长，也为首相。"曾省吾理直气壮地回应道。

张居正脸一沉道："玉吾有主见，又深明大义，无须你多言！"

曾省吾躬身道："好好好，不说了。"

"呵呵，"张居正转向胡槚，笑着道，"玉吾，朝野对开河议论甚多，你心里有数就是了。"

胡槚愁眉苦脸出了张居正府邸，心里七上八下，辗转不能入眠。

与胡槚同样不能入眠的，是山东巡抚梁梦龙。陈情开河十大害的书函送出后，梁梦龙一直惴惴不安。他知道，高拱是以直面矛盾、破解难题为职志的，每每奋不顾身创为剔刷之举；如今，面对漕运难题，必是见故套无以解之，方有开河通海之意，自己却公然阻挠，触他雷霆之怒，后果堪忧！他越想越惧，蓦地从床上腾身而起，提笔再修一书，命急足赍夜登程，快马加鞭疾驰京城。

"哈哈哈！"正在吏部直房与张四维议事的高拱，接阅梁梦龙投书，不禁放声大笑，"等的就是梁梦龙的回心转意。"说着，把书函递给张四维阅看。

"呵呵，梁子的意思是说，"张四维道，"他前书陈开河之害，乃是为通海运计，非阻挠开河；若玄翁意已决，他提议请山东布政使王宗沐主其事。"

"直接行海运，子维以为如何？"高拱问。

"阻力太大，不妨一步一步来。"张四维道。

高拱道："阻力大倒不必过虑；只是漕粮京师命脉所系，全寄托于海运，究竟如何，我委实无把握。"他仰脸向外喊了声，"叫胡槚来见！"

胡槚已几次求见，都未能见到高拱，闻听座师召见，急忙赶往吏部。进得直房，高拱正在埋头写着什么，胡槚施礼问安，他也没有抬头，只是"嗯"了一声，继续书写着。等了约莫一刻钟，高拱方搁笔抬头，叫着胡槚的字道："嘉木，到山东踏勘河工事，两日内就启程。"说着，拿出一封书函，"梁梦龙刚差人投书来，极言通海运之利，又言若朝廷决意开胶莱河，王宗沐可任此事，似已不再反对，这是我给他的回书，你带上。"胡槚接到手里，高拱又道，"你先看看。"

胡槚展读，只见上写着：

承书谕，洋洋数百言，词谊恳切，足征忧国之殷，幸甚！新河虽言自科道，而意则仆出。盖见漕河不利，忧无所措，故为此也。今奉旨差科臣勘处，旦夕且至矣。科为胡君，忠诚明远，可属大事。愿协心共计，务成此事，则社稷之福也。王宗沐云云敬领，通海洋、设大臣二节，待勘议明白再处。

胡槚看完，揣入袖中，躬身问："师相对学生有何训示？"

高拱想了想，道："适才你也看了书函，漕河不利，忧无所措，方有开河之计，虽则只是百里余的河道，却关乎命脉通畅与否，干系重大，此番踏勘，当认真、务实，万不可走马观花。"

"学生谨记。"胡槚恭恭敬敬道。

"还有，"高拱又道，"山东官场反对声甚大。此前，梁梦龙有书来，言开河十大害，耸人听闻。我素未闻梁子有此般见解，他又未及到实地一看，安得遂有十大害之说？此必有司告梁子者。嘉木到了山东，要注意，耳根子不能软，不要人云亦云。差你去，本意自是欲促成此事，但我不要求你必顺承我的意思，当然更不许顺着山东官场的意思，据实说话就好。"

"学生谨遵师相教诲。"胡槚鞠躬道，又问，"师相，梁巡抚乃张阁老门生，不知张阁老对开河有何见解？"

高拱不曾想过，听胡槚一问，笑道："差你去踏勘，还是他的建言。"顿了顿，以肯定的语气道，"江陵不该反对，也不会反对！"说着，突然显得烦躁起来，不悦道，"嘉木，你怎么婆婆妈妈的？不管谁反对、谁赞同，你都不要先入为主，据实判断就是了。"

胡槚不敢再多言，急忙辞出。

已是深夜，月朗星稀，胡槚禁不住哆嗦了一下，他摇了摇头，口中喃喃："师相是太自负，还是太粗心？琢磨事，倒是心够细的，阁务铨政，事必躬亲；琢磨人，他就未必是把好手咯！"忽地一阵冷风吹过，胡槚"嘶"的一声，倒吸了口凉气。

3

山东巡抚衙门里，灯火辉煌，佳肴满桌，款待钦差胡槚。巡抚梁梦龙、布政使王宗沐并臬台、左右参政等大小官员，围坐在胡槚左右，殷勤敬酒，款款布菜，令胡槚应接不暇。

"抚台，如此奢华，若师相闻知，学生如何向师相交代？"胡槚拘束地说。

"元翁怎么会知晓嘛！"梁梦龙一笑道，"科长到得齐鲁大地，一百个放心！"言毕，举盏敬酒。

酒过三巡，席上争先恐后叫了起来："给谏！""科长！"

"一个一个说。"梁梦龙举手向下压了压道。

"开胶莱河，鲁民闻之惊恐！"有人说。

"是啊是啊！阖省百姓，无有赞同者！"有人附和道。

"不在于老百姓反对，关节点是开河也是白费工夫！"又有人说。

"呵呵，难怪师相嘱我要小心！"胡槚醉眼蒙眬，向前一指道，"抚台投书师相，反对开河，师相就断定，必是有司鼓动所致！不的，抚台刚到山东，又未实地踏勘，何以有十害之说？"扭头一看，王宗沐正站在他身后要敬酒，胡槚也不起身，举过酒盏，扭脸与王宗沐碰了一下，暧昧一笑道，"谁不知藩台是水利名家，开河事，抚台定然是尊重藩台意见的。"

王宗沐闻听此言，脸色煞白，勉强敬完了酒，用力捶了捶自己的脑门，道："突然疼痛不已，摇席了！"言毕，向胡槚抱拳辞去。

"科长不必烦恼，实地踏勘就是了。我请藩台亲自陪同科长到莱州一行。"梁梦龙拍了拍胡楱的肩膀道，又指了指部属，"科长一路鞍马劳顿，多敬几盏酒，解解乏。"

众人轮番敬酒，胡楱已醉了八成，舌头有些不听使唤。梁梦龙见状，忙宣布散席，他拉住胡楱的袍袖，亲自送到驿馆，命侍从奉茶摆果。

"胡科长，弟有句话，说于科长，供科长酌之。"梁梦龙很是郑重地说，"河漕似安而多劳费，海运似险而属便利，一任其劳，一任其便，当以海运化解当下漕运难题。胶莱河乃是前元废渠，为海运故道，渠身太长，春夏泉涸无所引注，秋冬暴涨无可泄蓄，南北海沙易塞，舟行滞而不通。何必非要开河？由淮入海，既节省又便利，明春即可实行。弟知元翁凡事只争朝夕，不容拖沓，故为元翁计，开河不如由淮入海。科长若促成此事，必有大功勋于国家。"

胡楱坐在椅中，上身不住地晃荡着，闭目不语。

"元翁凭科长一言而决，故我辈千疏，不如科长一语。"梁梦龙奉承道。说着，伸手在胡楱的手臂上轻轻一拍，"科长，明日弟陪你去趵突泉一游。泺水发源天下无，平地涌出白玉壶，值得一看嘞！"

梁梦龙刚走，王宗沐又来了。

"藩台？你，你不是头疼吗？"胡楱惊诧道。

"天使在此，抚台命弟全程陪同，弟躺不住啊！"王宗沐道，他上前拉住胡楱的手，"科长，山东反对开河，元翁疑乃弟主使，弟委实冤枉啊！弟一向主张开海运，开河毕竟向海运进了一大步，弟哪里会危言耸听罗列十大害？只是建言与其开河，莫如直接改海运。但元翁若定策，弟必效死力，办成此事。适才弟已修书呈送元翁，向元翁禀明此意。也请科长向元翁陈明。"

胡楱一笑，拍了拍王宗沐的肩膀："藩台适才是、是装病？这这么说，地方官场的人，惧、惧怕师相如此？"

"呵呵，不是惧怕，是敬畏。"王宗沐边落座边道。

"那么，藩、藩台是、是主张开河了？"胡楱口齿不清地问。

"大海可航，何烦胶莱河？"王宗沐道，"此事关涉各方利益，非同小可，惟元翁有此魄力。一则河运已然难以为继，一则有元翁这般敢担当、敢决断的大手笔当国，正是机会。窃以为，科长当促成海运，为国家立奇功！"

胡槚一笑道："朝廷也、也有人反对开河，但他们怕的，恰恰是、是海运。"

"我辈是为国家、为元翁计，反对开河，无私利存焉！"王宗沐拍着胸脯道。见胡槚不复回应，转移了话题，问，"科长，听说过李开先吗？他辞官二十余载，写了不少艳曲，名妓争相求购。明日弟陪科长去见识见识？"

胡槚忙摆手。

"哈哈哈，不是去会名妓，去看戏！"王宗沐一笑道，"他写了部《宝剑记》，国人无不晓！晚上去看戏，就这么定了！"言毕，拱手告辞。

王宗沐刚出了房门，两名美姬闪身进来了。胡槚一惊："何人差你们来的？"

"客官！"一个美姬扭动着腰肢走过来，"闻听客官是从京城来的客商，吃醉了酒，咱姐妹来待候客官的。"

"这、这……"胡槚支吾着，歪在椅背上，打起鼾来。两个美姬走过去，不由分说，架起他就往卧室走……

胡槚在济南已是身不由己，白天由梁梦龙亲自陪同，游览名胜古迹；晚上则是王宗沐陪着，看戏听曲，足足盘桓了三天，方启程前往莱州。

高拱却已催促文选司呈报主持河工的任职奏稿。这天晚上，他一进吏部直房，就看见疏稿已拟好摆在书案上，提笔签上了自己的名字，放下笔，却又拿起来，把名字涂掉，向外喊了声："请张侍郎来见！"待张四维进来，高拱抬头道，"子维，王宗沐任漕运总督这事，不妥当吧？"

张四维问："玄翁，遵你老人家的指示，腾挪了好几个人，才停当了，怎么又不成了？"

高拱一拍疏稿："王宗沐反对开河，让一个反对开河的人去主持河工，恐不适宜。"

话音刚落，司务禀报：山东布政使王宗沐急足呈来书函。

"喔！呵呵，就这么巧！"高拱笑着接过书函展读，阅毕，仰面大笑，"哈哈哈，这胡槚刚到济南，王宗沐忙着解脱自己啦！"突然又收敛了笑容，转而怒气冲冲道，"这个胡榫，口无遮拦，什么话都存不住！"言毕，把王宗沐的书函递给张四维，他则展纸提笔，给王宗沐回书：

承书谕，多感。新河之议本出仆意，盖见漕运不通，忧无所出，故议及此。初梁抚有书来，力言不可，云其害有十。仆间语胡给谏云，梁子素未讲此，又未及至地方一看，安得遂有十害之说，此必有司以告梁子者。然非专指公也，而胡君岂忘之耶？仆若知公意有异同，便当明以相告，期成国事，何乃为后言乎？且梁子二次书来，既变前说，而又云公可任此事。仆方望公成之，而岂以为有所阻也？愿公勿之疑也。

写毕，也递给张四维阅看。

"玄翁，这么说，漕运总督还让王宗沐来做？"张四维阅毕，问。

高拱点头道："不管王宗沐初时是否赞同，至少他时下已然表明态度，还是由他来做为好。像他这般熟悉海洋，又熟悉水利，且勇于任事的人并不多。"说着，重新在任命王宗沐、李贞元的奏稿上签上了自己的名字。

张四维拿过奏稿，踌躇片刻，建言道："玄翁，既然差胡给谏去踏勘，还是待他来了禀帖，再呈报奏本不迟。"

"还会有意外吗？"高拱瞪着眼反问，旋即扬了扬手，露出不耐烦的表情，"等几天就等几天吧！这个胡嘉木，不知道着急！"

"呵呵，玄翁的门生，还能不知座师的脾气，他不敢久拖的，玄翁就耐心等几天吧。"张四维安慰道。

4

张居正刚回到家，正在用晚饭，游七禀报：山东巡抚梁梦龙急足到。

"传请！"张居正爽快地说。

急足送来的，却是胡榫的书函。张居正展读，不禁拊掌而笑，吩咐游七，"叫曾三省来见。"

"太岳兄，何事这么急？"曾省吾一见张居正，就问。张居正并不言语，带他一同进了书房，把胡楩的书函递过去。

"哈哈哈！"曾省吾大笑，"果不出所料！就算他胡楩是不随众的人，一到山东，恐怕也只有随梁梦龙了。"

"胡楩必是怕玄翁雷霆之怒，方先投书给我的。"张居正边呷着茶边道。

"哈哈哈！"曾省吾又是一阵大笑，"胡楩自知，一旦踏勘结论是胶莱河开不得，必激怒高相，不能再做高相的腹心之徒矣！这回，他要死心塌地跟定太岳兄了！"

"哪来那么多废话！"张居正呵斥了一句，"以三省之见，当如何区处？禀报玄翁？"

"万万不可！"曾省吾断然道，"当回书给胡楩，让他上疏，一旦上疏，开河之议就算胎死腹中了！"

张居正略一思忖，提笔回书：

新河之议，原为国计耳。今既灼见其不可，则亦何必縻有用之财，为无益之费；持固必之见，期难图之功哉！幸早以疏闻，亟从寝阁。

胡楩接阅张居正函示，当即将早已备好的奏稿拜发。

"叔大！"这天一早，高拱在文渊阁前下了轿，正看见张居正往里走，便在后面叫了一声，待张居正回身，高拱皱眉道，"胡楩去了十好几天了，怎么音讯全无？"

"喔！玄翁，此事体大，胡给谏必是细细踏勘，不敢马虎。"张居正回应道。

"虏患都能消弭，难道漕运这个难题破解不了？"高拱拉了张居正一把，示意他边走边说。

"虏患能不能弭，实则取决于识见与魄力，"张居正道，"漕运则不然。"

"漕运难题不能破解，何尝不是囿于识见？"高拱一扬手道，"总在老路上修修补补，劳而无功，终归不是办法。"

张居正默然，跟在高拱身后进了中堂。刚一落座，高拱端起茶盏，边用盏盖轻轻拨拉着，边扫视着书案上的文牍，一眼看见胡椟的奏疏，不觉一惊，忙放下茶盏，滚烫的茶水洒在手腕上，他轻声"哟"了一下，顾不得擦拭，就抓过阅看，从开头行文的语气中已觉察结论不妙，忙先省过中间，直接阅看结论：

苟率意出内帑百万之费，以开三百里无用之渠，如误国病民何？臣请亟罢其事，并令所司明示新河必不可开之端，勿使今人既误而复误后人也。

"这……"高拱颓然地瘫坐在座椅上，良久无语。

张居正走过去，关切地问："玄翁这是……"高拱指了指书案上的文牍，张居正拿起阅看，匆匆阅罢，道，"胡给谏踏勘的倒是细致，只是如此一来，胶莱河工，恐要……"

高拱重重地吐了口气，陷入沉思。

"玄翁，此疏批交工部题覆？"张居正请示道。

高拱一扬手："开胶莱河，罢议！"说着，起身往外走，"这会儿脑子有些乱，好好理理思路再说。"

张居正也跟了出来，一脸愧色道："玄翁，居正亦未料到胡椟会上疏反对开河，早知如此，当初不该建言差他去。"

"与你叔大何干？"高拱硬邦邦道。

张居正又道："胡椟直接上疏，当是怕误了事机，也是体认玄翁办事高效之意，玄翁不必生气。"

高拱一扬手道："这个我倒是没想过。"

"胡椟疏言什么'误国病民'，什么'今人既误'云云，委实有些刺耳，心还是好的。他是玄翁的门生，谅不会故意讥讽玄翁，玄翁不必介怀。"张居正继续劝慰道。

"胶莱河之议罢，漕运难题如何破解？被困死？"高拱烦躁地大声道。他一心为漕运难题无解而忧虑，并未想那么多，故而对张居正琐碎的劝慰便生出几许反感。

张居正听出高拱的语气不对，噤口不复再言。

大明首相
第三部
锐志匡时

高拱蓦地扭过脸来，问："叔大，行海运，如何？"

"海运？"张居正一下子没有反应过来，只是重复了一句，随高拱进了朝房。待高拱坐定，张居正走过去，坐在书案旁的一把椅子上，"玄翁，开胶莱河不就是为行海运吗？既然胶莱河不可开，海运恐不敢贸然行之。"

"直接由淮入海，如何？"高拱又问。

张居正道："海运风险大，为避险方有开胶莱河之议，今胶莱河之议罢，再议海运，岂不又回到原点？"

"无论如何，必破解漕运难题！"高拱说着，一只拳头重重地砸在书案上。

张居正忙道："玄翁既有此议，居正必仰赞，不妨付诸廷议。"

高拱连连摆手："不议就可预知其果，必是反对声一片。"

张居正仰脸望着天花板，声音低缓道："迩来为漕运事，居正也是忧心如焚，遍询访于诸名家，闻得潘季驯又有新法，谓之'束水攻沙'，倘若此法可治黄河之患，则漕河淤塞之忧自可解之。"

高拱慨叹道："看来，国朝非进士不入翰林，非翰林不入内阁之制，当改！"

张居正惊得向后蓦地一仰，愣住了。

高拱自嘲地一笑道："我辈登进士就在翰林院，一直到入内阁，都是御用文人那套寻章摘句的活计，书读得委实不少，可对地方情形、对江河湖海，太不谙熟。遇到像漕运这般难题，就很难决断了。"

张居正默然，心里暗忖着：玄翁竟说出改"非翰林不入内阁"之制，委实令人震惊！

"待棘手的事打理停当，再说改政体。"高拱顾自说着，"漕运之事，待多方咨访后再定。"说着，起身往外走。

张居正跟在高拱身后往中堂走，望着高拱的背影，他像是突然发现，眼前的高拱，已然苍老了！他虚龄只有四十六岁，正当年，是大展鸿猷的时候了。从罢阻开河之议一事看，中玄兄还真不如小弟老练哩！这样想着，恐有疏漏，让高拱察觉他背后拆台，一进中堂，就忙提笔给胡槚修书：

疏至，言其不可成之状，即过玄翁，玄翁慨然请罢。盖其初意，但忧运道艰阻，为国家久远计耳。今既有不可，自难胶执成心。盖天下事，非一人一家之事，以为可行而行之，固所以利国家；以为不可行而止之，亦所以利国家也。此玄翁之高爽虚豁，可与同心共济，正在于此，诚社稷之福也！

又给梁梦龙修书：

胶莱新河，始即测知其难成，然以其意出于玄翁，未敢遽行阻阁，故借胡掌科一勘。盖以胡为玄翁所亲信，又其人有识见，不随众以为是非。且躬履其地，又非臆料遥度者，取信尤易也。今观胡掌科奏疏，明白洞切，玄翁见之，亦慨然请停。不必阻之而自罢矣！

与张居正的轻松畅快相比，这一天对高拱来说却格外漫长，又格外疲惫。晚上，在吏部衙门下了轿，往里走了几步，顿感步履沉重，转身正欲登轿回家，梁梦龙的急足闪身唤了声："元翁，请留步，胡科长有书来。"说着，把胡槚的书函呈上。高拱拿在手里，突然有了精神，快步进了直房。灯下展读，方知胡槚是解释反对开河原因的，不惟开河委实不可行，亦不必行，以海运代河运，同样可解漕运难题。

高拱终于露出一丝笑容，自言自语道："嗯，还算是明白人，凡事不能只说不行，要说怎么办才行，这样的人，还是可用的！"说着，提笔给胡槚回书。写毕，即唤张四维来见，嘱咐道："督河工之职，不再任命；漕运总督之任，亦暂缓呈奏。"

"怎么，玄翁，情形有变？"张四维吃惊地问。

高拱并不回答，而是问："宣大开市在即，不会有甚闪失吧？"

"家舅言，已暗中戒备，以防不测。"张四维答。

第
十
六
章 │ 敌意未消午夜惊魂
　　　良策苦思南北挂心

1

已过了亥时，高拱还没有回家。王诚等不及了，问得他每晚俱在吏部直房理事，便请高福带路，赶到吏部去谒。

"又出事了？"高拱见王崇古又差人深夜来谒，边展开王崇古的书函边问。

王诚道："禀元翁，老把都死了，他的大老婆接掌权柄，拒绝朝廷敕封，有异志。"

高拱听罢，神情淡定，边展读王崇古书函边吩咐："叫子维来。"

须臾，张四维进了直房，高拱已把王崇古的书函阅毕，见张四维进来，把书函向他推了推道："子维，令舅来报，言老把都之妇有异志，又上本为老俺陈乞四事：一、请给王印；二、请许贡使入京；三、请给铁锅；四、请抚赏布缎米豆，散给所部穷丁。"

张四维神情紧张，忙埋头阅看。待张四维阅毕，高拱道："老把都之妇拒绝敕封，这件事，令舅甚着急，我看大可不必！有些话，我早就想对令舅说了，终未得一告，今不妨略陈其要。"他呷了口茶，"老把都之妇既有异心，则任其扬去。彼既不贡，吾亦不与之互市。彼如作歹，吾严兵以待，无非一战而已。切不可委曲迁就，请求其受封、互市。盖天下之事，人有求于己则重，己有求于人则轻。为一酋所轻，则诸酋皆轻吾，而挟持要索之事恐将不免，顺服不得持久矣！况诸酋皆正服顺，而此一老妇又能如何？吾只加厚诸酋，而于其长子吉能恩礼皆备。此老妇者，置之不理，不以一言相通，故示决绝之状，彼必自无意思，摇尾乞怜，吾乃数其罪而容之，则伸缩之机在我，自可以制驭诸酋。不然，便任其去，亦无害也。"

"玄翁所言，四维甚赞同。"张四维点头道。虽百官照例皆以"元翁"尊称高拱，但张居正、张四维、魏学曾等人却以为称"玄翁"略显亲切，相约不改。

"呵呵，"高拱笑道，"然令舅之意，欲得此事十全十美，恐老把都一部排除在外，终是缺口，美中不足。"他一扬手，"令舅的这个想法，我不赞成！"

"那么玄翁的意思是？"张四维略显尴尬，忙问。

"必有缺口而后可保其完美。"高拱道，"对北虏，彼若全顺，吾全以礼相待；彼若全背，吾全待之以战。彼若有顺有背，吾则有礼有战。做成此等规模气象，使彼常有恐失荣利之惧，而吾则加厚抚赏，以悦其心。如有不驯，便少加顿挫，以示对其无所谓之意。斯为羁縻之理也！"他向前倾了倾身子，对着张四维道，"子维，与北虏打交道，与其说是应对北虏，莫如说先要应对自己人。朝廷百官，有多少双眼睛盯着呢，巴不得挑出弊病来。若过为委曲迁就求全，朝廷里那些人免不得以此为话柄，轻者攻讦为媚虏，重者扣上汉奸的帽子，不可不慎重。"

"醍醐灌顶！醍醐灌顶！"张四维连连道，"有些缺憾，正可证对北虏无委曲求全之意，亦可证主动权操诸我手，非坏事也！家舅可能未虑及这一层，故而着急。"

高拱拿起王崇古的书函细细阅看，良久方道："令舅所言四事，可准而无他议者一；可准但需再议者二；难准者一。"高拱伸出右手，扳倒大拇指，"授予老俺印信，使其相传为重，此可准。"又扳倒食指和中指道，"请给铁锅和抚赏二事，不是不可，而是需有限制。"最后，他又竖起食指，"贡使入京，不能准！"

张四维点头道："朝臣强半反对互市，即担心国朝货物资敌，尤其是铁锅、斧头，都说一旦可与北虏交易，则北虏用于打造兵器，故最为朝臣所忌。"

"正是这个理儿！"高拱接言道，"须知廷议时互市并未通过，只是请皇上发纶音，内阁强压兵部题覆方勉强过关，兵部题覆中，加了诸多限制。如今要开市，上来就允许铁锅交易，岂不激起众怒？是以这一件，不能允准，但也不能粗暴回绝。因北虏委实需要铁锅。闻得北虏嫁女、儿子分家，有一口锅各分一半的，其情可悯。我之不与，他怎么办？还是要抢，欲和平而不得，岂不因噎废食？我意用广锅不用潞锅，因广锅薄而不能回炉再炼；先用以充抚赏，而不准上市交易，使彼不可多得铁，以堵朝廷反对者之口。"

"明白了！"张四维终于舒了口气，道，"实则铁锅可供给，但选定为广锅；先不准入市交易，只以抚赏的名义给予。"

高拱苦笑道："往者北虏每岁入犯，所抢铁器何止千计？这些没人说，可一说允许以铁锅交易，就大喊资敌！这就是天朝缙绅的故态，遽然改变谈何容易，只能慢慢来。先变通一下，下一步再说铁锅入市的事。至于抚赏一事，老俺能顾及穷苦百姓，也是难得，宜给之，且不妨从厚赏赐，拿出节省军饷的十分之一用于赏赐，也不为过！然须议出定数，每年都照这个数抚赏，免得以后再行添乞，徒生纷乱。"

"办事难啊！"张四维叹息道，"非有魄力、识见如玄翁者，北边和平难期！"

"贡使入京不能准。"高拱继续说，随即又苦笑一声，"照理，贡使入京本属常例，也无关利害，还可慰老俺之心，本无拒绝之理。"

"是啊，玄翁何以言此事不能准？"张四维不解地问。

高拱道："不是为了防北虏，乃是为了防自己人。一旦北虏有背盟之事，一有迹象，官场上的人就会说，看看，贡使入京，就是带路南犯的，谁提议让贡使入京的，当追究责任！是以只可厚赏以遂北虏艳利之心，而不必令其贡使入京，乃为稳妥。此非以应对虏人，乃为应对吾人；应对吾人者，乃为令舅今后考虑也，不能不慎之！"

"是这样，是这样！"张四维连连点头。

"子维，这层意思，你这就去给本兵说。"高拱吩咐道。

张四维和杨博不惟是山西蒲州同乡，且是姻亲。张四维的表妹亦即王崇古之女嫁给了杨博之子；杨博的孙女则字于张四维次子。故张、王、杨三家关系密切，如同家人。从吏部衙门出来，张四维就直奔杨博府邸。

"呵呵，只要令舅奏本一到兵部，就照新郑所示题覆。"听完张四维的转述，杨博笑着道。他为官圆润，当年严嵩、徐阶当国，遇事必先请示，待阁揆点头，方题覆上本。如今高拱执政，又事先主动与他沟通，他更无不从之理。

王崇古奏本批交兵部，兵部遂照高拱所示题覆，内阁票拟："从兵部议"。

张四维急忙给王崇古修书：

题覆今晨始上，大要皆如舅意，惟贡使俱留边，此亦极便，士大夫中无见识人多，异日虏或由居庸入犯，必竟为危言相射，若虏使不入京，则呶呶者无藉口。此玄翁美意。甥意，舅须申戒诸边，开市之后，不可视小贪得，失信于虏也。

王崇古先已从王诚那里得到了高拱对处置老把都死后事宜的指示，豁然开朗，愁云消散；又接张四维书函，知朝廷对他所奏俺答入贡事的答复及背景，甚为欣喜，忙吩咐下去，一面知会俺答，约定开市时日；一面整备开市一应事宜，务必做到万无一失。

俺答汗接到王崇古札谕，惊喜万分，抱起三娘子转了两圈，伸出双臂，仰天大笑道："苍穹做证，茫茫大漠，万千生灵，终于有安生日子过啦！"言毕，大声喊道，"传本汗的命令，让大小各枝首领都给我听好，谁敢再犯边抢掠，本汗拿他点天灯！"

"汗，别光顾高兴了，互市的事，得预备嘞！"三娘子笑着提醒道。

"喔哈哈哈，谁说不是嘞！"俺答汗咧嘴笑着，"传本汗的命令：大小各枝，统统把肥壮的马匹预备下来，不许拿瘦弱病老的马匹往市场上赶！"又对恰台吉道，"挑选几个懂事的，去大同一趟，接洽开市的事！"

大同总兵马芳却有些紧张，向王崇古禀报道："军门，开市即开关，关门大开，甚是危险；不得不防啊！"

"本部堂倒觉得俺答不会胡来。"王崇古自信地说。

"为防有变，镇兵还是有所戒备为好。"马芳建言道。

"秘密部署，没有本部堂命令，任何人不得擅自行动！"王崇古下令。

2

内阁中堂里，张居正手拿捷报，兴奋道："玄翁，殷正茂果有韬略，不旋踵就生擒了韦银豹！"

高拱正仰面沉思着，似乎没有听到张居正的话，未做回应。

"此番征剿古田，破巢六十有二，俘获牛马器械以万计。功劳委实不小！"张居正继续说，"殷正茂不惟懂军机，也是明白人，捷报将征剿大胜，首归功于'天子保治，留心四夷，而硕辅元老锐意安攘之烈'，可谓确当！"

高拱欠了欠身，微微点头。张居正以为他在回应，正要接着往下说，却见他忽而摇头，忽而点头，似完全沉浸在自己的思绪里，便唤了声："玄翁——"

"喔？叔大说甚？"高拱似从梦中惊醒，抬头看着张居正问。

"殷正茂报捷，并请示处置韦银豹办法。"张居正晃了晃手中的文牍道，"又以古田既平，欲修举盐法，以足兵食而富广西，特条陈八事。"

"那还用说吗？"高拱似在与人争论，"韦银豹务必押解京师正法，不的，在广西斩了韦银豹，京师必有浮议，谓所斩未必真身。至于殷正茂所上各条，拟旨：饬殷正茂及时修举，兼行两广总督、湖广巡抚协心共济！"又补充道，"殷正茂因属下误认贼首，事涉欺罔，圣旨里当一并提及，囿之不究！"

张居正一听即知，高拱事先看过捷报和殷正茂的奏本，这么大的喜讯，他因何未有兴奋状，反而心事重重的样子？正思忖着要不要问一句，高拱开言道："此番征剿古田，斩首达七千四百六十有奇，官军也遭重大伤亡。这都是人命啊！我着人查过，开国以来，调集大军征剿广西叛贼，即达一十六次之多，可每每是征剿捷报甫上，逆焰复起。今古田虽平，安知不会死灰复燃？似这般反反复复，没完没了，不惟广西生灵涂炭，绅民无安居乐业之望，朝廷又何堪其负？"

张居正这才明白，原来高拱在谋善后治本之策。他不假思索地建言道："蛮贼如蔓草，当旋生旋除！大率盗贼奸尻，惟当慑朝廷之威，罕能怀朝廷之德。如有机可乘，一鼓而歼之，不复问其向背，虽被掳之人，亦不足惜之！总之，非铁血威慑，不足以压服！"

高拱以惊异的目光盯着张居正，不悦道："僮人，亦朝廷赤子，焉能以斩草除根之策待之？治本之策，在导之民风向上，致乱民乐业而向化。"

"玄翁，非我族类，其心必异！对待土夷，不能心慈手软，非高压不能慑服！"张居正争辩道。

高拱似不愿与张居正争论，从容道："自调殷正茂抚桂戡乱，即知戡平古田当无悬念，至关紧要者是善后。我多次访咨桂籍缙绅，已有初步经画，大要还是围绕减轻僮人负担，导之民风向上为方略。时下可做的，有这么几端。"他呷了口茶，缓缓道，"一、录田复业。古田经此一战，必有大量田亩失主，当迅疾清丈出宜耕之田，对无主绝田，一半可募兵屯戍，且耕且守；一半当招徕流亡的僮人回乡，授其田亩，复业耕种。二、减轻赋税。当按田亩好坏分类起科，不能大而化之。三、兴办学校。招徕僮人子弟入学读书，成绩优异者可酌才录用，委官赐职；各集市当设公约所，每月召集乡村成年僮人，传教礼仪两次。四、改流官巡检为土司巡检。巡检为镇压之官，维持一地治安，流官难以施展，不如用僮人，因俗而治。"

"改流官为土官？"一直冷眼旁观的殷世儋突然插话道，"改土归流是大趋势，元翁却逆其势，改流为土，这不是倒退吗？"

高拱鼻孔中轻轻"哼"了两声，语气坚定地说："不管倒退还是前进，只问其利弊如何耳！若既对当地百姓有利，又对国家有利，就行之；否则即改之！"

张居正知高拱已有经画，恐轻易不会改变主张，便不再坚持己见，转而顺着高拱的意思道："玄翁所言，俱深谋远虑之策，不过……"他停顿了一下，觑了高拱一眼，见他在等着自己的下文，遂继续道，"为稳定局势，还要辅之镇压之策……"

"说，叔大，说下去！"高拱见张居正欲言又止，分明是试探他的态度，遂抬抬手道。

张居正道："古田虽距会城不远，然崇山峻岭，方圆广辽，名位专而事权重；且临近两县不少地方也被韦银豹割据，善后当与古田相同。基于以上两点，县会不堪临制，非任重官，戍重兵不可。当升格为直隶州，辖古田、永福、义宁三县；再借鉴当年王阳明治八寨的做法，在古田分置镇、堡，各镇、堡均设镇、堡长统领，分拨驻军。文臣当增设兵备道一员，武将置参将一员。"

"增设兵备道，与减轻桂民负担不符。"高拱道，"我已着吏部研议裁撤广西冗官冗衙，正要将广西驿传道事务并入清军道，清军道佥事可管古田兵备之事。"

张居正点头道："玄翁所虑周详。"

高拱一扬手道："以上各策迅疾付诸实施，当不会再重现死灰复燃的局面，古田可保永宁！"

"呵呵，玄翁，古田就改永宁州吧！"张居正顺势道。

高拱一笑道："甚好！"他指了指张居正，"你起草奏本吧，以内阁公本上奏请旨。"说完，起身道，"我到吏部去。"

"玄翁照例是晚间方到吏部的，怎么今日尚未交酉时，就急急过去？"张居正问。

"嗯，忽然想起一件事，索性提前过去吧！"高拱边说，边快步出了中堂，又回头嘱咐张居正，"适才所议诸事，叔大上紧办完，戌时我即回阁签署。"

进了吏部直房，高拱一边吩咐召张四维来见，一边拿起堆集在书案上的文牍来看，是选任远方知府的奏稿，广西庆远府、云南姚州府、贵州安顺府，再一看人名及所附履历，全是荫官出身。他重重叹了口气，脸色顿时沉了下来。

"子维，这几个府的知府，不是去年底才到任的吗，怎么又要换人？"见张四维走了进来，高拱劈头就问。

"玄翁是知道的，远方知府，向由荫官出任。"张四维赔笑解释道，"照例是不旋踵即罢去，再换一批荫官去做。"

"不成话！太不成话！"高拱手拍书案，蓦地站了起来，"高官得荫子弟，是朝廷的特恩。这些荫官参差不齐，然既选为知府，必是有治理一府的才干方可。"他边踱步边道，"越是边远，越要选用干才，岂可胡乱选人？这是弊病，要改！吏部这就上一道《议处荫官及远方府守疏》，我说说大略，你督办草拟。"思忖片刻，口述道，"荫官升职，率多出为云、贵、广知府，然又不旋踵辄罢去，遂使有志者皆自隳沮，无志者优游待迁。彼此成风，善政甚鲜。况云、贵、广皆称绝远，休养辅辑尤甚内地；知府一方之主，顾可令明知不称其职者苟且卒事哉！夫既用之矣，而故示之不足用，是弃其人也；既为地方设官而故选明知不可用之官，是弃其地也。人则吾人，地则吾地，求其用与治且不可得，顾奈何弃之？此后远方知府，尤当与内地一体除授升迁，不得有差别。再，若荫官果有才干、政绩，当与进士、举人出身者一视同仁，不可以杂途而轻视之。"

"如此，则边地可望治矣！"张四维感叹道，"四维这就照玄翁意思拟稿上奏。"

"正事还未说呢！"高拱一笑，摆摆手要张四维入座，又道，"西南戡乱告捷，西北开市在即。适才在内阁议及巩固西南战果，我即想到巩固北边和平。巩固北边和平，端赖互市是否成功。因牵挂大同开市一事，方急急赶来。"他喝了口茶，继续道，"闻得老俺要亲临市场，必是带有兵马护卫，稍有不慎，恐有闪失，大局受挫。子维当速差人连夜驰赴阳和，转告令舅：开市事大，戒备固然需要，然绝不可轻启事端，此其一；与北虏商洽，既不可一味满足虏之欲求，又不可斤斤计较于细枝末节，要示其天朝之富厚，以压虏势而夺之魄，权衡操纵，卷舒张弛，有礼有节，此其二。这两桩事，务必处置停当！"

3

从开了春，得胜堡外忽然间涌来不少工匠，大兴土木。堡北一里处，建起一座方形的新堡子，堡城高两丈五尺，周长一里余，石砌砖包，有垛口，开东门，门顶设门楼；门外为瓮城；瓮城开南门，其外是月城，月城开东门。令人奇怪的是，堡内空旷无屋，只是一片空场地。直到朝廷允准互市的诏书颁下，人们方知此堡谓之市城堡，是专为互市预备的交易场所。

除了市城堡，在得胜口东侧，沿长城脊背本建有一座大城台，乃是守口将士轮值护口时所居，其东五六丈远，新建了一高一低两所楼阁，起始就连守口将士也不知是何建筑，用途何在；忽一日有匾额悬挂于上，方知此乃马市楼，为监管市场之长官公署也。

得胜口的月城，也叫望城堡，留门与山路、得胜口相通，此时也加派了人役，乃是专门对北虏入市马匹进行检疫的，望城堡遂成检疫场。

不惟官府，即使民间，也有闻讯赶来修建房舍的。大同富商郝树平闻得与北虏有封贡互市之议，即雇人在得胜口南门外动工兴建馆舍，谓之南致远店；又在月城北门外依山而建大店一座，谓之北致远店。前者供南来客商居住，后者专供板升商人旅居。

待一切整备停当，开市在即，王崇古率大同巡抚、阳和兵备道及大同总兵、副总兵一行进驻得胜堡。明日即俺答入关之日，过了亥时，王崇古即早早上床睡觉。

漏下二鼓，万籁俱寂，忽有敲门声急促响起，王崇古蓦地起身，大声问："何事？"

"禀军门！有敌情！"门外传来副总兵阎振惊慌的声音。

王崇古披衣下床，快步出了卧室，边往前厅走边问："怎么回事？"

兵备道崔镛、副总兵阎振奉命主开市之事，两人齐齐来谒，俱露惮忌之色。"探马来报，"阎振神情紧张道，"俺答拥众自卫，人马从焦山夹道而出，不下数万！"

跟在阎振身后的阳和兵部道崔镛一脸惊恐状，禀报道："军门，细作谍报称，俺答数万兵马，俱装备齐全，弓箭刀戈，粮草食物，与大军南侵之状无异！"

"马帅何在？"王崇古问。

马芳也已闻报，刚好赶来，大声道："禀军门，马芳在此！"

"我兵马情状如何？"王崇古问。

"禀军门，得胜堡四周，布有四路伏兵，但不满万人。"马芳禀报说。

崔镛惊恐道："军门，此距市场不过二三里，甚危险，要上紧转移，即刻回镇城，调集兵马前来驰援！"

"请军门即刻启程，卑职已为军门备好了马匹。"副总兵阎振道。

"再晚恐来不及了，军门！"崔镛焦急地催促道。

王崇古捻须沉思，慢慢踱着步，像是自言自语，又像是征询僚属意见，低声道："吁，今日之事，战耶，退耶？"

"今以不满万人之兵而与俺答战，绝无胜算！"副总兵阎振焦躁地说，"还是速回镇城为好！"

"势已骑虎难下，容军门决断吧！"崔镛不敢再催，只得说。

"牵马来！"马芳向门外的亲兵道，又转向王崇古，"军门，卑职去应对！"

"不可轻启事端！"王崇古想到高拱命张四维差人转来的叮咛，伸手做制止状，"君命在上，要和平不要战争，要融合不要敌对，如今互市即开，焉能擅自开战？"他似乎已有了决断，道，"我看俺答不会进攻。我方不是也埋伏四路兵马吗？俺答亲来入关互市，同样也会心存戒惧，故带大军以为扈从。万不可以为他带大军来，就与之一战！"说罢，吩咐马芳道，"马帅可严密监视俺答动静，但不可暴露，当秘密为之！"又对兵备道崔镛、副总兵阎振吩咐道，"明日一早，二位率数人，前至二十里迎俺答，皆吉服绶带，不得带寸铁！"

众人散去。王崇古知道，这一夜，对文武诸人来说，注定是提心吊胆的不眠之夜。

晨曦初露，没有意外发生，王崇古并文武僚属暂时松了口气。

黎明时分，俺答汗已与三娘子出了大帐，正踌躇着是否带兵马继续前行，忽见前方影影绰绰有马匹在向这边移动，探马来报："禀汗爷，天朝差使来迎！"

"多少人马？带何兵器？"俺答汗问。

"只有十人，并未携寸铁。"探马答。

"喔？"俺答汗捋着络腮胡，"可有埋伏？"

"并未探得有伏兵。"探马又答。

"好！"俺答汗决断道，"迎接使者！"

须臾，俺答汗跨上战马，带着五奴柱等一干随从，列队恭迎。崔镛等尚未下马，就听俺答汗大声道："喔呀！天朝果有信义，诚意如此！"他一举马鞭，命令道，"所有兵马都不得再进，统统给我释弓矢，解衣甲，巴特尔们，尔等在此放马撒欢儿吧！"

待崔镛一行下马，俺答汗和三娘子也下了马，施礼相见，互致问候。俺答汗又命五奴柱："侍卫一百人随本汗入市，通不许携带刀剑！"说着，亲自解下腰中佩剑，扔到地上，道，"这件玩意儿，以后，用不着啦！"

崔镛等人引俺答汗一行过了得胜口，进入得胜堡。一下马就径直登上龙亭。只见俺答汗郑重脱帽，跪地南向三叩首，谢圣天子之恩；又向崔镛索币祭谢其祖，忻忻然以为荣也。

当晚，王崇古来到得胜堡，设宴招待俺答汗与三娘子。照高拱所示，为让俺答歆美天朝富饶，刻意从各地赶运了不少山珍海味，又特聘大同名厨主理，菜肴丰盛，令人垂涎欲滴。俺答汗已更了衣，身穿皇上所赐大红五彩纻缎蟒衣，拉着着了盛装的三娘子之手，相偕进了宴会厅。搭眼望去，先被宴会厅的富丽堂皇之气所吸引，又被桌上的佳肴所惊呆，俺答汗嘴角挂着口水，他吸溜了一声，向王崇古躬身拱手道："太师，咱这里有件礼物，献于太师。"说着，向三娘子使了个眼色，三娘子从怀中掏出一份文牍，侍从接过呈来，王崇古一看，满篇俱是番文，即知俺答又有事要他代奏，却不知是何事体。

"坐，请顺义王伉俪入席！"王崇古伸手相请。

王崇古坐主座，俺答汗坐左手，三娘子挨着俺答汗而坐，其余人等依序入座。甫坐定，俺答汗一笑道："太师，适才所呈，是吾亡弟老把都之妇驯伏之奏！吾弟故去，弟妇不受敕封，不愿称臣，太师为之烦心。这不，本王差人去劝，弟妇已然答应接受敕封，乞请在三边开市。太师看，这是不是礼物？喔哈哈哈！"

"顺义王！"王崇古款款道，"这不是给天朝的礼物，是顺义王为弟妇乞天朝赐给她礼物！"

"喔哦，哈哈哈，谁说不是嘞！"俺答汗笑笑说，"太师说得是。"

"国制，与北人交涉，俱由大同督抚转达送。"王崇古道，"事虽超出宣大地面，但本部堂必替顺义王转呈朝廷。"说罢，指着桌上的一盆炖羊肉道："顺义王，先尝尝这道菜，看看与土默川羊肉味道有何不同。"

早已侍立身后的侍从夹起一块羊肉，放在一个碟子里沾了沾，请俺答汗品尝。满桌佳肴，俺答汗只识得这一道，本不情愿吃，谁知一搭嘴，便觉味道鲜美，边大口咀嚼着边道："本王吃这物什六十年啦，第一次吃出这滋味，这是为啥嘞？"

王崇古指着碟子道："顺义王，味道出在这里。此为酱油，再加芝麻油、蒜汁，故而鲜美。"

俺答汗瞪大眼睛看了又看，又低头闻了又闻，咂嘴道："吃羊肉六十年，都是沾盐巴，难怪没有滋味。本王今日方知，做天朝臣子有福嘞！"

王崇古大笑，举盏邀众人同饮。

酒过三巡，俺答汗开言道："太师，该说说马价了吧？"不等王崇古回应，他嬉笑道，"以本王说，就以二十年前开马市那次议定的马价办啦！"

王崇古脸色陡变，把酒盏往桌上用力一蹾，看也不看俺答，怒气冲冲道："这是何意？"

4

俺答汗开言提及嘉靖三十年的大同马市，王崇古勃然色变。不惟那年的马市乃北虏大军围城逼迫所致，还因为朝廷反对此次互市的最主要依据，恰恰正是那旋开旋关的短暂马市。那年马市，完全是官方所为，严辑军民人等，不许私相交易。即使是马价，也全是为安抚北虏，不惜高价收买，每匹达银二十多两。无论是马市之开还是马价之高，都是国朝屈辱的一页。

三娘子见王崇古一脸怒容，拉了拉俺答汗的袍袖，赔笑道："太师，顺义王只是随口一说而已。此等琐事，何须王爷和太师过问？"

"喔，哈哈哈，谁说不是嘞！"俺答汗爽朗一笑，"小事一桩，小事一桩！"他举起酒盏，向主座侧过身，"来来来，太师，本汗……哦本王，敬太师一盏！"

三娘子不由分说，起身走到王崇古身后，抓住他的手，把酒盏举到他的嘴边，劝道："太师请饮！"

王崇古猝不及防，脸"唰"地红了，像被马蜂蜇了一下，忙甩开三娘子的手，以袖遮面饮下了一盏酒。放下酒盏，阴沉着脸道："顺义王当

230

知，朝臣对互市多半反对，高相力主，皇上宸断，允准互市，方有今日开市之事。稍有不慎，市场未开而群情激愤，后果何堪设想？"

"明白明白，太师为土默特着想，本王感激不尽。三娘子，你快敬太师酒！"俺答汗说着，连连向三娘子使眼色。

三娘子刚欲归座，又转身回到王崇古身旁，她适才已饮酒，面颊上泛着红晕，双目顾盼生辉，毕竟不到二十岁的年纪，未脱少女的天真。她的脸庞上本就带着几分天然的欢快，启齿一笑，酒窝越发分明。胡地之人又格外大方，毫无忸怩作态之状，早撩拨得王崇古心旌荡漾，欲多看几眼，又不能不刻意回避。闻听俺答命三娘子敬酒，王崇古不知如何是好。三娘子微微扭动身躯，轻盈地靠在王崇古身上，弯身替他斟上满满一盏酒，王崇古略带尴尬地向旁边侧身躲避，慌慌张张地拿过酒盏一饮而尽，这才笑了笑："多谢、多谢……"他一时不知该如何称呼，支吾了几声，方勉强道，"多谢顺义王夫人。"

"哈哈哈，太师，莫不如上奏朝廷，给三娘子一个敕封。"俺答汗顺势道。

王崇古点点头，道："嗯，此事可行。"他见俺答呈讨好状，遂伸出双手压了压场面，道，"顺义王，本部堂有一事相告：顺义王及各部贡使，俱留边，不入京师。"

"这……"俺答汗一脸疑惑，"既然向皇上进贡，自当亲赴京师嘛！"

"顺义王，个中缘由本部堂就不必再多说了吧，终归是为顺义王着想，为维护和平大局着想的。"王崇古轻描淡写道。

俺答汗点头道："既然太师这么说，咱信任太师。"

王崇古举盏又与众人同饮一盏，转脸对俺答汗道："顺义王，封王典礼时顺义王所提四项请求，除贡使留边外，其他都好说，抚赏从厚，广锅也少不了；但先以抚赏方式供给，等开市顺利，阻力减小，和平大局巩固，再允入市交易。"

"谁说不是嘞！"俺答汗爽快道，欣然接受。

王崇古又道："此番开市，先由官府主办，再开民间贸易。至于官开马市的马价等事，顺义王可委任部属，与主市的官员商谈，本部堂不与闻。"

"谁说不是嘞!"俺答汗一笑道,"不过,大同附近只在得胜堡和水泉营开两处市场,还是少了些。"

"是。本部堂也认为少了。"王崇古道,"只要顺义王约束部属遵守规约,互市顺利,他日边门大开,贸易繁盛,自不在话下!"

"本王早就盼着这一天嘞!"俺答汗欣喜道。

三娘子刚回到座位,听王崇古一席话,又麻利地走过去,把酒盏举在王崇古唇边,娇声道:"咱敬太师酒!"说着,将她的酒盏举到王崇古的嘴唇,王崇古往后仰了仰头,伸手挡住,另一只手摸索着抓起自己的酒盏,心慌意乱道:"干、我干!"说完侧过脸去,一饮而尽。

俺答汗吃得直打饱嗝,不时拍拍自己的肚子,口中"啧啧"不已。王崇古见状,笑道:"闻得顺义王伉俪要在此地观市,不妨到堡内走走看看。这得胜堡由北向南,建有神武阁、玉皇阁、木牌楼、菩萨阁、城楼,都值得一看。看那玉皇阁,南门额刻'雄藩'、西门额刻'保民'、北门额刻'镇朔'、东门额刻'护国',何等气派!再看那木楼,高两丈五尺,宽五丈有余,顶铺琉璃瓦,下为全木结构,雕梁画栋,十分壮观。这只是大同七十二堡之一;而大同,国朝北方九边之一而已。我中华地大物博、物产丰饶,名胜古迹难计其数,由此可见一斑。请顺义王伉俪多看看!"

三娘子忽闪着大眼睛,听得入神;俺答汗伸长脖子,津津有味地听着,昏花的目光中,满是歆羡。

"华夷一家,胡汉一体,只要和平得以巩固,长城内外,必可同享繁荣!"王崇古慨然道。

"咱余生无他,诵经而已。"俺答汗激动地说,"土默特各枝大小头领谁敢违约进犯,再启干戈,咱绝不饶恕!"

宴会尽欢而散。五奴柱与崔镛等随即商洽马价,议定官市上等马十二两、中等马十两、下等马七两。

次日卯时,得胜堡晨钟敲响,市城堡堡门大开,寓居南、北致远店的商人便纷纷涌入,北人以牛马、皮张、马尾,汉人以缎绢、布匹,开市交易。

崔镛、阎振等陪同俺答汗伉俪登上市城堡东门楼观望。但见人群熙熙攘攘,货物琳琅满目,欢笑声、讨价还价声不绝于耳。

"天王有道边城靖，上相先谋马市开！"崔镛随口吟了一句，又感慨道："此事非王军门在外担之，新郑相在内主之，安得有成？从此和平代替战争，市易代替掠夺，我国家享无穷之利，边民免无穷之害，华夷融为一家，可载史册矣！"

俺答汗脱帽道："本王知道，此事多亏了内阁高相，请代本王向高相致意！"

正说着，忽闻市场上传来吵嚷声，循声望去，几个人扭打在一起。崔镛忙拉住俺答汗往厅内的座椅上让，又扭头示意阎振速去查看。

须臾，阎振回来了，欲说明情形，崔镛向他使了个眼色，又微微摇了摇头，阎振"呵呵"一笑，道："没事没事，喝茶喝茶！"

1

又到了天长夜短的季节，高拱从吏部直房回到家里，已交了亥时，天际还影影绰绰间残留着一抹亮光。

"玄翁！"随着一声深情的呼唤，房尧第从垂花门闪身出现在高拱面前。

"崇楼？"高拱又惊又喜，但出语却满是责备，"怎么去了这么久，嗯？玩够了？还想着回来？"

房尧第躬身施礼，不知从何说起。

"跟我到书房来！"高拱吩咐了一声，来不及更衣，就径直往书房走去。

"老爷，老爷——"夫人张氏闻听高拱回府，忙出门迎接，见他快步往书房走，便在身后喊道。

"有啥事，回头再说。"高拱并未止步，用老家话回应了一句。

"回头说回头说！你没有回头的时候！"张氏不甘心，追着他进了书房，"元嗣来了，等你老半天了，你能不能见他一面哪？"

元嗣是张氏的娘家亲侄孟男的字。他九年前中进士，授广平府推官，考绩优异，甄拔刑科给事中，正值徐阶发动举朝逐高，高拱下野后，张孟男即被贬谪汉中同知，一时京中舆论大哗，徐阶遂授意吏部，改调顺天府治中，再调刑部员外郎。

"见他做甚？是不是要官来了？"高拱不悦道。

"要官儿要官儿！你就知道个官儿！你可知，元嗣当这个员外郎都快四年了，搁别人早该升了，谁知遇上你这个无情无义的姑父，不关照他也就罢了，还总这么压着他！"张氏抱怨说，她好不容易逮着机会，仿佛要把多日积攒的不满一股脑发泄出来。

高拱想起文坛领袖王世贞，进士及第五年内升至刑部郎中，却接连赋诗，抱怨严嵩压制他，致使他升迁太慢；如今张孟男做员外郎已四年，却未升迁，委实说不过去。但他不想为他升职，以免给人留下口舌，故而才刻意回避他。本是他不好意思见张孟男，此时却故作生气道："女人家少掺和政事。元嗣若是为升官而来，以后，不许他登门！"

"哎哟俺的娘啊，看你凶巴巴的样儿！"张氏嗔怪道，"元嗣从来没说过要你升他的官，是我叫他来的，叫他带他的二小子来，就是学名叫张林宗的小小子儿，三四岁了，虎头虎脑，怪喜欢人的，我想和你商量，把他留在咱家里养着。"

高拱不耐烦道："人家有亲爹亲娘，你硬生生把人家拆开？"

"那咋办？有个小小子儿在跟前，我心里还舒坦些，不的，还不如死了的好！"张氏赌气道。

"又来了，又来了！好好好，随你，中了吧？"高拱只得松了口，又道，"你知会元嗣，我还有事，就不见他了。"

张氏无奈地摇了摇头，嘟哝着往外走，刚走几步，又回转身："都是让你这个偏老头气的，还有件事，差点儿给忘了。老家给务润做过教席的那个刘旭，来了两回了，都没遇上，今儿个你好容易在家，我叫高福叫他来？"

"他来做甚？定然是要帮他谋差事的，不见！以后也不许他再登门！"高拱一扬手道。刘旭给高家做教席时，大哥高捷就对他甚不满意，说他有借势谋利之心，高拱对他也就没有好印象，故而断然拒绝。

"无情无义的偏驴！"张氏骂了一句，讪讪地出了书房。

高拱忙喊："崇楼，快进来！"

"玄翁，学生无能！"房尧第一进门，"嗵"地跪倒在地，沮丧地说。

高拱闻言，脸上顿时现出失望的神情，无力地靠在椅背上，良久无语。

"就连邵大侠，也不知珊娘何在。"房尧第声音低沉，不知是焦灼还是愧疚，声调有些哽咽。

高拱吃力地欠了欠身，伸手端起茶盏，又放下，问："崇楼都到了哪里？"说着，从书案上拿起珊瑚串珠，在手里轻轻摩挲着。

"学生第一站就直奔丹阳。"房尧第禀报道，"那邵大侠闭门谢客，已判若两人矣！好不容易方见上了，可他竟然也不知珊娘的下落。"

高拱在房尧第面前从未提及过珊娘；此番房尧第到江南，也是以查访风土民情的名义去的，并未把寻找珊娘一事说出口，高拱心里虽着急，也不便多问，只是静静地听着。

"学生又去了常州、宜兴、苏州、松江，"房尧第又道，"回程时还到了玄翁的老家，寺庙、道观都找遍了。"说完，似有万般羞愧，恨不能自扇耳光。

书房里一时陷入沉默。良久，高拱开言道："崇楼此番查访风土民情，江南的情形如何？"

"江南物产丰盛，苏州地界，聚居城郭者十之四五，聚居市镇者十之三四，散处乡村者十之一二，民人多不置田亩而居货招商，种地的竟没有做工、经商者多！有开纺场的，有开书坊的，有开客栈的，有开船场的，有带戏班子的……喔呀，亭馆布列，略无隙地。舆马从盖，交驰于通衢。一派繁荣之象！"房尧第感叹道，他呷了口茶，继续说，"朝廷恤商，好像把重本抑末的枷锁给摘下了，商民闻之雀跃，干得甚欢！"

高拱点头："时下与太祖时代委实大异其趣了，可国朝治理设施，全是基于以农为本，如何治理商业都市，全无凭依。一些人还动辄祖制成例，安得有良治！"又问，"可知条鞭法试行如何？"

"玄翁主张钱法听从民便，时下江南皆用银子。"房尧第道，"条鞭法是把赋税徭役一概折合银两，有了银子自可实行。不过，有一事不知……"他欲言又止。

"还有甚不能讲的？"高拱不悦地说。

房尧第鼓足勇气似的说："闻得江南巡抚陈道基，信誓旦旦要接着海瑞铺的摊子干，一到任却整日坐在巡抚衙门里读书写字，清丈田亩、试行条鞭法之事，也不提了。”

“不会吧？”高拱质疑道，“看重他守廉有为，方有此任，怎么可能无所作为？定然是得罪了人，故意坏他的官声。吴地难治，怎么做都有人说三道四，难免。”

“呵呵，或许如此。”房尧第道，抬头看了高拱一眼，“玄翁，还有些情形，不知当说不当说？”

高拱蓦地站起身，怒道：“那你就别说！”

房尧第歉意一笑，扶高拱坐下，道：“邵大侠，是被江陵相赶出京城的！”

“就这事？这事，叔大早就禀报过了。”高拱一扬手道。

“邵大侠惊惧万分，说张居正必当国，当国必杀他！”房尧第以神秘的语调道。

“叔大必当国，还用他说？”高拱一掀胡须，“六十啦！叔大才多大？四十出头啊！自会把担子交给他。”像是突然醒悟过来，“他还说甚？叔大当国必杀他？那是为何？”

房尧第压低声音道：“听邵大侠的意思，正因为参透杀机，邵大侠方要珊娘离开他家，以避杀身之祸的！”

高拱不住地摇头，脑海里却又浮现出赵贞吉诟病张居正的话，一股寒气从脚跟“嗖”地蹿上了脑门。

房尧第又道：“听邵大侠那口气，不惟是他，就连玄翁，也该提防着点儿嘞！”

“一派胡言！”高拱大声呵斥道。他被房尧第的话说得心烦意乱，又不愿再琢磨这等事，一股无名火，就照着房尧第发泄，“你去了几个月，就访得这些劳什子？”

房尧第垂头丧气，不敢再言。高拱烦躁地一扬手：“你出去吧！”

“玄翁，学生到新郑一看，正热火朝天筑城墙呢！”房尧第走到门口，又转身道，他想说些让高拱欣喜的事，“抚台亲自督办，举全省之力，墙砖四四方方，厚大倍于寻常，都是特制的，看那阵势，不久就能筑好。”

“什么？”高拱惊讶不已，“这个李邦珍，把我的话全当成耳旁风，成何体统！”

2

暮春的一天，清晨，河南巡抚李邦珍，率分巡开封、归德、陈州三府的参政查志立，巡按河南御史杨家相，开封府知府张梦鲤，轻车简从，一路西行，巡视中牟、新郑两县。

行前，巡抚衙门已发出滚单，列出巡视地点，并戒谕大小官员，概不许出迎。李邦珍一行到得中牟县城，休息了一晚，次日晨，直奔土墙村而去。

土墙村是高拱夫人张氏的娘家。张氏父母俱已下世，尚有一个弟弟在家居住，闻听巡抚、知府、知县都来了，慌忙出迎。李邦珍拉住张氏弟弟的手，问长问短，得知他的儿子张孟男乃嘉靖四十一年进士，现在京任刑部员外郎，越发亲切，笑道："喔呀，张元嗣，本院是知晓的，中玄相公下野那年，前宰把他调外任，引起朝野一片议论嘞，足见元嗣官声甚佳啊！可本院还真不晓得，元嗣竟是中玄相公的内侄哩！前程似锦哪，前程似锦！"

临别，李邦珍指着中牟县知县道："张兄家里，你务必多关照！"

出了土墙村不远，进入了新郑县地界，向西南行不过三十里，就是高拱家乡高老庄了。新郑知县已在村边迎候，巡抚一行下了轿，抬头一望，但见村里的一条大路两侧，立着不少牌坊，一问方知，这都是官府为高拱祖孙三代所立。李邦珍饶有兴趣，一一查看。

先是解元牌坊，上书：正德庚午科高尚贤。

"乃玄翁之父。"新任知县匡铎禀报道。

与之相对的，是经元牌坊，上书：嘉靖戊子科高拱。

"呵呵，这个就不必多说了。"匡知县笑着道。

再走几步，又一个大牌坊，为"父子兄弟进士"坊，仿佛过街门楼，上书：正德丁丑科高尚贤、嘉靖乙未科高捷、嘉靖辛丑科高拱。

"这个不必解释，都晓得的。"李邦珍摆手道，又咂嘴赞叹，"在此不起眼的村庄，一门三进士，难得啊！"

再前行几步，相对而立两块牌坊，左侧是"都台总宪"，乃前任河南巡抚为都察院佥都御史巡抚操江高捷而立；右侧一座为"少保宗伯"，乃嘉靖四十四年河南巡按御史为时任礼部尚书高拱所立。又走了几步，一座新立的牌坊赫然耸立，为"少师冢宰"坊，乃巡盐御史郜永春为高拱所立。

李邦珍指着右侧道："这里，早晚要立起柱国元辅的牌坊！"

说话间，李邦珍一行到了高拱老宅，高氏族人纷纷聚来，向抚台大老爷禀报：高家兄弟六人，老大高捷已故，老二蒙父荫做武官，老三乃当今阁老，老四早夭，老五举人出身，在外做官，老六贡生出身，在外做官。时下家中只有老大高捷的两位妻妾带着年幼的儿子，在县城居住。

"可有事要办?"李邦珍问。

一个长老道："高家门风，从不求官府关照。不过，倒是有一件事拜托抚台老大人看顾：高家大老爷入乡贤祠的事，去年被学政给驳回了，这十里八乡，都为高家大老爷抱不平嘞！"

"喔?"李邦珍对开封知府张梦鲤道，"此事，当办，再报就是了。"言毕，在老宅中走了一圈，即吩咐赶往县城。

进了新郑县城，李邦珍一行即径直到了高拱大嫂家中，也只有两个老仆、几个丫鬟，照看着老老小小。李邦珍略事寒暄，即吩咐新郑知县匡铎，要好生看顾，又问玄翁宅邸何在? 匡铎指了指后面："那就是，不过只有一个老仆看家，并无他人。"

李邦珍见高家并无须官府看顾之事，也就不再盘桓，至县衙用晚餐。匡铎不敢奢华，只略备几样当地家常菜，拿出中牟所产梨花春酒款待。李邦珍也是清廉之士，又是在以整饬官常为己任的执政者家乡，知县做此安排，自是让他甚为满意。

"本院此番巡视，不为别的，只为中玄相公。"三盏酒下肚，李邦珍讲到了正题，"中玄相公在朝执政，我辈在他的家乡做官，自是要为他的家乡做些事。这种事，中玄相公不会开口，端看我辈会不会办了！"

"禀抚台，新郑县城至今还是土墙，这两年雨水甚大，西南隅土墙已被雨水淋塌。"匡铎不失时机地说，"若能为新郑县城筑墙，也算办了一件大好事！"

李邦珍眼前一亮，旋即仰面大笑："哈哈哈！本院尚未进城，就有此意，倒叫贵县抢先咯！"他向外一指，"新郑乃国中名邑，人杰地灵，名胜遍布，迄今还是土墙，如何说得过去？"

"抚台所谕极是！"匡铎兴奋地接言道，"下吏查得，国朝宣德元年，新郑修土城，周五里、高一丈五尺；六年，又加高五尺。历经百余载，人丁繁衍、市面繁荣，早该改建拓宽。此番筑城，其工有四：一是城墙易土为砖；二是向东北拓十余雉，约四十丈有奇；三是四门各建城楼，并置匾额，在四门外建月城；四是在东、西城墙上各建望楼、交楼一座，敌台四座。"

"呵呵，看来贵县早有经划嘛！"李邦珍笑道，"俱当一体办成！"

巡按御史杨家相皱眉道："连年遭灾，莫说新郑县，恐开封府也未必拿得出筑墙的银两吧？若加科摊派，与高相治国理念不合，一旦闻之，反而会责备我辈。"

李邦珍一摆手道："欸！新郑乃交通孔道，河南门面，当举全省之力毕其役，银两、用料、工匠，自当全省统筹调度！"

开封知府张梦鲤忙道："匡知县，还不快敬抚台！敬一盏，给你拨一千两！"

"哈哈哈！"李邦珍大笑，"不必敬酒，这是本院分内之事，不吃不喝也得把此事办成！"说着，将一盏酒一饮而尽，一抹嘴，"不惟要办，还要快办！"

回到开封城，李邦珍即修书一封，向高拱禀报，言他赴中牟、新郑查访民间疾苦，得知新郑土墙不敌雨水，西南隅已然坍塌，为新郑百姓计，急需修墙，已整备齐全，不日即可动工。此时，正值封贡互市一事沸沸扬扬，李邦珍顺便询及此事，以示留心国事。高拱正忙于处置边务，阅罢李邦珍书函，皱眉沉思片刻，提笔匆匆回书：

公议为敝县筑城，多感。第今民财敝匮，年岁凶荒，重大工程岂宜轻举？望姑罢之，待丰稔之时不妨再议。北敌款顺，其说甚长。中间委曲主张，授计边官，颇竭心力；而排祛浮议，则尤抱苦怀焉。更仆难终须得暇，乃可陈其略也。

李邦珍接到高拱回书，思忖良久，忙召参政查志立、巡按御史杨家相、开封知府张梦鲤来商。

"诸位看，中玄相公是阻止筑城之事？"李邦珍问。

"中玄相公怎好说赞成？"查志立道，"这是客气话嘛！"

"我看不像客气话，高相其人，素来不喜虚饰。"巡按御史杨家相道。

"玄翁或是真心阻止。"开封知府张梦鲤道，"然则，待我辈把事办成，玄翁就只有高兴的份儿啦！"

李邦珍点头："那就照画策推进！"说罢，就分派差事，"查大参，自即日起，你专董新郑筑城事！新郑城墙用砖，要特制，分派禹州、汝州、密县、尉氏、中牟五州县烧制；城楼等所需木料，传檄许州府采运；黄河北岸人手多，卫辉府推官卫生乃本院乡党，本院即檄其协董筑城事，专责招募工匠。"

杨家相重重吸了口气道："抚台，一县筑城，岂有让别县出钱出人的道理？这么做，于高相令名有损吧？"

"不要斤斤计较过程，上官都喜欢看结果嘛！"李邦珍不以为然道，"只要结果是好的，过程不必细究！"

巡抚一力推动，藩库拨款，檄书四出，新郑筑城工程，不久就紧锣密鼓开工了。

房尧第为寻找珊娘到新郑时，筑城工程正在热火朝天进行中。

3

李邦珍的轿子已穿过了大梁门，却不见开封知府张梦鲤的人影，他掀开轿帘，面带愠色："张知府怎么回事？说好要到新郑县视察筑城，难道还要本院等他不成？"

正说着，不远处一台轿子急匆匆赶来，到了近前就要落轿，李邦珍沉着脸大声说："已然晚了，快赶路吧！"

张梦鲤却还是落了轿，大步跨到李邦珍轿前，施礼毕，抹了把额头上的汗，禀报道："抚台，下吏刚起轿，考城知县呈来急文，说县城被大水淹没！"

李邦珍"哦"了一声，似乎是宽谅张知府迟到之意，须臾方反应过来，问："死人没有？"

"那里的绅民早有防备，倒是没有出人命。"张梦鲤道，一脸焦躁地站在轿前，等待巡抚吩咐。

"本院没有记错的话，考城地濒黄河，屡遭水患，县城已先后迁过六次，且都是县令操办，对否？"李邦珍问。

"喔！抚台谙熟省情，下吏钦佩！"张梦鲤恭维道。

"既如此，知县当知该如何区处，无须你我代劳嘛！"李邦珍轻描淡写道，说着，手伸轿外，向前一扬，"快走吧，别误了正事！"

张梦鲤踟蹰着，见巡抚的大轿已然西去，只得登轿追赶。两顶轿子在哨弁、亲兵簇拥下，一路小跑着向西驶去。李邦珍坐在轿中，恍恍惚惚中，感觉已站在会极门朝班里，朝服补子上的云雁，变成了孔雀。

国朝巡抚并无固定品级，端看加衔。李邦珍加都察院佥都御史衔，正四品，尚不及从三品的藩台为高，官服补子绣云雁。因有都察院堂上官职衔，为宪职，可节制一省文武。巡抚最好的出路是晋升六部侍郎，正三品，官服补子绣孔雀。李邦珍是嘉靖二十九年进士，做过科道，巡按福建时，正值倭患最烈，与戚继光一道，督战剿倭，以军功直升京堂，外放河南巡抚。他为官清廉，官声颇佳。可任巡抚已然三年考满，却依然没有升迁，而张四维、魏学曾这些比他晚一科的进士已然官居侍郎，让李邦珍甚为歆羡。时下高拱手握铨叙大权，而他又在河南任职，若不借此良机一举而上，同年、乡党，必讥其迂腐不谙为官处事之道，在官场就真的没有颜面了。他刚履任时，高拱就赋长诗为赠，可惜当时未加意与之结交，如今只能以为新郑筑城来换取高拱的赏识。这自是李邦珍心目中的头等大事，也是一件急事。

张梦鲤只是五品知府，与当国执政者距离尚远，体认不到李邦珍的良苦用心，还想着省、府两级先把考城水灾之事区处出眉目再去新郑，却未料李邦珍并未改变行程，他也只能随同前往。

次日午时许，李邦珍赶到了新郑。一下轿，顾不得洗面喝茶，就直奔现场察看。总董查志立、协董卫生，新郑知县匡铎，指指点点向抚台禀报进度。

"能加快的，还要加快！"李邦珍道，他指着卫生，"卫推官，你不妨再募些人手来。"走了几步，又回头问查志立，"还有甚难题？"

"抚台，人力物力财力，俱充沛！"查志立道，"只是，远道而来的工匠，风餐露宿，自带干粮，委实有些苦辛。"

"正因如此，才要加快嘛！"李邦珍道。他突然伸出手臂，在胸前抡了半圈，瞪眼道，"工匠如此苦辛，诸位都看到了；所有的钱财，一分一厘，都要花在筑城上，你们谁敢往自己腰包里装一文，"他停顿了一下，"或者吃吃喝喝，奢靡糟践，本院必重参不饶！"

众人默然点头。又走了几步，李邦珍缓和了语气，笑着道："诸位也很操劳，本院心中有数，放心做事就是了！"

众人拱手抱拳，纷然言谢。正说着，一匹快马突然疾驰而来。

"禀抚台，京城有书来！"骑马人说着，从怀中掏出书函，递给李邦珍。

"喔！是中玄相公的！"李邦珍道。他向众人扫视了一眼，查志立忙使了个眼色，众人一起走开了。李邦珍这才拆开展读：

修城一节，有劳经划。仆昔力辞，实出衷悃。而公乃谓地方公益，非为仆者，且钱粮已集，工役已兴，故仆不敢复言。第闻供役者皆邻境州县之人，则甚不可。夫新郑之城，新郑之人所以为固者，而乃使邻境之民离家室，裹糇粮，荷畚锸，疲筋力，风餐露宿，为他人筑城，则岂不拂人情而敛怨乎？望亟命散之，乃所以为爱也。若夫砖石，亦只宜本县从容设处，如派于外处，不惟累及他人，而远亦难致，亦非计之得也。大抵此事非可急促而为，况既有设处钱粮，本县亦自有可雇之人，可庀之物，何待外求乎？若为仆修城，为城招怨，非仆平生之所安也。恃爱取布腹心，惟照亮，幸甚！

这是高拱从房尧第口中得知新郑筑城之事后，怀怒写给李邦珍的。李邦珍阅罢，脸色陡变，良久未缓过神来。众人望着抚台的背影，见他站在那里半天不动，也不敢上前打扰，急得一个个就地转圈。新郑知县匡铎忍不住了，趋前疾步，低声道："抚台，该用午饭了。"

李邦珍并未回头，瓮声道："请查大参移步。"

查志立急忙走过去，李邦珍把高拱的书函递给他。

"喔呀！"查志立刚读了几句，就发出惊叹声，待阅毕，额头上全是汗珠，低声道，"抚台，这、这……这满纸都是失望、指责！原以为高相是客气，看来他前书不赞成修城，并非客套。罪过罪过，下吏太不识高相了！"

李邦珍两眼发直，内心翻江倒海，一时进退失据，不知如何是好。

"抚台，这回就照高相说的办吧！"查志立建言道。

李邦珍沉吟片刻，道："还是回去再传檄过来为好。"

查志立悟出，李邦珍是顾忌在下属面前有失颜面，点头道："这样好，这样好！"

李邦珍轻叹一声，远远地对众人道："本院有急事，这就回会城。"说着，疾步往前走，待轿子一到，便登轿而去。

众人一直跟在李邦珍身后，并未看到他的表情，不知发生了什么大事，只觉得抚台有些失常，又见他竟径自登轿而去，更是大感诧异，面面相觑。

"道台，怎么回事？"李邦珍的轿子刚起，张梦鲤就迫不及待地问查志立。

"喔，没、没什么，等待抚台的公文吧。"查志立支吾道，"抚台突然觉得为一县筑城，惊扰邻境之民不妥，有意使之散去。"他上前拉住匡铎的袍袖，"明府，筑城之事，恐要明府一力承担了。此事，万不可半途而废啊！"

"筑城是县令的分内事，即使只有下吏一人，也要把城墙筑起来！"匡铎拍着胸脯说。

查志立苦笑一声："明府筑城是功，抚台、道台筑城，或许就是过啦！"

"道台，李中丞何以匆匆离去？"张梦鲤好奇地问。

"别问了，抚台此时必是郁闷万端呢！"查志立叹息一声。

李邦珍岂止郁闷，此时，他坐在轿中，嘴唇紧闭，双目微眯，起始被弄巧成拙的懊恼所笼罩，继之是委屈，陡然间，就被怨恨所取代。暗忖：高中玄如此不近人情，不用别人替他敛怨，他自己天天都在招怨！又喃喃道："好在老子守廉，没有贪墨的把柄可抓，他愿怎样就怎样，由他去吧！不信时下的官场能容这种人长久得势！"这样想着，李邦珍突然轻松下来，吩咐道，"在前面一个驿站用饭，让他们好好整备，要吃得好一些！"

京城里，因筑城一事，高拱也是满腹怨气。

"子维、惟贯，叫你们来，只为一件事：河南巡抚李邦珍不能再做下去了！"吏部直房里，高拱一脸怒容，对张四维、魏学曾道。

"玄翁，李邦珍官声不错，为新郑筑城也是好意，撤换他，他会服气吗？"张四维劝阻道。

"官声这事，我要郑重说说！"高拱呷了口茶，坐直了身子，正色道，"今之官场，真心干实事者不多，饰伪以邀虚名者不少！机警辩捷者，目为有才；狡伪熟猾者，目为有智。而恰恰那些朴实无华、不肯与世沉浮者，倒不见称于人。此吏治所以不兴、民生所以未泰。此后用人，但问其政之美恶，勿论其名之有无。如埋头干实事，不肯逢迎讨好者，虽无赫赫之名，亦必荐用；否则，虽有赫赫之声，亦必参究。如此，则官修实政而民受实惠。"

"玄翁所说自是正理。"魏学曾道，"李邦珍固有逢迎讨好之嫌，不过此人守廉，也是难得，不让他治理一省就是了。操江巡抚正好空缺，可把他调去，彼此颜面上也过得去。"

高拱点头，又嘱咐道："唯有官修实政，民方能得实惠！记住这句话。用人，要牢牢把握一个'实'字！"

"玄翁说得是。"张四维道，"四维当谨记。"

高拱突然起身走到窗口，向外眺望，口中道："子维，宣大开市，不会出事吧？"

大明首相

第三部

锐志匡时

1

宣大差来的急足知道高拱晚间总在吏部直房，也就不再到他家中去，而是径直到吏部找到张四维，再由张四维带他进高拱直房去谒。

"得胜堡开市顺利？"高拱一见王崇古的急足就问。

"一切都很顺利。俺答住了七天，高高兴兴回去了。"急足王诚回答，说着，把王崇古的书函捧递高拱手中。

"我闻开市首日市场上就有人打架，怎么回事？"高拱微笑着问。

王诚一脸惊诧状："元翁，这样的小事，传到京城了？"

张四维也惊问："玄翁何以知之？四维竟一无所闻。"

高拱也不隐瞒，笑道："房尧第在大同朋友不少，时常通报些那里的情形，故而略知些细节。"

王诚只得道："开市首日打架，是因为我汉人欺哄虏人。那虏人一匹马换了两匹缎、十匹布；有人为虏人算账，说他的马实际只卖了五两银子，不划算，虏人回头找买马的汉人讨说法，故而争执。不过这件事主市者当即就化解了，俺答并不知情。"

"不能这样做嘛！"高拱道，"闻此番开市，吾民欺哄虏人，得利甚多。他们早晚会明白过来的，必渐起争心，非可继之道。"他转向张四维，"知会令舅，欺哄虏人之事，当明令禁之！少有利足矣，不得如前所为！如此，即老俺闻之，亦当感悦，谓我以一家人待之。既要和平，就

246

要待之以诚，不要让小事扰乱大局。"说完，即埋头展读王崇古的书函，看着看着，眉头皱了起来。阅毕，往坐在对面的张四维面前一推："难为令舅了。"

张四维埋头阅看，书函所言三事：一则禀报开市情形；一则代据河套的吉能请封；一则催促落实抚赏铁锅和抚赏胡地穷苦人家事。阅毕，抬起头，略带歉意道："为套虏请封似是三边总督的事，家舅越俎代庖了。"

"令舅也是急于促成此事。吉能部封贡互市，已着三边总督戴才奏闻，近日当有本来，届时再说。"高拱说着，叹息一声，目光中流露出烦躁情绪，"令舅上次所奏铁锅、抚赏穷丁二事，虽经皇上允准，惟下部院实施，却又出岔子，拖拖拉拉到今日，仍未议定，也难怪令舅着急。"

张四维苦笑道："我朝缙绅看似忠君爱国、自信满满，实则毫无自信！一听要以抚赏方式供给北人广锅，科道哗然，目为资敌，皆难之。照那些人的逻辑，允许北人得铁锅，就是资敌；那么北人的胡马岂不也是资敌？人家倒是一点不担心，全是挑膘肥体壮的入市嘞！"

"可恨！"高拱一拍书案，大声道，像是与人辩论，"铁锅，往岁入犯，抢去者有多少？每年有多少铁锅入胡地，他们倒是不说话；而今便云不可，好像北虏抢铁锅顺理成章，从市场上买铁锅就不可，真是不可理喻！"

张四维道："四维听大司马说，为避舆论苛责，兵部拟以铜锅代广锅用于抚赏，谓既利其用又不可造为兵器，似亦通得。"

高拱一扬手，烦躁地说："也只好这样了。你转告令舅，朝中阻力甚大，若此议果下，不必再争，要一步一步来，待和平巩固，边贸大开，届时有人再挡，恐也挡不住了。"

"抚赏胡地穷丁事，闻得科道、户部多主张不可多给？"张四维问。

高拱脸上流露出轻蔑的表情，"哼"了一声道："对虏人，诱之以利，即死命亦可制。故而抚赏定宜从厚，不必惜此小费，我已多次交代户部并言于科道，其理既明，当再无苛责者。你知会令舅，晓谕二抚三镇出纳，不可吝啬。财固不可浪费，然当济事处，却还是要大大方方。留之又何所用？况抚赏所用，并未多到哪里去嘛！"

张四维点头，又道："为三娘子请封事，恐朝廷缙绅又有说辞，家舅不敢贸然上奏，不知玄翁何意？"

高拱一扬手道："这个当痛痛快快准了。你知会令舅奏来，着礼部题覆敕封就是了。"他拍了拍脑门，思忖片刻道，"子维，封她忠顺夫人如何？"

"忠顺夫人？嗯，这个封号好！"魏学曾道，"闻得三娘子对天朝甚歆羡，老俺毕竟奔七十的人了，他若死了，这三娘子很关键。"

"惟贯到底是谋国之才，能想到这一层。"高拱夸奖道，"老俺信佛，或许是追悔从前罪孽，但也说明他已无锐气，老气横秋了。若老俺咽气，照番俗三娘子要转嫁于继任者，是以笼络三娘子，不惟是维系老俺，也是为下一步打基础。"

张四维点头，突然一蹙眉道："玄翁，闻得三边总督戴才对封贡互市并不积极，欲成此事，恐还需玄翁出面私下劝说才好。"

高拱愣了一下，挥挥手，示意张四维辞出，心中遽然对戴才生出些许怨气。老把都死后，按照高拱的要求，宣大总督差人代表朝廷前去慰问其长子吉能台吉，吉能台吉请求封贡互市如宣大例，内阁拟旨要三边总督回应，戴才迟迟未回奏。关涉北虏事，王崇古或事先差人请示，或呈报奏本的同时来书禀报，书函往来不绝。戴才却迄无只言片语相投。高拱隐隐有些不快，今忽闻戴才对封贡互市有抵触，自是有些恼火。

"玄翁，戴才有奏来了。"次日辰时，内阁中堂里，三阁臣甫坐定，张居正就道。高拱急忙伸手，"快拿来我看！"

张居正伸手递过去，高拱展读，顿时火冒三丈："奏本不必下兵部议，直接拟旨！"

"这个……不妥吧？"殷世儋反对道。

高拱怒容满面，也不理会殷世儋，对张居正道："叔大，照我说的拟旨：戴才受三边重任，套虏应否互市，当有定议，顾乃支吾推诿，岂大臣谋国之忠，姑不究，着从实速议以闻，不许含糊误事。"

殷世儋道："元翁，我观戴才奏本，不是没有定议，是说互市可行于宣大，不可行于三边。态度已然明朗了嘛！不好说他没有定议，支吾推诿吧？"

"叔大，就照我说的拟旨。"高拱沉着脸，强硬地说。

整整一上午，高拱一直怒火难消，待到散议回到朝房，侍从送来了食盒，他动也未动，坐下给戴才修书。张居正用完午饭，走了进来，见食盒原封未动，便道："怎么，玄翁吃不下饭？"

高拱没有回应，继续写着，待收了笔，把稿笺向书案边推了推，抬头道："叔大一阅。"

张居正接过一看，只见上写着：

贡市一节，尊意谓止行于宣大而不行于三边，仆则以为，三边、宣大似难异同。不然，则宣大之市方开，而三边之抢如故，岂无俺答之人称吉能而抢于三边者乎？亦岂无吉能之人称俺答而市于宣大者乎？是宣大有市之名，而固未尝不抢也，三边有抢之实，而亦未尝不市也。故兹事也，同则两利，异则两坏，愿公熟计之也。

"苦口婆心，苦口婆心啊！"张居正感叹了一声，笑道，"若王之诰仍在任，定不会如此。"

高拱默然良久，问："叔大有何事？"

"正为此事。"张居正道，"玄翁，用人固要看才干，但若素无渊源，恐不能领会意图，上下隔膜，诸事推进难免有碍，于新政大局不利。今之官场，任事者少，识事者尤少。既如此，莫如用有渊源、善领会意图者。居正来谒，就是想结合戴才一例，向玄翁进此一言。"

高拱正不知如何回应，忽听书办禀报："大司马求见！"

"喔？"高拱和张居正同时发出一声惊叹，预感到兵部尚书杨博此时来谒，必有大事发生。

2

潮州潮春丽院一个幽静的房间里，府推官来经济正搂抱着一个美姬嬉笑着，海盗头目林道乾的师爷梁有训匆匆进来了，径直在一个空位上坐下，问来经济："纬翁召唤，有何吩咐？"

"紫金、海丰之间，名'逃军坑'者，发现有银矿，一个叫伍瑞的矿主不识抬举，只愿给咱弟兄十之一的利，我看还是新船主差人去开的好。"来经济道，"你回去知会新船主，对半分，银矿就是他的了！"

"这好说！"梁有训爽快地说，"只是矿已有主，他不答应怎么办？"

"这个你莫管，官府先差人封了他的矿，你再去开就是了。"来经济胸有成竹道，"我回头就和海丰知县说，要他差人封矿！"

"呵呵，纬翁德高望重，潮州各县都惟纬翁马首是瞻。这，新船主也是晓得的。"梁有训恭维道。

因知府侯必登严厉约束属下，不得贪墨奢靡，引起潮州官场不满，推官来经济挑头与侯必登作对，虽未将其排挤走，甚或侯必登还获得朝廷嘉奖，但各县知县更愿意听与侯必登作对的推官来经济吩咐，协力排挤侯必登之势不减反增。故而来经济在潮州地界，比知府侯必登更有号召力。

梁有训回到潮阳县招收都，即将开矿一事禀报于林道乾。

"干！"林道乾毫不犹豫地决断道，"既然金盆洗手，就得干些正事！"

五年前，林道乾被俞大猷追剿，率众逃往北港，泊舟打鼓山下，在打鼓仔港造船，扩大船队，又从北港航海往北大年，在北大年与潮州间往返贸易，视官府为无物。官兵海上追剿，疲于奔命，却一直劳而无功。徐阶当国时，只得授意广东督抚招安林道乾。林道乾接受了，率众驻扎潮阳县招收都地界，但他仍无视禁海令，在沿海收购货物，擅自开辟澄海河渡门港口，在此接济聚党，屯集货物，兴贩海外，使河渡门不到两年就成为商船往来的繁荣小港。督抚慑于林道乾势力，只要他不公开叛乱，也就佯装不知。

梁有训征得林道乾同意，随即差人携礼向来经济通报。来经济遂以巡视地面治安为名，赴海丰部署封矿一事。

国朝自正德、嘉靖以来，银两已渐有取代钱币之势，采矿遂成风尚。采矿之利使得矿井之地聚集了不少地方豪强，紫金、海丰间开采银矿的伍瑞就是其中之一。他诨号"花腰蜂"，带着一批打手从粤北到此开矿。来经济以为他是外来人，只要官府强硬封矿，必乖乖撤出。不意知县带着衙役、巡捕几十人携封条到得矿山，花腰蜂不愿轻易让步，竟持械对崻，拒不服从。来经济闻报，忙向梁有训求助，梁有训遂命八百喽啰持剑戟进山驰援。花腰蜂见势不妙，只得弃矿而逃。

但花腰蜂并未跑远，而是在海丰、河源一带矿山串联，拉起了一支两千人的队伍。他还偷偷刻了一枚印石，上书"飞龙传国之宝"，投于池中，伪与众人捕鱼，将印石打捞出来，众人视之大惊，以为帝王符印。于是，啸聚大埔的萧晚、罗袍、杨舜等贼首，相与歃血盟誓，推花腰蜂为首，号称"飞龙人主"，不惟占山为王，断绝饷道，还入海导倭寇入潮境，助其声势。不几年，岭东丛山深箐，延袤八百余里之地，成了山贼花腰蜂的地盘。东至兴宁、紫金、程乡、揭阳，北至河源、龙川，西至博罗，南至归善、海丰以及东莞，无不罹其锋者。

两广总督李迁闻报，因广西征剿古田之战正酣，无暇东顾，遂传檄广东巡抚熊浹一体经划，分路扑灭山寇，务期剿灭。熊浹却不以为然，回禀总督："山贼窃发，或因事激变，或衣食所逼，论罪不可胜诛，原情亦有可恕。若一概穷兵，恐伤和气，令行招抚，以安反侧。"也不等李迁回复，即传令各府县广贴招抚文告。花腰蜂遂交出布旗六面、长竹枪六支、竹钯二把、马六匹，以示听抚。但他知官府名为招抚，实则是无可奈何，并未解散部众，杀人劫掠，更加肆无忌惮。受害民众期望灭贼偿命，而官府的招抚策令民众失望，一时怨言四起，巡抚熊浹又传令惠、潮二府广贴告示，严禁讹言谣传。李迁闻之大怒，命守备王诏领兵三千作为主力，又传檄驻惠州的伸威兵备道调兵合剿。此时，花腰蜂正率众流劫海丰杨安、金锡等处，官军集结海丰，进屯平安，伺机进剿。兵备、守备屡次商榷进剿方略，俱不敢冒进。突然想到林道乾既受招抚，何不令其出兵与山贼搏杀？遂呈文熊抚台，传檄林道乾出兵剿寇。

"郎奶的，老子早就不想憋在这巴掌大的小港了！"林道乾对梁有训说，"还是占岛为王的日子舒坦，索性他郎奶的重新反了吧！"

梁有训深知林道乾好割据一方自雄，受招抚只是权宜之计，反叛是早晚之事，因此并不吃惊，献计道："时下闯海上，关键是要有大船。闻得有佛朗机舰船三艘，泊琼州铺前港，莫如偷袭过去，把船劫走！"

林道乾恨恨然道："佛朗机人最他郎奶的可恶！前几年若不是佛朗机人插手帮了俞大猷，老子还占着南澳称王呢，哪会被赶得四处漂泊，屈辱受招！再说了，他郎奶的，这佛朗机人仗着坚船利炮，在海上搅了老子多少生意！可官府与他郎奶的佛朗机人穿一条裤子，咱哪里拼得过他！"

"广东这边未开海禁，咱不就是海贼海寇吗？官府自是要剿的。若开了海禁，光明正大做交易，官府未必就站在红夷一边吧？"梁有训笑道。自在河门渡擅自开港，他便转变了看法，力主开海禁了。

"不说这个了，老子就是想占岛为王！男子汉大丈夫，有钱有权有女人，不枉此生！"林道乾道，"明日就走，杀往琼州铺前港！"

梁有训道："大帅，得先想法子弄船，在海上，船多为王！"他又献计道，"不能就这么走了，要捞他一笔，先破澄海县城，劫些银子来，再捉住知县当人质，让官军投鼠忌器不敢猛追。"

两人正密议间，伸威兵备道的令檄到了，命林道乾整备手下八百人，三日内到海丰平安集结，听候调遣。

"哈哈哈！老子明日就集结！"林道乾大笑道。

次日酉时，潮阳招收都，八百人马在林道乾率领下向澄海进发。到得澄海县城南门外，林道乾一声令下，八百人乘夜色攻进了县城，拿住知县，劫了县库，倏忽间撤退到河门渡，梁有训早已备船在此接应，待人马登船，已是凌晨时分，船队直奔琼州而去。

3

高拱的朝房里，兵部尚书杨博一边咳嗽，一边把两广总督李迁的羽书禀报给高拱、张居正："广东山海盗贼蜂起，官军首尾难顾。山寇伍瑞横行岭东，官军剿抚不定，绅民怨声载道。海贼林道乾劫走澄海知县，又率众奔袭琼州铺前港，泊于此港的佛朗机船寻求官府保护，琼州指挥使高卓统领所部官兵与土司王绍麟所部黎兵一起出动，攻击林道乾船队，结果，林道乾设伏大败官军，高卓只身遁走，佛朗机船三艘被林道乾夺去。"

"看来，绥广已刻不容缓！"高拱语气坚定地说。

张居正道："岭南不靖，也有几十年了，一旦出了大事，督抚每每以

大明首相
第三部 锐志匡时

招抚敷衍朝廷；当国者也睁一只眼闭一只眼，不愿面对，遂成今日乱局。"

"去岁我就剔刷广东官场之弊上过本，那里面我说过，广东旧称富饶之地，乃频年以来，盗贼充斥，师旅繁兴，民物凋残，狼狈已甚！追根求源，皆是有司不良所致！"高拱语带激愤道，"因此之故，绥广，当从换人着手！"

闻听"换人"两字，张居正、杨博都不说话了。两广总督李迁不惟是高拱的同年，还是他选任的，别人不宜说三道四。

"李迁年过六旬，老气横秋，又水土不服，整日坐在梧州辕门里不敢出门，就让他仍回留都任职。"高拱以决断的语气说，"升殷正茂为两广总督！"

张居正似乎预料到了，笑而不语。杨博却有些惊讶，他做过四年吏部尚书，知道官场对殷正茂其人的评价，高拱却如此破格拔擢，未免太不顾舆情了，遂劝道："新郑，或可调殷正茂巡抚广东。"

"广东巡抚之设，与两广总督叠床架屋，相互掣肘，早应裁撤！"高拱一扬手道，"此后广东不再单设巡抚，两广总督例兼广东巡抚，辕门不必固定于梧州，但遇有盗贼之地，便宜剿灭，候事宁之日再驻梧州。"言毕，抬眼看着杨博，"大司马，俞大猷久历沙场，国中名将，按臣论劾的那些事，就不必深究了，让他出任广东总兵，兵部最好即日上本，以便与殷正茂同时到任，文武协力，早靖岭表。"

"呵呵，俞大猷尚未跳出打完仗必受参劾的怪圈！"张居正笑笑说，"受参劾尚未回到家，就又起用，也是惯例啦！"

古田之役获胜后，广西巡按御史论劾误认韦银豹首级之罪，知朝廷有人给殷正茂撑腰，便将矛头对准俞大猷，称对韦银豹首级勘核不实，应对俞大猷量罚；又劾他奸贪不法，宜从重治勘。兵部题覆：俞大猷束发从戎，多树劳绩，今罪状不明，严遣摧折，恐将士闻而解体；但既经论劾，宜令俞大猷回籍听用。内阁拟旨准奏。此时杨博一听要起用俞大猷，笑道："兵部本就不想罢俞帅的职，只是误认韦银豹首级总要有人承担责任，既然朝廷要维护殷正茂，只好权且委屈俞帅。新郑要起用他，兵部求之不得。"

"那好，我这就到吏部去。"高拱起身道，"大司马也回部办俞大猷起用一事。至于目下对山寇海贼，兵部传檄广东有司，加意防范就是了，待殷正茂履职，由他去彻底解决！"

到得吏部，高拱刚下轿，即命承差知会侍郎、郎中并文选司主事，即刻到后堂议事。部属皆知高拱脾气，无人敢磨磨蹭蹭，喘息间即在后堂聚齐。高拱快步走了进来，边走边问："赵御史参劾广东官员的弹章，下吏部题覆，办结了吗？"

前不久，广东巡按御史赵淳上疏弹劾石城县知县贪婪不职，惠州、广州两府通判和平远县知县贪酷，乞请罢斥。章下吏部议处题覆。吏部官员都知道，高拱一向认为广东局面狼狈，皆有司不良所致，有意狠刹粤省官场贪墨之风，拟轻了怕过不了关；拟重了又觉与别省不好平衡，争执不休，迄未办结。见高拱火急火燎赶来进门即问此事，恐说了未办结当场遭斥，无人敢回应。张四维只得打圆场道："正欲请示元翁。"

"不必请示。"高拱一摇手道，"广东官场贪风特甚，按臣所劾，必是无可掩饰者，当从重处分，不的，不能使广东官场知所警戒！"

他抬头扫视一下议场，又道："广东旧称富饶，如今已不成样子。虏患已弭，朝廷决意绥广，而绥广首义乃用人。今年的新科进士，要多向广东分发，广东的州县长，要轮换一遍，以进士、举人充任。"

"只是，进士都不愿去啊！"魏学曾苦笑道。

"惯出来的！"高拱眼一瞪道，随即又缓和了语气，"当然也与用人导向有关。往者都是把不看好的人分发边远地方任职；又因此对边远地方的官员甚为歧视，不管不问。那谁愿意去？以后要改，边远地方更应用干才；做得好，要比腹地拔擢更快。"他扭脸看了看张四维，"记住，凡是分发广东的，都带后堂来，我给他们训话。"不等张四维回应，又道，"绥广，两广总督甚关键。拟升殷正茂为两广总督，广西巡抚由殷正茂荐人用之。现任总督李迁，南京刑部有缺，调他回任。诸位有何异议？"

众人感到惊讶，议场里传来"嗡嗡"的交头接耳声，但都不敢说话，坐在高拱右手的魏学曾踌躇片刻，低声道："玄翁，殷正茂本有贪名，又因误认贼首而引咎自劾，不惟不追究，还如此超次拔擢……"他瞟了高拱一眼，见他颇不耐烦，便道，"殷正茂是干才，用他主政广东也再合适不过，调他巡抚广东嘛！"

"广东巡抚，裁撤！"高拱断然道，"以后，总督例加粤抚兼衔。"

"那、那也只好如此了。"魏学曾无奈地说。

后堂里的气氛有些尴尬，张四维忙打圆场："殷正茂有韬略，敢任事，百年不能如之何的叛贼，一举戡平之，朝野都信服他。朝廷以唐之任裴度者任正茂，则正茂必能以裴度之讨淮西者自任，粤贼不足平！"

"子维说得好！"高拱露出笑容，又以语重心长的口气道，"用人，是要注重舆论，但不能被舆论牵着鼻子走。明知用这个人最合适，因为怕叽叽喳喳就缩手缩脚，何以新治理？只要出于公心，就不怕说三道四。"他一扬手，"殷正茂之任，内阁已商榷过，事出非常，不再议了。文选司草道奏疏上奏，即刻就办！"文选司郎中忙起身，高拱又嘱咐道，"裁撤广东巡抚的奏疏，一并起草。"言毕，挥挥手，"散了，办事去吧！"

须臾，文选司郎中持文稿进了高拱的直房："禀玄翁，本已拟好。"

高拱接过浏览一遍，点了点头，顺手抓起条案上放置的笔签上名字，又在一张黄票上拟旨："是。着殷正茂总督广东，广东巡抚也由总督兼了，速写敕给他，火速赴任。"写毕，吩咐速送会极门，又嘱咐道，"待大内批红，吏部即速发急字文凭，差人八百里加急专程送往桂林，命殷正茂无须进京请训，也不必候代，即到梧州接印，不得在梧州逗留，当以广州巡抚衙门为行台，履职戡乱！"

4

德胜门外有一个大校场，是京营操练场所。隆庆五年六月中旬的一天，校场上突然出现几十匹大马，每匹马的笼头上都拴着一条黄绫。这些马匹清一色纯正的枣红马，膘肥体壮，鬃毛齐整，清晨的阳光投射过去，油光闪亮。

"老天爷，这是哪来的马？真是好马，活这么大，头回儿见这么好的马！"一个老者感叹道。

"是啊，难不成这就是汗血宝马？"一个年轻人惊喜地说。

围观的民众越来越多，都在赞叹着，猜测着。

“想起来了！”一个穿长衫、私塾先生模样的中年男子道，“听说鞑子臣服天朝了，这些宝马，定是鞑子进的贡！”

“连鞑子也来朝贡？这么说我大明又强盛起来了？”老者不敢相信似的说，用力揉了揉眼睛，伸长脖子想看得更真切些。

“老人家，这不是朝贡，是进方物。”中年男子纠正道，见众人不懂，便笑着解释道，“大明十三省两直隶、各土司，都要定期向皇上进方物，咱老百姓俗称进贡。”

“和朝贡不一回事儿？”一个年轻人问。

“不一回事儿。”中年男子解释道，“朝贡者，藩属也，是外邦；进贡者，都是大明的臣子。北虏的俺答汗封的是王，他的儿子们封的是都督同知、指挥、千户，都是大明的武官。因此呢，他们都是大明的臣子嘞！”

“妈呀！不得了不得了！”老者捋着白胡须，惊叹不已，他向东一指，“看到了吗，那是地坛，嘉靖二十九年，鞑子打过来，把地坛都烧了，北京城的城门都关得严严实实，没有一个人敢出来和鞑子拼命。谁能想到会有今日？咱们皇上，比老皇帝厉害嘞！”

此时，紫禁城里的早朝，也笼罩在一片欢腾的气氛中。

前不久，三边总督戴才接到措辞严厉的谕旨，又读了高拱的书函，知封贡互市已势不可当，遂迅疾上奏，建议三边对套虏，如宣大对俺答例，朝廷于是敕封吉能台吉都督同知，其下各有册封，又于红山墩暨清水营开市。至此，边事协一，六镇市竣。顺义王俺答率大小头领上谢表。礼部尚书潘晟宣读顺义王谢表，署名即达一百零三人。潘晟刚读到“臣顺义王俺答、臣都督同知辛爱、臣都督同知吉能”时，朝会里竟传出喜极而泣的声音。

潘晟宣读毕，高拱激动地高声道：“臣等为我皇上贺，为我大明贺！”

皇上高兴地站起身道：“礼部议奏，赏俺答等上表诸臣！”

高拱带头，百官伏地叩头，三呼“万岁”。

潘晟又拿出一份文牍，是顺义王贡单。此番进贡，马五百零九匹并各配马鞍，王崇古精选上马三十四、银鞍一副送京。

皇上道：“祭告郊庙！”

高拱又伏地叩首，三呼"万岁"。起身的当儿，不少人已是热泪盈眶，易动情者，竟是泪流满面。

皇上也禁不住兴奋起来，他欠身坐正，高声道："北虏稽首称臣，西塞以宁，烽火不惊，我边圉之民，室家相保；互市日久，塞上亦可物阜民安，华夷兼利。此不惟本朝大事件，亦为我中华历史上之大事件，可划时代，必载史册！端赖卿等用心经划。元辅高先生，竭忠体国，用夏变夷，功当首叙，宜厚加升赏；以下阁臣、部院、科道、地方督抚、文武诸臣，着吏部、兵部叙功以闻！"

高拱忙躬身道："臣不胜感戴！不胜惶惧！虏酋入贡称臣，古今希旷之事。然乃皇上盛德孚格，神武布昭所致，臣何力？敢贪天功！恳乞皇上收回成命。"

皇上摆手道："边境辑宁，乃高先生赞襄大计，自当赏荫，拟旨来！"

"陛下！"高拱哽咽道，"臣夙抱苦心，向未敢明其意。去岁纳降事起，群议纷乱，恨不能计未就而先幸其败！臣等殚精悉虑，仰赞宸谟，成此大计。但尽此一念为国之心，即祸福所不敢计，又何敢幸功！即今封贡互市皆已竣事，三陲晏然，曾无一矢之警，境土免于蹂践，生民免于屠戮，边费之省，不下百余万，即胡利之入，不下数十万。有尊而无辱，有益而无损，既昭然矣！臣等为国之心始得少偿，则臣等志愿已毕，万万足矣！即臣等夙夜经划，不无少效微劳，乃职分当然，仰报皇上之隆恩者，曾无万分之一，冒叨升荫，实所未敢。伏望皇上俯垂昭鉴，特允辞免，则不惟愚分获安，而臣为国初心，亦可以白。"

皇上沉吟良久，道："既然高先生如是说，朕就准辞吧！赐银五十两，斗牛衣一袭！"

"皇上，臣还有话要说。"高拱叩头谢恩，起身道，"今虏众内附，边患稍宁，当及时大修边政，以图永固。"

"是。高先生为朕说来。"皇上微笑着道。

高拱缓缓道："自臣入仕以来，耳闻目睹者，皆北虏拥众大举入犯，岁无宁日。边境之民肝脑涂地，父子夫妻不能相保，膏腴之地弃而不耕，屯田荒芜，盐法阻坏不止，国库为之耗空，举国为之凋敝！先帝常切北顾之忧，屡下诏谕修举边务，然劳力费财卒无成效。方今天佑国家，北

257

虏慕义请贡称臣，不惟名义为美，且一举息境土之蹂践，免生灵之荼毒，省粮饷不可计，中外皆得以安，此其一。强虏称臣，自可示舆图之无外，全天朝之尊，伸中华之气，使九夷八蛮闻之，足以坚其畏威归化之心，此又其一。"

"高先生说得是。"皇上禁不住兴奋地插话道。

高拱见皇上毫无倦意，心中颇是欣慰，遂继续道："今虏既效顺，受吾封爵，则边境必且无事，正欲趁此闲暇之时，积我钱粮，修我险隘，练我兵马，整我器械，开我屯田，理我盐法，次第行之，使常胜之机在我，彼若背约，我遂兴问罪之师，伸缩进退自有余地。切不可苟见一时宁息，遂尔怠玩偷安，沿袭故套，图苟免一身，罔顾贻患来者。伏望敕下兵部，严饬各该督抚将领诸臣，务要趁此闲暇之时，将边事大破常格，着实整顿，有当改弦易辙者，明白具奏议处，毋得因循自误。为此，要有赏罚标准：钱粮比上年积下若干，险隘比上年增修若干，兵马比上年添补若干，器械比上年整造若干，其他屯田盐法以及诸事俱比上年拓广若干，明白开报，若果卓有成绩，当与擒斩同功，若果仍袭故常，当与失机同罪。如此，则边方之实政日兴，国家之元气日壮，我大明振兴在望矣！"

"好！"皇上大声道，"高先生所言，俱见为国深远忠猷，着兵部速议奏来行。"

"臣，遵旨！"兵部尚书杨博躬身道。

皇上又道："今北边熙宁，岭南山寇海贼作乱日久，已着殷正茂总督两广，俞大猷总帅粤镇，高先生悉心经划，各部院、科道、地方督抚当协力共济，不得玩忽！"

第十九章 | 伤圣怀元老无地自容 通海运阁揆断然定策

1

奉命到山东实地踏勘以决定开胶莱新河是否可行的工科给事中胡槚，上疏明确提出应打消开河之议。奏疏拜发后，山东巡抚梁梦龙、布政使王宗沐惴惴不安。他们盼着京师有消息来，又怕有消息来，战战兢兢过了十来天，接到了张居正的书函，方稍稍松了口气。可未见高拱只言片语，还是坐卧不宁，每日晚间必到巡抚衙门节堂会揖。

这天晚上，梁梦龙、王宗沐和胡槚又聚到节堂，王宗沐惶然道："张阁老是不是故意安慰我辈？"梁梦龙露出惊惧之色，节堂里顿时陷入沉默。忽听门外侍从禀报："京师来书！"梁梦龙率先跑出去，一把接过，却是写给胡槚的。胡槚一看，正是高拱的笔迹，双手禁不住抖了起来，良久方哆哆嗦嗦打开，只见上写着：

新河之议本出仆意，然非有成心也。今执事查勘详悉，明示不可，不循仆意，亦可谓无成心矣！愿即题止可也。盖可开则开以济运，所以为国也；不可开则止，以免无利之害，亦所以为国也。而我何与焉……至于海有可通之路，闻之甚喜。但不知事果何如，殊切悬企。倘有下落，愿早示知，若得谐此，则于国有万分之利，而又无一毫之劳费，纵使新河可开，亦不及此，而况云不可耶！执事忠于谋国，委曲明尽，而又不依违顾望，徒事迎承，仆实心服之。人回，草草布意，以安执事之心。

抚、藩二员，亦乞告以仆意，恐其不喻，谓与初议相左，而意或有不畅也。

梁梦龙从胡槚手中接过书函，展读毕，怔了半天，方道："元翁前书知会我开河乃是他的本意，警告我万勿阻也；科长上疏说开河乃误国病民之举，我真怕触元翁雷霆之怒，把我辈一体罢斥了！"他擦了把汗，感叹道，"元翁果如张阁老所言，高爽虚豁，令人敬仰！"

王宗沐好奇地展读，面露喜色，感叹道："啧啧，这件事足以证明，高阁老一心谋国，不计个人名利得失，不固执己见，从善如流，真良相也！"

"二公可知师相何以慨然罢议？"胡槚得意地说，"学生的奏本有理有据固然重要，但这不是要因。二公可知要因何在？"他卖了个关子，看着梁梦龙和王宗沐，等待他们回答。

梁、王二人故意不语，胡槚只得道："师相对反对他主张的人并不生气，他厌恶的是为反对而反对。二公建言不开河同样可解漕运难题，虽是反对师相开河主张，但又提出替代办法，是以师相不惟不生气，还颇是欣慰嘞！"他得意地扫视着梁梦龙、王宗沐，"放心吧，二公前程，不惟不会断送，还大大看好嘞！"

"前程不前程的，暂时勿论，看来通海运有望，这才是值得欣慰的。"王宗沐道，他转脸望着梁梦龙，"抚台，据下吏所知，海洋每年五月前风弱浪小，最适宜海运。下吏意，当速上建言通海运的奏本。"

梁梦龙沉吟良久，又拿起高拱的书函细细读了一遍，道："通海运，不惟关涉海禁国策，还关乎利益格局大调整，兹事体大，贸然上疏，免不得又是一番争论，元翁岂不为难？"

王宗沐慨然道："佛朗机国何在？竟有大船行之国朝沿海。其船来，非为抢掠，而为贸易。此时代潮流乎？时下江南物品丰盛，若可通海贸易，我大明必有一番新景象！而国人素畏海洋，若海运得行，久之则对海洋谙熟矣，通海贸易有望因此而繁盛。此乃划时代之大事也！"他越说越激动，盯着梁梦龙道，"只有高阁老当国，识见超迈，魄力过人，方可成此大事，若失此机遇，窃以为无有再敢决断者。"

梁梦龙又拿起高拱的书函看了片刻，兴奋地读道："海有可通之路，闻之甚喜。但不知事果何如，殊切悬企。倘有下落，愿早示知，若得谐此，则于国有万分之利，而又无一毫之劳费，纵使新河可开，亦不及此。"读罢，梁梦龙笑眯眯地望着王宗沐道，"藩台，元翁的意思明白了吗？他是赞同海运的，只是心里没底；我辈就当先踏勘线路，试行一番，拿事实出来，不惟让元翁放心，也可塞反对者哓哓之口！"

"正是此理！"王宗沐激动地说，"抚台，说干就干起来吧！"

"既如此，学生欲躬逢其盛。"胡槚摩拳擦掌道，"我这就致书师相，留此观察试行海运事。"

梁梦龙沉思片刻，对王宗沐道："新甫，你懂海洋，此事你多操办，要我做什么，提出来就是了。"

王宗沐站起身，踱步良久，回身道："下吏看，可双管齐下！"

"双管齐下？"胡槚好奇地问，"哪双管？"

"一则官府，一则民间。"王宗沐道，"官府这边，抚台当差派专人、雇拨海船、调拨粮米与护航官军，从速试航；民间，抚台可出告示：沿海地方，不拘军民人等，如有情愿将自有或收买之货物，用自家船只装载，自胶州海口运至天津者，均给予执照；若是良民，则重加犒赏，若是戴罪之人，则允其通过试行海运赎罪。"

梁梦龙点头。

"公私试航时，当把海道的口岸、日程、里数、湾泊、通禁、海防等等，一体计度明白，反复试行若干次，即可奏请朝廷，建言通海运！"王宗沐兴奋地说，"对了，若能绘制海道图则更好！"

"说办就办！"梁梦龙道，他略一思忖，"拨麦一千五百石，船十艘，差指挥王惟精率人试航，同时护卫船队；至于鼓励民间试航，就请藩台起草告示，榜示沿海各府。"

几天后，官船即从胶州启航前往天津；招募民间试航的告示，也有了回应，先后有多人主动试行海运。王宗沐、胡槚皆亲临胶州观察，待船队出发，王宗沐即致书高拱，禀报情形。

来京投书者皆知高拱每晚亥时前后到吏部理事，便会在晚间到吏部衙门候着。这天晚上，高拱正与张四维在吏部直房议事，司务送来了王宗沐的书函，高拱展读，不觉大喜："梁梦龙、王宗沐才是做事的样子！"
遂提笔给王宗沐复函：

> 所示海运，详考明白周悉，具见经国之猷。若果得遂，实国家无穷之利。但不知试行者有下落否？幸早示知，以慰悬悬。

有了海运这个选项，胶莱河之议虽罢，高拱并未因此沮丧，反而突然间显得轻松了许多，好久不再提漕运之事，张居正大惑不解，这天，在一同去中堂的路上，试探着问："玄翁，今年漕粮又迟了，尚未过邳州，北方的雨季已到，一旦黄河泛滥，恐漕运受阻。要不要差科官前去督工？"

"不急，等等再说。"高拱漫不经心地回应道。

"等？"张居正有些惊讶，"玄翁怎的也说出一个'等'字？"

高拱轻松一笑："不是等漕河畅通，是等山东试行海运的消息。"

张居正不语，两人进了中堂，正有河道总督潘季驯的奏疏，张居正扫了一遍，道："潘季驯奏称，邳河工成，乞赏劳诸臣。"

"批交工部题覆。"高拱吩咐道。

两天后，工部题覆发交内阁，殷世儋执笔，票拟"如该部议"。高拱对河工已不再关注，对工部题覆并未细看，就吩咐连同一摞章奏送大内批红。他以为，皇上也会和往常一样，照例批红下发。

2

高拱每日只睡两个时辰，是不是做梦、梦见了什么，已无暇顾及了。可这天夜里，刚睡下，那个奇怪的场景又出现了：苍茫无际的大海，时而波涛汹涌，时而风平浪静。影影绰绰可见海面上商船鳞次栉比，穿梭往返。船上有中土之人，也有红发碧眼的夷人，嘈杂无比。忽而，这些舟船拥挤到一起，变成了一个硕大的车轮，呼啦啦向岸上滚来，势如破竹，所向披靡，把村庄、街巷夷为平地，田间劳作的农人们望见此轮，乱纷纷抱头鼠窜，场面恢宏可怖。

与前些年的梦境不同的是，这次，高拱正偕珊娘在岸边观海，见此情形，急命督抚、总兵率兵马围堵，可将士闻听海浪滔天，望见波涛汹涌，吓得连连后退，不敢近前。高拱被惊醒，蓦地坐起身，用力晃了晃脑袋，梦境依然无比清晰。他隔窗望去，一轮残月恋恋不舍地西移，将光线斜洒在屋内。

大海、巨轮、珊娘、将士……高拱回味着梦境，再也无法入眠。他百思不得其解，这个梦境何以屡屡出现？珊娘入梦，并不奇怪，毕竟，他的脑海里，会不时闪现出她的倩影；梦到大海，似乎也有解，这些天，海运的事一直挂在心上；将士见海而退，也可找到源头，国人素来畏惧海洋，将士也不例外；只是，那只硕大的巨轮，又是何意？

"不想了，想不明白！"高拱自言自语了一句，披衣下床，走到书房，自己动手掌灯，翻出《大明坤舆图》来看，"喔呀！不看不知道，一看吓一跳！国朝由东到南，边上全是海洋。"他一遍又一遍地看着，突然脑海里闪现出一个可怕的念头：时下佛朗机人已然远渡重洋来到家门口，谁知还有哪个国家也在日夜赶造大船，正欲向这片大海驶来？倭寇毕竟不是国家正规军，已然让国朝难以招架，若是别国官军乘船打过来，这一大片海岸线，如何守卫？这样想着，冷汗不禁涔涔而下。

"呵！"他自嘲一笑，"毕竟没有发生，何必自己吓唬自己，不去想它就是了！"

"不成！皇上把国政托付给我，我安得如此得过且过？"他喃喃自语道。

"可惜啊，我不懂海洋。"高拱叹口气道，"往者兵部堂上官一向从北边督抚中选用，对海防也是一窍不通。时下北边安攘自如，而海防却无人虑及，甚至没有通海防的干才，此乃隐忧！"他在脑海里梳理着心目中的干才，突然拊掌一笑，"嗯，殷正茂似可造就。绥广一旦有成，就把殷正茂调到朝廷，他在广东剿海贼，必习得不少海洋的学问、海防的方略，让他掌兵部，他说怎么办，就全力支持他去办，终归要未雨绸缪，把诸事都办理停当！"这样想着，他方轻松下来，但低头看到花白胡须，又急躁起来，"只争朝夕，先把规模上紧立起来才好！"

一转身，见高福揉着眼睛站在门口，吓了一跳，嗔怪道："黑灯瞎火的，站这里做甚?"

"还说哩，老爷，深更半夜老爷点灯做啥嘞?"高福抱怨道。

"好了，备轿去吧!"高拱一扬手道。

"老爷，轿夫时常发怨言嘞!"高福嘟哝了一句。

高拱没有理会，洗漱更衣毕，披着满天繁星登轿离开了家门。到文渊阁西门一下轿，却见司礼监掌印太监孟冲急匆匆赶来了。

"孟公公，怎么回事?"高拱吃惊地问。

"高老先生，万岁爷发火啦!"孟冲焦急地说，"老奴特来知会高老先生一声。"

"谁惹皇上发火了? 为何事?"高拱问，脸上露出怒容。

"高老先生，是为漕运的事。"孟冲道。

"啊?"高拱大惊。他以为是宫里的太监宫女惹皇上生气，命孟冲来找他，要他替皇上出气的，万万没有想到皇上会是为政事而发火，自是大吃一惊。

孟冲同情地看着高拱，又道："自高老先生复相，万岁爷没有一件事不满意的，从来没有驳回过内阁的票拟;可这次，万岁爷委实不高兴，把内阁小票都撕碎了!"

"这……"高拱的牙齿开始在口中打架，脸上热辣辣的。

"事呢，倒也不大。潘季驯说河工完竣，请求朝廷嘉奖有功官员，这也是惯例;工部题覆各给奖赏，也是沿袭的成例。可皇上说漕粮迟迟不能运京，反倒还来讨赏，不成体统! 皇上是为漕政闹心嘞!"孟冲慢声细语解释道，"正因为从未有过皇上驳回内阁票拟这等事，老奴特来知会高老先生一声，待会儿看到批红，别不当回事。"说罢，急匆匆告辞而去。

高拱愣了片刻，一路小跑着到了朝房，在阁值守的承差听到响动，睡眼惺忪起来掌灯，高拱大怒："磨磨蹭蹭，不成话!"吓得两名承差浑身一抖，打火石掉落在地，急忙趴下身去摸索了一阵，方点亮了蜡烛。高拱吩咐一个承差，"快去工部，把朱衡给我叫来!"又指着另一个承差，"你快点去，把批红本子都拿来，拿来我看!"

须臾，承差把批红本都抱到高拱的朝房，他站在桌旁，快速翻检着，终于看到了一道皇上御笔钦批的奏本，只见上写着："今岁漕运比常更迟，何为辄报工完？且叙功太滥，该部核实以闻。"

圣心怀忧已经让高拱心疼不已了，何况又是自己没有把事体打理停当所致？高拱浑身燥热，有种无地自容的感觉。

"朱衡怎么还没来？"高拱大声喊道。

承差都不敢搭话，只是小跑着到外面去迎。过了小半个时辰，朱衡急匆匆起来了，正要施礼，高拱一扬手，不耐烦道："罢了！潘季驯河工的奏本，工部是怎么把关的？嗯？"

朱衡愧疚地一笑道："新郑是知晓的，朱某与潘季驯治河见解一向对立，他上的本子，我给他驳回，必有打击报复之嫌，是以本部就照单全收了。"朱衡虽与高拱同岁，中进士却早九年，是前辈，故而他不称"元翁"，而以籍贯称之。

"办理政务，安得掺杂个人恩怨？"高拱气呼呼道，"河工之类的事，内阁一向尊重工部的意见，工部不把关，岂不坏了事体！"说着，指了指书案上的钦批文牍，"自己看！"

"皇上改票或驳回的事，很常见；只是新郑当国，这类事不曾发生过，偶尔一次，新郑不必太烦心。"朱衡阅罢，反而劝慰起高拱来。

高拱顿足道："若这里有地缝，我都想钻进去，无地自容！"

"呵呵，"朱衡一笑，"新郑太求万全十美，是以操劳苦辛，倍于常人，恐国朝二百年，当国者无一人似新郑这般操劳。"

"岂止万全，还要未雨绸缪，方不辜负皇上的不世眷倚！"高拱感慨道。

"也是，如皇上这般眷倚新郑者，不惟本朝，历朝历代所未曾有之。"朱衡也感叹了一句。

高拱缓和了语气："此事，也怨我没有把关。既然皇上要工部核实以闻，工部打算怎么回奏？"

"疏浚河道是为了运漕粮，是以最终还是应以运粮迟速为检验标准，至于筑了几个导流渠口，就要请功，委实不该。不妨遣官到实地复勘一下；再者嘛……"朱衡欲言又止。

"走，到中堂去说。"高拱起身往外走，朱衡跟在身后进了中堂，承差手忙脚乱地把文牍抱了过来。

张居正和殷世儋在中堂久候，未见高拱进来，正纳闷间，看他沉着脸，身后跟着朱衡，即知有事，也不敢问，只是望着他，等待他发话。高拱坐下呷了口茶，声音低沉地把原委三言两语说了一遍，对朱衡道："大司空，你说吧！"

朱衡把适才的话又重复一遍。

"你未说出口的话，我替你说！"高拱大声道，"河道总督潘季驯革职！"

"啊？"殷世儋发出惊叫声，张居正愣了一下，张了张嘴，却嗫口不言。

"潘季驯辛辛苦苦疏浚河道，即使报功太滥，训诫就是了，也不至于革职嘛！"殷世儋质疑道。

"皇上是为漕运的事着急。"张居正开口道，他看着高拱，"漕运已是紧急时刻，河道的事，还是有人要管，革了潘季驯的职，命他戴罪管事如何？"

高拱又道："差礼科给事中雒遵往邳州等处查勘河工。"言毕一扬手，"大司空，回去快办吧！"

"新郑，对潘季驯的处分？"朱衡心里不踏实，追问道。

"适才张阁老不是说了吗！"高拱不耐烦道。

"玄翁，既然皇上挂心漕运，是不是上紧拿出个法子，也好让皇上放心。"张居正以请示的语气道。

"心里乱，先不议这事了，都好好想想。"高拱摆手道，他一拍书案，"君忧臣辱，漕运的事，非彻底解决不可！"

"说得轻巧，此事要好办，早办好了！"殷世儋低声讥笑道。

3

"子维、惟贯，来来来，到我直房来！"高拱站在吏部直房的门外，兴奋地大声喊道。

张四维、魏学曾闻声，俱一脸狐疑地走了过来。适才高拱刚进吏部时还是一脸愁容，满腹心事，两人问其故，方知发生了皇上驳回内阁票拟之事，看得出高拱压力甚大；何以喘息间，情绪陡变？

"快看，梁梦龙写来的。"张四维、魏学曾刚进直房，高拱就笑容满面地把一封书函递给张四维。

"喔！海运试行成功了？"张四维眼里放光，"难怪玄翁高兴。"

"你再看看最后几句话！"高拱点着书函道。

张四维读道："海防至重，沿海卫所疲顽岁久，今行海运，兼饬海防，是不但有裨于漕政，兼有裨于军事。"

"嗯，这倒是有见地！"魏学曾赞叹道，"时下沿海一带设防，年久失修，若不加修缮，恐有后顾之忧。行海运，顺便又能整饬海防，一举两得。"

"不惟设施可得修缮整备！"高拱拊掌道，"国朝将士，素惮于海，若行海运，必多造海船，护航的将士，又因之习于海战，海防必无忧矣！要梁梦龙上紧奏来！"说着，提笔给梁梦龙回书：

> 海运试有成效，具见谋国之忠。须详审停当，备悉具奏，厥功非细！人回，冗不能宣，统惟心亮。

"玄翁，行海运之事，阻力甚大，不可轻举。"张四维担忧地说。

高拱瞪着眼道："不必多言，任王宗沐为漕运总督的奏本，明日即上！"说着，提笔又给王宗沐修书：

> 公素衔弘略，久屈而伸，督漕重任，特为圣主登用。盖艰大之事，须仗出群之才乃有济也。且公运务凤谙，方今兴海运，自可与梁抚彼此相成。区区之望，正在于此。愿益展令猷，茂扬丕绩，以不负所举。

张四维瞥见高拱在函套上写下"王宗沐"三字，劝阻道："玄翁，王宗沐运督之任尚未奏报，万一皇上……"

"若皇上再驳回一次，那我还有脸恋栈？"高拱自信地说，"海运事急，此书让梁梦龙急足一并带回，王宗沐即能以新身份上吁请海运的奏本，与梁梦龙呼应，形成声势。"

张四维自知劝也无益，退而求其次，建言道："既然玄翁嘱梁梦龙正式奏请行海运，可在疏文中特意说明，应以河运为主，海运为后备，万一河运不通时，海运可补充之。如此，可减少阻力。"

"喔！子维有些心计！"高拱赏识地看了张四维一眼，"面嘱急足即可，书函里就不写了。"

三人正说着，户部尚书刘体乾、工部尚书朱衡慌慌张张地赶来求见。"元翁，接凤阳急报：黄河决口，漂没漕船八百艘，下丕复淤，漕路中断！"刘体乾焦急又无奈地说。

高拱听罢，良久无语，慢慢站起身，长叹一声道："看来，是老天爷非要国朝行海运不可咯！"他一扬手，"漕河先不必急于疏浚，行海运！"

"那么漕河复淤、漕运中断之事，如何区处？"朱衡问。

高拱道："刚疏浚，又淤塞，白花花的银子打了水漂。可潘季驯已然革职了，难道要逮治他？不是他的责任嘛！总在老套路里打转转，死路一条！潘季驯也就不再追究了，照旧戴罪管事；漕运总督换人。"

漕河淤塞、运路不通的消息，很快就在京城传开了，朝野一片哗然，竟至人心惶惶，一股不安的情绪在京城上空弥漫。高拱却一反常态，不急不躁。

"玄翁，漕运之事，中外汹汹，还是上紧议处为好。"张居正坐不住了，这天一早，他来到高拱的朝房，提醒道。

"漕运总督不是换人了吗？还议什么？议也议不出所以然，白费工夫！"高拱不以为然地说。

张居正甚感诧异，又道："潘季驯有挽黄入淮之法，似可一试。"

高拱摆手道："治理黄河，不是一朝一夕之事，只要不与漕运绑在一起，自可从容去做。"

"那么，玄翁的意思是，海运？"张居正试探着问。

"梁梦龙、王宗沐试航成功，海运既可恃，为何不通海运？"高拱以不容置疑的语气道。

张居正怅然若失，急忙转向殷世儋的朝房，叫着他的字道："正甫年兄，元翁有意通海运，年兄赞成吗？"

"此公就喜标新立异！"殷世儋愤愤不平地说，"通海运，必弛海禁，国策废矣！"

"海禁一弛，他日更有可忧者。"张居正叹息道。

"内阁即是二比一，朝臣中反对者当更多，为维护国策祖制计，当反对之！"殷世儋道。

张居正沉吟片刻，道："漕运，国之命脉，譬如人之动脉，必在体内，若置诸体外，恐人命不可久保。"言毕，匆匆回到朝房，提笔给胡槚修书：

始虑新河难济，臆度之见，不意偶中。自胜国以来二百余年，纷纷之议，今日始决。非执事之卓见高识，不能剖此大疑，了此公案。后之好事者，可以息喙矣！海运一策，亦不得已而思其次者，尚需风洋无阻乃可图之。仆犹虑海禁一弛，他日更有可忧者耳！

写毕，又审读一遍，暗忖：胡槚当能从中悟出了！又给梁梦龙修书：

胶莱河罢议，不惟宽东土万姓财力，且使数百年谬计，一朝开豁，不致复误后人，诚一快也！海运……

写到"海运"二字，他踌躇了一下，心想，梁梦龙力主海运，就不直接和他说这个了，让他自己悟吧！遂重新写了一遍，这才封交书办送出。

"叔大何以姗姗来迟？"见张居正进了中堂，高拱不悦地说，随即道，"叔大敦促议漕运之事，正好，梁梦龙、王宗沐的奏疏，力言通海运，这不就是破解漕运难题的法子吗？"

"唉，还是迟了一步，奏疏已然到了！"张居正暗自道。

"梁梦龙的意思很明白了，"高拱拿着他的奏疏道，"海道，南从淮安到胶州，北从天津到海仓，他差人从淮安运米两千石，从胶州运麦一千五百石，海道无碍。从淮安到天津，约用二十天即可抵达。每岁五月之前，风势柔顺，便于扬帆。且漕船行驶近海，有岛屿相连，遇风浪随时可靠岸。若船坚固，再择适当天气出行，可保平安。故建言朝廷，此后以河运为主，以海运为后备，万一河运不通，海运可补充之。海运不惟可补河运，且有助于海防。"

"照梁梦龙这么说，还要河运做甚？"殷世儋冷笑道，"他说的看似头头是道，就是忘记了王道——禁海祖制！海运通则海禁弛，这就是变相破祖制！"

高拱未做理会，继续道："新任漕运总督王宗沐也有疏，言海运一事，虑者担心风波，自淮安而东，海中多岛屿，可以避风，计无便于此者。既然梁梦龙、王宗沐都这么有把握，又亲自试行过，还有甚可踌躇不决的？"

张居正道："照梁、王二人所言，河运还有必要吗？恐河运是他们的幌子，目的是减少阻力，大行海运。此事体大，还是付诸廷议为好。"

高拱见张居正不赞成海运，他提议廷议，实则是想打掉海运之议。可张居正说的也不是没有道理，海运不是小事，匆匆决断，会给人留下话柄。高拱斟酌片刻，吩咐承差道："去，叫户部尚书刘体乾、工部尚书朱衡到内阁来。"待二尚书一到，高拱就开门见山道，"山东官员建言通海运，户部、工部怎么看？"

"内阁三臣，二人反对，一人支持。"殷世儋接言道。

"喔，历下，这从何说起？"张居正忙纠正道。

殷世儋一愣。适才张居正还鼓动他反对海运，此时却不认账了，正要把实情端出，高拱又说话了："隆庆三年、四年、五年，连续三年，黄河决口，漕河不通，遂有海运之议。而今运河挑浚之费，闸座捞浅之工，靡费甚巨，不可持续。或言海上风涛不虞，然商民可通，漕船即可通。梁梦龙、王宗沐皆云风险可避，我看也就不必谨小慎微了。海运一行，则不惟诸费尽可省，漕运可通，亦使将士因之习于海战，海防可固。"

"海洋漫无边际，诚不敢拿漕粮冒险。"朱衡嗫嚅道。

"通海运，黄河依然要治，漕河依然要疏，岂不是又多了一笔开销？"刘体乾疑虑重重道。

"通海运，治河即可从容而做。"高拱回应道。

殷世儋见户部、工部都反对海运，面露喜色道："既然户部、工部也反对，海运一事，只能搁置。"

高拱沉着脸，把梁梦龙、王宗沐的奏疏往书案一摔，厉声道："山东巡抚和漕运总督的奏本，户部、工部题覆。先说好，谁反对通海运，谁就去负责漕运，漕粮若不能及时足额运到，立马走人！"又一拍书案，"反求诸己：海运若失败，高某片刻不留，立马滚蛋！"

众人见高拱如此说话，都不敢再言。

"当如梁梦龙、王宗沐议，通海运！"高拱决断道。思忖片刻，又道，"工部、户部速商兵部，要在东、南诸省布点，开厂造海船，一则用于海运，一则用于护航的官军，锤炼出一支强大的水军来！"

刘体乾、朱衡并未起身，而是以求助的目光看着张居正。

张居正抬起头，一笑道："玄翁，居正看大司农、大司空皆面露难色，心中无底。海运可通，但未必都押在海运上，不妨先拨出三分之一漕粮走海运。况且雇船、雇招水手，也非一朝一夕所能周详。不知玄翁意下如何？"

高拱见海运阻力巨大，不妨像元年开海禁那样，不全面铺开，也就接受了张居正的建言："既如此，照叔大所说也好。总之，只要海运得通，待有了成效，再全面实施。"他一扬手，"就这样定了，诸公用心整备！"

1

松江城十字大街，由南向北，十余顶大轿赫赫煊煊向知府衙门而来。前有哨弁、差役鸣锣开道，其后紧跟着的，是手举"肃静""回避"牌子的兵丁，两扇牌子的中间，有一根高高的旗杆，飘下来一幅锦缎制成的条幅，上写"都察院佥都御史提督军务巡抚应天等十府陈"十九个墨字。条幅后就是陈道基的六抬大轿，驻节松江的苏松常兵备道，府、县官员等的轿子依序紧随，仪仗威武，城里的百姓纷纷驻足观瞻，议论纷纷。

"唉呀，是抚台大老爷来了！"有人指着条幅，大声说。

"这怎么回事？海青天可是严禁接送迎往的，朱抚台时也照着做的，这场面，有两年不见了呢！"有人接言道。

"做官的，谁不喜欢排场？"有人撇嘴道。

坐在轿中的陈道基虽则没有听到百姓的议论，却也五味杂陈，惴惴不安。

两个多月前，陈道基在弇山园午夜惊魂，狼狈而回。他没有料到在有天下第一私家园林之称的弇山园里，竟然发生那样的一幕，心中虽有疑窦，却也不敢相信堂堂文坛盟主王世贞会设圈套陷害他，只怪自己忽略了江南文人越礼任诞、蔑视权威的习性，跌进了争风吃醋的桃色陷阱。回到巡抚衙门，一直提心吊胆，生恐张献翼、梁辰鱼故意张扬出去，为官嫖妓的罪名足以使他名誉扫地。过了些日子，一切如常，仿佛什么事

大明首相
第三部
锐志匡时

也未曾发生，陈道基稍稍松了口气，遂下了札谕，要巡视松江府。松江知府接到札谕，忙与兵备道相商。海瑞曾有官员出行不得接送迎往的禁令，朱大器继任后，也是照此做的，而陈道基的札谕只说巡视松江，一切从简，却并未重申禁止出迎。官员们都明白，上官札谕里的所谓一切从简云云，多半是口是心非的漂亮话而已，做不得真的。这样揣度着，方有了今日的煊赫场面。

陈道基对属官出迎既不责备，也未有欣喜之情，而是一脸麻木状。到得知府衙门，松江府大小官员行参谒礼，陈道基也面无表情地端坐接受。待参礼毕，已耗去半个多时辰，知府问："抚台老大人有何训示？"

"差人拿本院的拜帖去徐府，本院要拜谒存翁。"陈道基一脸抑郁地说。

知府以为抚台是来察看清丈田亩、推行条鞭法情形的，做了精心准备，抚台却只字未提，他已感不解，又听他说要谒见徐阶，这才明白，抚台此行必是专为谒见徐阶而来，并不关心政务，绷紧的神经方松弛下来。

不到半个时辰，徐阶差管家徐五来请。知府陪同陈道基，在大批侍从的护卫下徒步前往徐府。远远望去，徐府首门人头攒动，大呼小叫声不绝于耳。

"抚台大老爷，那些都是想讹诈徐府的刁民！"徐五赔笑道。

陈道基默然，看了知府一眼。

"呵呵，江南讼风甚盛。"知府附和了一句。他听说陈道基与徐阶有旧怨，是替高拱来报复徐阶的，便故意未下令清场，时下见陈道基只是沉着脸并不说话，只好命侍从清道，簇拥着他进门。

突然，一个中年人猛地扑了过来，大声喊道："抚台大人，为学生做主啊！"侍从忙不迭将他按倒在地，陈道基茫然地看着，微微摇了摇头。

"你是何人？"知府问。

"学生姓顾名绍，顾绍是也！"被压倒在地的中年人大声道，"徐府诈骗颜料银……"

话未说完，徐五就大声道："此乃刁民，总想讹诈徐府，最是无赖！"

陈道基无心听诉，顾自向前走去。刚走几步，一个中年人又大叫起来："抚台大老爷，给草民做主啊，徐家仗势欺人，松江暗无天日，百姓怨气冲天！"

哨弁、差役冲过去，也把他按倒在地。

"什么人？"陈道基问。

"抚台大老爷，那人叫沈元亨，本是徐府的账房先生，因贪污银子被赶出去了，故而怀恨在心。"徐五答。

陈道基默然无语，被簇拥着进了徐府首门。

"喔呀，抚台老大人！"徐阶在首门内拱手相迎，"多谢抚台老大人来看顾老夫！"

"存翁安泰！"陈道基一揖道。

"忍辱含垢苟活罢了！"徐阶凄凄哀哀，举袖在脸上擦拭了一把道，回手拉住陈道基的袍袖，边往静室走，边叫着陈道基的字问，"以忠，到得江南，都去过哪里？弇山园去过吗？"不待陈道基回应，突然怪笑道，"呵呵，弇山园可是文人骚客的地盘，去了，要当心！"

陈道基脸"唰"地红了，愣怔了一下，仿佛一个窃贼，刚伸手去偷，被人当场捉住，既悔又惧，浑身冒汗。他又暗自佩服徐阶的虚伪，那天夜里张献翼大闹时，此公明明在场，此时却说这等话，分明是在故意敲打他，提醒他把柄已被人攥住了。

徐阶拉了陈道基一把，道："老夫当国时，误听小人之言，委屈以忠了；以忠不以为意，一到江南就来看顾老夫，真令老夫感动！"

"哦哦，岂敢！岂敢！"陈道基尚未缓过神来，懵懵懂懂支应了一句。对徐阶，陈道基确曾心怀怨恨，也风闻此番命他巡抚江南，乃高拱修旧怨之举，既能报被徐阶排挤贬谪之仇，又能讨好当国者，焉能不动心？况且，就连曾蒙徐阶大恩的海瑞，也愤而出手惩治徐阶家族，可见这徐家所作所为委实过分，像海瑞那样惩治徐阶家族，当是民心所向，一石三鸟，何乐不为？可是，弇山园之夜，使得陈道基不得不改变思路。徐阶虽则下野三年多，但毕竟在内阁长达十五年，门生故旧遍朝野，不是轻易能够撼动的。以海瑞的操守，自是经得起检验的，却仍因"不近人情"而遭罢，遑论自己有把柄被人攥在手里？不管内心怎么想，陈道基都不能不表达对徐阶的尊重。

进了静室，宾主落座，陈道基从侍从手中接过一个包裹，恭敬地说：

"此为学生在广西任职时珍藏的千年灵芝一颗，特献于存翁，表达敬意。"待徐阶接过，又道，"学生此番拜谒存翁，是想向存翁求教施政要领的。"

"兴教化，惩告讦！"徐阶毫不谦辞，斩钉截铁道，"如此，则公私两便，以忠名节可全！"

陈道基从徐阶的话语中听出了威胁的味道，又想起王世贞也曾提醒他以"兴教化，振风纪，惩告讦"为要务，顿时明白了，弇山园之夜，乃是为保全徐阶而设下的圈套！越是这样，事体越是严重，已无回旋余地可言。他用袍袖轻轻擦了一把汗，赔笑道："学生谨遵存翁训教！"

"老夫三犬子，受刁民诬告，前抚海瑞不问青红皂白，竟下令拘提勘问。海瑞被劾去，三犬子俱开释。不意朱大器来后，又把三个犬子拘去！"徐阶愤愤然道，"如今一年有余，也未勘出所以然。以忠，似这般冤案，当平反昭雪。"

"喔！那是，那是！"陈道基点头道，转脸吩咐知府，"存翁三子先放出来吧。"

"以忠，兴教化，好说；惩告讦，你准备怎么做？"徐阶追问。

"哦这个……"陈道基支吾了片刻，道，"檄下所司，狠刹告讦之风。"

"发教令固然是个法子，但未必奏效。"徐阶以教训的语调道，"当务之急是，对那些告恶状的刁民，当严厉制裁，必要时，要杀他几个，以儆效尤！"

陈道基闻言悚然，可还是点了点头。

"像整日围在敝府门前的顾绍、沈元亨之流，就是无赖刁民，不应容其逍遥法外！"徐阶恶狠狠道。

"贵府，"陈道基抹了把汗，对知府道，"存翁是国之元老，府前似这般整日喧嚣，成何体统？"

"奉教！"知府道，"回衙即差兵丁清场。"

"还有什么清丈田亩，条鞭之法，"徐阶以轻蔑的口气道，"标新立异，骚动江南，扰乱人心，以忠当明令禁之！"

"待学生一一梳理，凡不合人心者，必废止之。"陈道基忙不迭应承道。

2

高拱又上了一道请辞管吏部事的奏本，皇上阅罢，眉头皱了皱，问孟冲："朕不准高先生辞吏部事，高先生三番五次请辞，你说，该如何区处？"

孟冲躬身道："万岁爷，老奴不敢乱说。不过以老奴看，高老先生委实太操劳，万岁爷赏高老先生就好。"

皇上闻言，突然露出调皮的微笑，抿嘴提笔批道："卿兼部事，秉公持正，朕心嘉悦。赐羊酒一坛，牛衣一袭，银五十两，以酬劳绩，不准辞。"写毕，在孟冲眼前一晃，"高先生若再辞，就是变相讨赏！"

孟冲咧嘴一笑道："呵呵，这下高老先生必不好意思再请辞了！"

高拱接到御批，哭笑不得，不好再提辞吏部事，只得两边兼顾，忙得没日没夜。这天，已是二更时分，高拱方从文渊阁匆匆赶到吏部直房。

正值酷夏，直房里尚存几分闷热，他顾不得许多，用湿换作擦了把脸，尚未坐下，右侍郎魏学曾手里拿着一叠文稿匆匆进来了："玄翁，这里有份署名揭帖，顾绍、沈元亨二人所具，告讦徐阶的。"说着，把揭帖放在高拱面前的书案上，"刑部、大理寺也接到同样的揭帖，大司寇嘱我务必面禀。"

高拱拿起揭帖匆匆浏览了一遍，但见帖中举报徐氏家族诓骗、侵吞松江税银、宵小投献田地于徐府以逃避赋役、徐家在京城东安门外开设布店，兼具徐府眼线功能，专门对进京上控徐府罪恶的乡民进行拦截等等，触目惊心！

"徐华亭，真乃伪君子也！"高拱面露厌恶之色，"严嵩所为固然不堪，但至少他在家乡是做善事的，至今乡民感颂其德；而徐阶，照这样看，恐怕他死了都不敢葬在家乡！"

"此公委实太善于伪装了！"魏学曾附和道。

"换作他人，非要好好整治不可！"高拱恨恨然道，旋即长叹一声，"不去管他了，要做的事情太多，一旦捅了这个马蜂窝，又是一番纷扰，于大局不利，转给松江府就是了。"他把揭帖往魏学曾面前一推，向外摆

大明首相

第三部

锐志匡时

了摆手。

"转去松江府，就如石沉大海一般。"魏学曾苦笑着说，拿起揭帖转身向外走，刚迈步，又回身道，"玄翁，闻得有科道上疏为张齐申冤?"

"是有两个科道上疏，说彼时的大司寇和台长，阿附权宰，穿凿附会锻造冤狱，请法司重新审理。"高拱淡淡地说，"已批交刑部题覆了。"

"弹劾玄翁者，皆平安无事；弹劾徐阶的人，就要家破人亡，徐阶未免太狠毒了!"魏学曾愤愤不平道，他眉头一皱，"可是，若给张齐昭雪，岂不同样引起纷扰震动?"

"那不同，这事关乎一家人的身家性命，不可置若罔闻。"高拱道，"张齐若真是冤枉的，就该昭雪。法司依法复查就是了。"

"差点儿忘了!"魏学曾又说，"苏州知府蔡国熙考满，进京候补，几次来部俱未能见到玄翁，他似有话要说，甚盼玄翁能拨冗一见。"

高拱第四次请辞吏部事未果，只好继续兼掌，每每到了亥时方忙完阁务再赶往吏部理事；有时阁务缠身，已过午夜，也就不便再到吏部，想谒见他的，一时也不知在哪里能够找到了。听魏学曾说蔡国熙几次想谒见他，高拱问："蔡国熙既已考满，官声颇佳，文选司拟出晋升职位了吗?"

"拟升河南学政，可听蔡国熙的意思，他有想法，想当面陈于玄翁。"魏学曾答。

高拱不悦，不再回应，埋头批阅文牍。魏学曾只得悄然退出，高拱忽然想到应天巡抚陈道基，不妨向蔡国熙访咨一下，是不是果如房尧第说的那样无所作为? 遂道："传蔡国熙来见。"

魏学曾已到了门外，但高拱的话他听到了，忙吩咐承差去请蔡国熙。高拱抬起头，想到江南重地，用陈道基是要他大有作为的，如今却无声无息，颇是不解。蓦地想起陈道基抵任后曾投书来，一直没有给他回复，或许有了误会? 遂推开文牍，展纸修书：

前辱书教谆切，甚感。乃既久不能奉答，忙剧可知。仆本陋庸，谬膺重任，苟可以谋国而仰报皇上之眷遇者，不敢自有其身，但不知能济一二否? 今海内贤杰渐次登用，第旧习虚套难尽改革，乃与诸贤共倡务实之风，以正人心、挽颓俗。或者行之既久，元气渐盛，客邪可望消也。

写毕，又觉不够具体，便起身检出几个月前给前抚朱大器的书函副本一并附上。

苏松田粮不明，小民受累已极。若不一申其白，徒为容隐，则民困何时苏也？今宜将田地粮石尽行查明，时下民纳粮者若干，其为势豪侵占而小民赔纳者若干；势豪为谁，并名下地亩多少，逐一开出奏闻，下部议处，庶可有厘正之期。不然，民困愈极而事有他出，非所以为安也。

刚交付书办封发，蔡国熙正好到了，高拱沉着脸，叫着他的字道："春台可知，本阁部整饬官常，不容官员私下钻谋？"

蔡国熙踌躇片刻，鼓足勇气道："学生自是知道的。可学生还是想请求元翁成全一件事：苏松常兵备道缺员，学生愿补此缺。"

高拱不悦地问："为何？"

蔡国熙向高拱的书案挪了挪，道："目下江南的情形，令学生忧心如焚，只好向元翁请缨，奋不顾身，为朝廷收拢民心。"

"陈道基出抚江南，誓言兴利除弊，春台怎言江南情形不堪？"高拱问。自房尧第和他说起陈道基整日在巡抚衙门读书写字那天起，他就心有不安；又听蔡国熙如是说，越发起疑，可陈道基是他选任的，总是希望这些传言不是事实。

"元翁，抚台到任，政纲乃六字'兴教化，惩告讦'，凡是诉冤上控者，俱以刁民目之，大肆抓捕。有徐府前账房沈元亨者，竟以奴诬主之罪，下狱论死！"蔡国熙痛心疾首道。

"喔？沈元亨？"高拱伸出两根手指，在脑门上弹了弹，"适才看到有揭帖，其中就有署名沈元亨的。"

"已被徐府家丁抓回去了！"蔡国熙愤愤然道，"徐府到处堵截，欲以重处沈元亨，威慑上控者。"

"闻得江南讼风甚盛，有'种肥田不如告瘦状'之说，陈道基矫枉过正，以此端正民风也未可知。"高拱故意轻描淡写道。

"徐阶子弟横行乡里，罪恶昭彰，海瑞将其拘押，陈抚台到松江一行，回到苏州，即传檄松江府开释之。"蔡国熙愤愤不平道，"苏松乡民闻之哗然，俱言时下官场官官相护、暗无天日！"

高拱露出惊讶的表情："难怪都跑到京城上控。"

"清丈田亩、试行条鞭法，乃朝廷所期、民众所盼，海瑞断然而行之，陈抚台却俱格之不行。"蔡国熙又道，"总而言之，尽反海瑞之政，江南民心因之涣散，对朝廷充满怨气。"

"这个陈道基，安得如此！意欲何为？"高拱终于听不下去了，一拍书案，怒气冲冲道。

蔡国熙继续道："元翁，治理江南，收拾人心，非痛裁劣绅不可；欲痛裁劣绅，非拿徐氏子弟开刀不可。若不痛下决心，铁腕行政，江南积弊无革除之望，大是大非无澄清之日，学生每思之，无不痛心疾首、忧心如焚！"

高拱重重出了口气道："时下北边暂安，正要集中精力以修内治，而江南乃财富所出，修内治，必从江南始。不意陈道基居然连清丈田亩也格而不行，我看他是不想要自己的乌纱帽了！"说着，蓦地站起身，背手在室内踱了几步，气呼呼道，"巡按御史是干什么吃的，何以不出一言？"言毕一扬手，"也罢，全都换了！"

"元翁，苏松常兵备道有治安之任，重在判案谳狱，学生愿不顾毁誉，担此澄清一方之任，以纾民怨，收人心。"蔡国熙顺势道。

高拱不语。

蔡国熙突然瞪着眼大声道："元翁难道是怕担报复徐阶的恶名，就置江南万民于不顾吗？我大明律法，就不能施之于江南了吗？人言元翁乃当世豪杰，不避嫌怨，敢于担当；难道，这就是元翁的担当吗？"

高拱低下头，沉吟良久方道："江南难治，苏松特甚。官商云集，盘根错节，爱惜羽毛者视为畏途，徇私贪墨者越治越乱。春台不避艰难，委实难得！"语调颇是亲切，"时下松江绅民纷纷到京上控，说明上自巡抚，下至知县，都畏势避难，不敢触及，是需要春台这样有官声、敢担当之士出任艰巨。"

"元翁，学生必秉公执法，不敢徇私。"蔡国熙郑重道。

"春台，治理苏松，自身必廉，廉方能公，公则人心服之。是以当坚守一个'廉'字，把握一个'公'字，用心做事，秉公做事，必有所成。"高拱嘱咐道。

送走蔡国熙，高拱忙召张四维来见，问："子维可知陈道基在江南政绩如何？"

"闻得陈道基以治刁民为务。"张四维道。

"刁民？"高拱冷笑，"刁民都是贪官、土豪激成！倘若执法公正，何来刁民？不思治本，竟以治所谓刁民为务，这不是助长执法不公、助长倚强凌弱吗？就凭这一点，陈道基抚江南，不够格！"

"陈道基本不是这样的人，或许他有苦衷？"张四维道。

"他有甚苦衷？"高拱眼一瞪道，"若有苦衷，必是有私心，抑或有把柄，那就更不堪再用！"

"可是，迄未有论劾者。"张四维为难地说。

"因此，巡按苏松御史也要换人！"高拱断然道，"你找台长商榷，选个勇于任事、无瞻徇之气的风力御史去做。"

张四维面有难色："可是，巡按苏松御史时限未到，无故撤换，恐……"

"袭故套、不干事的人，就是要换！这是用人导向，要上上下下都明白才好！"高拱打断张四维，"时下朝廷重心要转到修内治上来，用人导向要与之配合。还有，"高拱又吩咐道，"你明日与文选司说，蔡国熙升苏松常兵备道；至于江南巡抚，也提出人选，与处分陈道基一并奏报。"

蔡国熙要升苏松兵备道的消息，很快就在官场传开了。张居正闻报，忙找高拱核实。

"玄翁，蔡国熙做学政更合适吧？"张居正进了高拱的朝房，开门见山道。他知道，徐阶子弟曾羞辱过蔡国熙，一旦他升苏松常兵备道，驻节松江，又以受理案件为职任，即使不刻意报复，只要秉公执法，势必对徐阶不利。明知蔡国熙来者不善，却置若罔闻，心有不安。

高拱扬手道："江南难治，担子特重。蔡国熙知苏州多年，廉节有惠政，苏民爱之；他又熟知地方情形，就地晋升，更利于展布。"

张居正知高拱意已决，也就不再争辩，转而建言道："闻得陈道基要罢斥，不妨让张佳胤接替，玄翁以为如何？"张佳胤比张居正晚一科中进士，长期在地方任职，历经云南、广西、河南多省，时下任山西按察使。他是文坛领袖王世贞的弟子，而王世贞对徐阶德之入骨，必会告知张佳胤保护徐阶，故而张居正有此提议。

"张佳胤有官声，尤其擅长处置棘手问题。"高拱点头道，"待我嘱吏部司属议上。"

只过了旬日，陈道基就接到了邸报，忙命仆从整备行装，当日夜就悄悄出了苏州阊门，灰溜溜地往老家晋江而去。

3

殷正茂接到任命他为两广总督的谕旨，大感意外。叫来郭应骋对酌，慨然道："原以为被扣了顶贪墨的帽子，此生仕途就此完结，不意有巡抚广西之任；中了韦银豹金蝉脱壳之计，欺君之罪已然坐实，侥幸不死，不意又有总督两广之任。有非常之人如玄翁者主持于内，我辈方得做非常之事成功于外，真不世之遇也！"说着，禁不住潸然泪下。

"玄翁既决计绥广，必全力支持，石汀兄又可大展宏猷了！"郭应骋歆羡地说。

"玄翁执政不过一载余，困扰百年的虏患就消除了。北边稳定下来，朝廷方有余力经略岭南。这是环环相扣的。"殷正茂感慨道，"此番到得广东，必不负玄翁期许，做一番事业出来！"

"安定岭表，石汀兄可载史册！"郭应骋伸出拇指道。

"唯有遇到玄翁这般识人用人的非常之人，方有我辈今日。不瞒君宾说，当年仕途蹭蹬，又担贪墨恶名，还真动心大捞一把算了！可自有抚桂之命，贪墨之念便遽然全消。此番户部拨付军饷，我一分一厘都不会装自己腰包！"殷正茂说着，一笑道，"所余二十余万两，都留给君宾兄。"

"留给我？"郭应骋苦笑道，"我暂时看摊儿罢了。"

"玄翁有示，桂抚听我荐人，我自然举荐君宾，估计不阅月，朝廷诏旨即可颁下。"殷正茂笑着说，"君宾抚桂，委实是八桂绅民的福分嘞！"

郭应骋拱手致谢，慨然道："果如此，则我辈赶上吏治清明之日，敢不效死力？"

两人边喝边谈，竟至质明方依依惜别。

殷正茂离开桂林，日夜兼程、水陆并用，赴梧州接印，随即赶赴广州，进驻总督行台。新授都督同知、广东镇总兵俞大猷，也赶到广州履任。文有藩臬两台，左右参政、参议、佥事，兵备道，知府；武有总兵副总兵，参将、守备、游击，纷至沓来，照例谒台。殷正茂慷慨激昂，发誓不灭林道乾、伍瑞这些海贼山寇不回梧州辕门，遂在广州行台备齐仪仗，赫赫煊煊之势，令人望而生畏。

这天，是殷正茂到广州履职刚满一个月的日子，他邀上总兵俞大猷、巡按御史赵淳，拟游览一下广州城，刚出了辕门，忽有中军来禀：海贼林道乾偕大批倭寇分道进犯石城。

俞大猷大惊。他曾长期在广东剿倭，还不曾听到过倭寇海贼涉足位于雷州半岛北部、与广西接壤的石城县，焦急地说："那里海防甚疏，官军不多，恐难以抵御！"

殷正茂顿感慌张，急忙转回行台，带着俞大猷和赵淳进节堂商议军机。殷正茂一时拿不定主意，口气不甚坚定："俞帅，我意你当率部驰援。"

"军门，倭奴凶狡，人多势众，林道乾又狡诈无比，照例当调土兵围剿。"赵淳建言道。

殷正茂一摆手："势已燃眉，远需何济？况兵贵先声，必须大将亲行。今宜移缓就急，重申赏罚，迎敌勇战，本部堂也要亲自出征！"

当日午时，俞大猷已集结五千兵马，殷正茂登上帅船，命令即刻启航。刚驶出粤江，忽有探马快艇来报：倭寇杀千户黄隆，又攻陷神电卫城！

神电卫城是国朝在粤西海防要塞，不惟是高州、宁州、双鱼、信宜、阳春等五个守卫千户所的指挥中心，还是电白县治所在，城墙坚固，敌楼、窝铺林立，官军千余，马匹、弓兵数百，另有炮台三处，置大炮十余门。这样的要塞城池，竟然失陷，令殷正茂大为吃惊，他愣了半天，不发一语。

"军门，倭寇海贼势力甚大，当再调兵马围剿！"俞大猷在旁催促道。

"失陷城池，督抚是要被治罪的！"殷正茂沮丧地说。

"军门，这只是谍报，未必真确。"俞大猷安慰道，"倭寇本为抢掠而来，意不在攻城略地，只要调集大军围剿，或斩杀，或退敌，城池可保。"

殷正茂一身豪气顿时减半，只得硬撑着召集幕僚会议军机，旋即传令：佥金事李材、许孚远，参政江一麟，副使陈奎、吴一介，参议周鸣埙，分头督集所在官兵，随军作战。

各路兵马水陆两路，日夜兼程，分头向神电卫城扑去。攻占神电卫城的林道乾不惟有潮州府推官来经济这个内线，在海上也布有线报，官军动向早已了如指掌。得知殷正茂亲率大军前来围剿，他忙向梁有训问计。

"大帅，攻陷神电卫，不是目的，是让海上各路弟兄知晓大帅的实力！"梁有训道，"官军来剿的消息，不必外泄，更不必在此与官军交战，让各路小股海贼倭寇在此盘桓，我当迅疾撤离！"

"撤到何处？"林道乾问。

梁有训一脸诡秘状，道："闻得朝廷里当国的高拱，奏请沿海各省督抚督造海船，两广总督李迁遂下令在广州粤江边设厂，日夜赶制大船；既然殷正茂、俞大猷都扑向神电，会城必是空虚，莫如偷袭广州，把造好的大船抢走！"

"这他郎奶的过瘾！"林道乾大喜道，"这就悄悄撤走，移师会城！"

林道乾率手下三千喽啰，绕开官军航道，船队悄然向广州驶去。

殷正茂抵达雷州，召集文武，一番部署，下令夺回神电卫城。官军将士没有想到总督会亲临前线，士气为之大振，只一阵猛攻，盘踞卫城的倭寇便闻风而逃。殷正茂传令追击，务必攻克倭巢。官军兵分几路向左近的竹洲岛、岭仔屿进发。

不几日，神电卫全境倭患肃清，岭仔屿上的倭巢被攻克，俘获、斩杀倭寇海贼共一千零五十七人，首战告捷。电白县知县蒋晓、锦囊所千户侯安邦，因弃城逃遁，被殷正茂下令绑缚广州，等待奏明朝廷后发落。

殷正茂正思忖如何向朝廷报捷，中军来报："林道乾率贼众攻打会城，掠去战船十六艘！奉巡按御史之命前去驰援的东莞守备李茂才战死！"

"林道乾不是在神电卫吗？"殷正茂不敢相信，气急败坏地质问左右，"怎么他神不知鬼不觉跑到广州去了？"

"军门，海贼常年漂泊海上，来去无踪，官军实难对付！"俞大猷叫苦不迭道。中军私下禀报说，林道乾还在广州海珠寺题诗讥讽俞大猷，俞大猷既恨又愧。

殷正茂恨不能自抽嘴巴，气得就地连转三圈才停下脚步，颓然道："不惟失陷神电卫城，会城还突遭攻略，被劫去大船十六艘，岂不是罪上加罪？本部堂只好向朝廷请罪，听候发落吧。"

"在广西因为韦银豹之事，军门也曾自劾，朝廷不惟未追究，还照样晋升为总督。"俞大猷安慰殷正茂道，"此番自劾，想必也不会有事。"

"情形不同。"殷正茂摇头道，"那次毕竟一举收复了古田，当国者还有借口为我说话；可这回不同，被海贼攻陷城池，又被劫去大船，显系掌军令者指挥调度失当，还有什么可解脱的？若是先帝时，就是按律论死！文坛领袖王世贞的父亲王忬，不就是因为滦河之战被北虏攻破了滦河防线，以比照失城池要塞律下狱论死的吗？"

俞大猷见殷正茂心灰意冷，知劝也无用，又建言道："当务之急是赶紧追剿林道乾，不的，真显得官军无能，贼势就越发嚣张了！"

"对付海贼，指挥海战，委实非本部堂所长！"殷正茂叹了口气，神情黯然道，"俞帅在沿海御敌数十载，该如何应对，不妨为本部堂画策，朝廷未治罪前，本部堂不敢松懈。"又吩咐左右，"把广东遍地海贼山寇情形，都汇集起来，本部堂要向朝廷奏报。"

俞大猷道："军门，佛朗机人性犷悍，器精利，尤在倭奴之上，不妨即传檄，命其相助。不的，待回到广州再调集兵马，恐贻误军机。"

殷正茂点点头："此事听俞帅的。"

"只是，借佛朗机之力剿倭，万一有人追究，恐对军门不利。"俞大猷反而踌躇起来，说出了他的担忧。

"俞帅，本部堂已然是戴罪之身，还怕甚？"殷正茂道，"剿倭要紧，就按俞帅所说办！"

1

京城往南二十里，有座皇家苑囿，因苑内有永定河故道穿过，形成大片湖泊沼泽，草木繁茂，鸟兽聚集。前元时即是皇家猎场，谓之"下马飞放泊"。国朝成祖皇帝迁都北京，扩充飞放泊，并在四周筑墙建殿，架桥辟门，俨然汉唐之上林苑。苑内不惟有饮鹿池、眼镜湖、大泡子、二海子、三海子、四海子、五海子等水域，还有大量雉兔、黄羊、麋鹿及老虎等珍奇动物。与城中的北海子相对应，谓之南海子。正德朝阁老李东阳将卢沟晓月、琼岛春荫、金台夕照、太液秋波、玉泉趵突、蓟门烟树、居庸叠翠、西山晴雪、南囿秋风、东郊时雨列为"燕京十景"，南囿秋风，即指秋天的南海子风景。

中秋时节的一天，司礼监秉笔兼提督东厂太监冯保带着几个心腹档头，乘轿悄然来到南海子。他似乎无心赏景，更无打猎之趣，进了北大红门，径直向苑内庑殿行宫而去。到得殿前，冯保屏退左右，只带着义子兼管家徐爵进了殿，一番察看，又指指点点嘀咕了一阵，这才出了殿门，一挥手，让轿子跟着，他徒步走过七十音桥，登上晾鹰台，手搭凉棚，向四处细细观望。

"干父，何时动手？"徐爵靠在冯保身边，低声问。

"等机会，不会太久！"冯保眯着眼道，"你那里务必查实核准，不可有差池，只有这一次机会！"

"嘻嘻，干父，这等事，儿在行!"徐爵嬉皮笑脸道。

冯保喉咙里发出轻微的"嗯"声，似乎大事已决，满意地走下晾鹰台，登轿回城。

随后的日子里，冯保一直在等待时机。过了旬日，掌印太监孟冲染恙休沐，冯保闻之大喜。这天午后，他来到乾清宫面见皇上："万岁爷，老奴给万岁爷又做了些稀罕物，万岁爷要不要御览?"冯保卑躬屈膝，脸上挂着讨好的、谦卑的笑容。

皇上慵懒地问："甚样稀罕物?"

冯保向外一招手，东厂的两个心腹档头各自抱着一个沉甸甸的锦盒进来了。冯保向御案一指，吩咐道："放下，打开给万岁爷御览。"

档头打开锦盒，一摞精美的瓷盘呈现在皇上面前。皇上有些失望，冯保上前拿起一只盘子，点着盘心上的画："万岁爷，请御览!"

皇上细观，竟是一幅春宫图，顿时来了精神，两眼发光，恨不能贴上去观赏。

冯保狡黠一笑，摆了摆脑袋，档头麻利地把十二只盘子在御案上一溜摆开。冯保一使眼色，两个档头知趣地走开了，他又转身吩咐两个御前牌子："尔等在门口把守，万岁爷正忙，不许任何人来渎扰!"

皇上专心致志地看了又看，那图上的男女，赤身裸体，交媾姿势各异，不少姿势，就连他也不曾尝试过，一时竟被图中男女刺激得喘息急促，满脸泛红。

"老奴特差东厂靠得住的档头，到景德镇为万岁爷烧制的。"冯保得意地低声禀报道，"后续还有碗碟，必让万岁爷开心方可!"

"唉——"皇上轻声叹息一声，又贪婪地看了起来。

"嘻嘻，老奴知道，"冯保机灵地说，"西域美姬和扬州牙仙，皇上已然觉得腻了，想找个似图中女子这般风骚的!"

皇上重重地咽了口唾液。

冯保叹了口气："唉! 万岁爷，这深宫大内，戒备森严；科道阁老，耳聪目明；贵妃娘娘，痴情万般，即使老奴物色到了，也委实不易带进来。"他突然拊掌一笑，"嘻嘻，万岁爷，老奴倒有个主意，定然让万岁爷尝尝鲜儿!"

"快说!"皇上抬头盯着冯保,催促道。

冯保低声道:"万岁爷,天子幸南海子狩猎,乃是祖制。万岁爷何不御驾一行?"他挤了挤小眼睛,"届时,呵呵,万岁爷,老奴为万岁爷备好就是了。"

"喔!"皇上惊喜道,"这是个法子。"旋即又泄气道,"只恐科道谏阻,阁臣不允。三年前朕几次要去,徐阶都力阻,虽然到底去了那么一趟,可科道叽叽喳喳没完没了,闹得朕委实心烦!"

"皇上执意要去,谁敢阻拦?"冯保打气道,他一拍脑门,"对了,北虏所献贡马,挑了十匹养在南海子,那可是顺义王为万岁爷专贡的!万岁爷最爱骑马,就说去骑贡马,谅阁老、科道谁也不敢阻拦!"

皇上沉吟片刻道:"冯保,你到内阁去,问问高先生,看他何意,若高先生不阻拦,朕就去。"

冯保踌躇着,一听要见高拱,他还是有些胆怯,便建言道:"万岁爷索性下道手谕,让高老先生整备就是了。"

皇上摇头,不悦地说:"让你去你就去,如此啰唆!"

冯保忙躬身道:"老奴领旨!"说着,一路小跑出了乾清宫,往文渊阁而来。

"喔!冯老公公!"张居正一眼看见冯保风风火火进了中堂,忙叫了一声,起身相迎。殷世儋也起身抱拳施礼。高拱眼皮向上一翻,瞥了冯保一眼,仰坐在座椅上,沉着脸,默然不语。

"万岁爷命本监前来传口谕。"冯保盯着高拱,"高老先生接旨!"

高拱闻听,忙撩袍跪地。

"万岁爷口谕:顺义王俺答贡马养在南海子,朕欲幸南海子骑贡马,问问高先生何意。"冯保尖着嗓子,拖着长腔,一本正经道。

高拱起身归位,张居正忙吩咐书办为冯保看座。

"你先回去复命,待内阁商榷后,上本。"高拱瓮声瓮气地说。

冯保并不入座,以着急的语调道:"高老先生,万岁爷立等老奴回话嘞!"

高拱看了张居正一眼,问:"叔大何意?"

"喔!皇上乃向玄翁垂询,自是玄翁拿主意。"张居正道,"不过,皇上幸南海子，倒是祖制。英宗皇帝曾连续四年幸南海子，武宗皇帝也驾临过三次，今上于隆庆二年已幸南海子一次。何况，北房贡马在此，皇上欲骑贡马，也能体现封贡互市的成果，非一般狩猎游玩可比。”

高拱沉吟片刻道："天顺三年十月十日，皇帝幸南海子，内阁三臣李贤、彭时、吕原，俱扈驾前往。此番皇上幸南海子，我辈三阁臣亦当照例扈驾。"

"这……"冯保不禁叫了一声，"万岁爷、万岁爷只说他去，没有说让……"

"放肆！"高拱打断冯保，呵斥道，"天子巡幸，阁臣扈驾，乃是国政，你一个内官，安得置喙？"

冯保不敢顶嘴，只得灰溜溜地出了文渊阁，向皇上复命。

"朕就知道，高先生处处为朕着想，不会谏阻。"皇上兴奋地说。

"可是万岁爷，若高老先生去了，咱可就没好戏看啦！"冯保焦躁地说，他眼珠子滴溜溜转了几圈，建言道，"万岁爷，高老先生年已花甲，万岁爷怎忍心让他扈驾？领了他的好意就成了呗！"见皇上还在踌躇，又道，"老奴听说，广东那边山贼海寇闹得正欢，辽东也老有警报，万岁爷把大事小情都托付高老先生打理，他外出一大天，万一有十万火急的军情，不给误了嘛！"

皇上一指冯保道："你再跑一趟，把这番话说给高先生。"

冯保二次进了中堂，却不见高拱的人影。

"冯老公公，"张居正笑着说，"适才书办在玄翁耳边嘀咕了一句，似有机密之事，刚到朝房去了。"

"传……"冯保刚要说传高拱来接旨，又打住了，与张居正抱拳拱手，"我到朝房传旨。"

"冯老公公且留步！"张居正唤了一声，跟上来低声道，"闻得迩来京城有不法之徒向各衙门投揭帖，攻讦元老，造谣惑众，东厂当严密缉拿！"

冯保"嘿嘿"一笑道："张老先生，照例，这是兵马司的事，东厂呢也不是不能去缉拿，就怕有人说东厂手伸得太长。"他一指高拱的朝房，"时下不是人家当家嘛！"

张居正一脸尴尬，抱拳一揖，默然而去。

冯保继续往高拱朝房走，到了门口，只听屋内传来高拱惊讶的声音："竟有这事？"

2

午时的棋盘街煞是热闹，行人熙熙攘攘，三三两两相伴着往酒肆茶楼而去。在靠大街东北角的一家不太起眼的酒馆里，房尧第头戴儒巾、身穿青衫、脚蹬镶边云头履，坐在靠窗的一张小方桌边，只点了一碟油炸花生米、一碟凉拌耳丝，半壶小烧，慢慢地自斟自饮着，余光却不时打量着进进出出的客人。

不久前的一天，高拱仿佛是无意间对房尧第说，松江有顾绍、沈元亨二人到各衙门投揭帖，一时官场浮议四起，崇楼有暇，不妨到街上走走，听听市井闲言。房尧第颇觉惊异，此前高拱每每告诫他们不许外出交通酬酢，何以突然主动要求他外出？从高拱的神色里，房尧第觉察到，事有蹊跷，非同小可。自此，他就时常到棋盘街闲逛。

房尧第把一粒花生米投进嘴里，正要举壶斟酒，忽听得邻桌的几个人边喝酒边议论着。

"原以为高相爷是个清官，却不知，他自个儿不捞钱，却让他的外甥在外头捞钱嘞！"

"想升官又没门路，就得找人家外甥。好比做生意，总得投本钱嘛！"

"这可比做生意强多啦，一本万利！咱要是有那资格，也找外甥买个肥缺。"

"高相爷时下替皇上执掌大明，你以为他只管官儿的事？未必买官，像打个官司啥的，找外甥，准成！"

房尧第大惊，忙凑上前去，佯装外地来京的官员，问："不才乃举子出身的县丞，正愁京城没有门路，不知客官可否引荐于高相爷的外甥？"说着，唤来店小二，"这几位客官的酒钱，我来付！"

几位陌生人打量着房尧第，半信半疑，一个中年人道："我辈并不认识他，只知他时常到这个酒馆来。你在此候着，运气好的话或许能遇上。"中年人突然一努嘴，向房尧第使了个眼色，房尧第抬眼一看，有两个人从身旁走过。一个头戴折叠似瓦楞的瓦楞帽，四十多岁年纪；一个戴着长尖顶带檐的圆形边鼓帽，二十岁上下，像是前者的仆从。

"外甥？"房尧第张了张嘴，却并未出声。

中年人点了点头。房尧第抱拳谢过，回到自己的座位，用余光瞟着两人，却见戴瓦楞帽的中年人在远远地打量着他。房尧第忙低头饮酒，忽而又做仰面沉思状。须臾，戴边鼓帽的小厮走过来，坐在房尧第的对面，问："客官是哪来？怎的独自喝闷酒？"

房尧第灵机一动，叹了口气，用家乡话道："鄙人贡生出身，在边鄙小县混了个县丞，做了些年头了，朝中无人，仕途蹭蹬。家里倒是有些积蓄，就想到京城里走动走动。"他又叹了口气，"只是这京城并无人脉，是以苦恼！"

"算你走运！"小厮伸过手去拍了拍房尧第的手腕，指了指戴瓦楞帽的中年人，"咱家主人是有些来头的，自可帮衬你。"

"那最好不过！"房尧第佯装惊喜，"但不知你家主人有甚门路。"

小厮伸长脖子，凑到房尧第面前，压低声音道："客官，咱家主人是河南人……"话未说完，戴瓦楞帽的中年人起身往外走，小厮边起身边道，"客官若有意，就到得意酒楼门口去找咱！"

房尧第兑了账，即往得意酒楼而去。远远地，就看见适才的小厮正在门口张望。

"嗯，咱看客官是实心实意。不的，不会这么远跟过来。"小厮迎上去，笑着说。

"适才老兄说你家主人是河南人，难道和朝廷里的首相是一个地方的？"房尧第问。

"岂止一个地儿！"小厮得意地一竖拇指，"首相他老人家的外甥嘞！"

"骡子！"那个戴瓦楞帽的中年人从酒楼出来，叫着小厮，"你瞎拉扯啥嘞？"果然是一口河南腔。

"嘿嘿嘿，老爷，"小厮嬉皮笑脸道，"这位客官大老远到京城来，你老人家菩萨心肠，就帮衬帮衬他呗！"

"帮衬帮衬，俺喝西北风去？"中年人一瞪眼道。

"呵呵，这位老兄!"房尧第走过去，抱拳施礼，"老兄若能帮衬鄙人，鄙人自不会让老兄白忙。"

"那你想要个啥位儿?"小厮问。

"腹地的知县最好不过。"房尧第故意抬高要价。

中年人摇头："胃口够大的哈!"转了转眼珠，"也罢，无非多跟俺娘舅磨磨嘴儿!"他伸出三根手指，"拿过来，俺保你旬日到吏部领凭!"

房尧第忙作揖道："多谢老兄相助!"他现出为难的表情，"只是身边未带这么多银两，到客栈取来，明日奉送如何?"

"嗯，也中。"中年人道，他指了指脚下，"明日午时，还到这个地儿来。"

房尧第谢过，疾步往文渊阁找高拱而去。高拱从中堂出来，一见房尧第大白天跑来，即知有要事，忙带他进了朝房，听了禀报自是大吃一惊，脱口而出"竟有这事"，遂恨恨然顿足道，"可恨! 崇楼即去知会巡城御史王元宾，明日到得意酒楼，将诓骗人财的光棍拿获!"

次日午时，房尧第如约前来，见小厮在此候着，便问："你家主人何在?"

小厮道："客官把银子交给咱就行。"

房尧第道："那不成，要见你家主人方可。"

"有啥不中? 交给他就中。"戴瓦楞帽的中年人剔着牙走了出来。

房尧第大咳一声，须臾，早已埋伏在附近四合院里的巡城御史王元宾率同中城兵马司指挥，带着一干吏目逻卒，"呼啦啦"围了上来。

两人尚未缓过神儿来，就被逻卒扑倒在地，绑了个结实。

3

京城到了九月上旬，室内已有寒气；但到户外稍一走动，即觉神清气爽，格外宜人。冯保提议皇上此时幸南海子，内廷外朝，俱无反对之声，整备了三日，果然成行。高拱起初放心不下，本欲扈驾前去，可冯保传谕，说皇上念及国事繁重，阁臣并部院大臣俱不必扈驾了。这天，御驾由冯保率厂卫扈从，出了大明门，往南海子而去。

穿过北大红门，御驾在七十音桥前落轿。冯保上前躬身引导，皇上缓步登上晾鹰台，举目瞭望，只见金风瑟瑟，落叶萧萧，碧空如洗。园内团泊、大泡子、三海子片片秋水，波光粼粼、游鱼戏逐、莲藕飘香，成群的水鸟不时从芦苇中惊起。参天的古树上起落着远来的鸦雀，枯黄茂密的蒿草中，时有禽兽出没鸣叫。九门八庙、宫墙碧瓦，浑然一体，熠熠生辉。凉水河、凤河犹如两条玉带，在阳光照耀下，更显秋水长天，漫无边际。置身这野趣横生的苑囿，让人感到赏心悦目、心旷神怡。

冯保无心赏景，不时把目光投向站在远处的徐爵，手心里竟渗出黏糊糊的汗液。

"朕前年来南海子，但见榛莽沮洳，宫帷不治，怎么，这两年又修缮了？"皇上高兴地问。

冯保打了个激灵，"哦"了一声，他一直在想心事，并未听清皇上的话，只得"嘿嘿"笑了两声。

"回皇上的话，"守卫南海子的提督答道，"顺义王贡马送来南海子，高阁老便吩咐修缮了一番。"

"喔！高先生当知朕早晚要来骑马的。"皇上欣慰地说。

"贡马已牵来，请万岁爷驰骋！"冯保为适才的走神儿而紧张，此时不敢再大意，忙躬身道。他又指着一匹枣红色高头大马道，"万岁爷请御览，这就是汗血宝马！看它体形饱满，头细颈高、四肢修长，衬以弯曲高昂的颈部，委实令人欢喜。这种马快绝迹了，难得顺义王孝顺，还觅得来一匹。"

皇上满脸微笑，指着汗血宝马身后的几匹马问："那些个马，怎的矮小如此？"

冯保早就做足功夫，要在皇上面前显示自己的才学，遂笑道："万岁爷，那是蒙古马，这种马体形矮小，其貌不扬，可在风霜雪雨的大漠草原上，却能扬蹄踢碎狐狼的脑袋；在战场上，又不惊不诈，勇猛无比，鞑靼人有'千里疾风万里霞，追不上百岔的铁蹄马'的说法嘞！"

"喔！原来如此！"皇上一笑，"那就骑它一骑！"说着，转身往下走，刚下到第二个台阶，腿就抖了起来，站立不稳，冯保忙用力搀扶，一步一歇，好不容易下了台阶。

"万岁爷若是累了，不骑也罢。"冯保善解人意道。

皇上踌躇着，他是以骑贡马名义来南海子的，若不骑马，担心臣工又会说三道四；但自知身体虚弱，对骑马突然有了恐惧感。冯保猜透了皇上的心思，道："万岁爷，让人牵着马，万岁爷骑上去溜溜就成了。"

"喔！如此甚好！"皇上解脱似的说。

扈从人等把俺答所供一副银鞍在一匹蒙古马上整备停当，小心翼翼地把皇上扶上去，两名锦衣校尉牵马慢行。

"快备好午膳！"冯保吩咐，"今儿个万岁爷累了，早些用膳，多午睡会儿。"说完，手搭凉棚，佯装遥望骑马的皇上，向无人处走了几步，徐爵麻利地跟了过来。

"两年前大阅时，万岁爷骑在马上，何等神武！"冯保既惋惜又得意地说，"才两年光景，身子被女人掏空咯！"

"嘻嘻，这不都是干父的功劳！"徐爵一伸舌头道。

"该打！"冯保嗔怪道，依然歪着脑袋向皇上张望，语速急促地问，"都齐备了？"

"万无一失！"徐爵答。

冯保定了定神儿，忙回到队列中。不多时，皇上骑马回到了晾鹰台下，冯保忙扶皇上下马，徒步走进旁边的庑殿行宫，吩咐更衣侍候。

用过了午膳，冯保吩咐厂卫校尉，围护行宫，任何人不得渎扰万岁爷午睡。所有扈从，也一概屏退，只冯保一人导皇上进了寝宫。

上好的炭火早已把寝宫烘得暖洋洋的，冯保掀开棉帘，就有一股暖流扑上身来，他亲自替皇上解下斗篷，扶坐于外间的御榻上，几案上备好了一小碗温开水，冯保从怀中掏出一个小巧的锦盒，打开来，对皇上道："万岁爷，这些黑色粉末，乃腽肭脐末，好使嘞！"说着，拿起案上的一根金调羹，先尝了一口，再请皇上服用。用毕，冯保又扶皇上起身，掀帘进了内室。

窗帘已然拉上，室内只点着根红蜡烛，有些昏暗。宽大的龙床上，帷幔中，隐隐可见两名赤身裸体的女子在搔首弄姿。皇上的心跳陡然加快，有些急不可耐，冯保"嘿嘿"一笑，领皇上先走到条案前，打眼细观，竟是那套带有春宫图的碟子。

"万岁爷，今儿个就让万岁爷尝尝鲜儿！"冯保得意一笑，又向帷帐里的女子道，"好好服侍，重重有赏！"言毕，躬身退了出去。

皇上适才所服腽肭脐，是尚好的春药，口中淡淡的咸味渐渐褪去，浑身便燥热起来，两个女子蛇一般缠在皇上身上，边替他解带宽衣，边呻吟挑逗，一个摩挲着皇上的前胸，一个用舌尖舔着皇上的耳根，淫态百出，花样翻新。

光线昏暗，皇上看不清女子长相，只觉得女子不够丰满，美中不足。但女子的床上功夫委实是他从未体验过的，引导着他不停地转换姿势，动作娴熟，身段妩媚，娇喘声摄人心魄。不知鏖战了多久，皇上体力终于不支，在两名女子的轻柔抚摸下，沉沉睡去。

见皇上发出鼾声，两名女子悄然下床，麻利地穿上衣裙，出了寝宫。冯保专意在外候着，两名女子一出寝宫，即吩咐两人登上停在行宫院内的一辆带轿厢的马车，两名女子尚未坐稳，马车就在冯保的催促声中驶往南门而去。

马车出了南小红门，刚走了不足两里路，徐爵骑马追了上来，对扮作车夫的东厂档头陈应凤附耳道："此为风尘女子，嘴不严，传出去对圣威有损，灭口！"

陈应凤从腰间掏出一把寒光闪闪的匕首，回身钻进轿厢，只听两声惨叫，两个女子瞬时丧命。

"到一僻静处，把车烧了，不得走漏半点儿风声！"徐爵恶狠狠地吩咐道。

当晚，一回到家里，冯保就把徐爵叫进卧室，问："那件事，不会有差池吧？"

"两名女子已然……"徐爵做了一个抹脖子的动作，"隐患已除，干父尽可放心！"

冯保一摇头："咳！那点善后的事，吾儿自会做得干净利落。我是说……"他挤了挤眼，未把后面的话说出口。

"干父放心，不出两个月，必有验证！"徐爵一拍胸脯道。

"哼哼！"冯保咬牙切齿道，"高胡子，你的好日子，快到头了！"

第二十二章 | 计靖岭南网开一面 | 议催欠赋气抖双手

1

高拱下了轿，把身上的斗篷往胸前裹了裹，脸上挂着笑容，低头往吏部直房里走。张四维迎上前去，笑道："呵呵，难得玄翁这么轻松。"

"昨日皇上幸南海子，骑顺义王贡马，龙颜大悦！"高拱抑制不住兴奋的情绪，"今日午时传旨，赐某大红牛绉丝衣一袭，软带、崖瓢、宝刀各一件。"他一摇手，"不是为赏赐高兴，是为皇上高兴，那些个蒙古铁蹄，原本是践踏我土、残害吾民的，如今受我皇上驱使驰骋，不过一载余，真乃天翻地覆也！"

"四维为皇上高兴，也为玄翁高兴！"张四维抱拳道。

"是啊！"高拱突然感慨一声，"几十年了，只有今年，北边七镇秋防无事。没有从内地调一兵一卒，边军也未放一枪一炮。不惟粮饷节省过半，多少生灵得全性命。这是隆庆朝的大喜事啊！"

"为玄翁贺！"张四维抱拳一揖道。

"呵呵，今日忽接令舅奏本，心里怦怦，展读之，方知是奏报互市结果的。"高拱笑着，从袖中掏出奏本，递给张四维看。两人进了直房，张四维忙凑到灯下展读，只见上列：

大同镇：得胜堡，顺义王俺答部，官市马一万七千两；私市马骡驴牛羊六千两，抚赏费九百八十一两。新平堡，黄台吉、兀慎部，官市马七千二百两，私市马骡牛羊三千两，抚赏费五百六十两。

宣府镇：张家口堡，昆都力哈、永邵卜、大成部，官市马一万九千九百两，私市马骡牛羊九千两，抚赏费八百两。

山西镇：水泉营，俺答、多罗土蛮、委兀慎部，官市马二万九千四百两；私市马骡牛羊四千两，抚赏费一千五百两。

合计官市马七万零三百两，私市马骡牛羊二万二千两，抚赏费三千八百四十二两。

阅毕，张四维笑道："呵呵，据闻私市交易三倍于官市，只是不便掌握罢了。"他把文牍放到书案上，慨然道，"不出几年，北边就会一片繁荣。到那时，谁想打仗，也不得人心咯！"

"老俺真意归顺之心不必怀疑了。今年互市很顺利，明年即可多开，时下才四处，要开它十四处才好。"高拱得意地说，顿了顿，一指张四维，"子维，你知会令舅，各部夷人众多，要广召四方商贩，使之自相贸易，民得其利，官收其税。北边不惟不花钱，还要给朝廷解税！"说罢，"哈哈"大笑起来。

"可期，可期！"张四维点头道，"时下虏患已除，惟辽东、岭南尚需用力经划。"

"辽东我还不太担心。已制定蓟辽一体方略，有戚继光坐镇三屯营，张学颜、李成梁文武干才，蓟辽两镇遥相呼应，土蛮翻不了天！"高拱自信地说，"惟岭南，山寇海贼，犬牙交错，猖獗甚甚，民怨沸腾。殷正茂虽能干，但对付海贼并无经验，两广海防也非易事。如何经划，我并无策略，惟全力支持殷正茂，由他据实定策。"

"广东要特殊化，这个四维知道。"张四维一笑道，"玄翁刷新吏治，远方州县也要差委强干者充任，此议一出，云贵两广都争相向吏部要人；时下内地肃贪、考察都不敢马虎，州县正官缺员也不少。可玄翁特嘱今年新科进士多分发广东，可见对广东另眼相看啊！迄于昨日，分发新科进士共计二十人，另从各省举人中委派三十五人，授以州县正官，前几批玄翁都集堂下诫勉训教，这最后一批十余人，俱已到部领凭，玄翁看何时有暇？"

高拱笑道：“总算兑现了承诺。”说着，起身从书柜中翻检出一封书函副本递给张四维，“年初广东赵巡按投书来，吁请此事，这是我给他的回书。”

张四维一看，只见上写着：

闻宪节已到地方，良慰。广中狼狈已甚，惟有处分有司是第一义。乃今入选者，已无科甲之人，只待会试后方可为之。又须秋冬间始可到任，便是阅岁才能周匝。远方之难及固如此，令人无可奈何。然有君在地方，须当极力振饬，务洗从前苟且之政，以拯此疲民。庶有更生之望。凡有当行事，宜不惜见教，即当为君行之。

张四维由衷赞叹道：“玄翁念兹在兹的，是洗苟且之政，拯疲弱之民。照这样不懈抓下去，不出三年五载，局面必是一新。”

高拱一掀花白长须道：“惟愿老天爷多给几年寿限，好让高某拼上老命，达成隆庆之治，振兴大明！”言毕，略一思忖，“明日午时，给赴任的县官们训话。”

张四维刚走，高拱翻开急需批阅的文牍，提笔蘸墨，正要落笔，魏学曾进来了，边走边禀报道：“玄翁，学曾适才听兵部的人说，广东陷城失船，殷正茂只得自劾，这回恐怕保不住了。”

“喔？殷正茂运气这么差？”高拱皱眉道，心里有些烦躁，望着堆积如山的文牍，一扬手道，“什么保住保不住，不要听人瞎说！”

话虽这么说，高拱却忐忑不安，次日一到内阁，就问书办有无广东奏本，书办转身去查，须臾就把殷正茂的自劾疏呈于他的案头。高拱忙抓起来细细阅看，心里一沉，良久沉默不语。

“元翁，二位阁老在中堂等候多时了。”书办提醒道。

高拱这才抓起殷正茂的奏疏，起身往中堂走，进了中堂，把奏疏往张居正书案上一丢，一语未发，坐到自己的位子上，举盏喝茶。

“倭寇竟陷神电卫城！”张居正边看边吃惊地说，“嗯？林道乾掠会城，抢去大船十六艘？这还了得！”

“这殷正茂怎么回事？”殷世儋沉着脸说，“失陷城塞，按律当逮问！”

见高拱、张居正都默然无语，他越发有了底气，故意烘托紧张气氛，又补充道，"若是先帝，非砍殷正茂的脑袋不可！曾跣、杨守谦、朱纨、张经、李天宠、王忬、杨顺、胡宗宪、杨选，二十年间被杀或自杀的督抚，就在十人以上，逮治的就更多了。与殷正茂相比，这些人的罪过未必更大吧？"

"行啦！"高拱以厌恶的语调大声道，但旋即又软了下来，"神电卫城，随即就收复了嘛！"他向执笔票拟的张居正一颔首，"殷正茂的自劾疏，批交吏部题覆吧！"

"元翁，批交吏部题覆，世儋无异议。但吏部题覆不能再袒护殷正茂。"殷世儋正色道，"殷正茂上次在广西犯了欺君之罪，元翁力主宽宥，世儋为维护内阁团结，未再反对；今次不同，失陷城塞，其罪甚大，调度失策，其罪不轻，恕无可恕，囿无由囿！"

高拱冷笑道："殷阁老，你这些话，何不向皇上说？殷阁老若能让皇上下旨，高某必按殷阁老说的办。不的，吏部自会区处，用不着你殷阁老对吏部指手画脚！"

殷世儋顶撞道："元翁，殷某也是辅弼大臣，难道对国政，不能说一句话吗？"

高拱不客气道："皇上悉心委政内阁，大明开国二百载，臣子未有如今日之遇合者，我辈幸遇之，自当同心同德，协力共济，要助力，不要掣肘！"

"殷某自以为是为元翁助力的！"殷世儋也不示弱，"元翁把执法不公目为官场大弊，可一旦到自己这里，怎么就忽略不计了呢？江南巡抚陈道基有甚大错？说罢斥就罢斥；辽东巡抚李秋，并未有失陷城塞之罪，说罢斥就罢斥！而对殷正茂，何以如此袒护？何谈一个'公'字？"

"对混日子和勇于任事者，就是要区别对待！"高拱寸步不让，"勇于任事者，做事过程有失误，当宽即宽；浑浑噩噩不思进取导致事体败坏者，绝不容忍！这就是高某的用人原则，照这个原则做，就是公！"

"哼哼！"殷世儋冷笑道，"谁勇于任事？元翁赏识者也；谁浑浑噩噩？不入元翁法眼者也。如此而已！"

"不必空口争论，看成效！"高拱一扬手道，"绥广，时下非殷正茂不可，朝廷给他一两年光景，若殷正茂绥广无着，高某愿与他一同去职以谢天下！"

话已说到这个分儿上，殷世儋不便再言，只是摇头叹息而已。

2

刚用过午饭，吏部两侍郎，各司郎中、员外郎，皆被召入后堂，听高拱给即将赴任广东上任的州县正官十余人训话。

"玄翁给十几个县官训话，何以把我辈俱召来？"魏学曾不解地问张四维。

"玄翁绥广之意甚坚，偏偏殷正茂履职不力，上了自劾疏，百官哗然，颇是棘手，玄翁召我辈来，或为此事？"张四维揣测道。

"本阁部给诸位讲一件往事。"吏部后堂里，高拱开讲道，"嘉靖二十二年，余授编修，时台长为河南封仪人王公廷相，道艺纯备，为当世名臣。王公不惟是家父至交，且是余在大梁书院时之授业师。庶吉士散馆之日，王公嘱余曰：初入仕途，宜慎交游。一日，余又谒王公，王公延入座，对余道：昨雨后上街，见一轿夫穿新鞋一双，自灰厂历长安街，皆择地而落脚，小心翼翼，恐污新履；转入他道，渐多泥泞，偶一沾濡，便不复顾惜，遂任意践踏，满履皆污矣！"

"嗯，是这个理儿！"堂下有人低声道。

"王公对余曰：'居身之道，亦犹是耳。倘一失足，将无所不至矣！'余退而佩服王公言，终身不敢忘。今以此嘱于各位。"高拱一扬手，"总之，守廉，方有公正；而守廉，当从起始、从点滴加意警觉。"

堂下又响起一阵议论声。高拱呷了口茶，又道："我再给诸位讲一个正在发生的事：我的老家新郑，被称为六省入京孔道，北距郑州九十里，南距许州一百二十里，西南距禹州九十里，东北距中牟九十里，西距密县八十里。皇华络绎，日且数至，马疲夫困，穷于应付。天下驿传之累，无过于新郑者。照北直隶境内的做法，驿站设置，乃于府县治所设一主驿，相距九十里者，中间设腰站。河南地方有人提议在郑州与新郑间设郭店驿，这是好事。可是郭店驿只配马驴二十五匹，比新郑的永新驿少二十八匹，反而在廪夫供给上，与郑州、新郑二驿看齐。"说着，他拿出一份文稿，"这是我给开封知府张梦鲤的书函，读给诸位一听。"

设驿一节，初以郑州、新郑马驴既多，而郭店独少，往来不支，反以为累。故有与县驿相同之说，止就马驴言也。若夫廪给则不必有，铺陈则不必备。盖添马驴所以苏民困也，若添廪给、铺陈以奉过客，为何？故愿于此处再裁酌也。

高拱读完，扫视一周，似在等待众人品味出他的意涵。过了一会儿，他一扬手，"设驿站的目的是苏民困；而添廪给则为奉过客，出发点与落脚点背道而驰了。我说此事，是想知会诸位：办一件事，是惠民还是惠官？是迎合上官还是满足百姓？立足点务必站准了。凡是增加民众负担的，不可去做；反之，就大胆去做。官之实政兴，则民之实惠至！这，是朝廷期许于诸位的！"

众人以为，讲到这里，可以散去，心急的已然欠身欲起，高拱却举起茶盏，呷了口茶，继续道："适才是讲给新官们听的。当然掌管铨政者，即当如此品鉴官员。"顿了顿，提高声调道，"绥广乃大局，广东偏远，顾九阍远于万里，孤臣又在万里之外，吏部安得遍知那里的官员政绩、民望如何？凡是殷正茂举荐的人，吏部不得设障碍，照单全收！"

张四维和魏学曾对视了一眼，"看来，殷正茂是过关咯！"魏学曾小声嘀咕道。

后堂里响起一片"嗡嗡"的议论声。高拱眼一瞪，又扫视了一圈，议场顿时安静下来，他继续说："本部近来因荐举过滥，参劾过数位督抚，并奉圣旨，严禁不许滥举，已成明例。但广东不可拘此例。"

"啊？"议场响起几声惊叹。

高拱笑了笑："不必惊诧！"说着又严肃起来，"广东财货所出，旧称丰裕，固乐土也。只缘近年以来，法度废弛，官其地者贪虐特甚，习以成风，而抚按亦不可以胜究。于是民不聊生，盗贼四起。贪虐既不加惩，而处置又不得当，于是良民皆化而为盗。高某诚为国忧。去岁曾上《议处远方有司以安地方疏》，特就整饬广东官场建言皇上，荷蒙谕允，吏部即照此办理。时下，广东总计州县八十，其掌印官每三处用进士一、举人二，皆拣其年力精壮、才气通敏者以充，而监生以下不与焉。诸位都知道，凡是自京赴任广东者，高某皆集于堂陛，谆切诚勉，教以弭盗安民之理，而歆以功名上进之路。如此，方有望易乱以为治。"

张四维频频点头，手指司务，又指了指高拱的茶盏，示意加水。

高拱兴致正高，继续说："然则，诸位明白，劝惩，毕竟只是口头说说，必落实于黜陟方才有效；而朝廷之黜陟，靠的是举劾。今广东有司既皆进士、举人出身，使抚按举荐同于他省，则广东官场必曰：吾辈科举出身者多，而抚按举荐同于他省，则虽尽力效命，未必有望升迁，于是隳其志以玩愒者，将有之矣！故吏部当于广东举劾，另立科条：一、广东举荐不拘数额，不得以举荐过滥参劾广东督抚和巡按御史。二、广东巡按御史不必依照成例，非要等到回京复命时方递交参劾、举荐单子。当时时体访，务在真确，果有殃民不职应拿问者，及时拿问，应参奏者，及时参奏；果有弭盗安民、茂著循良之绩者，随时举荐。若吏部另行体访真确，亦不拘多寡，尽数行取超升。然则，无论是督抚、巡按御史还是吏部之官，谁徇私市恩，一旦发现，重参不贷！如此，则贤才虽众，然各有上进之途，自不至于相碍，而体悉既周，必多有奋励之志，庶乎善政可兴，而数年之间，可有安平之望。"

议场鸦雀无声，都在专注地听着。

高拱站起身，高声道："广东造乱数十年，欲一朝靖之，非大破常格不能为功！今高某欲为国家奠此一方，还一个富饶繁荣的广东于岭南！诸位当体认，协力齐济，共底于成！"

这几句话，听得众人热血沸腾。高拱一扬手："散了！"说着，未等众人起身，他率先快步走出后堂，要往内阁赶。

"玄翁且留步！"张四维追上去，在身后喊了一声，他扭脸看了一眼高拱的直房，意在请高拱到直房说话。高拱自知内阁里文牍如山，票拟皆等他裁示，不愿耽搁，继续往轿子走去。

张四维只得紧追几步，道："玄翁，户部送来咨文，要把三十一员州县正官降调，此事……"

高拱打断张四维："户部有何权力要吏部降调三十多名州县长？"

"户部也是照例行事。"张四维解释道，他一皱眉头，"棘手的是，这三十一人中，有七八个都已升迁了。"

"你随我到内阁，"高拱一扬手道，又吩咐书办，"你去知会户部尚书刘体乾，让他这就到内阁去。此事，大有必要好好说道说道！"

3

内阁中堂里，高拱沉着脸，对户部尚书刘体乾道："户部说说吧，何以要一下子降调三十一员州县长？"

刘体乾一欠身："元翁，张阁老、殷阁老，张侍……"

"行啦！"高拱不耐烦地一扬手，"直截了当些！"

刘体乾尴尬一笑："诸公皆知，自嘉靖以来，国库空虚，财用日蹙。时下虽有好转，但填补往者亏空，还需时日。国库来自税赋，税赋端赖州县征缴解运。若赋税都不能按时征缴解运，州县长不能算称职。是以本部咨行吏部，请将三十一员州县正官照例降调。"

"都有律令前例，还议什么？"殷世儋不解道。

高拱不理会他，道："不能大而化之，泛泛而论！"他抖了抖手中的文牍，"我看户部的咨文，要降调的，分两种情形：一是积谷数少于八成以上者，葭州知州尹际可等二十五员属此类；一是赋税未完五成以上者，洛阳知县鲍希贤等六员属此类。那就一类一类来说。先说积谷不足者。"他放下文牍，盯着刘体乾问，"户部，积谷何来？又有何用？"

刘体乾暗笑，堂堂首相，竟有如此幼稚之问。但他还是一本正经地答："积谷皆出于赃罚纸赎，乃为备荒之用。"

"这就是了！"高拱一拍书案道，"既然出于赃罚纸赎，必是这个州县有官司，方有赃罚纸赎；天下州县，一年有多少官司，这些官司有多少赃罚纸赎，是相同的吗？是可以定额的吗？若不论地方贫富、词讼多寡，而一例取足其额，则民贫讼简之州县，何处去取？取不足额就要降调其官，道理何在？"

"元翁，这是朝廷律令，户部也是依例行事。"刘体乾道。

"只怕官恐降调，遂别起事端，逼迫小民，以求足数，民反受其害，律令安得诱官逼其民乎？"高拱一扬手，"这条律令，当改！就从这回起，奏请改之！"

"呵呵呵！记得这知州尹际可刚升迁不久嘛！"殷世儋突然怪笑着道，"元翁，你是怕不好收场吧？因为怕不好收场就擅改祖制，难怪人说元翁有气魄呢！"

一股怒气夹杂着怨气，"忽"地冲上了高拱的脑门，但怕争执起来误事，还是忍住没有发火，两只手却微微颤抖起来。

"没有定额恐也不成！"张居正插话道，"那些贪墨之徒岂不有机可乘，都装了自己的腰包？"

高拱点头道："我看，今后积谷，要取消统一定额，各照地方情形以为多寡之数。地方富庶，词讼又多者，积谷不足其数，当参奏拿问；怠玩不用心者，重则参究，轻者明开考语送部，待考察时再降调。如此，则庶事既可办，而官民两得其安。"说完，一扬手道，"积谷不足应降调的二十五员，就照这个来办。户部，再说第二类。"

"赋税未完五成以上者，照例降调。行之已久，户部历来是照此办理的。"刘体乾道，似乎还觉分量不够，又补充道，"从无例外。"

"从无例外？"高拱被刘体乾狗尾续貂的"从无例外"四字激怒了，他突然用力一拍书案，"那是懒政！"

刘体乾愣了片刻，一脸委屈道："这、这从何说起啊，元翁？"

"我来问你！"高拱出语硬邦邦的，"天下州县长征缴赋税，都是当年征、当年完的吗？"

"拖欠之风甚烈！可恨！"张居正接言道。

高拱缓和了语气："这就是说，一个州县长到任，既要征缴当年赋税，又要追缴积年逋赋。"又以揶揄的语调问，"是这样的吧，大司农？"

"元翁所言极是。"刘体乾擦汗道。

"那你户部是否知道，赋税未完五成的一个州县长，是因为征缴当年赋税不足，还是追缴积逋不足？"高拱说着，他把手一摊，"一个新官到任，费气拔力把当年的税赋征缴上来了，因为前任所欠没有追缴到位，两者一合计，不足五成，就要降调？"

刘体乾不敢再言，殷世儋冷笑道："律例俱在，不降调，难道要升他的职?"

"律令就尽善尽美?行之既久,就无弊?"高拱反驳,"凡事先要看看合理与否,再说该如何区处。拿祖制故套做挡箭牌,何谈振作?此事本不必拿到内阁议论,吏部直接奏明皇上就是了。惟是赋税关乎国计民生,时下北虏款顺,内阁正宜将精力放在民生上。是以刻意拿来一议,不是这些个州县长多重要,而是赋税重要,改革弊政重要。望诸公能体认此意。我看,赋税征缴不足五成的州县长降调,这条律令要改!"

"喔呀,玄翁!"张居正以惊诧的语调道,"此事体大,可谓国之柱础,不可轻易撼动啊!"似是怕被高拱打断无进言机会,张居正以极快的语速道,"据居正所知,积年逋赋者,多为富户,俱狡猾可恶之徒,彼辈并不全额拖欠,还承诺过后补交余额,实则过期即不再缴纳,甚至捐纳官身以免除官府惩治。官府追征两三年后,即不能再指望彼辈补缴了,朝廷也只能每每蠲赦逋赋,以清旧账。而这无疑鼓励了逋赋之徒,守法者反而纷纷效仿了。逋赋不能尽力追缴,则当年之赋亦不可能顺利收缴,此恶性循环是也。"

高拱一听,张居正话里话外也站在了自己的对立面,不觉动气:"降调州县长,你说的弊病就可除了?"

"以示朝廷纲纪严明,绝不宽贷!"张居正回应说,"要富国强兵,先要国库充盈;或曰,国库充盈,乃富国强兵的标志。而要国库充盈,必下大力气督促州县长征缴赋税。这是国务的重中之重!对那些不能完成征缴数额的州县长,不惟降调,当是革职,摘他的乌纱帽,或可有济!"

"这样做,不啻逼州县长行苛政,导官吏重殃其民!"高拱粗声大气道。一想到这是对张居正说话,手禁不住又抖了起来,语气越发严厉,"生财自有大道,聚财断不可变成敛财!聚财有两种,一种是桑弘羊式的,务损下以媚上,国库虽充盈而民财刮尽;一种是刘晏式的,以养民为先,民富而国强。前者必敛怨于民,国事日去;后者利于私亦利于公,国称其能,而民亦戴其惠!"

张居正并非故意与高拱作对,反而以为严明纲纪也是高拱的一贯思路,是在替他说话,没有料到会惹得他如此光火,既惊讶又委屈,铁青着脸低头不语。殷世儋则幸灾乐祸地轻声一叹,仰坐在椅上,目光在张居正脸上瞟来瞟去。张四维见此情形，忙道："呵呵，那么依玄翁之意，该如何区处？"

"征粮完税乃有司第一事，积欠太多，州县长自是不称职，论法是当降调。"高拱情绪平复下来，缓缓道，"但方催征之时，降调以去，新官至日，又未必能得要领，亦未必果胜前官，彼此延误已逾数月，是欲急而反迟。况且，若前任积逋数多，后任所征只能充抵欠数，而当年之额又转成逋赋，实非事理所安。"

"喔！经玄翁这么一说，还真是这么回事！"张四维笑着说，转脸对着张居正道，"张阁老以为然否？"

张居正觉得憋屈，本不愿接话，又觉张四维有意缓和，若置之不理，恐误会加深，遂勉强一笑："终归是玄翁看得准。"

高拱有几分得意："那么怎么办呢？"他环视诸人，自答道，"当细化科目，因地制宜，形成新制。"

"喔！请玄翁明示其详！"张四维兴趣盎然地说。

高拱瞥了一眼沉默不语的刘体乾："这本是户部该做的事，本阁部替你做了！"语气中却分明有几分自得，"其一，州县征税，以当年赋税为正征，所占分数要多；以历年积欠的为带征，陆续补足，所占分数要少，总计分数若干，议定降格。其二，当降者止降一级，不必调去，仍在本地视事，俟完足之日始复原官，复官之日，始计俸考秩，行取升迁。州县长既知正征、带征俱不能免，而又望有出头之日，则征缴必不敢怠懈。"

张居正微微摇了摇头，暗忖：非严刑峻法不足以济事！但他不愿再争，仰脸做专注倾听状。

"然则！地苦其官固然当禁；官苦其地，也是要避免的。"高拱提高声调道，"有些地方，即使竭尽全力，恐还是难以完成。这，就要因地制宜了。"

越发烦琐了！张居正心想。

"对原系地方凋敝、百姓逃亡、田地抛荒甚多之州县，若不另定标准，则必严刑以求必办，遂使民之逃亡、地之抛荒益多，而地方凋敝益甚。故这些地方，当宽严时限，而令其存恤贫困，召集流亡，开垦荒田，待民困稍苏，再徐行补征。对这些地方的州县官，就不能只盯着征缴赋税论高下。若他到任，能够苏民困，就是本事，历年的积欠完不成指标，我看照样可以升迁；若上任后无所作为，或整天为完成征税指标闹得鸡飞狗跳，致使本州县愈加凋敝者，就当重参罢黜。"说完，他边举茶盏，边打量着张居正、刘体乾，等待他们回应。

众人皆不语。高拱又转向张四维，张四维忙道："呵呵，玄翁所讲深邃，四维和诸公，都在慢慢领会嘞！"

高拱脸沉了下来，气呼呼道："子维，你这就回部，照我适才所说，草道《议处欠粮欠谷官员以图实效疏》，呈请圣裁。待皇上允准，即照此实行，谁敢玩忽，重参不饶！"他又转向刘体乾，"户部，记得我早就说过，为国理财，要注重开源。别光盯着田赋，荒僻之地，你不给他倒贴已然活不下去了，还天天盯着催征，老百姓能不造反吗？"

刘体乾擦着汗，不出一语。高拱一扬手道："此事就这样办了！"说完拿起殷正茂的自劾疏，"绥广之事日急，殷正茂自劾，当上紧给他个说法，不能拖。"

张四维见阁臣开议他事，忙给刘体乾递眼色，二人起身施礼而去。

"既然元翁一再说殷正茂勇于任事，不妨宽大，革职闲住就是了。"殷世儋以宽宏大量的语气道。

高拱蹙眉沉思，突然灵机一动，蓦然有了主意。

1

广东镇总兵俞大猷风尘仆仆来到总督行台，进了节堂，正要依例叩拜，殷正茂上前扶住他："俞帅免礼，情形如何？"

"禀军门，佛朗机人厉害啊！"俞大猷抹了把汗，以惊叹的语调道，"他们兵不满千，追剿林道乾于海上，而贼皆扶伤远行，不敢与之战！"

因林道乾突袭广州，劫走大船，殷正茂一面上本自劾，一面听从俞大猷的建言，传檄壕镜的佛朗机人协助剿贼。听到林道乾远遁的消息，殷正茂叹息一声："我也该收拾行装了。"

"朝廷的谕旨到了？"俞大猷问。

殷正茂站起身，神情黯然道："估摸着也快到了，轻者革职，重者拿问，总之是要离开广州了。"他挤出一丝苦笑，"来广州几个月了，还没有去城里转转，今日去转转，算是辞别。"说罢，吩咐侍从到间壁察院请巡按御史赵淳一同前去。

俞大猷道："军门，末将调些兵勇扈从？"

殷正茂摆摆手："戴罪之人，哪里还敢备威仪。我和赵御史带几个随从就是了。"话音未落，忽有亲兵慌慌张张禀报："军门，朝廷谕旨、邸报到！"

殷正茂愣了一下。他盼着谕旨，又怕谕旨真的到了。把谕旨、邸报捧在手里，心"怦怦"跳着，走到书案前，却不敢展读，闭目想象着可能出现的字句，呼吸急促，双手有些颤抖。良久，蓦地睁开眼，紧闭嘴唇，细细阅看。

"啊！"殷正茂惊叫了一声。

俞大猷吓了一跳，以为朝廷对殷正茂的惩治超乎意料，忙问："军门，怎么样？"

"俞帅！"殷正茂唤了声，有些哽咽，把谕旨递给俞大猷，俞大猷一看，只见上写着：

殷正茂素有才略，兹初任事，其督率将领、司道等官，悉力驱剿，务期荡灭。其地方机宜，悉听破格整理，敢有梗挠者，奏闻重治。

"喔呀！"俞大猷也惊诧不已，"这……朝廷对军门，可谓厚爱！"

"怎么，军门今日终于有心情出去转转了？"门外响起巡按御史赵淳的声音。见屋内并无回应，他大步跨进来，正要施礼，却见殷正茂一脸肃穆，眼眶里似乎还含着泪花，不觉奇怪，又转向俞大猷，见他一脸惊喜，双手把谕旨递了过来。

"啊！"赵淳阅罢，愣住了。良久，手忙脚乱地拿起邸报匆匆翻阅，须臾，感叹道，"喔呀，原来是这么回事！"他举着邸报走到殷正茂面前，"军门，南京刑部尚书李迁勒致仕，说神电卫城池失陷是他在任时设防不周所致。"

"不用说，朝廷是让李军门替殷军门承担了责任！"俞大猷道。

前不久，接到殷正茂的自劾疏，该如何处分，高拱颇是为难。忽然想到前任总督、现任南京刑部尚书的李迁屡上本求去，他灵机一动，想出以李迁代殷正茂受过的办法，遂有这样的处分结果。

"喔呀！这李大司寇可是元翁的同年好友啊！"赵淳道，"不惟把两广总督的位子腾挪出来，又让他替军门担责，足见玄翁对军门信任之切了！"

殷正茂紧咬嘴唇，良久方感慨道："俱为平岭南、靖两广！殷某敢不效命？"

"是啊，圣旨不惟没有一句责备军门的话，反而授予军门整饬两广的全权，信任无以复加啊！"赵淳附和着感叹了一声。

"快快，俞帅、按院，都快坐下！"殷正茂顾不得再游览会城，巴不得立马就荡平山寇海贼，遂焦急道，"当上紧发兵，重创山寇海贼！俞帅，赵御史，有以教我！"

赵淳沉吟片刻道："军门，下吏可为军门荐一二人，为军门驱使。"

"喔？何人可用？"殷正茂面露喜色，忙问。

"一为澄海人许瑞。只是，"赵淳踌躇片刻，"此人身份特殊，不知军门敢不敢用。"

"只要可用，就要用，何来敢与不敢？"殷正茂一拍胸脯道。

赵淳一笑："那就好。此人乃广东第一海盗曾一本的舅父。他追随曾一本多年，隆庆三年曾一本被俘，许瑞收其余众，龟缩于惠州一带，屡表愿受招抚之意。"

殷正茂没有表态，而是问："还有谁？"

"潮州知府侯必登。"赵淳道，"此人进士出身，莅任五载，尽心治事，熟知海贼山寇情形。"

"甚好！也不必召他前来了。"殷正茂大喜道，"绥广，先要灭寇安民，而海贼山寇，以惠潮为甚，即移行辕于惠州，本部堂要亲临前线，指挥战事！"

"军门是两广总督，惠州偏于一隅……"赵淳提醒道。

"时下绥广乃首务，广西有郭应骋做巡抚，我放心！"殷正茂语气坚定地说，"三两日就启程！"

"呵呵，军门，这游览市面……"赵淳问。

"顾不上了！"殷正茂道，"待岭南底定，可以给朝廷交差了，再游览不迟！"

赵淳、俞大猷见总督蹙眉沉思着，知他在思考战事，也就不再盘桓，施礼辞去。

过了两天，整备停当，用罢早饭，殷正茂正要传令启程，亲兵送来京师书函一封，殷正茂急忙展读，乃高拱所写：

先承书教，谆切如得晤对，已多感慰。继又辱示倭奴猖獗，土寇相勾为乱，忧怀可想也。然有公在镇，诚何足虑？顾此非一朝之积，所谓因循姑息，废弛痿痹正是。向来久贻之病，若非一大振刷，终亦若斯而已。公素负大志宏略，今当盘错，正利器可施之日。凡可改弦易辙，灭寇安民者，不妨见教，便当为公行之。古云："侯谁在矣，张仲孝友。"仆固不敢望于张仲，然力为主持于内，俾豪杰得以成功于外，同心勠力，共翊王室，则寸衷固自许焉，而曷敢有一毫之不尽哉？其诸藩臬守令等官，有当在地方者，或不宜者，或他处之人有可用于广者，幸一一示之，即为措处。官皆得人，事自可办也。

又：仆昔曾具题议处广中有司，今又为议处荐举以激励之原稿特录上。幸刻成册，二司守令各给一册，使彼知庙堂相待之意如此，当必有劝也。又稿三通，亦守令所宜知者，附之后可矣。冗甚！放笔布复不伦，幸亮。

阅毕，殷正茂立即传令："行程调整，午后再启程！"又吩咐传请俞大猷来见。待俞大猷一进节堂，殷正茂便道："俞帅，林道乾在海珠寺题诗讥讽于你，说明什么？说明他不惧官军；然夷人不满千，林道乾却不敢与之战，何也？佛朗机人船坚炮利之故也。若夷人转而攻我城池，我何能御之？"

俞大猷尴尬一笑，解嘲道："夷人全是为贸易而来，倒是不会攻我城池。"

"有备无患！"殷正茂道，"况倭寇自海上来，近海岛屿每每被海贼作为临时据点，若官军仅在陆地上防御，岂不被动？故练成一支有战力的海上作战队伍甚为必要。我本拟战事稍息再向朝廷提出治粤方略的，可元翁华翰有'凡可改弦易辙，灭寇安民者，不妨见教，便当为公行之'之嘱。我看，造坚船利炮，训练水军之事刻不容缓，当向朝廷建言。"

两人商榷一番，起了一道奏稿，即时封发。俞大猷擦了把汗，憨憨一笑："八月底了，广州的天气还是这般炎热，真令人受不了！"

2

八月底的辽东，却已寒意渐浓。高尔山下的抚顺城，草黄叶枯，一派萧杀，远远望去，东门楼匾额上成祖皇帝谕赐"抚绥边疆，顺导夷民"八个鎏金大字清晰可见。这几天，抚顺城东不远处的一个偌大的土堡，人头攒动，热闹非凡。远近的百姓都知道，这是马市开市的日子。

辽东边外，除西、北面对鞑靼左翼外，还有建州女真、海西女真与东海女真三部，环东、北边而居。早在成祖时，禁止女真诸部入京上贡，而代之以开马市，各部以贡马入市，朝廷给价并抚赏。不同城堡的马市，对女真不同的部落。抚顺城东的马市，专待居于抚顺关以东的建州女真，每月开市二次，分别为初一至初五、十六至二十。

马市土堡入口狭长，入市者需排队鱼贯而入。在入口处设有提督马市公署，新上任的沿江台备御将军夏汝翼端坐在抚夷厅，建州右卫都督王杲，率各部酋长依次进至堂上，贡土产。只见王杲昂头挺胸进堂，也不施礼，却大声道："快拿酒来，大冷天的，先喝几碗暖暖身子！"夏汝翼脸一沉，并不理会他，待参见毕，方依例宴请王杲及所部各酋长。

"来来来！"夏汝翼举盏道，"诸位远道前来给朝廷贡马，本官慰劳诸位！"

王杲不起身，把自己盏中的酒倒在碗里，又夺过邻座两个小酋长的酒，也倒在碗里，端起来一饮而尽，抹嘴道："这么喝着才他娘的过瘾嘛！"说着，拿起碗在桌子上"嗵嗵"蹾了几下，"拿酒来，给老子倒满！"

夏汝翼坐下，瞪眼看着王杲。王杲岔开双腿，两膝微曲而坐，腿还不住地左右快速晃动着。夏汝翼蓦地起身，一把抓住他的衣领，用力一提，把王杲拖出室外，狠狠地向台阶上用力一丢，大声道："来人！先验马，别等他喝醉了，分不出好坏来！让他看着，一一验明马之肥壮，照实给价，羸弱者不得如以往那样给高价！"

王杲虽无力统御建州女真各部，毕竟实力最强、地位最高，当众受此屈辱，委实咽不下这口气，怏怏引去，路上即吩咐手下传令集结人马，一回到部落，就率兵马掉头而返，由大柞口突入，马踏东州，掠去人口一百九十四口。辽东巡抚张学颜闻报大怒，传檄总兵李成梁火速来见。

自隆庆元年起，总兵驻广宁，只有冬季方移驻东宁卫，与巡抚同城。李成梁在广宁镇府接到檄文，当即起身，星夜赶到辽阳，次日一早就参谒张学颜。

"李帅，建彝王杲桀骜不驯，入马市傲慢无礼，马市官抑之，竟又怀愤侵扰，掠我人民。今必大兵征剿，灭此蟊贼！"张学颜恨恨然道，"你这就集结人马，亲率大军征剿！"

张学颜有干才，又被破格拔擢，遂慨然有吞胡之志。他履任不久，高拱即题请整饬边备，皇上下敕命各边督抚遵行。训练兵马，务皆精壮；哨探虏情，务得真确；调遣应援，务中机宜，必做到有备无患。张学颜遵行惟谨，经划周详，号令明肃，总兵李成梁对他敬畏有加。

"抚台，末将是武人，本不该置喙。但末将乃辽人，在此摸爬滚打四十年，对夷情还算熟悉，故愿向抚台进一言，不知当否？"李成梁拱手道。他四十余岁年纪，身材不高，皮肤黝黑，小眼睛。先祖乃朝鲜人，国朝永乐年间渡过鸭绿江移至铁岭，世代从军，李成梁投入军旅也超过了三十年，去岁升任辽东镇总兵。

"请李帅知无不言！"张学颜诚恳道。

"鞑虏才是咱的强敌！"李成梁道，"土蛮东迁，兀良哈三卫本是缓冲地带，却被其吞并。三卫一失，辽东与鞑虏屏藩全无，土蛮是鞑虏的共主，速巴亥是喀尔喀五部的盟主，他们相互勾结，实为国朝大患！"

张学颜沉吟片刻道："土蛮见俺答受封，大受刺激，似有以战促贡之势，当加倍提防！"

"抚台！"李成梁顺着自己的思路说，"建彝与鞑虏不同，早就归附咱了，建州三卫虽是用的他们的人，可都是朝廷发的话。他们内部早打成一锅粥了，海西、建州、东海三部之间互撕，三部内各枝相互火拼不断，末将看，我不必费气拔力征剿，以夷制夷就行啦！"

张学颜点头道："不错，此乃驭御建彝方略：分其枝，离其势，以贻国朝之安。"

李成梁又道："目下建彝三部，海西最强，王台还能笼络住内部各枝；建州王杲也就那么回事，内部也不听他的，不劳王师征剿，也翻不起大浪来！末将有一计，敢请抚台俯纳。"

"请讲！"张学颜道。

李成梁小眼睛快速眨巴了几下，道："朝廷以海西王台为东夷长，命其统管建彝，抚台可传檄王台，命他勒令建州王杲交换掠去的人口。若王杲从命，则我不征已胜；若王杲不从，王台岂不是没有面子？就可命他做先锋，讨伐王杲!"

"嗯，李帅言之有理!"张学颜点头道，"目下土蛮以战求封，要全力对付，对建彝行以夷制夷之策为上！不过，此事非督抚可擅做主张，待我奏明朝廷方可。"

张学颜自抚辽以来，就军政、民生接连上疏，所有修险隘、开屯田、理盐法、造火器、置阵车、申驻守、弛禁例等等，高拱无不照单全收，甚至为辽东减税的请求也颁旨允准。可是，收到张学颜对王杲先抚后剿的奏本，却踌躇难决，遂召管兵部事杨博、兵科都给事中温纯到阁来议。

温纯拿过奏本一看，只见上写着："于王杲宜行宣谕，令送还掠去人口，准其入市通贡，仍厚加抚赏，如执迷不顺，则闭关绝市，调集重兵，相机剿杀。"他把奏本一摔，"哼"了一声，气鼓鼓道："简直不成话！王杲这厮自嘉靖三十六年偷袭抚顺，杀死守备彭文洙；嘉靖四十一年辽镇副总兵黑春统军剿之，被王杲设伏生擒后磔死。真是骇人听闻！近几年，辽镇指挥王国柱、陈其孚等数十人，都先后死于王杲刀下，可谓视杀汉官如艾草芥！如今又来挑衅，辽抚号称得人，辽镇气象为之一新，既如此，对王杲这厮，岂可姑息之？"

张居正撇了撇嘴，但他不与温纯正面争论，而是对着高拱道："玄翁，目今西虏臣伏，东虏以战索封，何其嚣张！如何应对，乃大战略。但无论如何，辽东劲敌乃东虏，对建彝，仍当羁縻。所谓小不忍则乱大谋，不可因偶发小事打乱大布局!"

"大司马，你有何高见？"高拱问杨博。

"江陵言中枢有大布局，自当服从大布局。"杨博道，"只是这王杲委实太猖狂，总是要给他些教训才好。"

高拱沉吟片刻，道："督抚在第一线，大体要尊重他们的建言。张学颜先抚后剿方略总体可准；但王杲既然入市傲慢无礼，又胆敢掠我人民，不能听之任之，先把抚顺的马市关了。不惟让王杲，也让俺答辈知晓，互市是朝廷对彼辈顺服的嘉赏，如此，边略可一以贯之。"他转向张居正，"叔大，照此拟旨!"

张学颜接到谕旨，略感意外。但既然关闭马市以为惩罚是谕旨明示的，他不敢不遵，立即传檄清河守备，关闭抚顺马市；传檄开原兵备道，命其亲往海西寨，宣谕王台勒令王杲交还掠去人口。

王台明知王杲从不认可他的"东夷长"身份，海西、建州两部还不时火拼，无奈朝廷明旨，不得不遵。在兵备道所差二百名官军护送下，王台亲走建州寨宣谕。

"你算老几？"一见王台，王杲就不客气道，"老子凭什么听你的？老子就不交还，你能咋的？哈哈哈！"说完狂妄地大笑不止。

王台铩羽而归。张学颜闻报，传檄驻扎辽阳的副总兵赵完，整备辽阳、沈阳等处兵马，征剿王杲。

建州各枝酋长闻听抚顺关紧闭，不许进入互市，怨声四起；又闻大军即将征剿建州右卫，遂纷纷找到王杲，要他向官府求情。王杲无奈，忙叩关请罪，乞请入关交还人口。

"不许！"张学颜闻报，断然拒绝道，"他没有资格与官府直接说话。"

王杲只得亲到海西寨，找王台负荆请罪，请他代为恳请，王台却端起架子，严词拒绝。王杲再去叩关，守备传令，还是要他找王台出面说话。

正在与王杲纠缠期间，土蛮汗差脱脱台吉来谒，上表求封。上次发兵锦州，本想一举攻陷，不料遇到李成梁截击，又闻戚继光率大军驰援，土蛮汗只得下令退兵。过了半年，见俺答果被册封为王，土蛮汗自知以战求封之策难以推进，只得上表求封。

张学颜接到土蛮汗的求封奏表，急忙密令开原兵备道暗中晓谕王台，王杲此番再请不可拒绝。他要把精力用于对付土蛮上，一面依例向朝廷奏请土蛮汗请封事，一面调兵遣将，谨防土蛮汗大举进犯。

3

殷正茂和张学颜的奏本，同时发交内阁。张居正一看殷正茂要增设造船厂，火气一下子蹿上脑门，语带怒气道："殷正茂要在肇庆建船厂，又要增设水军，他以为国库里银子堆积如山？"

"殊不知，国库依旧空空如也！"殷世儋以揶揄的语气道，"广东要建船厂、练水军，福建、浙江、直隶、山东、辽东呢？都如法炮制？"

"如法炮制就对了！"高拱一瞪眼道，"广东、福建以剿倭而造海船、练水军；浙江、直隶、山东以护海运而造海船、练水军，总之强海防，是务必要做的。"

张居正对此极不赞同，但他不愿与高拱正面争辩，而是以提醒的语气道："可是玄翁，入不敷出，奈何？"

高拱一扬手道："国库一时空虚并不可怕；可怕的是，当做之事拖着不做，贻误后世！"

张居正顿感脸上阵阵发烧，欲辩又止，拿殷正茂撒气道："殷正茂不得要领！不是剿海贼，严海禁，却……"

高拱打断他："叔大，海，已然禁不住了！"

张居正自信地一笑："那是朝廷没有强硬起来！我看殷正茂不得要领，若得要领，当奏请朝廷，把沿海之民强制内迁！"

"不再议了！"高拱语气强硬地说，"殷正茂受命平岭表，凡可改弦易辙，灭寇安民者，朝廷当为其行之！"

张居正喉头像着了火，又像是塞进了一团棉花，憋气、灼热，真想拍案而起，痛痛快快与高拱辩论一番，质问他，开海禁通海运意欲何为？但他还是忍住了，又随手拿起张学颜的奏本："辽抚张学颜奏，土蛮汗请封贡，如俺答例。"

"此事体大，应批交兵部主持廷议。"殷世儋建言道。

"不必廷议即知结果。"高拱冷冷道，扭脸吩咐书办，"请大司马来，一起商榷。"

兵部尚书杨博应召进了中堂，阅罢张学颜奏本，缄默不语。高拱问："土蛮乞封，大司马有何高见？"

杨博道："正要领教，兵部遵内阁主张行事。"

殷世儋一笑道："这土蛮汗毕竟是鞑靼共主，至今还扛着大元可汗的皇旗，对俺答获封顺义王颇不以为然，说奴才安得封王。土蛮蔑视俺答，是好事！不妨也封他为王，所谓一山不容二虎，如此，则鞑靼东西两翼必有内争！"

"不妥!"张居正断然道,"东虏于我天朝,非有如西虏恳款之素,非有叩关纳降之机,非有执叛谢罪之诚,胁迫无礼至此,堂堂天朝,何畏于彼而委曲求全?"

"嗯,叔大所言有道理。"高拱边思忖边道,"土蛮请封,我即许之,是令俺答轻其封号,继之轻我天朝,右翼和平之局,或会发生动摇。"

杨博接言道:"土蛮一求封,我即许之,那天朝的封号未免太不值钱。不过,许之,有许之的道理;不许,有不许的道理,此关涉国朝边防大略,当深思熟虑以定策。"

"是这个道理。"高拱点头道,"俺答诚心求贡数十载,得之不易,甚为珍惜;今若轻许于土蛮,则俺答对所得封贡,将转而轻视,他日且别有请乞要挟于我,启衅渝盟,必自此始。如是,则威亵于土蛮,惠竭于俺答,两头落空!"

"绝非危言耸听!"张居正附和道,"往昔东虏敢大举深入,以西虏为之助。今东虏求贡而不获,西虏越发珍惜来之不易的封贡,必不从东虏之请。东虏不得西虏之助,则彼此嫌隙愈构,其势愈孤,而我以全力制之,纵彼侵扰,必不能成大患。是我一举树德于西,耀威于东,计无便于此者!若谓之方略,可谓之'西怀东制'。此方略大要为:对西,当以巩固和平为要,故应怀柔之;对东,当绝其封贡之请,遏制之!这也是巩固西部和平之所需。威不立则惠不行。只有对东树威,则对西施惠方有效果。"

杨博一蹙眉,顾虑重重道:"建州三卫也是时顺时叛,对东虏一味遏制,辽东压力未免过大。"

张居正道:"正因为建彝时顺时叛,才要对东虏强力打压。让建彝明白,敢挑战天朝者,必受重创!如此,则建彝不敢轻易启衅。故西怀东制不惟让俺答怀德,也足可威慑建彝。"

杨博仍不放心:"辽东一镇,孤悬于关外,恐难抵御土蛮及叛服不定的建彝。"

高拱沉吟良久,方道:"我看还是据实定策。目下照叔大所说西怀东制是合适的,无论是土蛮还是建彝,敢启衅者,当予痛剿。鉴于辽东压力过大,要辅之蓟辽一体。辽东有战事,蓟镇当驰援之!戚继光国中名将，可恃！"

张居正见高拱接受了他的建言，甚慰；但听到"蓟辽一体"四字，又忐忑起来，只是他不愿在部院大臣面前与高拱争执，欲言又止。

高拱起身道："此番驳回求封，土蛮必恼羞成怒，辽东局势严峻，大司马，兵部当传檄戚继光，令其备战，随时准备出击！"

杨博点头，起身要走，张居正忙道："大司马请留步！"他见蓟辽一体之说就要付诸行动，就不得不说了，"玄翁，居正欲进一言。"

"说吧！"高拱道，"议事，自当畅所欲言嘛！"

"蓟镇乃京师门户，与他镇不同，"张居正很是着急地说，"盖此地原非边镇，切近皇陵，故此镇以贼不入为功。调戚继光北来，即郑重授命：据守而贼不入，即为上功。蓟门无事，戚帅之事即毕。若蓟辽一体，动辄出击，与此宗旨相悖，需熟思之。"

"此一时彼一时也！"高拱一扬手道，"俺答顺服，蓟镇自当调整职守，以威慑东虏、建彝为要，防东虏、建彝，焉能不出战，不的，辽镇岂可独御强敌？"

"俺答顺服，黄台吉却未必驯服。初迟迟不肯受封赏，继之又索其投我之叛将史大官，拗悍可知。"张居正争辩道，"且黄台吉与其父不和，分歧即在是否尊崇土蛮共主，至今黄台吉还有特使常驻土蛮汗廷，万一黄台吉与土蛮东西呼应，而戚继光东援，则京师、皇陵之安全岂不堪忧？"

"叔大多虑了！"高拱不以为然道，"黄台吉索其叛将，我已断然拒绝，彼并不敢再言。况俺答、昆都、吉能诸部既已顺服，黄台吉一枝其势已孤，安能独逞即逞？即使黄台吉逞强，宣大以全力应之，又何所畏？"他一扬手，"众既归而一人难叛，黄台吉不足虑！"

张居正见高拱所持甚坚，说也无益，便不再言语。

"大司马，兵部即传檄戚继光！"高拱语气坚定道，"不管是土蛮还是建彝，敢犯者，必大加一挫，令其胆寒，亦令俺答知畏，则和平可固！"似是为了终止此一议题，不等众人回应，把殷正茂的奏本一举，道，"大司马，此疏，兵部题覆当准奏。"

杨博点头道："绥广事大，兵部必全力襄助。"

高拱露出满意的笑容："朝廷全力支持，就看殷正茂的了。"

　　4

　　殷正茂的总督行辕就设在惠州朝京门内不远处的一座院落内。督署左近，有一口水井，谓之鹏井，专供官府使用，乃是隋代所凿。进惠州城的当天，殷正茂就信步走到鹏井，欲一览千年故迹。尚未走到井前，突然有数十位老者围拢上来，跪倒在他的面前，口中哭诉着什么。殷正茂听不懂当地方言，幸有一位老者是秀才出身，替他做了通事，殷正茂方明白：惠州百姓号泣，请讨温七、花腰蜂等山寇。

　　听完哭诉，殷正茂无心赏景，怒气冲冲回到行辕，恰好应召前来的潮州知府侯必登候在茶室，见军门一脸怒容，便问其故，一听军门乃为山寇残害百姓而动怒，便把惠潮一带贼状略陈一番，最后道："军门，惠潮百姓苦山寇久矣，若不征讨，无颜对粤东父老！"

　　"本部堂意，先剿海贼，再征山寇。"殷正茂道，"既然惠州百姓号泣，明府又有此论，就只好改变策略，先征讨山寇！"

　　侯必登道："军门，广东山寇与海贼相互勾连，不好说先征山寇还是海贼，当一体统筹。不妨设法先将海疆倭寇驱离，使之不与山寇合力，然后专意讨山寇，再反过来集中攻海贼。"

　　殷正茂本就心情郁闷，又见侯必登对他指指点点，心中不悦："本部堂自有方略！"

　　侯必登却继续进言："军门，粤东官员众多，上至兵备道、分巡道、巡海道，下至知县，对山寇多主招抚，时下花腰蜂伍瑞、温七这些山寇，名义上都是受招抚的，军门若决意征讨，当集文武训示，统一思想，不的，不宜仓促出兵。"

　　"兵贵神速！"殷正茂越发厌烦了，"明府先回潮州，待剿灭山寇，再议海上事。"

　　"军门，山寇狡猾多端，又熟悉地形，仓促强攻恐非上策。"侯必登又道。

　　殷正茂终于不耐烦了："本部堂自会经划，不劳明府指点了！"

侯必登知殷正茂对剿山寇甚自信，不愿别人置喙，只好告辞而去。

当晚，殷正茂即召集左右并伸威兵备道、惠州知府商议军机，连夜传檄：参将谢敕，率两万兵马从西江入壁明溪；参将梁高，率一万兵马从平政入伐大安峒；都司经历所照磨曾尚仁，领乡兵两千守牛牯径，以上三路征剿花腰蜂；指挥吴学颜率两万兵马征剿温七。

大军尚在途中，花腰蜂已探得消息，率众间道由麻榨山出，背穿牛牯径而来。都司经历所照磨曾尚仁所率乡兵刚行至牛牯径，尚未布阵毕，做梦也未料到花腰蜂人马会突然出现在眼前，未及对阵，就被花腰蜂一阵砍杀，乡兵四散而逃，曾尚仁被俘。花腰蜂传令："弟兄们，打出曾尚仁的旗号，前锋换上乡兵服装！"

殷正茂坐在节堂，闭目晃脑，正在斟酌向朝廷报捷的词句，想象着首相高拱接到捷报的喜悦情形，忽见亲兵来报：照磨曾尚仁部被花腰蜂缴械，曾尚仁被执而去！

"什么？"殷正茂大惊，"曾尚仁所领乡兵，是为监视花腰蜂逃遁的，花腰蜂怎么神不知鬼不觉先到了牛牯径？"他气急败坏地吩咐亲兵，"传令谢敕，速率部追击！"

参将谢敕率军刚抵达壁明溪，却不知花腰蜂去向，正待打探，忽见曾尚仁的乡兵向这边移动，不觉疑惑："曾尚仁领的乡兵，不是奉命守牛牯径吗，怎么到这里来了？"话音刚落，已近前的"乡兵"突然手持刀枪剑戟冲杀过来。谢敕大惊失色，还未弄清是怎么回事，一颗流石"砰"的一声打中了他的脑袋，当即晕倒在地。亲随手忙脚乱把他抬上马，左右夹护着，夺路而逃！

参将梁高所率兵马到了大安峒，按事先经划，当与谢敕部同时从两翼发起进攻，他连发信号，火焰冲天，始终不见回应，却见探马惊慌失措来禀，方知谢敕部已溃散，梁高闻报，急令撤退！

指挥吴学颜所率另一路兵马征剿温七而来，一路上小心翼翼，生恐中了埋伏，且探且进，待抵达指定地点，探马来报：温七已率部遁入碗窑，依附花腰蜂，二贼已合兵！吴学颜正不知进退之际，又有探马来报：征剿花腰蜂大军已然大败而去！闻此，吴学颜胆战心惊，不敢久留，遂传令撤兵。

殷正茂接报，沮丧万端，他把自己关在节堂里，不许任何人打扰。

"禀军门，照磨曾尚仁求见！"别人求见可以不报，但曾尚仁是被花腰蜂掳去放回的，有军机要禀明军门，亲兵只得在门外禀报。

殷正茂闻听是曾尚仁，先是一惊，忙吩咐传召。曾尚仁正叩头施礼间，殷正茂大怒道："你被山寇所执，就该自裁，还有脸回来？"

曾尚仁浑身颤抖，嘴唇打着哆嗦，道："禀军门，下吏该死！山寇花腰蜂放下吏回来，是要下吏禀报军门，他已受招抚，官军不该剿他，盼军门消除误会，他甘愿为军门效力。"

殷正茂怒不可遏，抬脚踢向曾尚仁，大喝一声："滚！"又向门外大喊，"来人，传檄俞大猷，命他亲率五万大军，征剿山寇花腰蜂！"

亲兵正要领命而去，殷正茂又摆手道："慢！"适才的一脚，似乎把满腔怒气发泄大半，他突然冷静了下来，"暂缓传令，召潮州知府侯必登来见！"

侯必登接令，满脸不悦："做知府的，难道专为侍候上官？似这般呼来唤去的？"他故意延宕了几天，方再赴惠州。

殷正茂等得焦心，见了侯必登，却也未发火，反而歉意一笑："不听明府言，吃亏在眼前。请明府有以教我！"

侯必登不卑不亢道："卫所官军早已疲沓，征剿山寇，靠他们不成！下吏反复阅看军门刊发的新郑相公绥广文牍，知朝廷对军门百般倚重，何不奏明朝廷，效法戚继光，招浙江土兵以训练之？"

"招浙兵事，可奏明朝廷！"殷正茂痛快地表态道，"只是，总不能等招好兵马了再剿寇吧？此事不能等，不知明府有何妙计？"

"各股山寇分分合合，加之官府剿抚不定，盘根错节间，也就有隙可乘。"侯必登道，"是以可尝试施离间计以各个击破。"

"喔？"殷正茂拊掌大喜，"此计甚好，明府亲自上阵如何？"

"下吏乃一潮州知府，何敢僭越？"侯必登摇手道。

殷正茂一笑："那好，本部堂这就奏明朝廷，一则请招浙兵，一则请升明府为兵备道，赋予弹压地方之责！"

侯必登向殷正茂拱了拱手，又道："军门，山寇海贼受招，官员与之明来暗往已不是秘密，是以行事务必谨慎机密。"

大明首相
第三部
锐志匡时

"玄翁多次说过，广东狼狈，皆因有司之不良！"殷正茂道，"本部堂这就传令，禁绝官员与受招山寇海贼交通！"他又低声问，"明府可知，何人与山寇海贼交通？不妨抓个典型惩治，以儆效尤！"

"本府推官来经济，形迹可疑。"侯必登道。

殷正茂点头："我请巡按到潮州一行！"

1

　　天气已经转冷，可高拱却浑身燥热，时常发火。最近一连几件事都遇到阻力，北虏称臣纳贡带来的兴奋，转瞬间被烦恼所取代。更让他生气、失望的是，酝酿封贡互市时，虽然阻力重重，但张居正是坚定支持他的，而通海运、催欠税这两件事，他分明能够感到，张居正站到了对立面。在通海运一事上，不管出于什么动机，就连张四维、魏学曾也劝他慎重，满朝没有一个人支持他，地方大员中，梁梦龙实际上是受王宗沐的影响，并无定见，真正意识到通海之利的也只有王宗沐一人。催征欠税，张居正主张铁腕，这让高拱感到担忧。把国库是否充盈作为施政目标，铁腕征税，势必导致州县为完成税收千方百计搜刮百姓，即使国库一时充盈了，也会埋下隐患，百姓苦不堪言，国家元气大伤，乃亡国之道。真这么实行下去，苦的是百姓！以至于议催征欠税的阁议结束，走出中堂，高拱的手还在微微颤抖。

　　"元翁！"高拱正低头往朝房走，听到唤声，抬头一看，是刑部尚书刘自强。

　　"何事？"高拱问了一句，径直进了朝房，坐在书案前，看着跟进来的刘自强，"说吧！"

　　"元翁，前些日子，给事中周芸、御史李纯朴上疏，为因弹劾徐阶而入狱的御史张齐申冤。"刘自强禀报道，"刑部立案复查，现已查明，当时刑部所判张齐受盐商贿而为其代言，纯属子虚乌有，乃台长王廷、刑部尚书黄光升为媚徐阶，以揣度之词屈打成招。"

"会有这等事？"高拱吃惊地问，又烦躁地一摆手，"此事发生在隆庆二年，彼时我在野，并不知晓来龙去脉。"

刘自强忙解释道："隆庆二年，御史张齐奉命到宣大赏军，回朝后上疏言事，皆格而不行。后张齐论劾首相徐阶，台长又论劾张齐受贿为盐商代言，法司据此下张齐狱，抄其家，张齐父子均获罪！"

高拱问："竟是法家为媚权势构陷的？"

"典型的打击报复之举！"刘自强道。

高拱摇摇头，叹息道："堂堂朝廷重臣，怎能做出这等事？"

"难怪王廷和黄光升二人在元翁复出之初就乞休辞官，原是心虚！"刘自强冷笑一声道。

一想到关涉徐阶，高拱就感到烦恼，怨刘自强道："刑部审判案件，大可不必禀报于我！"

"可……"刘自强支吾着。

"体乾，"高拱叫着刘自强的字道，"做法司首长，要持正，敢担当，万不可媚权势。去岁翻王金一案，朝野哗然，都说是我在报复徐老，彼时葛守礼做大司寇，经他复审定案，众人渐息喙。何以如此？端赖葛老特立持正，人所信服。体乾既掌刑部，亦当如此。"

"元翁教训的是。"刘自强躬身道，又以请示的口气道，"刑部就此上奏？"

高拱没有回应，刘自强讪讪而去，门外又有人唤道："元翁！"话音未落，巡城御史王元宾躬身进来了。

"是说那个假冒我外甥的事？"高拱问。

"正是。"王元宾又上前两步，走到书案前，刚把那天在得意楼拿获假冒高拱外甥之人的情形说了几句，高拱有些不耐烦了，问："何人如此可恶！"

"此人叫刘旭，确是元翁老家人。"王元宾答。

"是他！"高拱既不解又愤恨，"他做过高家的教习，怎就跑到京城诓骗？"

王元宾把审勘所知，禀报了一遍。原来，自高家不再聘刘旭做教席，他就与人合伙做起了贩枣生意，不惟没有赚钱，反而赔光了家当。听说高拱以国相兼掌吏部，刘旭就想来京城找他谋个差事做，却吃了闭门羹。无奈之下，在吏部衙门前徘徊，意欲拦轿一会高拱，正被得意酒楼的伙计诨名骡子的骆柱子遇到，上前搭讪。骡子一听口音刘旭竟是河南人，满口应承可为他找饭碗，便带他去见得意楼老板顾彬。顾彬这几个月专心做诓骗官员的生意，虽得手过几回，可揽生意的活计并不好做，一听刘旭的情形，喜出望外，遂让他以高拱外甥的身份到棋盘街招摇，生意果然兴隆了许多。

高拱先是一脸怒容，继之现出无奈的表情，喟叹道："自严、徐当国近三十载，卖官鬻爵，政以贿成，把官场风气彻底败坏了！时下说哪个官员贪墨，谁都信；说哪个官员清廉，半数以上的人会怀疑。既然有人假冒，必是相信真外甥能做成此事。高某掌铨近二载，何尝有花钱买官之事？可就是有人不信，不的，骗子哪里会有市场？"

"元翁说得是。刘旭其人是受人蒙蔽，下吏只是杖他三十棍，送刑部枷锁一个月。"王元宾道，"据顾彬招供，他是受冒充元翁表侄的人启发，方让刘旭冒充元翁外甥的。"

"这么说还有？"高拱惊问。

"还有。"王元宾肯定地说，"据下吏所知，不惟有冒充吏部堂上官亲属的，冒充刑部、户部、工部及寺监堂上官亲属的，也有。"

高拱深感纳闷，问："那些个光棍公然诓骗，并不能兑现承诺，怎么还有人上当？"

"毕竟是官员，受骗了，谁敢去讨要？更别说报官了。"王元宾道。

"兵马司是干什么吃的，何以不缉拿？"高拱火起，一拍书案，质问道。

王元宾刚接任，自忖这话不是对着他的，遂以超脱的口吻道："想来是怕万一是真的，反倒惹麻烦，是以多一事不如少一事吧。"

"这真是……"高拱气得一顿足，蓦地起身，"担当！担当！为官要担当！"他边踱步边道，"自身要正，自身正，还怕什么？"他一扬手，叫着王元宾的字说，"国贤，你回去，抓到的人该怎么办就怎么办，接下来要清查一次。我这就给皇上写本，此事你要上紧做，用心做！"

王元宾施礼告退，高拱坐下，提笔写本：

照得辇毂之下，各行事衙门在焉，而天下官吏生儒军民人等，辐辏于此，必须奸伪屏息，然后政体肃清。乃一向有无籍光棍，号为走空之人，专一指称各衙门，打点诓骗人财。而吏部掌管升选，其指称吏部诓骗者尤多。动则十数成群，或作主人，或作仆役，或作宾客，或作亲朋，做成圈套，相互勾引，哄诱外来之人。或曰：有银若干，可补某官；或曰：有银若干，可任某地。但得财物出手，即行诓骗。虽日后无一所验，然皆系为官之人，谁敢索取？即欲声言索取，而彼已搬移潜躲，莫可寻觅。待被骗之人领凭而去，仍出为之谲诡。猾贼变幻百端，坏乱政体，莫此为甚。臣于近日亦曾自行防获如顾彬等数辈，或称臣之外甥，或称是臣表侄，诓骗人财，咸有证据，已俱送法司。然此辈实繁，今虽访获一二，若画脂镂冰，旋复如旧，不足以为惩也。伏望皇上敕下厂卫及巡城御史，严加缉访挨拿，务期尽绝。如歇家敢有窝藏，许两邻举首，若不举首，事发一体连坐重罪。庶奸徒无所容，而各衙门亦可以行事矣。

奏疏交书办呈会极门收本处去了，高拱呆坐在书案前，久久没有起身。想到张居正若不能与自己同心协力，不惟国政推进会受影响，还有伤数十年的情谊，于心不忍。但政事上看准的事不能让步，在用人上多照顾他的想法未尝不是救济之法。张居正多次提出要给曾省吾破格升职，他都没有同意，此刻他改变了想法，正好工部侍郎有缺，就让曾省吾去做。主意已定，高拱又疾步回到中堂，边落座边叫着张居正和殷世儋的字道："叔大、正甫，数十年来，官场风气败坏得令人实不忍闻，看来整饬吏治之事，还要持续抓下去，一刻也不能松懈！"

张居正、殷世儋俱不知高拱为何发此感慨，愣了片刻，一时都没敢接言。

"思之悚然！"高拱又感慨了一声，这次把假冒外甥的事和二人约略说了一遍，又把他上本请皇上下旨缉拿走空之人的事做了通报。

"这下恐有热闹看了。"殷世儋嘀咕了一句。

2

新任工部侍郎曾省吾拿着邸报进了张居正的府邸，张居正照例将他引进书房，尚未坐定，他就把邸报往张居正面前一摔："太岳兄，高相意欲何为？"

张居正默然。

"高相给张齐平反，就是不给太岳兄面子！"曾省吾愤愤不平地说，"简直是不把太岳兄放在眼里！"

曾省吾虽破格升任工部侍郎，但他知道是张居正屡次在高拱面前进言的结果，不惟不感激高拱，反而暗自抱怨高拱延宕至今才升他的职。若张居正当国，怎会如此？故而越发卖力为张居正画策，期盼着他早日当国秉政。几天前，刑部上奏复查张齐案结果，奏请为张齐平反，并追究构陷张齐的前都察院左都御史王廷、刑部尚书黄光升责任。皇上准吏部题覆，下旨为张齐平反，复御史职，王廷削秩为民，黄光升追夺原官。曾省吾一见邸报，心中惶然，用罢晚饭就来找张居正问个明白，可说出话来，却全是激将的口气。

"刑部办的。"张居正解释了一句。

"就算高相没有授意，安知不是那个刘自强为了'赎罪'承望而行？"曾省吾以争辩的口气道，"退一万步说，即使是刑部依法公正办的案子，高相难道不知此事牵涉徐相，而太岳兄有保护徐相的道义责任，他却毫不避嫌，恣意而为，置太岳兄于何地？"

"玄翁做事，认死理儿！"张居正苦笑道。

"他认理不认人不当紧，太岳兄在他手下，日子就难过咯！闻得蔡国熙一到松江，就拿徐府开刀，若徐老再听到给张齐平反的消息，必大不安，他求到你门下，你怎么办？"曾省吾着急地说。

张居正叹息一声道："徐家也委实过分！"

"不管徐家如何，徐相是你张太岳的恩人，谁都知道；徐相拜托你保护他，这也是尽人皆知，"曾省吾道，"你忍气吞声，那你必落得忘恩负义的恶名！"

张居正头靠椅背，仰脸闭目，良久不语。

"依我看……"

"不必再说！"张居正厉声制止道。

"好好，不说，张齐平反也好，徐阶倒霉也罢，与省吾何干！"曾省吾赌气道，"但有一件事，与我相干，不能不说。"见张居正依然无动于衷，他从袖中拿出一封书函，"哗哗"抖了抖，"太岳兄，你看看吧！"

张居正闭目不睁，纹丝不动，问："甚事，你说就是了。"

"江陵县沙市镇江边，建起了一座造船厂，占了好多地，雇了好多工！"曾省吾以抱怨的口气道，"荆州乃至湖广的士绅无不痛惜，吁请制止！"

张居正平静道："为通海运，练水军。沙市邻长江，船只便于下海，西部又有林木可采，是以在沙市建厂。"

"海运？海运对湖广有何利？如果我没有记错，太岳兄是不认同通海运、开海禁的！"曾省吾脸红脖子粗，大声道，"以不认同之事蹂躏自己的家乡，身为国相，又号称与首相刎颈交，若不能制止，我看你在湖广士绅面前如何交代！"

"不要再说了！"张居正蓦然起身，大声斥责道。

曾省吾也不示弱："太岳兄，不能再这样下去了！目今赵老头早被赶走，李兴化也让出了首相之位，那位仁兄的使命已然完成，该太岳兄去坐那个位子啦！"

"闭嘴！"张居正又呵斥了一句，烦躁地在书房踱步。游七悄然进来，禀报道："老爷，吕光求见。"说着，把拜帖递了过去。

"不见！"张居正以厌恶的语气道。

"吕光是徐相安插在京城的，他必是奉了徐相的旨意来见太岳兄的，你避而不见总不是办法。"曾省吾劝道，起身接过拜帖。

"在京城安插眼线，这本身就容易招惹是非！"张居正道。

曾省吾边低头看拜帖，边道："徐家在京城有商铺，他来照顾生意，谁能说什么？"突然"喔"了一声，一字一顿地读起了拜帖，"徐、府、管、家、徐、五。这么说，徐老又差管家来了？"

张居正不语。游七走上前去，附耳嘀咕了一句，张居正向后仰了仰身儿，瞪了游七一眼，道："退……"刚吐出一字，便一摆手，"算了，传请！"

吕光和徐五在花厅候了足足半个时辰，张居正才现身，两人忙作揖施礼。张居正拱了拱手，问："存翁安好吧？"

"张阁老！"徐五哽咽道，"蔡国熙一到松江，就发牌追逮徐家三位少爷！"

"因何逮他们？是何罪名？"张居正问。

"蔡国熙一到松江，大街小巷都说，徐家当年'噪船'羞辱过他，必是恨徐家的，'呼啦啦'就围住了兵备衙门，投递状子。"徐五比画着说，"蔡道台就发牌追逮，说是投献，还有殴伤人命，哎哟哟，罪名多啦！"

张居正撇了撇嘴，暗忖：徐家未免太不成话，告状的困宅邸、围衙门，匍匐京城，似这般激起乡人众怒的，真是闻所未闻！他慢慢品着茶，问："投献、殴伤人命？有这等事吗？"

徐五无语，转脸望着吕光。吕光一笑："嘿嘿，太岳相公，这等事嘛，说有就有，说无即无。"

"此话怎讲？"张居正沉着脸问。

"嘿嘿嘿。"吕光狡黠一笑，"若高相不报复存翁，此事即无；若高相要报复存翁，此事即有。"

"你的话，我听不明白。"张居正不悦道。

"只有紧紧咬住'报复'二字，让高相投鼠忌器，徐家方可免此大难！"吕光老到地说，"朝廷给张齐平反，是报复存翁；抓徐家三公子，是报复存翁！总之，高相心胸狭窄，睚眦必报，这个舆论一旦形成，让高相自己掂量吧！"

难怪存翁要延揽吕光于门下，此人果有智谋！张居正暗忖，他慢慢放下茶盏，沉脸道："松江绅民进京上控的不少，他们往各衙门投帖，丑诋徐府，言之凿凿，不惟对存翁威信损害甚大，也使得官府不能不有所行动。"

"小的即奉命来堵截回的。"徐五忙道，"时下只剩一个顾绍还没有弄回去。"

张居正起身道："回去禀报存翁，竭尽全力以保全，居正自不待嘱！"

"嘿嘿嘿,张阁老!"徐五咧嘴一笑,"徐相爷的一份心意,已给了游……"

张居正打断他,以严厉的语气道:"时下朝廷要清查走空之人,速速回去,万毋再盘桓京城!"

3

出了张居正府邸,徐五满头大汗,一脸惊恐地问吕光:"吕先生,张阁老命我辈速速回去,咋办?"

吕光一撇嘴道:"你没明白张阁老的意思?我辈把甚事都说成是姓高的报复存翁,顾绍却在京投帖,猛揭内情,言之凿凿,待朝野都认为徐家真该惩治,那就无可挽回了!"

徐五神情慌张道:"可是,张阁老也说了,朝廷要下旨,清查走空之人,万一被拿住,不是更坏事儿?"

"哼哼,我看也是虚张声势,吓唬人的。"吕光冷笑道,"三教九流,生儒军民,外地在京的人多了,他都拿?拿住又怎的?我辈违了哪家的法?"

"可、可、可是……"徐五支吾着。

"我问你,存翁差你进京,干甚的?"吕光质问,"事,你都做成了吗?你就这样回去,如何向徐府交差?嗯?"

徐五低头不语,用袍袖一遍遍地擦汗。

"别怕花钱,时下是紧要关头,须臾不敢懈怠!"吕光拉了一把发愣的徐五,"上紧些!"

"呃呃,是是是。"徐五喏喏,跟在吕光身后,心里却七上八下,乱了方寸。

徐五有件心事,没敢说给吕光。

就在江南巡抚陈道基拜谒徐阶回到苏州不久,抓捕刁民行动即在苏松二府轰轰烈烈展开,徐阶大大松了口气。过了几天,松江知府拿着顾绍和沈元亨的诉状到徐府通禀:有顾绍、沈元亨二人进京上控,转行松江府查勘。徐府一番打点,松江府也就延宕不理了。徐阶忙差徐五进京,密嘱再三。徐五日夜兼程北上，行之徐州，欲在城里住上一宿。入了城，先进了一家酒馆，忽闻有人唤："孙伍!"

徐五不觉吃惊，回头一看，乃是以前的东家少爷孙克弘。他是松江华亭县人，其父孙承恩曾任礼部尚书，他以父荫得官，时任湖广汉阳知府，因公干路过此地，不意竟遇到了先年的仆人孙伍。

"呵呵，少爷，小的早改名字了，时下叫徐五。嘿嘿嘿。"徐五笑着说。他在孙家多年，聪明伶俐，积有田产。一见左近凡有田产的纷纷投献徐阶，遂将田产等项，值银一千五百两，进献于徐府，充为家人，改名徐五。先是为徐府在松江街上开典当铺，后因诈到顾绍颜料银，为徐瑛赏识，被提升为管家。

"喔! 那么徐管家要到哪里去啊?"孙克弘问。

"到京城去，替徐府办事。"徐五得意地说。

孙克弘知徐府人脉广联，或可从徐五处打探些官场内幕，遂邀他一起吃酒。徐五自是欢喜，席间，天南地北一番神侃，听得孙克弘意犹未尽，又留他与自己一同住宿。此时徐五已是有几分醉了，掰着手指头细数京城高官，哪个是徐阶的门生，哪个是徐阶提拔，吹嘘了一通，又问孙克弘："少爷做了几年知府了?"

"三年多了。"孙克弘答。

"少爷的前任是啥出路?"徐五又问。

"升河东盐运使。"孙克弘答。

"哎哟哟，我的天老爷唉! 这可是大肥缺!"徐五咂嘴道，突然一拍大腿，"少爷好运气，遇到小的，盐运使出缺，就该少爷去做了!"

孙克弘摇头道："不敢想!"

"哎! 小的替少爷跑，必能成!"他一拍胸脯道，"少爷岂不知江陵张相公? 他是咱家老爷的得意弟子，时下高相用的人，哪个不是张相公所荐?"又伸出手掌，向上颠了几颠，"大肥缺，花点本钱是小意咯!"

孙克弘果然心动，写了一封禀帖，备了两份礼束，又另付徐五辛苦费银二百五十两，拜托徐五玉成此事，再有重谢。徐五额外得了二百多两银子，一路上潇洒了许多。进得京城，先投石碑胡同陈家客栈住下，方到徐家在东安门外的一个商铺与吕光接上头，召集徐家在京人员徐堂、徐信、徐学究、张恩、沈耀、唐艾一干人等并健仆若干，布置协力搜寻顾绍、沈元亨下落。

吕光谙熟官场规矩，知绅民上书投本，无论是保举官员抑或举报官绅，俱应在通政司登记姓名及在京歇家。稍一打点，即在通政司查得二人住处。

沈元亨本是徐府账房，只因徐瑛怀疑其向仇家泄露徐家田亩私密，被徐家解雇并遭殴打，尚无不共戴天之仇，连蒙带骗，被带回了松江；顾绍就不同了。他本是在官之人，因被徐瑛骗去颜料银，按律赔纳，连累死了父亲、发妻。如今孑然一身，只有复仇一念支撑着。他也知徐家在京打手众多，早有防备，徐五带人到通政司登记的歇家去寻时，顾绍早已搬走了。

倏忽间过了三个多月，还没有找到顾绍人影。突然间，又有顾绍、沈元亨具名的揭帖投往都察院、吏部、刑部衙门，徐五闻讯，心急火燎，雇请不少人埋伏大理寺、户部衙门前，终于探得顾绍行踪。恰在此时，徐府又差人来，知会吕光，苏松兵备道蔡国熙依都察院所移顾绍、沈元亨诉状，发牌追捕徐家三子徐璠、徐琨、徐瑛。

徐五一边与顾绍周旋，一边奉徐阶之命，到张居正府邸拜谒，紧急求助。

在吕光看来，"报复"二字就像咒语，只要一念，高拱就不得不罢手，当年不惜自损令名罢了海瑞的官就是明证。如若不然，只一个海瑞，早把徐府惩治了，哪里还轮得到蔡国熙重新拘提徐家三位公子？时下救徐家，还得念"报复"咒语，而顾绍到处投揭帖，所揭又历历有据，法不可恕，再不上紧制止，恐"咒语"也就失灵了，故他把控制住顾绍看作第一要务。可徐五却顾虑重重。他是投献于徐府的，这本身就大干法条，一旦查出就要充军；况且，途中他吹嘘替孙克弘跑官，得了二百五十两银子，到京后方知，高拱掌吏部后，跑官之事已绝无可乘之机，也就打消了替孙克弘请托的念头，把花销所余一百八十五两存在徐信处，以为投资。他担心万一被拿，两事败露，会有牢狱之灾，故而惊恐不安。

吕光虽不知徐五背后的隐情，但他一副失魂落魄的样子却是看在了眼里，气得踢了他一脚，决断道："局势严峻，不可再踌躇，花钱消灾吧!"又道,"管家,你的事你办,老朽不能出头,老朽有老朽的使命。今日到张府,老朽也只是引路,你们间有何勾当,与老朽无关,老朽也一无所知!"

4

日头西沉,中城石碑胡同突然出现一队兵马司逻卒,他们直扑陈家客栈而去,眨眼间就把客栈团团围住。

半个月前,高拱上《禁奸伪以肃政体疏》,司礼监照内阁拟旨批红:"近来无籍棍徒,潜往京师,奸弊多端。地方官全不缉查,好生怠玩。这所奏依拟通行,五城御史严加盘诘拿究,敢有容隐的,一体治罪不饶。歇家不举者,与同罪。还着都察院榜示禁约。"谕旨颁下,都察院出了榜示,五城巡城御史督率兵马司全力缉拿走空之人,民众或主动、或被迫,也不时到兵马司举报。巡按中城御史王元宾接到店家密报,言陈家客栈有可疑人员鬼鬼祟祟出没,即批交兵马司差一档头,带着三十多名逻卒前来缉拿。

此时,客栈的一个房间内,有几个彪形大汉把一个中年人围在中间,坐在中年人对面的另一个中年男子从袖中拿出一份文稿,皮笑肉不笑道:"嘿嘿,顾兄,颜料银之事,徐家三少爷并未有意诓骗,只是想拿回张银所欠银子,不意出了这么多事,三少爷也很内疚,命小弟前来会顾兄,愿以两千两来补偿顾兄。"他一惊一乍地"哎哟"了一声,"顾兄啊,我徐五忙活了半辈子,田产房屋都算上,才一千五百两啊,你一下子就得两千两嘞!"

被叫作"顾兄"的,就是顾绍。手拿文稿的,是徐府管家徐五。

顾绍听了徐五的话,摇着头恨恨然道:"说什么不是诓骗!他取了颜料银,搞得我家破人亡,拿两千两能抵偿两条人命吗?"

"嘿嘿,顾兄,那是你顾家的人不担事儿,自寻短见,与徐家无干系。"徐五道,"就算是徐家诓骗了你,你又能怎样?把徐家搞倒了,你家两条人命就换回来了?"他突然仰脸大笑,"哈哈哈!你也不想想,谁能搞倒徐家?"他伸手拍了拍顾绍的手臂,"顾兄啊,别犯傻,识时务者为俊杰!"

"徐家做的事天理难容!"顾绍冷笑一声道,"别以为就徐家人聪明!你来京后找我,我却躲在暗处跟踪你。你去了谁家,干了甚勾当,我都了如指掌!"

"你吓唬谁啊!"徐五撇嘴道,有些心虚。

"别忘了,沈元亨做过你们徐家的账房。"顾绍道,"还有那个徐忠,你应该认识吧?当年去苏州为美玉商号采买吴丝,出了事,徐家却一口咬定他是骗子,他家里人到官府控告,又被徐家打折了腿。沈元亨和徐忠,可都在徐府做事多年,有内线,徐府的那些龌龊事,透过他们,我也了如指掌!"

徐五狞笑道:"嘿嘿,废话少说!你只要在这张契书上签字画押,两千两银子便是你的,回家购地买屋,过你的安稳日子!"他鼻孔中发出重重的"哼"声,"不的,休想走出这房间半步!"

徐五从张居正府邸回到住处,苦思冥想了一夜,终于想出了一个主意:与顾绍签署一份契约,徐家给付顾绍银两千两;顾绍息讼。又委托歇家出面,与顾绍联络,将他哄圈于客栈,徐五拿出契约胁迫他签署。

一个彪形大汉怒目圆睁,挥拳在顾绍头顶上扬了扬,正要落下去,忽听门外有动静,忙开门察看,不禁"啊"的一声尖叫,一群逻卒"忽"地冲了进来,众人吓得魂飞魄散,想要逃走却已来不及了。

"给我搜!"档头命令道。

须臾,徐五所带物品被搜了个遍。

"这是什么?"档头拿出一个函封,问徐五。

徐五叹了口气,低头不语,后悔不迭!昨日只顾想哄圈顾绍的事了,孙克弘交他的禀帖、礼束还未来得及销毁。档头看了一眼禀帖、礼束,道:"这不正是替人买官的吗?统统带走!"

巡城御史王元宾闻报大惊:"徐阶的管家?我要亲自勘问!"

须臾,徐五被带到王元宾的直房,跪地叩头。

"你叫什么名字?"王元宾问。

"小的叫徐五。"徐五答。

"我问的是你的原名。"王元宾一瞪眼道。他从顾绍的揭帖里已然知晓，投献徐家的人都是改了姓的，故有此问。待徐五答毕，王元宾拿着孙克弘的禀帖、礼束问，"这是怎么回事？"

徐五把徐州遇到孙克弘的过程交代了一遍。

"这个呢？"王元宾拿着尚未签署的契约问。

"顾绍在京城上控，徐相爷担心有损声誉，特命小的把他阻劝回去，这是小的想的一招。"徐五答。

"既然答应替孙克弘买官，你都找了何人请托？"王元宾又问。

"这个……"徐五支吾着，"没、没有找谁。小的进京后，听说仕路清明，不敢请托。"

"你投献徐府，大干法条；又替人买官，故犯禁令。"王元宾一拍书案，"你可知罪？"

"小的知罪！"徐五叩头道。

王元宾盯着徐五看了又看，点点头道："既然知罪，当思将功赎罪！在京城几个月，还做了些甚事，一一招供明白！"

徐五踌躇片刻，暗忖，若把张居正抛出来，说不定能躲过一劫，遂道："小的奉徐相爷之命，馈送张阁老银三千两，请他出面解救徐家三位公子。"

"江陵张相公？"王元宾吃惊地问。

"是。小的昨日刚去的。"徐五道。

王元宾不敢再问，命将徐五带走，再带顾绍来问。岂知，刚问了几句，就惊得王元宾目瞪口呆，愣在那里久久没有说话。顾绍以为王元宾不信其言，指天发誓，又主动出主意道："御史若不信，不妨先将可证之事查明。朱堂、沈信、沈学究等人，各年月不详，投献徐府，分别改名徐堂、徐信、徐学究，领徐阶次子徐琨本银二万两，在东安门外开布店，倚势在京营求重利。御史只要把几个人拿来一问便知真假。若此事为实，则他事谅也不虚！"

王元宾当即命人将徐堂等人拿到，稍一讯问，几个人就承认了投献徐府、奉差驻京打理徐家生意的事实。王元宾不敢怠慢，慌慌张张赶往吏部衙门，求见高拱。

高拱正在直房和张四维议事，承差禀报巡城御史王元宾求见，他一扬手道："城中治安之事不必报我。"言毕，继续与张四维说话。不多时，承差又来禀，王元宾称有机密要事禀报。高拱这才很不情愿地同意了。王元宾一进直房，正要施礼，高拱不耐烦道，"国贤，有事快说，三言两语!"王元宾看了一眼张四维，张四维会意，忙起身告辞，高拱摆手拦住他，"子维不必回避。国贤，你说就是了。"

王元宾不敢啰唆，将拿到徐五等人一事一语带过，先把徐五所供徐阶馈贿张居正银三千两之事说了出来。

"有这等事?"高拱惊讶地问。

"徐五供称，乃是昨日之事。"王元宾如实转述。

张四维一听，即认定此事不虚。他一年三节、婚丧嫁娶送给张府的银子，少说也有几万两了。可高拱眼里揉不得沙子，这等事不能让他知晓，遂故意轻松一笑道："呵呵，真假难辨，不必细究。退一步说，江陵相公府中人丁兴旺，宦囊羞涩，徐老作为他的恩师，补贴弟子家用，也是人之常情。况且，人犯供称馈赠，并未说是不是亲自交给江陵相公，江陵相公未必知情。"

"顾绍却称，徐府所贿，不是三千，乃三万两!"王元宾又道。

高拱打了个激灵，向后仰了一下，张四维又抢先道："未免夸大其词，不足信。"

王元宾继续说："顾绍还供称，徐老念及徐家为恶多端，民愤极大，恐为当道所扼，意欲谋求东山再起，以压人心。徐五等人来京除阻拦上控者外，即奉命为此事打点、开路，拟重贿冯保，托冯保在李贵妃面前美言。"

"希图再起?"高拱又是一惊，"此老竟存东山再起之意?"

"下吏窃以为，此老为压人心计，或可起此意。"王元宾道，他继续转述顾绍供词，"据顾绍称，徐家在京豢养武健士多名，若逼迫太甚，将刺杀元翁!"

"啊?"张四维发出惊叫声。

高拱陡然色变，双手禁不住抖了起来。

王元宾道："下吏访得，徐家在京颇蓄武健士，称是嘉靖末年为备非常之举。可时过境迁，武健士俱在。"

"还有什么，都说出来！"高拱脸色铁青，喘着粗气说。

王元宾踌躇片刻，道："顾绍还称，元翁报复徐阶之说，乃出自江陵相公。"

"啊！"高拱和张四维同时惊叫了一声。

王元宾又道："顾绍言，他从徐府内部人那里得知，江陵相公曾致函徐阁老，说'高未忘情也'，徐阁老深信不疑，故而越发讨好江陵相公，以求保护。"

"不、不、不会的！"张四维既惊且恐，出语竟磕巴起来，连连摇手，"玄翁，这、这顾绍必是恐江陵相公维护徐老，故意挑拨，万不可信！"

高拱仰面不语，嘴唇却在微微颤抖。良久，蓦地一欠身，手拍书案，大声道："这顾绍在京挑拨是非，付法司押解回籍！"

"这……"王元宾不解地看着高拱，"那么此事如何了结？"

高拱烦躁地一扬手道："斟酌上奏，不得牵涉张阁老！"

王元宾喏喏告退，高拱瘫坐椅中，嘴唇紧闭，良久，长长吐了口气，幽幽道："我受皇上恩遇隆厚，方开诚布公以图报称万一，国事已然忙得不可开交，哪有心事顾及这等钩心斗角的事。徐老之事，一切忘却，即有反侧，当令自销，正不必与之计较！"

张四维感到浑身发冷，起身向门外喊道："承差何在？速加些炭火来！"

1

夜已深，高拱辗转反侧不能入眠。王元宾转述的顾绍供词，一遍又一遍在耳边重复着。他又想起复出回京后赵贞吉的一席话，想到房尧第转述的邵方的预测，禁不住浑身冒汗。他披衣下床，在室内徘徊，自言自语着："叔大别吾三载，乃不能进德，遂成斯人乎？"说完，又摇头，黑暗中，当年那个跟在他身边，以渴盼、敬仰的眼神向他孜孜求教的年轻人的形象，蓦地浮现在眼前。

窗外刮起了大风，"呜呜"的叫声令人悚然，何处未关严实的门窗不时发出"哐啷哐啷"的声响，搅得人心烦意乱。

"不去想这些了！"高拱边摇头边自语道，又顾自一笑，"世间诸多事，不去想，也就等于没有吧！"

次日一早，高拱在文渊阁前下了轿，影影绰绰，就看见张居正在前面徘徊着，远远地迎了过来，拱手道："玄翁，睡得可好？昨夜的风好大啊，吵得人不得安眠！"

"叔大有心事？"高拱故意问，"睡不好觉啦？"

"是有件烦心事。"张居正蹙眉道。

高拱思忖片刻，决计把话挑明，免得憋在心里难受，也有失知己之道；但他又恐贸然说出会伤张居正的自尊，遂以打诨语的口吻道："叔大，造物主偏心得很哪！"

"呵呵，何事触发玄翁感慨？"张居正笑问。

高拱拍了拍张居正的肩膀："你看啊，你张叔大一人就得了六个儿子，而我却一个也没有！"

"哦，玄翁是指这个！"张居正一笑，"玄翁有所不知啊，多子多费，弟甚为衣食忧！"

"哈！不会吧？"高拱仰脸一笑，"你徐老师最近不是给你馈送了不少吗？哪里还要为衣食忧！嗯？"

张居正脸上的笑容遽然间僵住了，愣了片刻，突然举起右掌，神情肃穆道："居正敢对天发誓！"他停顿了一下，"若我张居正受了徐华亭的贿，让六个儿子，一天内死光！"

"咳！叔大你这是何必！"高拱摆手道，"昨日巡城御史拿到几个松江人，言有其事，我随便这么和你通通气儿罢了！"

张居正脸色苍白，喘着粗气，神情局促，不发一语。

"叔大，你适才说有件烦心事，何事？"高拱问。

"哦哦……"张居正如梦方醒似的，"时辰已到，该开议了，择机再说吧！"言毕，抱拳施礼，慌慌张张转身进了阁门。

"叔大惶甚，是不是不该说破？"高拱自言自语了一句。

一上午，张居正都低头不语，似在回避高拱的目光。

"叔大，来来来，我有事要说。"阁议甫散，未走出中堂，高拱就叫住张居正，带他进了自己的朝房，三言两语把拿获徐五、顾绍之事略述几句，解慰道，"叔大不必介怀，无非是小人告讦，我是不信的，已嘱巡城御史执顾绍付法司解回；至于徐五供词，我已嘱王元宾不得词涉叔大，你尽可放心。"

张居正拱手至额，道："毕竟是玄翁光明！"

"你不是有烦心事吗？说吧！"高拱以关切的语气说。

"呃嗯嗯，这个……"张居正支吾着，镇静片刻，勉强挤出一丝笑意，"玄翁，蔡国熙到松江即下令追逮存翁的三位公子，道路传闻，俱言此举不是玄翁指授，就是有司承望，报复存翁。此事，不惟存翁苦辛，恐对玄翁声名也不利。是以居正敢请玄翁出面解之。"

高拱仰面沉思着。

"玄翁，居正亦知徐甚可恶！"张居正解释道，"徐家在苏松也委实过分！"他叹息一声，"然则，存翁乃居正馆师，去国时又当众将家事托付于居正，道义所及，居正终归不便置若罔闻。"

"叔大的难处，我体谅。"高拱道，"时下国事刚有起色，我也不想让这种事干扰大局。"他倾身向着张居正，"徐家三位公子都是荫官，不比小民，兵备即使拘逮，也要巡按御史勘问，上月巡按赴任时，我即面嘱，对徐府事当予宽假，我再给他修书解之，叔大以为如何？"说着，展纸提笔，略加思索，写成一函，向前推了推，"叔大，请一阅。"

张居正接过低头阅看：

存翁三子，仆已奉托宽假。近乃闻兵道拘提三人，皆已入官，甚为恻然。仆素性质直，语悉由衷，固非内藏怨而外为门面之辞者也。观昨顾绍在京搬弄是非，已执送法司发遣去讫，则仆之本情可见也。兹特略便布意，必望执事作一宽处，稍存体面，勿使存翁垂老受辱苦辛，乃仆至愿也。千万千万！

"玄翁光明正大，宅心平恕，居正越发仰佩！"张居正以赞叹的语气道。

话是这么说，可张居正的心里，却很不是滋味。颜面，是他最看重的。他衣着一向考究，甚或常常还要涂些香料，总以俊朗儒雅、文质彬彬示人，要的就是颜面。如今被人攥住把柄，仿佛白雪融化，洁白掩盖下的污浊遽然坦露于外，掩饰已然来不及了，情何以堪？他感到，这一天，是他自入仕以来最难熬的一天。

"游七——"一进家门，张居正神情抑郁，没好气地唤了一声。游七躬身应答，张居正却不再说话，顾自往书房走，进得书房，方指着游七道，"你，这就去找吕光，知会他，我已在玄翁面前再三陈情，玄翁对我已有微嫌，徐府事，我会尽力，但也请存翁别做计较。"游七刚要走，张居正又嘱咐道，"不要让外人知晓，见了吕光，也不许多言！"

"老爷，连这些个事儿都不晓得，小的还敢在京城混吗？嘻嘻！"游七低头一笑道。

"少油嘴滑舌！"张居正呵斥了一声，旋即换了语气问，"近来和徐爵常走动吗？"

"冯太监的管家徐爵？这个……老爷一向不许小的出去交通的。"游七抓了抓耳朵，"再说了，小的总觉得，徐爵见多识广，小的怕他看俺不起嘞！"

"去吧去吧！"张居正摆手，烦躁地说。

游七骑着毛驴到了吕光的住处。这是吕光赁住的一所民宅，在胡同深处，只有极少人知道，游七即其中之一。听完游七的转述，吕光两眼一瞪："微嫌？这么说，姓高的是要下狠手了，连太岳相公说项也让他起疑了？"

游七摇头："小的啥也不晓得。"

"那么别做计较又是何意？还有甚样法子？"吕光像是问游七，更像是自问。

游七装作一脸懵懂状，两眼不住地眨着，摇头不止。

吕光起身，从一个匣子里拿出一锭银子递给游七："嘿嘿，管家辛劳，回去禀报太岳相公，多谢了！"游七推辞了一下，还是接住了。送走游七，吕光伏案疾书，写毕，把一个仆从叫到面前，吩咐道："快马飞报存翁！"

2

高拱掀开轿帘正欲下轿，看见张居正正向文渊阁里走，分明是扭头向这边扫了一眼，却加快了步伐，闪身进了阁中。这几天，张居正显得很拘谨，眼底支吾，与他相对，似乎甚难为颜面。对此，高拱自是察觉到了，但又不知该如何为其解慰，生恐再提那个话题反而让张居正越发难堪，也只好听之任之。

阁臣刚在中堂坐定，轮值执笔的殷世儋就一惊一乍道："元翁啊，巡城御史王元宾所上《缉获钻刺犯人孙伍等疏》，厚如簿册，头绪庞杂，若不一字一句读完，恐元翁如堕雾中，不明就里。"

高拱轻叹一声，想刻意回避的话题，不得不再次提起，他担心王元宾把握不住，疏涉张居正，忙道："历下，既然此疏冗长，就不再说了，批交吏部题覆就是了。"说着，看了张居正一眼，却见他低头抚弄着案上的毛笔，摆出一副若无其事的样子，但目光游离，不停地变换坐姿，一看可知他内心十分紧张。

殷世儋以为高拱会如获至宝般地高兴，却见他露出不耐烦的表情，甚是不解："元翁，此事干系重大，关涉前宰，内阁还是先议一议为好。"

"历下，需回避吗?"张居正问。

"回避?"殷世儋一脸茫然地反问。

高拱从殷世儋的神情中判断出，王元宾此疏未关涉张居正，也就松了口气，道："那就说说吧。"

"前面的就不说了，说干货。"殷世儋边翻看边道，"中城兵马司申文称，犯人一名孙伍，年四十五，直隶松江府华亭县人。供状：先年为汉阳知府孙克弘家仆从，后积有田产，见得徐阁下位居首相，势焰逼人，将原主背讫，并田产等项值银一千五百余两进献徐府，充为徐家人，改名徐五。"

"这就是投献，损国家，利富豪，大干律条!"高拱突然一拍书案，大声道，"苏松乃财赋所出，似这般都投献到豪门，赋税岂不都转嫁到小民头上? 难怪吴地贫富悬殊愈演愈烈，皆豪富之家贪得无厌所致!"

"继续?"殷世儋问了一句，低头又读起了疏文，"亦有华亭人朱堂、王忠、沈信、沈学究陆续投入徐府。朱堂改为徐堂，沈信改为徐信，并同雇工唐艾，领徐璠本银二万两；王忠改为徐忠，沈学究改为徐学究，与蔡元、张恩、沈耀，领徐瑛本银一万八千两，俱于东安门外，假以开张布店为由，倚势在京营求重利。"

殷世儋一副幸灾乐祸的样子，见高拱蹙眉不语，张居正低头沉思，继续读道："比徐阁下辞官回籍，因在京店铺颇有厚利，将徐堂、徐信等仍留在京，照前营利，不行收止。又借此百计内外钻刺打点，希图起用，往来探报消息，并将原籍上控之人拦阻，不得诉奏。有顾绍、沈元亨投递各衙门揭帖为证。"

"顾绍搬弄是非，不足为凭!"高拱烦躁地一扬手道。

殷世儋颇感惊诧，又见张居正神色异乎往常，越发迷惑不解了。

高拱催促道："不必细读了，把结论说说就是了。"

殷世儋翻看了片刻，道："接下来就是顾绍被骗颜料银，来京上控，徐家差人堵截劝阻；孙伍路遇孙克弘，孙克弘请托谋盐运使缺等情，及人证物证。奏疏最后说：'为照湖广汉阳知府孙克弘，例属故违，法当参究。伏乞圣明敕下吏部，将孙克弘特赐罢斥。再照原任大学士徐阶，往事忠其与否，皆皇上所照鉴。独思皇上笃念旧臣，放归田里，亦可谓优厚而无负于阶矣！为阶者，当阖门自惧，恬静自养可也。夫何自废退以来，大治产业，黩货无厌，越数千里开店铺于京师，纵其子揽侵起解钱粮，财货埒等于内帑，势焰熏灼于天下。乡人顾绍等讦奏，尚不知省，复令孙伍等故违明旨，潜往京师，强阻词奏，探听消息，各处打点，广延声誉。迹其行事，亦何其无大体也！苟迷而不返，自生厉端，是使皇上不得终其笃旧之仁，而奉法之吏必任矣！臣窃为阶惑之。再乞皇上敕旨戒谕，天语严重，俾令省图，恬静山林，灭迹朝市，以终余年。庶君恩臣度，可保终始，而朝廷亦共享和平之福矣！'"

"拟'吏部知道'就是了！"高拱有气无力道，"议别的。"

"元翁，此事吏部会如何区处？"殷世儋忍不住问。

"吏部题覆，不是还要内阁拟旨吗？"高拱显得极不耐烦，"时下不必再花费工夫在这件事上。"

次日，吏部接到了王元宾的奏本。张四维阅毕，不敢批司，送给魏学曾看。魏学曾看了一遍，愤愤然道："可恶！"两人相对唏嘘良久，议定待晚间高拱到部，请示办法后再批司办文。

当晚，高拱一到吏部直房，张四维、魏学曾就跟在身后进来了，魏学曾拿着王元宾的奏本，指着末尾道："玄翁，这句'朝廷亦共享和平之福'，分量不轻！一个下野的阁揆，人虽未死，却阴魂不散，搅得朝廷不得安宁！他不消停，朝廷竟不得享和平，令人扼腕三叹！"说着，把奏本往高拱书案上一丢，"徐老居然还想东山再起，以压人心，真是可恶！"

高拱叹口气道："王元宾有'臣窃为阶惑之'之语，我也为徐老惑之，不知他何以如此。"

"为恶多端，利益巨大，为自保又为保利，必百般弄权！"魏学曾道，"自玄翁复起，京城官场就一直暗流汹涌，这背后，少不得徐阶的影子！

以学曾看，这就是一颗毒瘤，不如痛下决心，一举割除之!"

张四维曾暗中资助徐琨开店铺，说不定王元宾疏中所说徐忠等人领徐琨本银一万八千两，就是他给的，故而此时他也有些心虚，生恐高拱决计彻查，忙道："玄翁，确庵，徐老久历内阁，两朝元老，皇上宽厚，岂肯不终笃旧之仁? 况且，徐老门生故旧遍朝野，牵一发而动全身，纠缠这件事，必干扰大局，得不偿失。"

"子维说得对，"高拱叹口气道，"时下北边稍安，绥广靖辽尚未有成；海运正在筹办，恤商之策还要不断推出，整饬官常、改革旧制以行实政更是千头万绪，全力投入尚嫌局促，哪里有精力用于这些纷扰之事?"

"就怕树欲静而风不止!"魏学曾道，"不上紧防风，终遭其摧折也未可知。"

"惟贯，不说了!"高拱扬手道，"此事我已斟酌良久，只究孙克弘钻求升官一事，他事就不触及了，不了了之吧!"说着展纸提笔，写了一段话，推给张四维，"照此题覆吧!"

张四维一看，只见上写着：

看得巡视中兵马司御史王元宾题称，湖广汉阳知府孙克弘钻求升官，乞要罢斥……既该御史参论前来，相应议拟：合候命下，将孙克弘姑照素行不谨例，冠带闲住，以为夤缘求进者戒。

魏学曾接过扫了一眼，道："玄翁，徐阶的事只字不提? 王元宾奏本里请求皇上戒谕徐老，也回避掉?"

高拱满脸痛楚地摇了摇头，道："不要因枝节事扰了大局!"

3

听到高拱的脚步声过了垂花门，夫人张氏迎了出来。她抬头看了看天，笑吟吟道："难怪西边红彤彤一片，敢情是日头从那边出来了!"

正是日落时分，高拱就回家来了，他知夫人是嗔怪他平时都要到深夜方回，也就笑着回应道："夫人生日，啥事都得放下，回来给夫人祝寿！"

"难得你有这份真心！"张氏动情地说。

"除了夫人，我还有谁嘛！"高拱接言道。此语一出，张氏转脸垂泪。高拱浑然不觉，问，"都准备了啥好吃的？梨花春拿一瓶出来。"

张氏忙拭泪，略显惊诧道："以为叔大会跟你一起来，知道叔大爱吃鱼，特地买了两条。"

往年张氏过生日，官场上的人，高拱一概回绝，却唯独张居正例外。可今年他没有来。见夫人问及，高拱编了个假话："叔大昨日就请假休沐，说是患了伤风，涕泪交流，自是不能来了。"

正说着，高拱五弟高才远远地在垂花门喊了声："三哥，三嫂。"高才是举人出身，任前军都督府经历司从七品都事一职。

"师相、师母，学生正与师叔相遇，闻得来给师母拜寿，学生就跟来了。"韩楫闪身作揖施礼道。他是高拱的门生，前不久由吏科都给事中升通政司右丞，再升太常寺少卿，提督四夷馆。

高拱一看有外人来，沉着脸对高才道："老五，你坏了我的规矩！"

"好了！今儿高兴，"张氏笑着道，一伸手，向里扬了扬，"来都来了，进屋进屋！"

"下不为例！"高拱瞪眼道，总算没有把韩楫赶走。众人正要进屋，高德禀报，张居正的管家游七来谒。说话间，游七带着两个小厮，捧着礼盒，快步走过来，叩头道："禀高爷，今天是奶奶的寿诞，俺家老爷病了，不能来给奶奶祝寿，差小的给送些土产，权作寿礼。"说着，命小厮打开礼盒，游七指着里面的礼物，一一唱出："洪湖莲子二斤、荆州花糕两盒、笔架鱼肚二斤！"

高拱暗笑，不愧是金石之交，息息相通，连假话编的都一样，张居正果以有病为由搪塞，夫人也就不再起疑了。这样想着，因为张居正未来给夫人祝寿带来的不快，瞬间消散了，吩咐高福道："礼物收下，拿些新郑大枣给叔大带去。"

张氏要留游七吃饭，游七连连辞谢，匆忙叩头告辞，众人这才进了正房，在厨房帮忙的五弟高才之妻、侄子张孟男之妻及高拱的侧室薛氏也被唤来。高拱和张氏在八仙桌旁的太师椅上坐定，先是娘家侄子张孟男率妻与二子跪拜祝寿；继之，五弟高才率妻与独子务本跪拜祝寿；再接着是高拱的侧室薛氏跪拜祝寿；门生韩楫本要跪拜，被高拱拦下了。礼毕，因家里餐厅狭窄，容不下众人，高拱与内侄张孟男、五弟高才、门生韩楫及侄务本、门客房尧第，加上寿星张氏，共八人，坐在餐厅用餐，其余人等围坐在花厅里临时摆放的一张桌子旁用餐。说笑声不时从这个一向寂静的宅院中传出，这在高府实属罕见。几盅盏下肚，少言寡语的高才借着酒劲儿道："三哥，再过两个来月，就是三哥的花甲寿诞，得好好张罗张罗，到酒楼摆上几桌！"

高拱半是嗔怪半是自嘲道："日用尚且不足，哪有闲钱到酒楼摆宴！"

话音未落，高德来禀：松江徐府差人来投书。说着，把徐阶的名刺和吕光的拜帖递了过来。

"喔？"高拱吃惊道，"徐府事已不了了之，怎么徐老又特意差人来？"他叹了口气，起身道，"带他到花厅……哦，花厅摆了桌了。"又坐下，"就带他到这来吧，不就是投书吗，叫他来吧！"

吕光躬身跟在高德身后，一进餐厅，"嗵"的一声跪下，伏地痛哭起来。张氏见自己寿宴上有人跪地大哭，正要发火，定睛一看，竟是一白发老者，又动了恻隐之心，吩咐高福上前搀扶。吕光却无论如何不起身，抽泣道："元翁，中玄相公啊！可怜可怜我家老爷吧！老人家快七十了，胞弟惊吓而死，三个儿子被追逮，四个孙子孙女接连夭折，他老人家生不如死，投了西湖，被仆从救起，已奄奄一息！"他哭声凄厉，边哭边诉说徐府的可怜状，直哭得张氏陪着一起掉泪。

"元翁，中玄相公！存翁言，此生没有做过伤天害理之事，惟当年对新郑相公不起，愧疚万端，祈求新郑相公宽恕！若新郑相公不能宽恕，他死不瞑目！"说着，吕光哆哆嗦嗦从怀中掏出徐阶的书函，举过头顶，"存翁上书，请相公过目。人之将死，其言也善，乞相公纳之！"

高拱一脸凝重，眉头皱了又皱，道："你回去禀明徐老，高某已奉托有司宽假，会再致函蔡国熙，请他宽之！"

吕光连连叩首致谢，告辞而去。韩楫先拿过徐阶的书函看了一遍，道："其词甚哀！"

张氏也好奇地拿过阅看，阅毕，拭泪道："怪可怜的，你就手下留情吧！"

"你看看你说的！"高拱生气地说，"就好像我真的报复他了！"

韩楫冷笑道："哼哼，这大抵是效法申包胥伏哭秦廷那套把戏！"

"这是哪一出？"张氏好奇地问。

韩楫解释道："春秋楚国伍员，因被楚王灭族而奔吴，率吴兵破楚，楚人申包胥乞师于秦，秦王曰：'楚王无道，当伐之。'不应所请。申包胥立依于廷墙而哭，日夜不绝声，秦为所感，遂救楚。"

张氏听完有些心烦："哎呀呀，不说这些烦心事了！"他转向张孟男，"你快敬你姑父一盏酒，平时也没这个机会。"

张孟男不声不响，敬了一圈，又闷声坐下了。张氏见高拱若有所思，兴致似已被徐阶的书函一扫而光，只好吩咐端上了长寿面，众人都吃了一碗，寿宴草草收场。

"伯通，奇怪，我前些日子还致函巡按御史，要他对徐府事千万宽假，怎么徐老还这样凄凄哀哀来求我？"高拱边往书房走，边问跟在身后的韩楫。

"学生来谒，也是想和师相说这件事的。"韩楫道，"师相刚复出时，京城谣言四起，说师相要报复徐阶；最近，突然间这样的谣言又甚嚣尘上，这背后，必是有人操控。"

"以伯通之见，何人操控？"高拱问，又一指旁边的座椅，"坐下说。"

"师相，对江陵相公，不可不防。"韩楫压低声音道。

"张叔大？"高拱摇头，"且不说我与张叔大乃金石之交，他这样做，目的何在？"

韩楫神神秘秘道："江陵相公志向高远，非久居人下之辈。然他资历浅，人脉不足，一旦把报复徐阶的帽子扣在师相头上，则不惟可束缚师相手脚，还可把徐阶的旧势力收入门下。"

"不可能！不可能！"高拱连连摇头，脸上却现出烦躁不安的神色。韩楫还要说什么，他摆手道，"伯通，不必再说，无论如何，徐府事要早日了之，不能让此事干扰大局，我这就给蔡国熙修书。"说着，移步书案前，展纸提笔，抬头见韩楫跟了过来，向外一扬手，"伯通，去吧！"便埋头疾书：

存翁令郎事，仆前已有书巡按，处寝之矣！近闻执事发行追逮甚急，仆意不如此。此老系辅臣，家居且老，而目见其三子皆抵罪，于体面颇不好看。故愿执事特宽之……

放下笔，在屋内徘徊良久，又坐下，给徐阶回书：

仆观古人，有以国家之事为急，而不暇计其私怨者，心窃慕之。今以仆之不肖，乃荷圣主眷知，肩当重任，诚日夜竭其心，力图所以报称者之不暇，安敢以小嫌在念，弄天子之威福，以求其快哉……

"玄翁宽厚如此，朝野体谅者却不多，委实令人痛心！"房尧第抄好了副本，对高拱道。

"不为别的，只是不能让此事牵扯精力！"高拱道，"更不能影响与张叔大的情谊。"话一出口，忙拉住房尧第的袖子，"崇楼，先不要封发，明日给张叔大阅后再寄。"

次日早，高拱进了朝房，即命承差把他写给蔡国熙的手书送给张居正一阅。过了一刻钟，门外响起脚步声，高拱以为张居正过来了，抬头一看，是他的书办姚旷，把张居正写给蔡国熙的书函呈来，请高拱过目，只见上写着：

惟公在姑苏有惠政，士民所仰，故再借宪节以临之。乃近闻之道路云：传闻相公三子，皆被重逮。且云：吴中上司揣知玄翁有憾于徐，故甘心焉。此非义所宜出也。玄翁光明正大，宅心平恕，仆素所深谅。即有怨于人，可一言立解。且玄翁有手书奉公，乃其由衷之语，必不藏怒蓄恨而过为已甚之事也……仆上惜国家体面，下欲为朋友消怨业。知公乃有道君子，故敢以闻，惟执事审图之。

高拱看到"玄翁光明正大，宅心平恕"一语，感动道："到底是叔大知我啊！"把书函递于姚旷，"快封发出去！"姚旷辞出了，高拱默念着张居正函中"为朋友消怨业"这句话，长叹一声，"但愿这怨业早消，别再像阴魂般在京城游荡了！"

大明首相

第三部　锐志匡时

第二十六章　料事如神否决拘沐府老帅　秉公执法断然捕徐家三子

1

兵部左侍郎谷中虚等到夜色已然笼罩了京城，这才钻进小轿，沿背街向张居正宅邸而去。去年，因张居正向高拱举荐，谷中虚获任兵部侍郎，遂视张居正为恩公，凡是其交办之事，无不设法办成；兵部的事，更是事先主动向他请示，甘心为其代言。为了避嫌，谷中虚总是选择夜幕降临后再悄然而往。今天，张居正交办的一件大事有了进展，他不敢怠慢，急忙赶到张宅禀报。

张居正接报，破例在书房门口相迎，见谷中虚走过来，急不可待地问："少司马，云南有消息了？"

"是！"谷中虚边施礼边答，说着从袖中掏出一份文牍捧递给张居正，"云南巡抚曹三旸给兵部的密帖。"

张居正快步回到书案前，展开细观，阅罢，抬头问："本兵阅否？"

"尚未呈报，先得相公明示再说。"谷中虚答，一副讨好的神情。

张居正沉吟片刻，提笔写了封短柬递给谷中虚，吩咐道："你差人携此柬去见张佳胤，要他速到南京，先行将沐朝弼幽禁！"

谷中虚踌躇片刻，还是拿上短柬，施礼告辞。

南下向应天巡抚张佳胤传达张居正指令的急足已然出发了，谷中虚方把云南巡抚曹三旸的密帖呈报吏部尚书管兵部事的杨博。杨博阅罢，一拍书案道："这个沐朝弼，得寸进尺，是该和他算总账了！"

谷中虚本来还担心杨博设障碍，听他如是说，义形于色道："是啊，沐朝弼蔑视朝廷，日肆猖狂，非严惩不足以正国法。"他"嘿嘿"一笑，"下吏已奉江陵相之命，差人传令应天巡抚张佳胤，先行将沐朝弼禁锢南京，不许其返回云南。"

杨博微微一怔，沉吟良久方道："记得此事起于嘉靖末年，彼时兵部章奏皆由江陵相阅批；隆庆二年初，科道参劾沐府事，也是江陵相主持善后，江陵相对此事的来龙去脉最清楚，他做此决断自是有道理。"吸了口气，又道，"只是，此事体大，稍有不慎恐要用兵西南；而新郑相于对内用兵态度审慎，贵州水西事可鉴。"

"此事不同吧？"谷中虚道，"新郑相言安国亨非叛朝廷，故不能目为叛逆，既然不是叛逆，自是不宜用兵；而沐朝弼身为朝廷命官，却蔑视朝廷，使国法不能施于云南，新郑相必不容之。"

杨博点点头，不再说话。

"下吏这就命人起草复云南巡抚札谕？"谷中虚以试探的语气道。

杨博摇头道："不急，江陵相不是已然令张佳胤先行禁锢沐朝弼了吗？"谷中虚"哦"了一声，施礼辞出。杨博捻须沉吟，默念道："云南情形毕竟特殊啊！"

西南边陲的云南，宋时为藩属大理国所辖，元灭大理，国主段氏降，被命为世袭总管，原大理官员多受封为云南各地土司。国朝太祖皇帝开国后，命傅友德、蓝玉、沐英三帅领兵征伐西南，云南平定后，太祖召傅友德、蓝玉班师回朝，留下义子沐英镇守云南，后晋封其为黔国公，世袭罔替，于今已二百年，黔国公爵位也已传到了第九代。太祖皇帝曾对沐英说过，自汝在镇，吾无西南之忧。故而，后世以沐府镇守云南体制沿袭不改。国朝体制，土司系武职，当听命于总兵，黔国公即为当然的云南总兵，按制统领土司，在土司中享有崇高威望，除了沐氏直辖的万余官军，土兵、狼兵数万，也都听命于沐氏。故云南之安危实系于沐氏。虽然沐朝弼已被革职，但他镇守云南三十余年，又是现任黔国公沐昌祚之父，而沐昌祚还是十几岁的少年；因此，沐朝弼在云南的影响力不可小视，一旦将其幽禁，会不会引起云南土司的叛乱？杨博越想越觉得责任重大，散班时分，起身往文渊阁而去。

早有承差报知高拱。因杨博年高德劭，资历远非高、张、殷三阁老可比，故三人都起身在中堂门口相迎。杨博一到，高拱先请他入座，三阁老方回到各自书案前坐定。承差奉茶毕，照例都回避了。杨博呷口茶润了润嗓子，缓缓道："巡抚云南都御史曹三旸有密帖来，言革任黔国公沐朝弼怙恶不悛，虐害地方，人心危惧，其乞假到南京葬母，请留之不遣，以杜后患。"说着，从袖中掏出文牍，起身交给高拱。

高拱"喔"了一声，瞪眼道："这个曹三旸，不懂规矩，事体如此重大，何以只给兵部上帖？"

"呵呵，沐府的事，一向先呈兵部。"张居正替曹三旸辩解了一句。见高拱埋头阅看文牍，不再深究，张居正恨恨然道，"沐朝弼凶恶久著，奸逆日萌，天恩优容，不知悔改，抚按开谕，愈肆猖狂，蹈无将之戒，怀不轨之情，弃国法如弁髦，视人命如草芥，通夷、占军、谋财夺产，贻害地方不止一端，况滇南远在万里，夷视攸关，若复再从姑息，恐益酿成祸阶，当奋乾断以安遐方！"

"嘶——"的一声，高拱重重吸了口气，道："我看曹三旸所报恐非实情！"

杨博仰头看着张居正，张居正神情稍显慌乱，忙道："玄翁，这件事拖了几十年了，照玄翁的行事风格，该了断了。居正知其来龙去脉，不妨向玄翁一陈。"

高拱默然，似乎在思考着处置之策。张居正见他不说话，顾自不厌其烦地把沐朝弼不法情事及背景陈述一遍。

沐朝弼乃沐英七世孙，黔国公沐绍勋次子。其父去世后，爵位由其兄沐朝辅承袭。张居正进士及第的嘉靖二十六年，沐朝辅去世，因其二子皆年幼，沐朝弼即争爵位，但朝廷颁令，由沐朝辅长子沐融袭爵。不幸的是，沐融袭爵不久便夭折了，朝廷又令其弟、三岁的沐巩袭爵。沐朝辅的嫡母李氏、寡妻陈氏上奏朝廷，请求回南京居住，以保护幼子长大成人。沐朝弼不允，双方相持不下时，沐巩又夭折了。此时正值边境多事，沐朝弼率兵弹压，战功赫赫，朝廷即命他袭爵，镇守云南。沐朝弼袭爵后，正值国朝屡遭南倭北虏侵扰，财用匮乏，沐朝弼先后向朝廷进献金银万两以助边饷。另一方面，沐府内部，沐朝弼与嫡母李氏、寡嫂陈氏间；沐朝弼与朝廷派驻云南的抚按间，矛盾纠纷不断。十年前的嘉靖四十一年，徐阶的门生、云南巡抚陈大宾上章参劾沐朝弼事母嫂不如礼，夺兄田宅等罪；而沐朝弼则一反常态，主动向朝廷提议将一直与其作对的寡嫂陈氏送往南京居住。世宗皇帝颁敕，严词训诫沐朝弼，并命兵部回复，同意沐朝弼的请求，敕抚按官护送李氏、陈氏到南京，给庄产养赡。可是，直到隆庆二年，沐朝弼嫡母李氏、嫂陈氏仍滞留在云南。春二月，兵科都给事中欧阳一敬劾云南总兵、黔国公沐朝弼残忍无亲，暴横不道，抗违明旨，拘留母嫂，不服听断，又用调兵火牌遣人入伺京师动静，请责以抗违之罪，稍折其奸萌。兵部题覆：如一敬议。朝廷遂夺去沐朝弼的火牌，抓捕了他的几名爪牙，将本由沐朝弼负责的调集外省兵马镇压土司的权力转交给云南巡抚，并再次重申将李氏、陈氏送往南京居住。沐朝弼虽不得不接受，但以养病为由，常不视事，以表达自己的不满；其寡嫂陈氏的态度也一改往昔，提出愿意继续留在云南。一时间，关于沐朝弼与寡嫂通奸的传闻在京城散播开来。巡抚陈大宾上奏朝廷，乞罢朝弼，令其子昌祚暂领镇事，并遣官就陈氏为何突然不愿离开云南勘验明白，另行议处。朝廷纳之，差陈氏的娘家嫂嫂、宁阳侯之妻张氏前去查核。直到隆庆四年五月，云南巡抚曹三旸代奏张氏的勘查结果：否认沐朝弼与其嫂通奸，言陈氏自愿留滇终养。云南抚按官的奏本呈达京城时，高拱已复出，正为贵州水西事费尽心机。张居正向高拱陈述了沐朝弼故违明旨的罪状，力主将其革职削爵，以为蔑视朝廷政令者戒。高拱接受了张居正的建言，但只拟旨明令沐昌祚承袭黔国公爵位，相当于革去了沐朝弼的职务，剥夺了他的权力，但仍承认他是前代黔国公。

高拱以为，随着沐朝弼的革任，这件断断续续打了近三十年的官司就此了结了；忽见云南巡抚请求兵部拘捕到南京葬母的沐朝弼，一股怒气在胸中升腾，终于没有压制住，把曹三旸的密帖重重举起，摔在书案上，高声道："不识大体，无事生非！"

张居正心里一沉，走过去拿起曹三旸的密帖，假意第一次看到，吃惊道："可是玄翁，这密帖里说，'昌祚政事清明，以致岁丰；朝弼逼走昌祚，不知所往'。沐朝弼这分明是作乱啊！"

"叔大，这话，你也信？"高拱奚落道。他早就知道，云南一直存在着三股势力的角力：以沐府为代表的世袭勋贵、朝廷派驻云南的抚按官员和地方土司。因云南大部分地区是土司自治，而沐府是土司的上司，巡抚每每与沐府争权，矛盾从未间断，且愈演愈烈。曹三旸欲一举将沐朝弼逐出云南，不是争夺对沐昌祚的控制权，就是索贿不成挟私报复，所列沐朝弼罪证，根本经不起推敲，聪明如张居正者却信之不疑，令高拱颇是生气。

张居正脸一红，旋即镇静下来，故作轻松道："玄翁，巡抚乃朝廷所差，负有节制沐府之责，巡抚的奏报，居正不能不信啊！"

"是啊玄翁，即使不偏袒巡抚，至少也不能站到沐府的立场上去嘛！"殷世儋附和道。

高拱一扬手，让张居正归位，举着曹三旸的密帖道："云南守巡，素以挫沐氏为风采，今又其故智尔！"

"喔？"杨博伸长脖子，兴趣盎然地问，"新郑，何以见得？"

高拱一笑道："沐昌祚虽年少，但也是领镇之帅，众所寓目，而曹三旸竟谓其不知所往，可信吗？沐昌祚不过是十几岁的少年，难道他能感动天地，说他一接任就'以致岁丰'，可信吗？"他突然脸一沉，凛然道，"况且，倘若沐朝弼果有罪，朝廷堂堂正正以槛车逮之可也，因何乘其归葬之时偷偷摸摸拘押？传之四方，岂不为天下笑！"

"这……"张居正支吾着说不出话来，鼻尖上挂满汗珠。

2

苏松巡按御史李贞元出了察院，一看间壁的兵备道衙门被黑压压一片告状民众所围，踌躇良久，方硬着头皮，只带两名亲随，弃轿徒步前往。刚走到上控人群前，就听有人喊道："让开让开，是找蔡苏州的，别挡道！"又有人喊："不是蔡苏州，是蔡道台！"乱嚷嚷声中，人群闪开一条通道，李贞元顺利进了首门，抹了把汗，直奔大堂而去，蔡国熙闻报，忙将李贞元迎入二堂。

"兵宪，"李贞元叫着官场对兵备道的尊称道，"怎么这几天上控的人越来越多了?"

蔡国熙道:"朝廷律法,缙绅可享免赋役特权,但即使官至极品如徐阶者,法条明定只可免除六千亩的赋税。本道已榜示,超过律令规定之外者,以偷税论处。此榜一出,投献徐府者纷纷要求退田,徐府置若罔闻,来控者自是有增无减。"又以得意的口气补充道,"徐府横行乡里,残害百姓的事罄竹难书,受害者知本道一向不畏权势,也纷纷前来控告,江南士民期许本道,不亚于期许海瑞矣!"

"这么说,兵宪真要到徐府拿人?"李贞元问,不等蔡国熙回应,又说,"本差赴任前,新郑相面示宽假徐府事,前些天又有华翰来,恳言对徐府事做宽处,以存元老体面。"

蔡国熙起身从书案上检出两封书函递给李贞元:"按院,这是内阁高、张二相的华翰,无不是为徐阶求情的。"

"既如此,兵宪执意要拿人?"李贞元追问。

"不惟要拿人,还要勒令徐府退田!"蔡国熙斩钉截铁道。

"兵宪三思啊!"李贞元提醒道。

蔡国熙起身走到门口,指着首门外的人群道:"按院,看看那些号泣的民众,铁石心肠,能不寸断?"又回身走到书案前,指着一摞簿册,"看看这些,都是投献的证据!投献徐阶名下的田亩,数十万之多,国家的赋税,就这样生生被徐府侵吞了!上损国家,下欺百姓,我辈为官者,还要替他掩护,良心何安?"

"徐老在朝,善收人心,颇能迷惑人。当年我就跟着他卖力参劾新郑相。可来松江几个月,所见所闻,真是不忍言。"李贞元一脸厌恶状,"只是,高、张二相要我辈……"

不等李贞元说完,蔡国熙右手向上一扬:"不管!姑苏的高官名流何其多也,本道守苏州时,要是被上官的面嘱书示左右,一件事也做不成,哪里会有'蔡苏州'之誉?"

"兵宪,惩治不法自是本分,然则,"李贞元将了将胡须,"访得兵宪曾受徐府'噪舟'之辱,不可不避挟私报复之嫌。"

"哼哼!报复?"蔡国熙冷笑道,"朝廷命官可以肆意羞辱?本道就是让他看看,王法俱在,公理犹存,不管是谁,都要知道天高地厚!他徐府胆敢羞辱朝廷命官，必须付出代价！不的，为官者岂不都要在豪势面前唯唯诺诺，谁敢为百姓撑腰？"

正说着，排军来报："禀兵宪，整备停当！"

蔡国熙起身拱手道："按院，本道要亲率排军到徐府拿人，就不奉陪了！"

李贞元只得起身作别，蔡国熙又道："按院，吴地难治，端在豪势作祟，不除豪势，江南无宁日！是以还请按院依法勘问，还百姓以公道，为国家挽损失。"说罢，亲送李贞元出了二堂，这才到大堂向排军训话。不多时，百名排军个个一身戎装，手持刀枪，威武煊赫出了兵备衙门，直奔徐府而去。上控民众见此阵势，也都跟在排军之后助威，松江城一时为之耸动。

徐府门丁数十人，拿着棍棒，人挨人站在首门，个个被眼前的情形吓得呆若木鸡。蔡国熙下了轿，两名旗牌官手持令旗用力一挥，大喝一声："回避！"门丁闻之，浑身战栗，躲闪一旁。蔡国熙在排军簇拥下进了徐府，直奔徐阶的静室而去。徐阶早已闻报，却也无计可施，盘腿闭目坐在床上，双手合十，口中喃喃，似在念诵佛经。

蔡国熙一步跨进静室，也不施礼，语气生冷道："徐阁老，本道到贵府办理案件，多有骚扰，还望海涵。"

徐阶动也不动，说了声"兵宪请便"，就继续念经不已。

"那好！"蔡国熙命人把一簿册展于徐阶面前，"本道查得，徐阁老名下有四万亩田产，乃非法侵占，兹勒令入官！"又命展开另一簿册，"徐阁老名下，已查明投献有据者二万亩，勒令退出；其余田亩待查明后再做区处！"说着，把一份公牍展于徐阶面前，"此为执法公牍，请收讫、照办！"

徐阶嘴唇哆嗦着，连诵几声："阿弥陀佛！阿弥陀佛！阿弥陀佛！"

"还有！"蔡国熙凛然道，"本道接到数以千计的控状，控诉贵府徐璠、徐琨、徐瑛三人，本道审勘真确，可坐实者三罪：接受投献、诈骗官府颜料银、殴伤民众。犯此三罪，依法当予拘提！兵备衙门行牌已久，人犯拒不到案，今日本道前来提拿！"

徐阶浑身抖了一下，道："老夫不闻窗外事久矣！"

蔡国熙胸有成竹。他一到松江，就驳回了松江府对以"恶仆诬告主家"罪被判死刑的沈元亨一案，沈元亨被释后，蔡国熙知他掌握徐府机密，多次延请密谈，并嘱他找仍在徐府听用的熟人探听徐府动静，昨日得到线报，知徐阶静室书柜后有一暗室，一有风吹草动，徐璠三兄弟即躲藏于此。蔡国熙闻报大喜，遂亲率排军来拿。他对着书柜扫视一眼，冷冷一笑，大声道："来人！"几名排军"呼"地拥了进来，蔡国熙一指书柜，"给我搜查人犯！"

眨眼工夫，书柜被移开，一个暗门露了出来，几名排军边大声吆喝着，边提刀而入，刚闪进门去，徐璠三人就耷拉着脑袋走了出来。

"绑了！"蔡国熙命令道，"押走！"说完，向徐阶一拱手，转身而去。

徐璠、徐琨眼巴巴地看着徐阶；徐瑛则哭喊不停。徐阶目送三子被推搡着带走，老泪夺眶而出。须臾，门外就响起一片女人和孩童哭天喊地的声音。

"高新郑，相逼何甚！"徐阶突然目露凶光，咬牙切齿道，随即大喊一声，"召吕光来见！"

吕光几天前奉召回到松江，徐阶知蔡国熙正清查徐府田亩，遂把来路不明的一万亩地拨给了吕光，吕光喜出望外，正带人在田间查看，忽听徐阶召见，忙匆匆赶回徐府。

"水山，事迫矣！"徐阶拉住吕光的手，洒泪道，"适才蔡国熙已然勒令将你那一万田亩入官了！水山，眼看我徐家要人财两空、家破人亡了！还要辛劳水山再赴京城。"说着，指了指书案上已备好的礼物，"将玉带、宝玩送给张叔大！"

"存翁，上次因为三千两银子的事，高胡子已然对张相公起了疑心。"吕光踌躇道，"恐这回张相公未必……"

"要的就是这个效果！"徐阶冷峻的目光投向吕光，"水山，张叔大非久居人下之辈，城府深不可测，高新郑不是他的对手。既然二人已然有隙，正可火上浇油。此番进京，只一件事：助楚伐郑！"

"助楚伐郑？"吕光品味着，点了点头，"新郑实力强大，存翁有何妙策？"

"里、应、外、合！"徐阶一字一顿道，"你见到张叔大，就说老夫以

大明首相
第三部　锐志匡时

此四字为赠。"

3

高拱下了轿，快步往文渊阁走，"哗啦"一声，高大的杨树上几片枯叶被一阵风吹落下来，正落在他的靴子上。高拱抬脚甩了甩，发出一声感叹："又到深秋咯！"疾步进了西门，一进门就喊道，"承差何在？"也不管有没有人回应，自顾昐咐道，"到工部，叫朱衡来见！"

不到半个时辰，工部尚书朱衡进了中堂，刚坐定，高拱道："有件棘手的事，想与大司空商榷。"

朱衡躬身道："请新郑明示。"

高拱拿出一份文牍，晃了晃道："礼科都给事中雒遵上本，言黄河为患，治非其人。嘉靖四十四年大司空曾总理河道，治河有方，今治河诸官皆称，大司空誉望久著，官属乐从。雒遵建言，暂令大司空总理河道，整修河防。可大司空久绾部章，安得外放河道？故而为难。"他举盏呷茶，翻起眼皮，窥视朱衡的反应。

雒遵乃高拱门生，朱衡揣测他的建言，恐是高拱之意，遂道："新郑不必为难，下吏愿总理河道。"

高拱满意地点了点头，道："虽通海运，但黄河不能不治，运河不能不通。此为国之大事。国有大事，不可拘于常规。我意大司空以工部尚书兼都察院左副都御史衔加河道总督，前去经理治河，待成功之日，再另行题请，回部管事。"

"吏部颁敕，下吏即启程！"朱衡爽快地说。

正说着，吏部尚书管兵部事杨博在外求见。朱衡忙施礼告辞，出了中堂，与杨博迎面相遇，杨博感叹道："喔呀，新郑料事如神，料事如神啊！"朱衡不便多问，抱拳一揖而去。杨博嘴里念叨着"料事如神，料事如神"，进了中堂。

杨博一向沉稳持重，今日的表现令高拱和张居正、殷世儋都感到意外。高拱正要问，杨博把一份文牍递给他，道："沐昌祚的禀帖。"

高拱看了一眼，脸上露出得意的神情，一笑道："果不其然！沐昌祚要求还其父，且言巡抚所奏诬也。"他转向张居正，"叔大，这下证实了吧，云南巡抚曹三旸言沐朝弼逼走沐昌祚，不知所往，纯属捏造！当初若听信他的一派胡言，岂不坏事？"

"玄翁果料事如神！"张居正尴尬一笑，奉承道。

"还真是的！"殷世儋也附和了一句。

"嗯？"高拱像是突然回过神儿来，不解地问，"大司马，沐昌祚何以要求还其父？不是没有拘捕沐朝弼吗？"此前，根据高拱的指示，兵部复曹三旸，否决了将沐朝弼拘于南京的提议，言朝弼事已决，今因其自至而留之，非所以明国威而昭大信也。高拱又特意拟旨颁给在南京葬母的沐朝弼，令其还镇闲住，并戒以痛自省改，不得生事虐民。既然如此，沐昌祚要求还其父的请求，从何说起呢？

杨博歉意一笑道："兵部上下对云南守巡的密帖半信半疑，只想早日听到沐昌祚的消息；忽见沐昌祚有禀帖来，紧绷的神经方松弛下来，只顾议论新郑料事犹如神明了，倒是没有细细推敲沐昌祚的用语。"

张居正欠了欠身道："玄翁，居正看，必是沐昌祚得知抚按官请求朝廷拘捕其父，以为朝廷会纳其请，故而方有此说。"他担心高拱深究，转移话题道，"大司马，辽东有何动向？西房称臣，时下对东房要加倍警惕啊！"说话间，不时偷觑高拱一眼，观察他的表情。

"不惟东房，还有建彝！"高拱接言道，"对东房、建彝，非大加一挫，不足以彰显朝廷之威！"

见高拱相信了他对沐昌祚奏本的解释，张居正畅出了口气，暗中指示张佳胤先行禁锢沐朝弼之事也就蒙混过关。但是，这样一个结果，还是令张居正感到沮丧。本来，先行禁锢沐朝弼，是他谋划已久的一件大事。去年，贵州水西不战息争，为高拱带来了声誉，却让张居正五味杂陈。他主张对付土夷要强硬，实行铁血政策，万不可姑息。只是念及高拱甫出，不愿拆他的台方隐忍下来。一则自己的主张不能贯彻，让他感到憋屈；一则高拱复出不到两年，大开大合，以排山倒海之势革新改制，尤其是力排众议，与北房达成了和平，威信大增，相比之下，他的形象越来越模糊，仿佛遮蔽在高拱这棵参天大树巨大阴影下的一根小草。张居正心有不甘。云南是土夷聚集之地，抚按与沐府一向不和，张居正便思谋从这里打开缺口。朝廷至少下过三次诏旨令沐朝弼的寡嫂陈氏到南京居住，可十多年过去了，迄今没有成行。不管什么原因，这个事实足以说明，沐朝弼挑战了朝廷的权威。听到他到南京葬母的消息后，正是天时地利人和的最佳时机——云南巡抚曹三旸、应天巡抚张佳胤都是他向高拱举荐的，故他密嘱曹三旸抓住这个难得的时机，一举清除沐朝弼。曹三旸求之不得，一旦沐朝弼不能再回云南，将十六岁的沐昌祚控制在手易如反掌，故他给兵部上密帖，编造了沐昌祚政事清明，却被沐朝弼逼走的假话；张居正即通过兵部左侍郎谷中虚差人命张佳胤先行禁锢沐朝弼。禁锢沐朝弼，是希望云南土夷起来为他申冤，借此机会即可实行铁血政策，大张挞伐，斩草除根！为维护朝廷权威，流血是不可避免的。让土夷血流成河，正可彰显朝廷权威。果如此，则不惟自己的主张得以贯彻，还可向朝野显示他的处事能力不在高拱之下。所以，即使是高拱否决了曹三旸的请求，张居正也未差人命张佳胤停止行动，直到朝廷颁旨令沐朝弼还镇闲住，方差人传示张佳胤，令其释放沐朝弼。张居正没有料到的是，沐朝弼被拘时，其亲随日夜兼程赶到昆明向沐昌祚禀报；沐昌祚并非像曹三旸密报的那样与乃父势同水火，关键时刻，他毅然站在了乃父一边。沐昌祚一句要求朝廷还其父的话，差一点就让张居正的暗中谋划露馅儿。好在他善于应对，而高拱又甚疏阔，此事总算不了了之。

平心而论，玄翁委实有惊人的判断力！张居正暗自默念。倘若是从前，张居正必请高拱喝酒，向他求教如何方可练就料事如神的能力；可时下不同了，为了徐阶给他馈赠的三千两银子，高拱当面相讥，令他颜面尽失；自己以铁血对付土夷的主张因拘捕沐朝弼未果再一次受挫；影子阁老的形象也因此未能扭转。张居正感到愤懑。回到家里，他吃不下饭，独自在书房徘徊，不时发出叹息声。不知过了多久，一咬牙，坐回书案前，提笔给在留都任太仆寺少卿的同乡好友李幼滋修书，知会他，与北虏封贡互市，全是他一手促成，而且三计只用其一，事情就办妥了。他相信李幼滋明白他的意思，过不了多久，封贡互市乃是张居正的功劳的传闻就会在朝野流行开来。高拱整天忙得晕头转向，无暇顾及这类事，即使万一有人向他禀报，张居正自信，三言两语就能敷衍过去，打消高拱的疑虑。

封好书函，正要唤游七，游七闪身进来了，禀报道："吕光求见。"

张居正把给李幼滋的书函交给游七，命其速发出，这才吩咐传请吕光。须臾，吕光被引进花厅，张居正走过来，面无表情地问："吕先生，多日不见，存翁安好？"

吕光忙施礼，凄凄哀哀道："太岳相公，徐府大难临头，急求相公相助！"

"喔？"张居正故作惊讶，问，"怎么回事？"

吕光一脸沮丧道："蔡国熙阴狠，不惟追查出几万亩所谓侵占的官田充了公，徐府三位公子，都被他逮进大牢了！"

这是张居正预料得到的，但他又一次露出惊讶的神情，叹了口气道："想不到我三番五次向玄翁求情，给蔡国熙投书，还是这样的结果。"

"存翁恳请太岳相公相救！"吕光连连叩头道。

张居正默然良久，暗骂徐阶"老不死，活该"，口中却道："你禀报存翁，张某人必竭尽全力保全存翁体面！"说着，起身向书房走去。

吕光追上来，低声道："太岳相公，存翁有四字相赠。"

第二十七章 | 曾侍郎跃跃欲试
殷阁老引火烧身

1

工部侍郎曾省吾在张居正宅邸左近买了一所宅院，几乎每晚都会到张府走走。

这天薄暮，曾省吾刚走过张府的垂花门，就听见后院里传来呵斥声，急忙加快了步伐，绕过前院正房，穿过回廊的门庭，只见张居正一手提着罩灯，一手举着鞭子，长子敬修、次子嗣修、三子懋修、四子简修、五子允修、六子静修和管家游七排成一行，跪在院中。

"太岳兄，这是做甚？"曾省吾疾步上前，夺过张居正手中的鞭子，"敬修、嗣修都是做父亲的人了，安得如此！"说着，拉住张居正往书房走，又回头对跪在地上的几个人道，"快起来吧！"

张居正虽是怒气冲冲的样子，却暗自感谢曾省吾来得及时，让他下了台阶，进得书房，手一指座椅，示意曾省吾入座。

"为了何事嘛！"曾省吾落座，侧过脸去，问坐在他左首的张居正。

"不争气的东西！"张居正恨恨然道，"不好好读书，却被吕光差人邀去吃酒！"

曾省吾一笑："咳，这算什么嘛！这哥儿几个，够老实的了，被你管束得服服帖帖，知足吧！"

"没一个有出息的！"张居正仰面长叹一声，"发愁啊！"

张居正的儿子们，自幼就被他严厉管束，读书习文，以便科场得捷。

可不知何故，迄今为止，成年的儿子中，连一个中举的都没有，这让他焦虑不已，成了心病，动辄找借口把儿子们教训一番。

曾省吾也替张居正发愁，情急之下，以试探的口气道："太岳兄，要不，和湖广学政私下通通气？只要有一个出来了，后面的也就带出来了。"

张居正摇摇头，又发出一声叹息。他不是没有动过这个念头，但一想到眼里揉不进沙子的高拱，他就浑身一紧，不敢再想下去了，遑论实行？

"太岳兄，不为自己想，也得为你这群儿子想想了！"曾省吾突然伸出双手，向外一扬，"早点把那尊神送走吧！"

张居正生气道："这是什么话！堂堂朝廷宰辅重臣，为私利逐同僚？"

"失言！失言！"曾省吾举手在嘴巴边做拍打状，"太岳兄，久居人下，滋味不好受吧？内阁受了气，回家拿儿子当出气筒？"

张居正扭过脸去，向外一摆手："你要总这么说话，以后也就别来了！"

曾省吾并不在意，继续说："太岳兄，我看邸报上说，广东又在肇庆建船厂了，还要训练水军。看来，想取缔沙市镇的船厂，难了！湖广士绅对太岳兄岂不失望？"他向张居正面前凑了凑，"他们失望不失望倒还在其次，太岳兄对什么开海禁、通海运、建船厂、练水军，内心极不赞成，主张对西南土夷不能有妇人之仁，当斩草除根，可不赞成的阻止不了，自己主张的又无以贯彻，能不憋屈？倘若太岳兄是无能之辈倒也罢了，偏偏有经天纬地之才，却被遮蔽在高相的阴影里，能不烦恼？"

张居正把头靠在椅背上，目光幽远而深沉，低声道："近来，我每思本朝立国规模，章程法度，可谓尽善尽美，远过汉唐，本不必复有纷更，惟仰法我太祖高皇帝可也！时下官场弊病，乃法纪松弛、萎靡不振所致，整饬官常，着力点当放在复祖宗之旧上；然则，在玄翁眼里，惟改弦易辙为功，维护祖制、遵守成宪，即被贬为袭故套，不值一哂！"

"是啊！若不是他蔑视祖制，也不会力主开海禁、通海运、建船厂、练水军啦！"曾省吾语速极快地说，"为国家计，太岳兄，"他狡黠地挤挤眼，"是不是当……"

"不可乱说！"张居正有气无力道。

"有些事，不必说，更不会乱说！"曾省吾诡秘一笑道，"闻得吕光到高府伏地一哭，官场越发议论纷纷，报复的帽子高相想摘也摘不掉啦！那个陈大春，往日还想巴结高相，时下再也不提这话了吧？存翁的门生故旧，怕是个个心存畏惧，巴不得高相明天就滚蛋呢！"他得意地笑了两声，像是突然想起什么，伸长脖子问，"记得太岳兄说过，高相有意让张四维入阁？"

"是说过。"张居正答，他以惊异的目光直视曾省吾，"你要做甚？"

曾省吾伸出手臂，向下做搅拌状，眉毛向上一挑，眼皮一翻，得意一笑道："浑水方好摸鱼，先要把水搅浑！"

"不可胡来！"张居正呵斥道。

曾省吾站起身，一拱手："太岳兄放心好了！"说罢，匆匆出了张府。

只过了不到半个时辰，曾省吾就坐到了殷世儋家的花厅里。寒暄数语，曾省吾长叹一声："唉——这阁老相公，外人看来风光无限，岂不知，满腹委屈无处诉说吧？"

殷世儋知曾省吾乃张居正幕僚，颇是警觉，只是微微一笑，并不搭话。

"可是，凡是点过翰林的，还是钻谋着要坐坐文渊阁的椅子嘞！"曾省吾又道，顿了顿，压低声音道，"道路传闻，高相要延揽张四维入阁嘞！喔呀！"他突然露出惊诧的神情，"殷相公知道吗？有人说，巡盐御史郜永春论劾王崇古、张四维，乃殷相公指授，张四维对殷相公至今不能谅解！省吾怀疑张四维钻谋入阁，是为赶走殷相公的。省吾念及殷相公乃张相公同年，瞒着张相公跑来多嘴一句。"

殷世儋脸色顿时变得铁青，鼻子里发出"哼"的一声。

曾省吾又道："道路传闻，与北虏互市，举朝反对，高相却一意孤行，是误信了王崇古之言。而王崇古力主互市，实是为了晋商王、张两大家族的买卖！"

殷世儋暗自好笑，这话，不就是他曾经向吕光授意过的吗？

"可惜，郜永春弹劾王崇古、张四维，硬生生被高相压下了。但科道都憋着一口气呢！"曾省吾又道，他躬身问殷世儋，"殷相公，听说王崇古不惟攻讦过郜永春，后来又有奏疏，语侵前任巡盐御史周思充，连高相都看不下去，致函王崇古，斥责他一通，又亲自出面各加抚慰，有这事吗？"

"江陵泄露于你的？"殷世儋反问，却变相证实了曾省吾的说法。

曾省吾坐直身子，盯着殷世儋问："省吾没有记错的话，周思充是殷相公的门生吧？他父亲周思斗是殷相公的同年吧？他奉命巡盐河东，难道受了王、张两大盐商的贿？连高相的同乡郜永春都不顾高相面子，弹劾王、张两家败坏盐法，周思充做了一年的巡盐御史，怎么对张、王两家未有一句指摘？"

"三省是为此而来？"殷世儋终于明白了曾省吾的来意，又追问道，"衔命而来？"

"呵呵，殷相公知省吾与某人的关系，衔命是衔命，不衔命也是衔命，反正某人都脱不了干系！"曾省吾绕着弯子道。

殷世儋沉吟道："近些日子，我看江陵神色不对，似有故意回避高新郑之意。三省可知，二公有嫌隙了？"

"江陵相公有远虑啊！"曾省吾含糊了一句。

"远虑？虑什么？"殷世儋问。

"呵呵，远虑就不去管它了，近忧可不敢大意嘞！"曾省吾神情诡秘地说，言毕，起身告辞。

殷世儋呆坐良久，想到入阁以来的委屈，一口恶气不吐不快，如今高拱又要拉张四维入阁，明显是要赶他走了，这未免太跋扈、太不留余地了吧？就连张居正都看不下去，差心腹幕僚出马鼓动，谁还维护他高新郑？想到这里，殷世儋蓦地起身，咬着牙，嘴里蹦出了八个字："先发制人，外围侧攻！"

2

十月中旬，京城街头的树枝上，残存的几片叶子摇摇欲坠地挂在枝头，顽强地与寒风周旋着。天阴沉沉的，日头从阴霾中不时探出头来，却也是奄奄一息的样子。空中不知不觉间飘下几片雪花，不到半个时辰，又在不知不觉间住了，没有留下任何痕迹。

高拱照例早早到了文渊阁，外面飘雪花的事，也就毫无察觉，埋头在中堂里审核票拟，承差不时将一摞摞文牍从他的案头抱走，又抱来新发下的文牍，放到他的面前。他顺手拿起一份一看，脸上露出既吃惊又愤怒的表情，声嘶力竭道："这御史，意欲何为？"

张居正和殷世儋俱低头不语。

高拱怒而不息："朝廷好不容易消停了，又在挑事儿，唯恐天下不乱！"

张居正突然觉得高拱有些可怜。大权在握，却只会发怒，除了显示自己的粗暴外，于事何补？他暗忖：若是我，哼哼，谁敢多嘴多舌，叫他吃不了兜着走！但他不露声色，问也不问一句，顾自拿着一份文牍做细阅状。殷世儋似乎预感到高拱所说的御史就是周思充，心里有几分紧张，装作漫不经心地问："元翁因何动怒？何人挑事儿？"

本指望张居正会关切地问一句的，却没有；高拱有些尴尬，见殷世儋接了话，也就顺势把周思充的弹章大意说了出来："御史周思充论劾张四维，说他去年十月初十以翰林学士升吏部右侍郎，十二月十二日，又升左侍郎，皆攀附钻谋而来，如今又觊觎阁臣之位，不知廉耻；又言其舅王崇教、其父张允龄皆贩盐豪商，狼狈为奸，败坏盐法，谋求暴利，一家人官为商助，商为官谋，奸邪如此，乞将张四维罢斥。"

"言官论劾一个侍郎，值不得大惊小怪吧？"殷世儋揶揄道。

高拱脸涨得通红，大声道："张四维从右侍郎升左侍郎，只有两个月，这事是有的。可这违例了吗？"他看着张居正，"叔大，你从翰林院学士升礼部右侍郎，不到八个月吧？从右侍郎到入阁，也就十天吧？我不是说叔大不该升迁，我是以此举例说，到了这个层级的官员，只要不违例，又有空缺，并不受历俸的局限。张四维任右侍郎两个月，正好左侍郎致仕，他转任左侍郎，也是顺理成章，有何可挑剔的？"顿了顿，又道，"除了这一桩有些影子，其余的，都是臆断！"

"这是对着玄翁来的。"张居正突然阴森森道。

"不仅仅对着我，叔大也在内！"高拱像是早就洞察一切似的，自信地说。

张居正愣了一下，不知高拱因何会有此论。

"明摆着的，"高拱解释道，"科道对封贡互市本极反对，今见事成，积怨无处发泄，又觉你我不宜撼动；而张子维为封贡互市事穿针引线、联络沟通，出力不小，遂将矛头指向他。"

张居正暗笑，却爽快地认同了高拱的说法，又佯装不解问："只是何以突然此时发难，令人疑惑。这背后，有没有文章?"他转向殷世儋，"历下，你说呢?"

殷世儋一笑："周思充做过巡盐御史，他论劾盐商，有何奇怪的?"

"说得是啊，当年何以不论劾，过了这么久突然论劾起来?"张居正紧追不舍。

"这……"殷世儋一时语塞，他重重咽了口唾沫，"御史见张四维冒升有异于常，看不下去了也未可知吧!"

"历下，周思充是你的门生吧?"张居正一笑道，"难怪历下这么清楚呢!"

"江陵，你……"殷世儋不解地看着张居正，惊诧地说不出话来。

高拱盯着殷世儋，顿起疑心。殷世儋被看得神色慌张，道："元、元翁! 难道凡是门生做的事，都是座主指授? 若这般说，元翁的门生也不少，那是不是凡是元翁门生论劾谁，背后就是元翁指授? 这样胡乱揣测下去，那朝廷永无宁日了!"

"历下，你何必往自己身上揽呢?"张居正两手一摊道，"没有人怀疑到你历下指授周思充吧?"说完这句话，他悠然地呷了口茶，暗忖：玄翁必疑殷世儋；殷世儋也必认为玄翁在一力排挤他。两人的战火就此点燃矣! 玄翁对军国政务或可说有惊人的判断力；但论起暗中掌控人事，就不在一个档次了。

"好了! 不要被这些节外生枝的事干扰大局!"高拱一扬手含怒道，"此疏不批交吏部题覆了，内阁直接拟票，慰留张四维!"又吩咐书办，"抄本，送给张侍郎，上疏自辩。"

张四维接到弹章，似乎听到"嗖"的一声，后背有冷风吹过，脊背发凉。他呆坐片刻，当即写好了辞呈，交司务封发，不声不响地走出了吏部首门，钻进轿中，轿子转上长安街，穿过长安左门向西而行，张四维掀开轿帘，抬头望了一眼承天门，缓缓放下轿帘，突然有种解脱感，轻叹一声，喃喃道："离开此是非场，正其时也！"一股莫名其妙的庆幸感涌上心头，瞬间把笼罩在胸中的愤懑情绪驱得烟消云散。

"张得，收拾家当，老爷我要辞官回籍了！"一进家门，张四维就吩咐道。

张得望去，老爷脸上分明带着笑意，不敢相信真的要走，踌躇着想探个究竟。张四维沉下脸来，呵斥道："还不快去，阖家人等都动起来，越快越好！"

张四维注门籍，督促家人收拾行装，皇上三次下旨慰留，他都不为所动。

"阁臣也无非三次慰留，就保全了体面，子维一个侍郎，还这么扭扭捏捏的做甚？"这天晚上，高拱一到吏部，就把魏学曾叫到直房，生气道，"你这就代我去见他，要他收回这道辞呈，明日就来当直！"他以为，张四维一再请辞，无非是照例行事，三次慰留，体面无伤，就该出来视事了。谁知张四维并未接受慰留，而是又上了一道辞呈，高拱这才有些着急了。

魏学曾不敢怠慢，当即赶往张四维府邸。张四维虽则闭门谢客，但魏学曾衔高拱之命而来，他不敢拒之，亲到首门迎接。

"喔呀，这是……"过了垂花门，魏学曾一看，院子里已是狼藉一片，不觉吃惊，站着不动了，叫着张四维的号道，"凤磐兄，你铁了心要走？"

"非走不可！"张四维决绝地说。

"玄翁不放你走，凤磐兄也要走？"魏学曾问。

"让玄翁失望了，心有愧焉！"张四维拱手道。

"这是为何？"魏学曾不解地问。

"确庵兄……"张四维欲言又止，叫着魏学曾的号，向他拱手，"拜托我兄，回去禀明玄翁，四维意已决，千万千万拟旨放我回去！"

魏学曾大惑不解，却也不再多问，道："既如此，我上紧去禀报玄翁吧！"说着，转身就走。

"确庵兄，"张四维在身后叫了一声，语气很是郑重，"玄翁乃不世出之豪杰，朝政得玄翁主持，乃大明之幸！"他抱拳揖道，"四维拜托确庵兄，多替玄翁分劳！"声音竟有些哽咽。

魏学曾转过身，苦笑道："既如此，我兄何以临阵脱逃？"

张四维只是作揖："弟愧疚不已，就拜托确庵兄了！"

魏学曾无奈，只得回禀高拱。

"什么？家当都收拾好了？"高拱闻报，有些不敢相信，"没有回旋余地了？"

魏学曾点头，神情黯然。

"子维没有说原委？"高拱追问。

"子维似有心事，却欲言又止。"魏学曾声音低沉道，"学曾察觉，子维此去，非因被劾，当另有缘由。"

"那会是甚缘由？"高拱像是自问，又像是问魏学曾。

魏学曾摇头。

高拱沉思良久，却无论如何也猜不出，张四维此去到底是因为什么。

3

东华门外，坐北朝南的一个大院落，就是四夷馆所在。这天上午，提督四夷馆少卿韩楫正在埋头阅看一份文牍，忽听禀报，工部侍郎曾省吾来见。韩楫甚为惊讶，神色茫然地起身相迎："喔呀，哪股风把少司空吹到敝馆来了？"

"呵呵，伯通兄，"曾省吾边落座边道，"新郑相公倡导实政，不许务虚文，工部自当照着做嘛！"说着，伸头向外扫视了一眼，"新郑相公又甚看重四夷馆，把最得意的弟子委来主持，又有扩招译字生之议，本部哪里敢怠慢，来察看一下，看看四夷馆馆舍要不要修缮、扩建。"

"敝馆正有此意！"韩楫道。他起身从书案上拿起适才还在阅看的文牍，"这不，敝馆已拟好了奏本，正要奏请扩建馆舍。"说着，目光不时向曾省吾脸上扫去，暗忖：此公足智多谋，非善类，不可不防。

"伯通兄的事，工部必促成！上本就是了。"曾省吾大度地说。言毕，起身道，"那就不必察看了，等上了本，工部当题覆准奏，一切照伯通兄的想法办。"

难道是我多疑了？韩楫送曾省吾上轿，心中暗想。

"伯通兄心事重重，太敬业了！"曾省吾躬身上轿，脑袋已钻进轿厢，又退回两步，"伯通兄，朝野谁人不知，新郑相公最赏识的人乃蒲州双杰：张子维与韩伯通。如今张侍郎被人一疏劾去，新郑相公怏怏不乐，伯通兄也别只埋头职业，多去看看师相嘛！"

"师相最恶趋谒酬酢，无公事不敢参谒。"韩楫警觉地回应道。

"呵呵，也是！"曾省吾钻进轿中，轿子上了轿夫肩上，他掀开轿帘道，"伯通兄也要当心嘞！吏部左侍郎说赶走就赶走了，下一个目标，或许就是伯通兄了。官场上的事，伯通兄还不明白？做得再好，官守再过硬，都不重要，重要的是看你是谁的人。伯通兄不妨再细细看看周思充的弹章，醉翁之意不在酒，主使者的用心，恐非劾去张侍郎就罢休的！"

韩楫听得直冒冷汗，却未敢接话，只是抱拳相送。回到直房，思忖良久，忍不住写了邀帖，邀同年程文、宋之韩晚间到府一聚。

程文、宋之韩都是言官，同年中最与韩楫交好。当晚，在韩楫的花厅里，三人把曾省吾的一番话翻来覆去琢磨了几遍，猜不透他的用意。

"曾省吾是张阁老幕宾，朝野都晓得高、张一体，想来他不会设圈套吧？"程文道，"或许只是善意提醒？"

"我辈是不是太小心了？管他姓曾的说什么，事实是，"宋之韩道，"那些人已然拿师相最赏识的助手开刀了，若不迎头痛击，显得师相软弱可欺！"

"我看算了！"程文缩了缩脖子道，"别人攻讦师相无风险；若我辈替师相攻讦别人，那师相必不轻饶，齐康兄即前车之鉴！"

韩楫不耐烦了，道："不成，这殷世儋攀援太监入阁，本是大干天条的，正人君子，早就该说话了，顾忌师相不愿朝廷纷扰才忍了下来。谁知此公入阁，不惟不帮忙，却一味掣肘，今竟越发不知天高地厚，发起进攻来了，我咽不下这口气！"韩楫和张四维乃同乡好友，又都是高拱最赏识并一力拔擢的人，对张四维无端被劾去自是愤愤不平，何况曾省吾危言耸听地说他或将是下一个被攻讦的目标，越发让他对殷世儋愤恨不已。

程文不安地说："殷历下果真是幕后主使？万一误会了，岂不是给师相逼出个政敌吗？"

"他没资格做师相的政敌，恐怕也没有做政敌的机会了！"韩楫恶狠狠道，"二位年兄不必出面，我去找与师相无渊源的御史发难！"

三人密议良久，选中了几位御史。

此时，在张居正的书房里，曾省吾正向张居正禀报他去四夷馆面见韩楫的情形，得意道："殷世儋在文渊阁的日子，长不了啦！"

"三省，逐历下，何益之有？"张居正问。

"逐殷即为保张。"曾省吾解释道，"一旦殷世儋被逐，则高相在朝野，必落得不容人的名声。"他"嘿嘿"一笑，"就像'报复'一语让高相缩手缩脚一样，一旦不容人的名声传扬开来，他必不敢有逐张之举，捆住对方的手脚，再谋逐之，可保万无一失。一旦高、张嫌隙公开化，举朝同情心，必倾向于太岳兄矣！"

"可玄翁并无逐我之心。"张居正道。

"高不逐张，张即不逐高？"曾省吾摇头道，"那岂不是久居人下，委曲求全？高相无儿无女，安知太岳兄的难处？他无所谓，可太岳兄就不同了，六个儿子立在那里，只能进，不能退！太岳兄言不为私情而忘大义，高相再这样折腾下去，恐祖制、成宪也被他践踏殆尽了吧？梦回高皇帝时代，中兴大明，还有望吗？"

张居正默然良久，道："历下以寻章摘句见长，有'体齐鲁之雅驯，兼燕赵之悲壮，禀吴越之婉丽，是文坛一巨手'之谓，佐理国政，捉襟见肘，居相位不如领文坛。"

"就是嘛！逐殷，于国有利！"曾省吾一拍扶手道，"太岳兄无须做甚，明日见到殷相，不经意间提醒他一句，要他防备韩楫即可。这也是同年之谊嘛！"

过了两天，雾气迷蒙的清晨，张居正刚从轿中走出，抬头望见殷世儋的轿子就在眼前，他整理了一下冠带，缓步进了文渊阁首门，殷世儋随即也走了过来，张居正转身与殷世儋寒暄了一句，低声道："年兄，有暇不妨邀蒲州韩伯通少卿一叙。"

殷世儋愣了片刻，听张居正呼自己"年兄"，即觉奇怪，听完他的话，越发疑惑起来，欲问其故，张居正却快步走开了。

待进了中堂，尚未议事，高拱突然烦躁地说："又来了！才消停不过半年！"说着，把一份文牍传给张居正，"叔大，你拟旨，慰留！"

张居正一看，是御史赵应龙弹劾殷世儋的弹章，默读一遍，佯装生气道："这御史论劾历下援太监入阁，无资格协理国政。他这样说话，置皇上于何地？难道皇上是凭太监任意操纵的？当言辞切责！"

"算了吧！"高拱一扬手道，"慰留就是了，少招惹那些科道为好！"

殷世儋一听有御史弹劾他，先是愣了片刻，方恍然大悟，原来张居正以年兄呼之，又刻意提到高拱的门生韩楫，是以同年身份提醒他的。不用说，赵应龙是受韩楫指使，充当高拱的打手。"哼哼！"他冷笑两声，"世儋椎鲁朴钝，不能曲事某公，终究不见容矣！可世儋与高、张二公一样，皆皇上特旨简任，科道诬世儋事小，诬皇上事大，故虽无恋栈之心，却不能不辩诬！"

4

殷世儋连上两疏，请辞兼带自辩，内阁均拟旨慰留，第二次慰留的批红一下，高拱就吩咐书办，将谕旨即刻送至殷世儋府上，请他到阁视事。殷世儋本想再上一疏，三获慰留，体面可保全，但疏稿已拟好，他又撕碎了。心里有些打鼓，担心这第三疏一上，万一高拱拟旨允准，大内必照票批红，岂不弄巧成拙？遂不再扭捏，次日即到阁视事。

高拱见殷世儋讪讪进了中堂，拱手道："历下，冬至将至，请历下代表朝廷行祭天礼！"

殷世儋求之不得。他长期在礼部任职，谙熟典礼，也很享受典礼带来的荣耀感。所以，当即召礼部并太常寺、钦天监一干人等，到他的朝房会揖。

过了两天，殷世儋率百官到天坛演练。仪式带来的荣耀感，让他突然间对遭受弹劾的屈辱分外痛心。礼毕，百官正要散去，殷世儋快步走到韩楫面前，大声道："闻少卿欲有憾于我？奉劝少卿一句：你要赶我走也无所谓，只是你不要让人当枪使就好！"

韩楫一惊，缓过神儿来，追了几步，对正要上轿的殷世儋道："殷阁老，攀援太监这般不光彩的卑鄙勾当，已曝于光天化日之下，若是韩某，必立马走人，绝无颜面再立朝班！"

百官纷纷围拢过来，殷世儋臊得面红耳赤，花白的胡须向上撅了又撅，一顿足，挥拳欲向韩楫打去。礼部尚书潘晟一把拉住他，低声道："相公息怒，不可在大庭广众之下，失了风度。"

"哟呵！"韩楫一撸袖子，道，"想打架？不妨约个地方对决，免得你在这众目睽睽之下丢人现眼！"

"韩少卿，不可无礼！"潘晟呵斥了一声。

"诸公做证，是他为老不尊，无端挑事儿！"韩楫手指殷世儋道。

"本阁部不与尔等小人计较！"殷世儋自找台阶道。说着，钻进轿中，催促轿夫道，"快走！"

"诸公看看，这哪有相公之体？"韩楫冷笑着道。

早有人飞马向高拱、张居正禀报。两人面面相觑，不敢相信。须臾，殷世儋气鼓鼓地进了中堂，落了座，举盏喝茶，"噗"的一口喷在地上，喊道："来人！"承差趋前躬身侍立，殷世儋呵斥道，"瞧瞧这，茶水冰凉，竟不知给换热茶？"

"成何体统！"高拱大声道。

殷世儋憋着一股火正无处发泄，闻听此言，"腾"地站起身，指着高拱道："你也知体统？若知体统，就不会如此专横霸道，先逐陈公，再逐赵公，又逐李公，如今又要逐殷某！这文渊阁难道是高家的私邸不成？这首揆的位子，难道你会永远坐着不成？"说完，挥拳往书案上砸去，"哐啷"一声，茶盏被震得跳了起来，在书案上滚了几下，"啪"地摔在地上，碎成一片。

高拱愕然失色，随即轻蔑一笑："阁臣乃皇上的亲信之人，进不由高某，退亦不由高某。高某从无逐人之心，也无逐人之举，若殷阁老要退，高某不会阻拦！"

"你想让我退，我偏不退！"殷世儋含怒落座，冷笑道，"皇上留我，你奈我何？"

张居正看不下去了，高声道："历下，失态了！"

"失态？"殷世儋突然大笑起来，"哈哈哈！是，殷某哪里比得上江陵，一向道貌岸然！"

"疯狗！"张居正心里骂了一句，不再理会他。

瞬间，中堂里的气氛仿佛凝固住了，三位阁臣都有窒息感。他们都意识到了，这样的局面不可能持续下去。

仅仅过了两天，御史侯居良的弹章又摆到了高拱的案头。他转给张居正，道："叔大，你来拟票。"

今日本是殷世儋执笔，一份文牍却交张居正票拟，殷世儋刚要提出异议，蓦地悟出不妙，冷笑一声："江陵，不必为难了！"

张居正道："历下有预感？嗯，不错，是论劾你的。御史侯居良言历下'始进不正，求退不勇'，历下，你拿去阅看，上本自辩吧！"

殷世儋面色铁青，冷笑道："辩有何用？某人一手遮天，既已不容，殷某只能滚蛋！"他"忽"地站起身，迈步往外走，快到门口时，又转过身来，瞪眼道，"别忘了，螳螂捕蝉，黄雀在后！"

高拱抬起头，茫然地看了张居正一眼。张居正回避着高拱的目光，低声骂道："疯狗，胡乱咬人！"又一拍书案，高声道，"承差、书办，都出来送殷阁老！"

高拱闷闷不乐，殷世儋那句"螳螂捕蝉，黄雀在后"的话不时在耳边萦绕。他琢磨不透，何以殷世儋一口咬定是自己要赶他走，又因何说出那句分明是挑拨离间的话。似乎怕张居正有误会，忙安慰他："叔大，殷历下的话阴毒，不必放在心上。"

张居正轻松一笑道："玄翁，生死之交的情谊，岂是外人可挑拨得了的？"

"那就好，那就好！"高拱连连道，"携手执政的愿景已然实现，振兴大明则任重道远，要只争朝夕啊！"

"居正谨记！"张居正起身一揖道。

高拱不再说话，阅看了一会儿文牍，心里还是感到烦闷，索性起身，对张居正道："叔大，我到吏部去。"说着，匆匆出了中堂。

轿子出了承天门，穿过长安街，刚过公生左门，忽有十几个书生模样的人拦在了轿前。

"怎么回事？"高拱问。

"我辈是潮州籍的监生，"跪在轿前的一个年轻人抬头道，"禀阁老，闻得侯知府年久该升，吏部要升他的职，若侯知府遂升去，百姓无主，必皆随之而去，乞高阁老怜我潮州百姓，留侯知府管潮州事。"

"官久不升，何以示劝？"高拱答道，"不过尔等诉求，朝廷自会斟酌区处。"

遮道诸人叩头，连声称谢。一到吏部，高拱即召魏学曾到直房，将适才情形略言一遍，笑着道："殷正茂荐侯必登升伸威兵备道，潮州书生遮道请留。惟贯，你说怎么办？"

魏学曾道："昨日还有几位潮州籍的士夫向学曾陈情，言潮州不可一日无侯必登。学曾即命文选司细查，查得潮州兵备员缺，不如将侯必登升参政，带宪职管潮州兵备事。"

"甚好，拟本速呈！"高拱满意地吩咐道。适才在文渊阁由殷世儋带来的不快，消失得无影无踪。

魏学曾见高拱忘我的样子，嗫嚅道："玄翁，近来京城似乎暗流涌动……"

高拱打断魏学曾，不屑一顾道："什么暗流？谁掀得起暗流？"